Die Seidels

Christian Ferber

DIE SEIDELS

Geschichte
einer bürgerlichen Familie
1811–1977

Deutsche Verlags-Anstalt

CIP-Kurztitelaufnahme der Deutschen Bibliothek

Ferber, Christian:
Die Seidels : Geschichte e. bürgerl. Familie
1811–1977 / Christian Ferber. – Stuttgart :
Deutsche Verlags-Anstalt, 1979.
ISBN 3-421-01919-3

© 1979 Deutsche Verlags-Anstalt GmbH, Stuttgart
Satz: Bauer & Bökeler, Denkendorf
Druck und Bindung: May & Co, Darmstadt
Printed in Germany

Inhalt

Zweiter Teil
MATRIARCHAT 1907–1977

Stammbaum mit Hauptpersonen

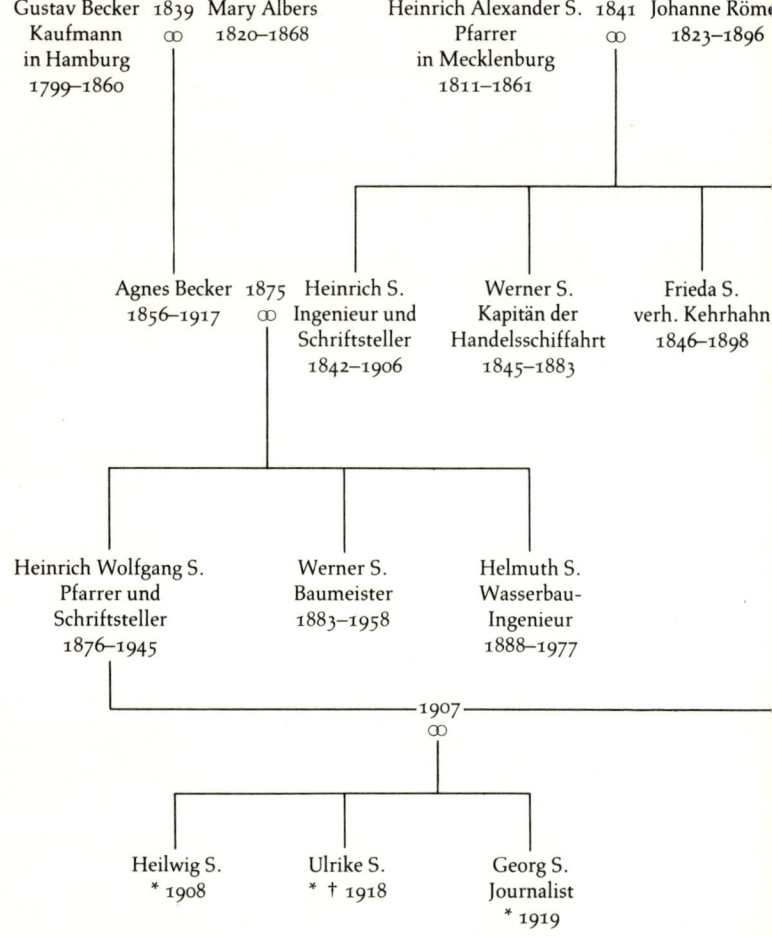

Gustav Becker 1839 Mary Albers
Kaufmann ∞ 1820–1868
in Hamburg
1799–1860

Heinrich Alexander S. 1841 Johanne Röm⸱
Pfarrer ∞ 1823–1896
in Mecklenburg
1811–1861

Agnes Becker 1875 Heinrich S.
1856–1917 ∞ Ingenieur und
Schriftsteller
1842–1906

Werner S.
Kapitän der
Handelsschiffahrt
1845–1883

Frieda S.
verh. Kehrhahn
1846–1898

Heinrich Wolfgang S.
Pfarrer und
Schriftsteller
1876–1945

Werner S.
Baumeister
1883–1958

Helmuth S.
Wasserbau-
Ingenieur
1888–1977

———1907———
∞

Heilwig S.
* 1908

Ulrike S.
* † 1918

Georg S.
Journalist
* 1919

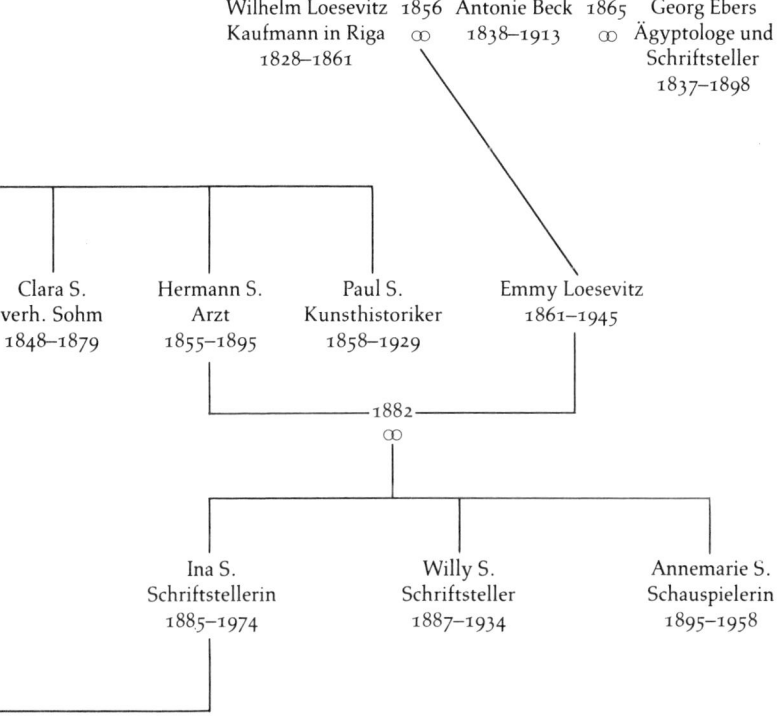

Wilhelm Loesevitz 1856 Antonie Beck 1865 Georg Ebers
Kaufmann in Riga ∞ 1838–1913 ∞ Ägyptologe und
1828–1861 Schriftsteller
1837–1898

Clara S. Hermann S. Paul S. Emmy Loesevitz
verh. Sohm Arzt Kunsthistoriker 1861–1945
1848–1879 1855–1895 1858–1929

———1882———
∞

Ina S. Willy S. Annemarie S.
Schriftstellerin Schriftsteller Schauspielerin
1885–1974 1887–1934 1895–1958

Erster Teil

PATRIARCHAT

1811–1906

Landschaft mit Figuren
1840

> *Zweifle an allem,*
> *nur nie an der Wahrheit des Evangeliums*
> *und der Liebe Deines Heinrich.*
>
> *Heinrich Alexander S. an seine Braut*

Einen Tag nach Herbstanfang ließ der Pastor von Perlin seinen Fuchs satteln, saß auf und ritt gemächlich hinüber nach Gut Pogreß. Er hatte die Frau Gutspächterin Römer gebeten, ihm ein Wort unter vier Augen zu gestatten mit ihrer zweiten Tochter Johanne. Das Mädchen war im Juni siebzehn geworden. Es schien dem Pastor anmutig und verständig, auch war es tüchtig im Haus. Bis zu diesem Morgen war er sicher gewesen, daß es ihm gut sei. Nun kamen ihm Zweifel, aber nicht viele: Es würde geschehen, wie Gott wollte. Alles geschah so, der Mensch lebte nach diesem Gesetz und nach den Regeln der gottgewollten Obrigkeit. Wer das wußte, hatte den ersten Schritt getan zur Lebensklugheit. Lebensklugheit war der Weg zum Lebensglück.

Heinrich Alexander S. war achtundzwanzig Jahre alt. Er war unter Frauen aufgewachsen, der Mutter und der Schwester in Goldberg. Sein Vater, der Arzt, starb am Lazarettfieber einen Monat nach Heinrichs Geburt, am Typhus also, eingeschleppt nach Mecklenburg von Napoleons Truppen. Des Vaters Vater, Pfarrer in Parchim, starb im gleichen Jahr. Er war aus Dresden nach Mecklenburg gekommen. Seidels ackerten und fischten seit Jahrhunderten am Saum des Erzgebirges. Auch Heinrich Alexanders Mutter war eine Pfarrerstochter. Sie schickte den Sohn nach Schwerin ins Gymnasium. Sie hatte es gern gesehen, daß er ein Hirt werden wollte und ein Prediger wie seine Großväter.

Der Tag war schön. Die Sonne machte die schwarzen Teiche in der

Feldmark glitzern unter dem Weidengeäst. Der Pastor wurde gegrüßt und grüßte. Die Leute, auch seine Leute, fuhren das zweite Heu ein, einige waren schon in den Kartoffeln. Die Leute hatten den Pastor ganz gern, wenn sie auch meinten, er sei streng. Der alte Pastor war einfacher gewesen. Dem genügte es, wenn man nur so ungefähr ein bißchen glaubte. Der neue, der Seidel, verlangte mehr: Gott ganz und gar soll man sich geben wie in den alten Zeiten. Er hatte auch den Katechismus fortgeworfen, der ein paar Jahrzehnte lang gegolten hatte. Nun sollte wieder allein das Buch von Luther richtig sein, und da waren Frauen im Dorf, fromme Frauen, die konnten den rationalistischen Katechismus auswendig Wort für Wort und waren stolz darauf. Nun hatten sie nichts mehr, um stolz zu sein, denn der Pastor »hatte ihnen ihr Buch genommen«. Aber sonst war er gewiß ein guter Mann, und predigen, das konnte er.

Heinrich Alexander überquerte die Perliner Scheide. Die Zügel hingen locker, der Fuchs schlug von selbst den schmalen Weg nach Pogreß ein. Die Sonne stand schon beinahe so hoch, wie sie um diese Zeit kam. Kurz war der Schatten von Roß und Reiter. Der Mann im schwarzen Rock mit der weißen Querbinde hielt sich straff. Ein guter Tag, kein Hustenreiz, und alles würde gut sein. Der Pastor dachte an einen Krankenbesuch, dachte an Johannes Gesicht, dachte an den einzigen anderen Mann in seiner Familie, Kammerherr im hessischen Lich, Vater von vielen Töchtern. Was Onkel Georg sagen würde. Es fiel Heinrich Alexander dabei nicht ein, daß die mecklenburgische Linie der Seidels im Augenblick auf zwei Augen stand, auf seinen.

Vielleicht wäre er darauf gekommen ohne die Kühe von Pogreß, eine stattliche Herde. Von einer Weide zur anderen überquerten sie vor dem Reiter den Weg, muhten, schoben einander, blieben stehen. Dies war, fand der Pastor, gewiß nicht der rechte Augenblick für Kühe. Er war nun spät daran. Vielleicht hatte die Frau Gutspächterin ihrer Tochter schon vorher ein Wort gesagt und Johanne wartete? Heinrich Alexander war kein selbstbewußter Reiter, der Fuchs kein feuriges Tier. Man sprengt nicht durch Kühe. Man wartet, ungeduldiges Reiterdenkmal. Der Hirt ist hörbar beschäftigt mit Nachzüglern und nicht zu sehen. Man wartet weiter, der Hund erscheint, hat aber keinen Befehl. Endlich kommt das Bürschchen durch das Gatter, die beiden Hirten sehen einander an

– und dem für die Kühe wird beim Anblick des Pastors zutiefst der mecklenburgische Humor gekitzelt. Er macht sich Luft mit »Hohoho!« Dann erscheinen noch weitere Kühe.

Heinrich Alexander kam rechtzeitig für den Satz, den er Johanne sagen wollte. Das Mädchen erhielt den Auftrag, Herrn Pastor Seidel im Garten einen Rosenstrauch zu zeigen, der noch im Herbst in voller Blüte stand. Heinrich, Heinrich Alexanders ältester Sohn, vermutete ein halbes Jahrhundert später, »daß im Lauf dieser Besichtigung auf den Wangen des Fräuleins Johanne Römer vier neue Rosen aufgeblüht sind, erst zwei weiße und dann zwei dunkelrote, aber gewiß ist, daß sie, als sie zurückkam, den Entschluß gefaßt hatte, eine Frau Pastorin zu werden«.

Das Paar am Rosenstrauch im Herbstgarten. Schwarzes Tuch und blaue Baumwolle mit weißen Punkten. Spätes Biedermeier. Das Dasein ist im Lot, das Geschiebe der Geschichte mindestens so weit entfernt wie Rostock.

Das Paar eignet sich als Teilchen einer Landschaft mit Figuren, in Kupfer geschabt, ein Familienzukunftsbild: ausgehend von dieser frühen Mittagsstunde 1840, ausgedehnt bis in die Siebzigerjahre des nächsten Jahrhunderts hinein. Zwei Jahre nach dem Rosenbusch stand die Familie S. bereits auf vier Augen, und dabei blieb es nicht.

Am Fuß des gedachten Bildes, zwischen vielerlei Disteln, Mohn und Wiesenschaumkraut: Bücher. Die Landschaft ist weitläufig, enthält die Städte Berlin, Braunschweig und München, auch die Pyramiden, etwas amerikanische Architektur, mehrere Schiffe auf Weltmeeren, einen Strand in Samoa, den Magdalenenstrom, ein Hotel in Funchal. Unter den Interieurs sind der Anhalter Bahnhof in Berlin zu erkennen, das Deutsche Theater, die Preußische Dichterakademie, in Braunschweig eine Klinik und ein Gerichtssaal. Figuren: an Schreibtischen fünf Männer und eine Frau – Heinrich Alexander, Heinrich, Paul, Heinrich Wolfgang, Willy, Ina. Heinrich kann man aber auch am Reißbrett sehen. Paul erklärt Majestät ein Museum. Heinrich Alexander und Heinrich Wolfgang: auf Kanzeln. Willy geht an Land in Batavia. Ina badet ihr Kind, Ina am Vortragspult. Dann wären da Helmuth, der Ingenieur, am Strom in Südamerika; Werner, der Kapitän, und Werner, der Baumeister; Annemarie am Watt von Sylt. Schlußbild: ein kleines Haus mit Flachdach, Hinterland von Starnberg.

Anfangsbild: doch nicht der Rosenstrauch, sondern das pfarrherr-liche Reiterdenkmal mit Kühen.

Heinrich Alexander ritt zufrieden zurück zu seinem alten Pfarr-haus, dessen Strohdach sich bedrohlich neigte und dessen Wände seufzten bei Wind. Es war aber schon Grund ausgehoben für ein neues Haus. Die Brautzeit währte länger als ein Jahr. Heinrich Alexander machte in dieser Zeit mäßige Verse:

> Nur dein gedenk ich,
> Bin ich erwacht:
> Du bist mein Stern
> in dunkler Nacht.
> Am Himmel seh ich
> Dein theures Bild,
> Im Sternenschimmer
> Strahlt es mir mild.

Seine besseren Liebesgedichte richtete er alle an Gott. Das erste Buch der Seidels hieß »Kreuz und Harfe«. Es erschien 1839.

Das letzte Buch hatte den Titel »Lebensbericht« und kam 1970 heraus, rechtzeitig zum fünfundachtzigsten Geburtstag der Auto-rin.

Zur Orientierung
1811–1974

Ihre Mutter war doch die Tochter von Leberecht Hühnchen,
oder war er ihr Großvater?
Eine Leserin zu einem Nachkommen der Familie S.

Heinrich Alexander Seidel, Pfarrer und Divisionsprediger
(1811–1861), lebte mit seiner Frau Johanne (1823–1896) im Dorf
Perlin und in Schwerin. Es wurden ihnen sechs Kinder geboren.
Zwei waren Töchter: sie und ihre Nachkommen (die Kehrhahns,
die Sohms) sind interessant für die Familiengeschichte, treten aber
in den Geschichten dieses Buches nicht auf.
Der älteste Sohn war Heinrich Seidel, Ingenieur und Schriftsteller
(1842–1906). Er lebte mit seiner Frau, der Hamburger
Kaufmannstochter Agnes Becker (1856–1917), ausschließlich in
Berlin. Sie hatten fünf Kinder, von denen drei aufwuchsen: Hein-
rich Wolfgang Seidel, Pfarrer und Schriftsteller (1876–1945),
Werner Seidel, Regierungsbaurat in Göttingen (1883–1959),
Helmuth Seidel, Fachingenieur für Wasserbau (1888–1977).
Heinrich Alexanders zweiter Sohn hieß Werner Seidel
(1845–1883). Er ging zur See und fuhr als Kapitän auf der Atlan-
tiklinie. Er blieb unverheiratet.
Der dritte Sohn, Hermann Seidel (1855–1895), wurde Arzt. 1882
heiratete er die Kaufmannstochter Emmy Loesevitz aus Riga
(1861–1945). Er lebte mit ihr in Halle an der Saale und in Braunschweig. Drei ihrer fünf Kinder wuchsen auf: Ina Seidel
(1885–1974), Willy Seidel, ausschließlich Schriftsteller sein Leben lang (1887–1934), endlich Annemarie Seidel (1894–1959),
Schauspielerin und Frau von zwei merkwürdigen Männern.
Der vierte Sohn Heinrich Alexanders war Paul Seidel
(1858–1929), Direktor des Hohenzollernmuseums, Geheimrat

und Professor. Er heiratete Elsbeth Pfaff (1869–1945), Tochter des Kreisrichters zu Wolfenbüttel, und hatte drei Töchter und zwei Söhne.

In diesen drei Generationen finden sich sechs Autoren: fünf Erzähler und Lyriker, ein Kunsthistoriker. Unübersichtlich wird der Stammbaum dadurch, daß zwei dieser Autoren Eheleute waren: 1907 heiratete Heinrich Wolfgang, Sohn von Heinrich, Hermanns Tochter Ina. Sie lebten miteinander in Berlin, in Eberswalde, wieder in Berlin und in Starnberg am See. Zwei ihrer drei Kinder wuchsen auf, eine Tochter Heilwig (geboren 1908) und ein Sohn Georg (geboren 1919), der Chronist.

Geburtstag
1970

Der schwarze Dornenwald. Der Beeren Scharlachrot.
Der Drosseln Lustgeschrei. Der Drosseln Sprenkeltod.
Die blutgestirnte Nacht. Das nackte Knospenreis.
Taunaß das Moderlaub. Der Rauhreif und das Eis.

Ina S.

Es wurde jetzt immer so früh dunkel.
Die Kinder hatten sie allein gelassen, »damit du endlich mit deinen Sachen spielen kannst«. Es waren ganz hübsche Sachen, dazu im ganzen Haus und auch in ihrem Zimmer Blumen, Blumen, Blumen: meistens richtige Blumen wie Astern und Georginen, die in den September gehören; aber auch beinahe alle anderen, die sich denken lassen.
Freunde hatten sie geschickt, auch bekannte und unbekannte Leser, Stadtväter, Akademien. Die meisten kamen natürlich über Rohé unten am Bahnhof; von dort stammten sie seit bald vierzig Jahren. Eigentlich, wenn sie ihrerseits gelegentlich Blumen kaufte, hätte Rohé ihr einen kleinen Rabatt einräumen (so sagt man doch?) können. Er hatte es nie getan.
Sie spielte nicht mit ihren Sachen. Sie wollte auch nichts lesen. Die Kinder mußten sich erholen von diesem Tag, der noch nicht ganz zu Ende war. Nachher würden sie zu dritt etwas trinken, hier oben natürlich in ihrem Zimmer. Sie hatte schon Käsekekse in die Meißener Schale geleert. Heilwig war jetzt zweiundsechzig, Georg wurde bald einundfünfzig. Sie aber war nun fünfundachtzig, älter als Mama, und sechzehn Jahre älter als Heinrich bei seinem Tod. Als Heinrich Wolfgang. Sie hatte ihn immer nur Heinrich genannt.
Sie saß in ihrem alten Sessel, der nun endlich wieder aufgepolstert

19

war, zwischen ihrem Schreibtisch und der Sitz- und Schlafnische aus hellem Kiefernholz. In dieser Nische hatte sie geschlafen, mehr als zwanzig Jahre lang. Als das begann, war sie schon beinahe fünfzig; und doch wohl, dachte sie, über siebzig, als sie sich nebenan ihr Schlafzimmer einrichtete, mit Mamas Bett, in dem kleinen Raum, der damals auf John Rosenthals Plänen als Gastzimmer eingetragen war; es wohnten darin zuerst junge Damen, Secretary-cum-Driver, später eine von Heilwigs Töchtern, bis sie erwachsen wurde und nach München zog.

Die Nische hatte sie selbst entworfen, und den begehbaren Schrank dahinter und einen winzigen Ankleideraum; mit der Arbeit zusammen schlafen, bei Schreibtisch, Bücherwand, dem eingebauten Manuskriptschrank; nahe dem großen Fenster zum Balkon mit den Pflanzen auf der Marmorplatte, und dem anderen Fenster mit dem Blick auf die Höhe von Söcking. Mitten in diesem Blick hatten Weidenblätter geflirrt, auch jetzt war es dort grün, aber da ragte nun die nicht geplante, aufgeschossene Buche. Die Weide war in einer Sturmnacht gestürzt, alle schlanken Stämme zusammen. Wegen der Weide hatte sie damals das Grundstück gekauft.

Ach, es war sehr gut gewesen, hier zu schlafen, sehr früh aufzuwachen, nachzudenken, zu kritzeln – neben sich auf dem Bord Novalis, die Bibel, Stifter, Willys gelblichen großen Kristall, Catherine Mansfield, Ricarda, Goethe-Gedichte. Für Heinrich hatte sie unten neben seinem Arbeitszimmer ein Schlafzimmer einbauen lassen. Heinrich brauchte das. Sie brauchte etwas anderes. Dieses Zimmer hier, diese große Zelle, war die Verwirklichung eines Traumes gewesen, den sie ein Vierteljahrhundert lang gehegt hatte.

Jetzt war die Zelle vollgepackt mit Erinnerung an geschriebene Bücher, ausgeführte und unausgeführte Pläne, mit Gesichtern, Stimmen, Gesprächen, mit Schmerzen und Heiterkeit, mit Trauer, Traum, Angst, mit tröstlicher Gewißheit auch. So viele Menschen hatten hier gesessen. Beinahe alle waren nun schon aufgebrochen. Willy war der erste gewesen, der ging – das war, als sie die Zelle eben erst endgültig bezogen hatte, 1934. Aber keiner der Toten war tot. Willy nicht und nicht Heinrich, Mama und Mirl. Auch Agnes nicht (ihre ostpreußische Stimme: »Ach Inachen, wir beiden alten Katzen . . .«), oder Gottfried Benn, der nie hier oben gewesen war; einmal hatte er das Haus umkreist und später mitgeteilt, er habe es getan, aber nicht stören wollen.

Dreimal hatte sie dieses Zimmer gegen ihren Willen verlassen: zweimal auf dem Weg in Krankenhäuser, jedesmal unter Protest, und einmal davor, als im April 45 die Amerikaner kamen und das Haus in Besitz nahmen. Sie waren nur ein paar Tage lang geblieben, und es hatte einiges gefehlt im Haus, darunter die englische Ausgabe des »Wunschkind«. Aber im Keller fand sie eine Schüssel voll Pfannkuchenteig.

Heinrich war damals im Krankenhaus. Von Georg wußte niemand, ob er noch lebte. Heinrich kehrte zurück für den Sommer, aber die Schmerzen in der Brust kamen wieder, die Wunde von der Operation heilte nicht richtig. Er saß in der Sonne, sie schien so viel in diesen Monaten, ein weißer Vollbart wuchs ihm, er schwieg, er schwieg. Im September brach er auf. Er hatte noch erfahren, daß Georg von den Engländern gefangen war. Mama erlebte es noch, daß der erste Brief aus England kam. Mama schlief im November ein, fünfzig Jahre fast auf den Tag nach dem Morgen, an dem sie in Braunschweig Papa sterbend gefunden hatte: November, der schwarze Monat.

Sie blickte hinüber, sie mußte sich auf beide Sessellehnen stützen, um sich hinzuwenden: neben dem Weidenfenster hing die Litographie, die der junge Edvard Munch in Braunschweig um 1890 von dem Doktor Hermann S. angefertigt hatte. Sie war vielleicht ein wenig mehr Munch als Seidel, aber nun deckten sich die Linien der Erinnerung mit dem Bild. Ein Vater, der leuchtete, der nach Tabak roch und Jodoform, wenn er Ina hochhob, auf den Arm nahm, wenn er mit ihr im Garten war oder in der Vogelstube. Es war das einzige Familienbild in diesem Zimmer. Alle anderen hingen dort, wo auch der Familienschrank stand, voll mit allen Büchern aller Seidels und mit Heinrich Wolfgangs gebundenen Handschriften von Predigten, Tagebüchern, Briefkopien: im kleinen Eckzimmer, gebaut für Heilwig, aber Heilwig heiratete, kaum daß das Haus fertig geworden war. Es hatte dann im Sommer Mama gehört, im Krieg war sie auch die Winter hier, und dort schlief sie ein. Daran erinnerte nichts mehr. Nun hieß es das Bücherzimmer, Heinrichs Schreibtisch stand darin, gefüllt mit seinen Manuskripten. Sie saß dort, wenn hier saubergemacht wurde. Auch sonst bisweilen, aber nicht zu oft.

Hier bei sich hatte sie keine Bücher der Seidels, auch keine eigenen. Bücher sind überwundene Zustände für den, der sie geschrieben hat. Sie hatte überhaupt wenig Schöne Literatur unmittelbar bei sich. An der langen Wand über den Enzyklopädien standen Theologen, Sterndeuter, Historiker, Geologen, Philosophen, Geisterseher, Historiker: all die Bücher, durch die sie sich ohne Hilfe durchgearbeitet hatte, durchgefressen. Es hatte sie immer bedrückt, daß sie nicht genug wußte. Es bedrückte sie auch jetzt. Warum hat man uns nicht genug beigebracht, als wir jung waren? Später wurde es so viel schwieriger. Aber sie hatte einiges getan. Genug? Es war nie genug.

Ganze Bücherreihen waren im Augenblick verdeckt von Blumen, versammelt auf der Braunschweiger Truhe vor dem Regal. Da lagen auch die Briefe und die Telegramme. Sie würde mehr als eine Woche daran zu lesen haben. Es war Post dabei vom Bundespräsidenten, von Regierungen, von Parteien. Vor fünf Jahren zum Achtzigsten, sie regierten noch gar nicht, hatte auch der Vorstand der Sozialdemokraten gratuliert. Das hatte sie gefreut, das war die Partei, die sie meistens wählte. Aber sie fragte sich, ob sie denn ihren Irrtum vergessen hatten. Niemand hatte das, dessen war sie sicher, aber vielleicht sahen ihn doch manche so, wie er wirklich gewesen war.

Morgen würde sie vielleicht nicht lesen, sondern arbeiten. Wenn nur das Wetter jetzt nicht immer wieder so würde, daß man wie gelähmt war.

Sie hielt sich einen Augenblick an der Kante ihres Schreibtischs fest. Sie wollte den Knopf der Lampe drücken, die Lampe zu sich wenden, die Brille aufsetzen, die englischen Taschenbücher durchsehen, die Georg mitgebracht hatte. Leider fand er nicht immer die richtigen englischen Bücher, ob seriös oder leichtfertig. Angus Wilson zum Beispiel hatte sie nicht gemocht, wohl aber einiges von Snow. Die Marsh ja, die Christie nur noch gelegentlich. Die Christie, auch eine alte Raubkatze, wurde heute achtzig. Sie hatte sie beglückwünscht, als der junge Mann vom Fernsehen den Geburtstag erwähnt hatte, Grüße über das Fernsehen an Agatha, dankbare Grüße. Das mußte heute abend ein paar von ihren eigenen Lesern überrascht haben. Leser wußten nie alles.

Sie machte dann doch nicht Licht. Dieser Schreibtisch. Es war der dritte Schreibtisch ihres Lebens. Der erste war aus rötlichem Holz,

Teil der Aussteuer, die Mama in München kaufte und nach Berlin verfrachten ließ. »Ist er nicht sehr groß für eine Dame?« hatte der Verkäufer gefragt. Der Schreibtisch war gar nicht groß. Er hat in kleinen abgelegenen Zimmern gestanden, in Berlin, in Eberswalde und wieder in Berlin. Schwarze Wachstuchhefte. Der dicke Federhalter aus Holz und Kork, der nun schon viele Jahre im Schreibtisch lag, eingerollt in einen Umschlag, auf dem stand: »Ein treuer Diener bis 1932 (wenigstens zwanzig Jahre lang)«. Iplik-Zigaretten, zweieinhalb Pfennig das Stück. 1928 hatte Mirl ihr die alte kleine Remington geschenkt, Heinrich tippte damals schon lange auf einer riesigen Underwood. Später hatte sie sich einen Füllfederhalter gekauft, sie schrieb ihre Bücher weiter in schwarze Wachstuchhefte, aber sie hatte sich auch das Tippen beigebracht. Die Remington ging nach dem Krieg ganz kaputt. Die neuen Maschinen waren viel schwieriger.

Die Handschrift des »Wunschkind« hatte natürlich noch jemand abschreiben müssen. Es war eine strenge Dame aus Moabit, aber auch freundlich; sie machte sich Sorgen und fragte, ob das denn das Geld lohnen würde, eine so lange Abschrift. Das hatte sie Heinrich nur zögernd weitererzählt. Er machte sich vielleicht auch ein bißchen Sorgen. Heinrich lernte, was sie schrieb, im ganzen auch nicht früher kennen, als sie Heinrich Wolfgang Seidels Geschichten und Romane las: erst in den Fahnen.

Ob Heinrich betrübt gewesen wäre über »Das unverwesliche Erbe«? Gab es da einen Grund zu den anderen Gründen dafür, daß sie das Buch mit »Lennacker« zusammen geplant hatte, aber dann doch erst viele Jahre später geschrieben? Für Heinrich war alles Katholische ein wenig feindlich, ein klein wenig unheimlich auch, »römische Priester«, das mußte von seiner Mutter kommen, aus dem Hamburgischen Pietismus, ganz hatte er es nie verloren. Er wußte natürlich, das war anders. Aber das Gefühl.

Der zweite Schreibtisch erwartete sie hier in diesem Zimmer: Kiefernholz wie die Nische. John Rosenthal hatte ihn entworfen. Er war geräumig, ohne Aufsatz, Bauhaus. Er blieb bis nach dem Krieg, Jahre nach dem Krieg. Nun stand er unten bei Heilwig, seit der dritte Schreibtisch gekommen war, dieser hier aus Rosenholz, der ein Jahrzehnt Möbellager hinter sich hatte. Sie kaufte ihn 1939 für die Münchener Wohnung, die Mama gehören sollte, mit je einem Raum für Heinrich und für Ina. Die Wohnung hatte es gegeben, aber richtig bewohnt worden war sie nur viermal, kurze Wintermonate lang: die feindlichen Flieger. Alle Möbel, auch Mamas Möbel, waren auf Lager gegangen, ehe die Flieger das Haus trafen. Viel fand sich dann später nicht mehr vor im Lagerhaus. Die Amerikaner hatten Bedarf gehabt und beschlagnahmt. Was von Mamas Möbeln übrig war, hatte zumeist Mirl bekommen. Ihr blieben dieser Schreibtisch und Mamas Stollenschrank.

Dieser dritte Schreibtisch. Erzählungen, Sammlungen der Gedichte, das letzte Stück von »Michaela«. Briefe. Sie mußte immer viel zu viele Briefe schreiben. »Für meine Abiturarbeit«. »Für meine Doktorarbeit«. »Zur Habilitation«. Es sollte sie doch eigentlich glücklich machen, daß so viele Menschen »über sie arbeiteten«. Es hätte sie auch ganz vergnügt gemacht, nur da waren die Fragen: Was sie hier gemeint hätte; wie sie dazu stünde; ob sich dies mit jenem in Verbindung setzen ließe. Da stand doch alles in den Büchern drin. Aber sie antwortete. Sie schrieb, daß es in den Büchern stünde, schrieb es ausführlich. Manchmal leider schrieb sie auch nicht. Es gab da eine Schublade, kaum noch zu öffnen. Darin, fürchtete sie, stauten sich nicht nur Autogrammbitten an die verehrte Dichterin. Hatte sie sich je verehrungswürdig gefühlt? Niemals. Auch heute nicht.

Wenn es nur hier oben auf der Ludwigshöhe noch einen Laden geben würde wie früher. Es war alles so schwierig geworden. Es war auch niemand mehr da, der sie regelmäßig im Auto hätte fahren können. Und die Wiesen am Wald, ach, die Wiesen. Sie waren nun alle mit Stacheldraht gezäunt. Aber der Weg dorthin war ja auch zu weit geworden für sie.

Diesen Sommer hatten die Starnberger sie zur Ehrenbürgerin gemacht, und das war mit Dank angenommen worden. Vierzig Jahre Starnberg. Als sie vor vierzig Jahren hierher kam, geschah das ja eigentlich auf der Suche nach Tutzing: nach der Erinnerung an Großpapa Ebers' Haus dort am See, Kindersommern, den heißen Planken über dem Wasser, dem Geruch, dem rotgoldenen Dampfer »Luitpold«, der später ganz gewöhnlich »München« hieß. In Starnberg hatte sie Albi Thalhoff gekannt, der ihr dann das Grundstück mit der Weide zeigte. Und sie war nur gekannt worden vom Seethaler: »Wenn's ankommen, Frau Seidel, dann rufen's nur laut: Seethaler! Dann bin ich gleich mit meiner Taxe da.« Der Seethaler war auch schon lange gestorben.

Sie überdachte den Tag – Post, Geschenke, Blumen, Stimmen, Wermut und Kekse für alle Gratulanten, das Essen im »Seehof«, der Familienkaffee. Alles in der richtigen Ordnung. An solchen Tagen fällt einem nichts ein. Keine Zeit. Nur am frühen Morgen. Sie hatte darauf bestanden, daß der Tag anfing wie jeder, das heißt, nicht ganz wie jeder, denn Georg war da und frühstückte mit ihr. Aber den Kaffee dazu goß sie selber auf. Sie mochte es immer noch nicht, daß man ihr half. Sie ging nun sehr vorsichtig. Sie durfte nicht wieder hinfallen. Wenn sie fiel mit der steifen Hüfte, mußte sie um Hilfe rufen, konnte nicht aufstehen. Und Heilwig war nicht stark genug, sie aufzuheben.
Niemand anders war je fünfundachtzig geworden in dieser Familie. Sie wußte das, sie kannte die Seidels auswendig über Generationen und in Verästelungen hinein. Heinrich und sie, jeder für sich, hatten dieser Familie nachgespürt bis tief nach Sachsen. Nicht, weil das 1933 Mode wurde. Viel früher. Die Übergabe von Generation an Generation. Die Berufe. Die Grabsteine. Die Eintragungen in den Kirchenbüchern. Sie war sehr froh, daß sie im Sommer 1939 nach Mecklenburg gefahren war und nach Sachsen. Doch, eine war da gewesen, die wurde viel älter als sie: siebenundneunzig, Heinrich Alexanders Mutter Amalie, die geborene Hermes. In ihrem Stammbaum kamen die Verbindungen zu Theodor Körner vor und zur Droste. Sie stammte auch von dem Pastor Hermes ab, der Kirchenlieder schrieb wie später Heinrich Alexander, und dazu »Sophiens Reise von Memel nach Sachsen«.
Erbe, Chromosomen. Das war etwas, worüber sie immer noch nicht genug gelesen hatte. Trotz »Lennacker«. Wegen »Lennacker«? Als Urgroßmutter Amalie Seidel ihren Mann verlor, war sie fünfunddreißig Jahre alt. Sie zog von Goldberg nach Wittenburg, lebte mit der Tochter Therese zweiundsechzig Jahre lang, und Therese starb ihr nach, im nächsten Jahr. Das war bald hundert Jahre her. Die Seidels waren eine ganz ordentliche Familie. Hatte Amalie Handarbeiten gemacht? Ihr lieber Sohn Heinrich Alexander brach auf, als die Mutter fünfundachtzig wurde. Er war nur fünfzig.
Hier dachte sie nicht weiter. Sie stemmte sich hoch aus dem Sessel, ging zur Tür und machte Licht, öffnete die Tür und rief den Kindern zu, ob es nicht nun soweit wäre.

Aus dem Manuskript
1841

Wenn't de Paster man nich süht, mit unsen
Herrgott will'k wol farig warden, säd' de Bur,
dor makt he sin Heu an 'n Sünndag.

Sprichwörtliche Redensart, Mecklenburg

Die meisten abgeschlossenen Schriften der Seidels fanden einen
Drucker oder Verleger. Daß dieser Drucker oder Verleger häufig
besser daran war als der Autor, scheint heute unerheblich.

Zu den Ausnahmen von der Regel gehört ein »Geistliches Drama«
des Heinrich Alexander Seidel. Es heißt »Dr. Philipp Nicolai oder
Die Entstehung des Liedes: Wie schön leucht' uns der Morgenstern«.

Es ist ein kurzes Drama, acht Seiten Handschrift in Quarto. Puristen werden meinen, es sei mit Recht ungedruckt geblieben. Es
gibt Qualitäten, für die Puristen kein Auge haben. Eine Mittei-
lung im Auszug scheint nützlich – samt dem Vermerk, daß der Dr.
Philipp Nicolai (1556–1608) Pastor in Norddeutschland war und
fromme Gedichte schrieb, so wie Heinrich Alexander zweieinhalb
Jahrhunderte später.

Zunächst wird die Szene beschrieben:

Ein Studierzimmer, von der beginnenden Morgendämmerung
schwach erhellt. Dr. P. Nicolai erscheint, eine Lampe in der Hand
tragend, bis auf den Chorrock völlig angekleidet. Durch das Fen-
ster sieht man den Morgenstern, ferner einen Theil der nahegele-
genen Kirche. Der Geistliche erhebt die Hände und betet stille; die
Thurmuhr schlägt Vier. Das Gebet ist beendet.
Dann hebt der Dr. Nicolai an zu reden:

Wohlan, laß mich mein Tagewerk beginnen!

Wie schön leucht' doch der Morgenstern! – wie schön!
Der Morgenstern? – Da hast du schon, o Herr,
Den Text zur Morgenpredigt mir gegeben.
Schlägt in der Bibel nach und liest: »Ich bin die Wurzel des Ge-
schlechtes David,
Ein heller Morgenstern« – *Liest stille weiter.*
Ein schöner Text!
Geh helle auf in mir, du Morgenstern,
Daß ich dir sei heut' Morgen eine Leuchte,
Die unverfälscht den Deinen bringt das Licht.

Nun geht der Doctor meditierend auf und ab. Er predigt sich im
freien Rhythmus, was er sonst wohl niedergeschrieben hätte:
Christ, Morgenstern über der »nächt'gen Erde« und Trost der
Welt. Am Ende verhält er, sagt sich, so wolle er predigen – und erkennt, daß nun der Geist über ihn selber gekommen sei:

Ich hör ein Singen aus der Himmel Höhe,
Es tönt dem Herrn, der lebet für und für,
Und neue Lust und neuer Sehnsucht Wehe
Dringt mir ins Herz: wie süß erschallt
Und lieblich in mir widerhallt
Die nie gehörte Weise!
O könnt ich halten fest den Ton!
Hilf mir, du Stern, o Davidssohn!
Ihr Engel, leise, leise
Singet, bringet meinen Ohren,
Was geboren aus der Höhe,
Daß ich's fasse und verstehe.

*Er setzt sich. Geläute vom Thurm. Die Morgenröthe steigt all-
mählich auf und verklärt das Zimmer und die durch's Fenster
sichtbaren Gegenstände. Er schreibt:*

»Wie schön leucht' uns der Morgenstern
Voll Gnad' und Wahrheit von dem Herrn« . . .

Es klopft wiederholt an die Thüre; endlich spricht hinter der Szene

Nicolai's Söhnchen:
O Herzensvater, mach mir auf, ich bringe
Das Frühstück Euch! – hört Vater! machet auf!

Dr. Philipp Nicolai:
schreibt »Hosianna! Himmlisch Manna, das wir essen,
Deiner kann ich nicht vergessen« . . .

Nicolai's Söhnchen:
Mach auf, o lieber Vater! Hab' gelernt
Ein neu Gebetlein, weiß auch die Geschichte
Vom frommen Kind, das einen Engel sah,
Der ihm gesund die kranke Mutter machte. –
Er redet nicht – mir wird so angst – ich will
Die Mutter rufen.
Der erste Puls des Geläutes verhallt.

Dr. Nicolai:
schreibt »Nach dir wollt mir, mein Gemüte, ew'ge Güte,
Bis es findet . . .«
Neues Klopfen hinter der Szene.

Die Doctorin Nicolai:
Macht auf, o lieber Mann! Wie, schlaft Ihr noch?
Steht eilend auf, schon einmal ist geläutet.
Neues Klopfen.
Mein lieber Mann, so hört doch und erwachet!
Das Geläute hebt wieder an.

Dr. Nicolai:
schreibt »Von Gott kommt mir ein Freudenschein« . . .

Die Doctorin, stärker klopfend:
Hört, lieber Mann! – o hört! – ach, welche Angst
Mich überfällt – was ist ihm widerfahren? –
Die Hausthür hör' ich öffnen – horch! es fragt
Der Küster schon nach ihm – was fang' ich an?
Das Geläute schweigt. Die Orgel intoniert.

Dr. Nicolai:
schreibt »Zwingt die Saiten in Cythara
Und laßt die süße Musica
Ganz freudenreich erschallen« . . .

Die Doctorin zum Küster:
Helft, Küster, mir, ich bin in Todesängsten;
Verschlossen ist die Stube meines Herrn,
Und Antwort gibt er nicht auf vieles Rufen.
Gewiß, er ist erkrankt; o steht mir bei,
Die Thüre zu erbrechen – welche Angst!

Die Gemeinde singt:
Der Tag bricht an und zeiget sich:
O Herre Gott, wir loben dich;
Wir danken dir, du höchstes Gut,
Daß du uns nahmst die Nacht in Hut usw.
Der Gesang geht fort.

Dr. Nicolai:
schreibt »Wie bin ich doch so herzlich froh,
Daß mein Schatz ist das A und O« . . .

*Man erbricht die Thüre; es dringen ein die Doctorin, ihr Söhnlein,
der Küster und Dienstleute. Sie sehen ihn verwundert am Tische
schreiben, und keiner wagt ihn zu stören. Endlich steht er auf und
hält das Blatt empor:*

Dr. Nicolai:
Amen, Amen! Komm' du schöne Freudenkrone!

Die Doctorin:
Mein theurer Mann! – o Gott! – Wie steht's mit Euch?

Das Söhnlein:
Mein lieber Vater, seid Ihr krank geworden?

Dr. Nicolai, sie freudig anblickend:
Es ist geboren, ja, es ist geboren!

Die Doctorin:
Gewiß, Euch ist nicht wohl; Eu'r Auge glänzt
Wie fieberisch, und Eure Hand, sie zittert
Ja in der meinigen.

Der Küster:
Ehrwürd'ger Herr,
O sagt, wie ist Euch; seid Ihr wohl, Herr Doctor?

Dr. Nicolai:
Wohl? – Sehr wohl – o ja! Es ist geboren.
Mir ist sehr wohl.

Der Küster:
So bitt' ich Euch zu kommen,
Das Lied ist gleich zu Ende.

Dr. Nicolai:
Was sagt Ihr?

Der Küster:
Zur Kirche bitt' ich Euch zu kommen, Herr,
Ihr wißt doch, daß Ihr heute Morgen predigt?

Dr. Nicolai, wie erwachend:
Predigen? – Ei ja! – Oh, guten Morgen!
Wie, ist's schon spät?

Der Küster:
Man singt schon eine Weile.

Dr. Nicolai:
Wohlan, ich komme; gieb den Chorrock mir!

Die Doctorin, besorgt:
O lieber Mann, seid Ihr auch vorbereitet?

Dr. Nicolai:
Wohl, liebe Frau; und wär' es nie gelungen,
Glaubt, heute geht's. Kommt, Küster, laßt uns gehn.

»Durch Gottes Gnade«
1841–1851

> *Jedem biederen Deutschen wird ein Beruf angewiesen,*
> *der ihm ein weites Feld für rege Wirksamkeit eröffnet,*
> *der ihm tausendfache Gelegenheit darbietet, die Liebe*
> *zum Vaterlande, welche jene Helden beseelte, unmittelbar*
> *und kräftig an den Tag zu legen.*
>
> *Heinrich Alexander S., siebzehn Jahre alt,*
> *an Theodor Körners Grab*

Friedrich Franz II., Großherzog von Mecklenburg-Schwerin, war
ein leidlich netter Mann, der seine Grenzen kannte. Er wurde
»Königliche Hoheit« angeredet, aber diese Ehre hatte auch der
Vetter in Mecklenburg-Strelitz. Land und Untertanen wünschte
er sich so, wie er sie vorfand, ländlich und ruhig. Er war oberster
Kriegsherr, kommandierte etwas Fußvolk samt einiger Reiterei.
Im Fall eines Konflikts würden die preußischen Verbündeten sich
auf ihn verlassen können, denn sie kamen sonst ohne Einladung.
Zudem, man war mit den Hohenzollern blutsverwandt. Friedrich
Franz II. Urgroßvater (auch Friedrich Franz) war der erste deutsche Fürst, der aus dem Rheinbund auscherte. Das war ihm nicht
schlecht bekommen.
Das Land schien ganz glücklich, als Friedrich Franz 1842 zu regie-
ren begann, neunzehn Jahre alt. Einiges freilich war so naturgegeben, daß man es besser übersah oder gar nicht zur Kenntnis nahm
– beispielsweise, daß aus beiden Mecklenburg sich jährlich an die
tausend Menschen aufmachten nach Bremen, wo die Schiffe ab-
fuhren zum fernen Amerika: Tagelöhnerfamilien, Bauern,
Handwerker. Natürlich durften sie gehen, wenn sie so wollten:
die Leibeigenschaft war seit 1822 aufgehoben. Manchmal klagte jetzt ein Herr aus der Ritterschaft, ihm fehlten Leute auf dem
Feld.

Es lag wohl einfach an seinem jugendlichen Alter, er war eben fünfundzwanzig geworden, daß Friedrich Franz II. Anno 1848 vorübergehend auf Abenteuer ausging. Natürlich hatte er angemessen gezögert, aber nach einigen Tumulten in Schwerin und Rostock doch geduldet, daß eine neue Verfassung geschrieben wurde. Die Partei der Demokraten war ja auch plötzlich wesentlich stärker als die der Konstitutionellen. Es kam dabei zu einer Aufhebung der landständischen Union zwischen beiden Mecklenburg, was dem Vetter in Strelitz Schwierigkeiten machte und darum Friedrich Franz einigen Spaß – man mußte eben mit der Zeit gehen. So schlimm war die neue Verfassung auch gar nicht, und beschränkte sie nicht sehr angenehm die Rechte der Ritterschaft und der Landschaft, der Herren auf den Gütern und der Städte? Der Großherzog war jetzt dem Fortschritt zugetan.

Das nützte ihm wenig. Die Ritterschaft murrte mit Erfolg. 1850 verwarf das Bundesschiedsgericht die Verfassung. Alles wurde wieder, wie es gewesen war. Das war vielleicht auch so schlecht nicht. Immerhin, Friedrich Franz hätte diese zwei aufregenden Jahre nicht missen wollen. Er hatte sich nicht gegen sein Volk gestellt wie andere Fürsten. Jedoch: Ordnung muß wohl sein. Allerdings reisten nun noch mehr Tagelöhner, Bauern und Handwerker nach Bremen. Manches blieb eben naturgegeben, und daß die Prügelstrafe wieder eingeführt war, hatte wohl auch seinen Nutzen. Warum freilich die neuen Minister das gemeinsame Konsistorium für beide Mecklenburg aufhoben, begriff Friedrich Franz nicht ganz. Es mußte da wohl Gottesmänner gegeben haben, die sich mehr um Politisches gekümmert hatten als um ihren Herrgott. Viele konnten es nicht gewesen sein, aber jedenfalls hatte jetzt die lutherische Kirche in seinem Bereich ihre eigene Spitze im Oberkirchenrat. Das war Friedrich Franz ganz recht.

Dem Pastor Heinrich Alexander Seidel in Perlin war es sehr recht. An seinen Freund Baur schrieb er im Februar 1851: »Meine Gemeinde ist durch Gottes Gnade, zeitweise Verirrungen Einzelner abgerechnet, glücklich durch den Sturm der letzten Jahre hindurchgekommen, und es scheint, als hätte ich die Popularität, die ich bei einem Theil infolge meines entschiedenen Auftretens gegen demokratische Einflüsse verloren zu haben schien, doppelt wiedergewonnen. Dieses ist darum nicht ohne Werth, weil ich mit

Recht annehme, daß die Wahrheit selbst sich Bahn gebrochen hat«.

Er schrieb das in dem neuen Pfarrhaus, das im Frühjahr 1842 fertiggeworden war. Der Bau war so imponierend ausgefallen, daß Fremde bisweilen ihn und nicht das karg anmutige Domizil der Grafen Bassewitz für das Herrenhaus am Ort hielten. Vier Kinder waren in seinen Zimmern schon geboren worden: Heinrich, Werner, Frieda und Clara. Ihr Vater schrieb weiter in seinem Brief:

»Überhaupt tritt in Mecklenburg ziemlich allgemein hervor, daß die Kirche gewonnen hat. Auch in ihrer äußeren Gestaltung hat sie gewonnen, da uns in Folge der Revolution ein rein geistliches Kirchenregiment – das wir früher nicht hatten – geworden ist. Da wir von keinem Unions-Elende wissen, da die Periode des Rationalismus uns weder den alten Katechismus noch das alte Gesangbuch genommen hat, so bedarf unsere Kirche vor allem nur der Verkünder des reinen Worts und Hinwegräumung mancher äußeren Hindernisse, die der Wirksamkeit der Prediger entgegenstehen – in Sonderheit derjenigen, welche einen großen Theil der Arbeiter im Sommer vom Kirchenbesuch zurückhalten. Was aber die Arbeiter in des Herrn Ernte anbelangt, so können wir Gott nur danken, daß unter unseren jungen Geistlichen so viele tüchtige, d. i. bekenntnistreue Männer sind. Dein Reich komme!«

Heinrich Alexander wäre nie auf den Gedanken gekommen, daß sein »entschiedenes Auftreten« möglicherweise zu jenen Hindernissen beigetragen hatte, die einen großen Teil der Arbeiter im Sommer vom Kirchenbesuch zurückhielten. Hier war der Pastor von Perlin seinem Großherzog sehr ähnlich. Aber auch er tat recht, scheute niemand, schonte sich selber nicht. Sein Sohn Heinrich, als er vier Jahrzehnte später in die Gegend kam, »drückte dort manche schwielige Hand«, und die Frauen fragten alle nach der Mutter Johanne: sie hatte ihnen, wie es die Pflicht der Pastorin war, zur Hochzeit die hübsche Krone mit farbigen Bändern und Flitterschmuck aufgesetzt.

Der Pastor von Perlin wurde nicht von dem Gedanken angefochten, daß Perlin für ihn zu klein sei, die alte Kirche aus Feldsteinen zu gering für die Gewalt seines Worts. Gewiß, er war nicht ohne Ehrgeiz und hatte früh jene Verlockungen geschmeckt, die jedes Talent beschert. Seine Gabe, leicht und treffend zu formulieren, auch in Versen, entdeckte Heinrich Alexander an sich schon, als er von seiner Mutter aus Goldberg nach Schwerin geschickt wurde, um dort das Gymnasium zu besuchen, Pensionär in einem der Pfarrhäuser. Er pflegte sie und er übte sie in seinen Berliner und Rostocker Studentenjahren – »beim Studium der Kirchenge-schichte, Katechetik, Dogmengeschichte, Exegese der kleineren Paulinischen Briefe, der Evangelien und Apostelgeschichte, der Hermeneutik, lateinischen Syntax, der Geschichte neurer Philo-sophie, der Logik, Psychologie und der Einleitung in die Reli-gionsphilosophie, teils sehr fleißig und teils fleißig«. Er war kein Stürmer und trotz Schleiermacher kein verspäteter Romantiker. Es kamen keine Beschwerden gegen ihn vor, und »einer Theil-nahme an verbotener Verbindung ist derselbe nicht verdächtig geworden«.

Heinrich Alexander, wenn er Gedichte machte als Kandidat und auch als Pastor, tat nichts Außergewöhnliches. Die lutherischen Pfarrhäuser im Lande waren stets Musenzellen. Luther hatte das Exempel gesetzt allen kommenden Brüdern. Das war auch not-wendig, denn er nahm diesen Brüdern den gewohnten warmen Mantel poetischer Litanei, das schützende Kleid aus erlerntem La-tein. Dem evangelischen Hirten wurde ständig nicht nur geistli-che, sondern auch geistige Übung abverlangt. Seine Lehrjahre verbrachte er in Kulturzentren, gewöhnte sich an geistigen Aus-tausch. Danach im Amt fand er sich oft vereinsamt, ohne Ge-sprächspartner. Viele Pastoren glichen diesen Mangel nach Kräf-ten aus, stillten den einmal erweckten Hunger, hielten Kontakt zur geistigen Provinz ihrer jungen Jahre, lasen viel und mit An-spruch. Wer zudem jede Woche eine Predigt schreibt, der wird oft verlockt, auch außerhalb des Amts zu spintisieren und zu formu-lieren. Es mußte nicht unbedingt gedruckt werden.

Heinrich Alexanders Neigung und Talent auf diesem Gebiet wa-ren stärker als bei vielen seiner Amtsbrüder. Er wußte das, und die Beweise lagen im Druck vor. Seine Mutter Amalie war eine gebo-rene Hermes: sie stammte aus einer Pastorenfamilie, in der Her-vorbringung auch von druckfähiger und sogar erfolgreicher Lite-ratur mehrmals vorgekommen war. Amalies freundliches, aber nüchternes Verhalten vermittelte dem Sohn eine Lehre, die später verstärkt seinen Kindern und Kindeskindern zuteil wurde. Er lernte früh, daß auch zureichende künstlerische Tätigkeit zwar sehr schön sei, aber nichts, das besonderes Aufsehen verdiente.

In späteren Generationen der Seidels hat sich dieser Mangel an Ermutigung, ja an Auseinandersetzung bisweilen als Herausforderung und Stimulanz ausgewirkt. Heinrich Alexander hat er nicht geschadet, aber auch nicht genützt. Er empfand seine poetischen Versuche als Bereicherung, aber nicht als eine Hauptsache seines Daseins. Seine Ziele lagen in einer anderen Richtung und hatten sich seit Jahrzehnten nicht geändert. »Als wir uns kennen lernten«, schrieb er mit vierzig Jahren an einen alten Theologen-Freund, »war alles in uns und an uns jünglingsartig und vom Duft der Poesie umwoben. Wir standen in der ersten Liebe zu dem Herrn und waren darin einig, daß seine Kirche herrlich wieder auferstehen müsse und werde. Das war uns damals genug und freudig riefen wir einander zu: Gesegnet sei mir ein jeder, der brennt, wofür ich brenne! Wir glaubten beide an eine herrliche Zukunft des Vaterlandes, und nur die Wege, auf welchen das Ziel zu erreichen sei, kannten wir nicht. Das lag uns damals fern. Wir liebten beide deutsche Fröhlichkeit, deutsches Lied und deutschen Wein. Wir hatten uns so recht von Herzen lieb, und haben uns und jener Stunden in zwölf Jahren nicht vergessen: und als wir uns jüngst wiedersahen, da merkten wir gleich, ja ein jeder wußte es gewiß, daß wir noch die Alten waren. Welche Wege wir auch für die rechten und besten halten: das *Ziel* wollten wir beide, und Ihn, den Einen, der dahin führen kann, den Einen, in welchem Licht, Leben und Heil ist, Heil für alle und für alles, den lieben wir beide.«

Heinrich Alexanders irdisches Zentrum, auch nach der Wanderung durch die etwas größere Welt, blieben Dorf und Kleinstadt in Mecklenburg. Hierher kehrte er zurück, hier wurde er Kandidat und Hauslehrer, hier Pfarrer. Es gab keine Leerräume zwischen der erstrebten Lebensform und den Daseinsbedingungen.

> Die Blume thut der Sonne
> Sich auf am frühen Tag
> Und hält ihr still mit Wonne
> Und blickt ihr immer nach.
>
> Und kommt mit Sturm der Regen,
> So harrt sie uns gebückt:
> Sie weiß, es ist nur Segen,
> Wenns auch zu Boden drückt.

So hält sie immer stille;
Drum duftet sie so mild,
Drum prangt sie so in Fülle
Und ist es Glaubens Bild.

Der Verfasser einer Gedichtsammlung und des »Paulus«, geistliches Gedicht in zehn Gesängen, war ein fleißiger Hirte in Perlin und Umgebung. Er hatte eine brave Frau, die ihm wohlgeratene Kinder gebar, er kümmerte sich um die Gemeinde, das Lob des Herrn und um seine kleine Landwirtschaft, kam gut aus mit dem alten Grafen Bassewitz und anderen Gutsherrn, saß mit Amtsbrüdern zusammen, um das Gesangbuch neu zu ordnen – und war schon in diesem vierten Jahrzehnt seines Lebens ein ziemlich kranker Mann. Der geistliche Beruf verlangte stets robuste Gesundheit: Kirchen sind fußkalt und oft feucht; auf Kanzeln zieht es; Gräber werden bei jedem Wetter ausgesegnet, nasser Lehm klebt an den Schuhen, die Amtshandlung schließt lebhafte Bewegungen aus. Heinrich Alexander hatte die Anlage für ein Brustleiden. Er bekam es. Im Revolutionsjahr mußte er sich mehrere Wochen lang hinlegen. Danach hatte es zunächst den Anschein, als sei er geheilt.

Vermutlich schützte ihn jahrelang gute Ernährung. Wenn in Mecklenburg die Frau mit Gutspächtern versippt ist, leidet niemand Hunger. Geld aber hatten die Seidels immer zu wenig. In Perlin und später in Schwerin nahmen sie jugendliche Pensionäre auf, denen Heinrich Alexander Unterricht gab. Das schloß in seinem Tagesplan die letzte freie Lücke. »Wenn ich ihn mir vorstelle«, sagte sein Sohn später, »sehe ich ihn immer am Schreibtisch über seine Arbeit gebeugt, wie er mit so kleiner und enger Schrift Blätter rötlichen Konzeptpapiers bedeckte, daß sie von ferne wie liniiert aussahen. Er lud sich zu seinen reichlichen Amtsgeschäften noch alles mögliche auf, so daß er immer tief in der Arbeit steckte. Fand sich einmal ein Mußestündchen, so war es seinen poetischen Versuchen geweiht.«

Zu diesen Versuchen gehörte in den Perliner Jahren ein Stück Arbeit, das nichts mit Poesie zu tun hatte und bezeugt, daß dem Autor seine Zuneigung zum Vers das eigentliche Talent verbaut hat. Es fand sich im Herrenhaus eine alte Handschrift, die Kunde gab vom Schicksal des Dorfs Perlin im Dreißigjährigen Krieg. Nur sieben Personen lebten damals noch in den Häusern, auch der Gutsherr war geflohen und hatte seinen Besitz eingemauert im Keller des Pfarrers. Nahebei nistete Fieke Roloff, Findelkind und Vagantin. Zusammen mit einem vom Krieg verwilderten Heimkehrer versuchte sie den vermauerten Schatz zu rauben. Da aber ein anderes Dorfkind zur selben Zeit heimkehrte, der redliche Balthasar Scharfenberg, konnte der Plan vereitelt werden.

Das Schriftstück ging nach einiger Zeit im Herrenhaus wieder verloren. Heinrich Alexander machte sich daran, nach dem Gedächtnis aufzuzeichnen – und schrieb am Ende eine treffliche, spannende Volkserzählung: »Balthasar Scharfenberg oder Ein mecklenburgisches Dorf vor zweihundert Jahren«. Diese mehrmals wieder aufgelegte Geschichte verrät eine starke Naturbegabung für bewegende erzählende Prosa, eben ausschweifend genug, um zu fesseln. In ihrem Autor darf man einen Volkserzähler von Geblüt erkennen, der leider fast nichts geschrieben hat.

Es hat ihn diese Art von Arbeit offenbar nicht genügend gefesselt, auch fehlte es an Zuspruch im abgelegenen Perlin, und außerdem hatte Heinrich Alexander keine Zeit. Sein Dasein war zur Zeit des vierzigsten Geburtstags endgültig geprägt, fleißiger Patron einer Familie, deren Prinzip neben Zuneigung auf Arbeitsteilung beruhte. Der Pastor hat seiner Frau nie zugetraut, daß sie selbständig irgendetwas erledigen könnte, was mit seinem Beruf oder mit schriftlichen Arbeiten zusammenhing. Wenn er auf Reisen in Briefen Anweisungen geben mußte, sah das so aus: »Die Einlage an die ›Norddeutsche Zeitung‹ läßt sich *nicht* mit einer Oblate zumachen, drum drücke Du die Siegel auf mit *Siegellack* und lasse nichts d. h. keinen Siegellack zwischen die Blätter kommen; denn die Worte, welche da stehen, sollen gedruckt werden.«

Johanne war aber nicht ungeschickt oder unbewandert in den Dingen der Welt. Sie las kaum weniger als ihr Mann. Sie verwaltete einen Haushalt, in dem vier Kinder, drei Pensionäre und ein Hauslehrer lebten. Sie hatte soviel Arbeit, daß sie tat, was die meisten gescheiten und überlasteten Frauen ihrer Zeit taten: sie unterstützte, Dienerin und Geliebte für ihren fleißigen und freundlichen Herrn, die Vorstellung, daß es im Hause ein patriarchalisches Regiment gebe. Das schuf Regeln und sparte lästige Auseinandersetzungen. Heinrich Alexander war der Vater, der mit Kleinigkeiten nicht behelligt werden durfte. Aber Johanne entschied.

Als die Zeit in Perlin nach zehn Jahren zu Ende ging, als immer öfter gesiegelte Briefe kamen aus der Residenz, war Johanne nicht
sehr froh. Ihre Familie saß auf den Gütern in der Umgebung. Und
was hatte Schwerin, das in Perlin nicht zu finden war?

Es hatte genügend Menschen, die ihren Mann so würdigten, wie
er gewürdigt werden mußte. Das gab den Ausschlag.

Der Pfarrer von Grünau
1845

*Das alte »Gotteswort« stirbt leider immer mehr aus. Es
zerfiel in 1. Ackerpastoren. Diese betrachteten den Acker
als die Hauptsache und das Predigtamt als eine darauf
ruhende Last. 2. Prozeßlustige Pastoren. Sie fanden
den höchsten Genuß in Rechtsstreitigkeiten mit ihrem Patron, wenn sie auch nur Eier und Würste betrafen.
3. Gelehrte Pastoren, welche für die löschpapierenen
Literaturzeitschriften arbeiten. 4. Die Epikuräer unter
den Pastoren.*

»Raabes Volksbuch«, 1846

Im Jahr 1845 machte Heinrich Alexander ein Gedicht, das er wie
alle seine Gedichte mit einem biblischen Motto versah: »So jemand ein Bischofsamt begehrt, der begehrt ein köstliches Werk«
(1. Timoth. 3.1). Zart wurde darin Voss' »Luise« parodiert und
den Rationalisten eins ausgewischt. Das Gedicht hat ihm später
Kummer gemacht mit einigen Amtsbrüdern, aber nicht mit allen.
Es war kein ausgesprochen geistliches Gedicht und wurde häufiger
nachgedruckt als alle seine anderen Arbeiten.

> Im Schatten der duftigen Linde
> Der Pfarrer von Grünau saß
> Und gebratene junge Hühner
> Mit grünen Erbsen aß.
>
> Schön glänzt der damastene Schlafrock,
> Und die Mütze so weiß und fein,
> Gab ihm, sah man ihn von ferne,
> Eine Art von Heiligenschein.

Er aß, und sprach beim Essen
Gelehrtes so mancherlei.
Der junge bescheidene Walter
Kopfneigend saß dabei.

Gegen Dunkelmänner und Mystik
Und all die neue Lehr,
Auch gegen der Weisen Sophistik
Der Alte polterte sehr.

Und als sie satt gegessen,
Kam Kaffee, Tabak und Licht;
Da hielt wie Zeus aus der Wolke
Der Alte ein strenges Gericht.

Und sprach von schäbigten Bauern,
Von Meßkorn und Maßen zu klein,
Von unbezahlten Gebühren
Und Würsten, so hart wie ein Stein.

Und als er genug gesprochen,
Da nahm man Journale zur Hand;
Der Alte die Allgemeine
Und Walter von Röhr einen Band.

Allmählich sank die Sonne,
Die Glocke hallte durchs Thal;
Es kehrten heim von der Arbeit
Die Schnitter in großer Zahl.

Und als sie genug gelesen,
Da machte Mütterchen Thee;
Sie gingen hinein in die Stube,
Er saß auf dem Kanapee.

Und die Schnitter nebst Weibern und Kindern,
Die gingen allmählich zur Ruh –
Wohl tausend unsterbliche Seelen –
Und schlossen die Augen zu.

Doch der edle Hirte von Grünau,
Der wachte noch treu für sie,
Mit dem Amtmann, der eben gekommen,
Spielt' er eine kleine Partie.

Und als der Amtmann gegangen,
Da sprach er: »Zu ruhen ist's Zeit«;
Und legt' sich und las noch im Bette
Homeros, den Tröster im Leid.

Und als er sich reichlich erbauet,
Da legt' er sich auf das Ohr
Und pries den gütigen Schöpfer,
Der ihn zum Pfarrer erkor.

Pastor Primarius
1852–1861

*Kirchliche Nachrichten, Nicolaigemeinde, vom 25. bis
31. Mai. Getauft: Des Sergeanten beim leichten Bataill.
Hahn Tochter; des Sattlermeister Lindloff Sohn; des
Arbeitsmanns Kurz Sohn. Getraut: Der Fischergesell
Ernst Heinrich Johann Post und Johanne Louise Sophie
Kähler. Beerdigt: Der Tuchmacher Johann Christian Wolff,
76 J.; des Arbeitsmanns Maaß Tochter, 18 W.; der
Arbeitsmann Friedrich Ehlert, 58 J. alt.*

»Norddeutscher Correspondent«, Schwerin, 3. Juni 1856

Der Oberkirchenrat für Mecklenburg-Schwerin hatte Personal-
probleme. Das Land exportierte aus seinem Überschuß von jeher
Rechtsgelehrte, Landwirte, Kaufleute, Offiziere und neuerdings
auch Ingenieure. Jedoch, obwohl die heimische Universität in Rostock eine theologische Fakultät von Rang besaß, nicht genügend
geborene Mecklenburger wurden Geistliche. Durch diesen Um-
stand war schon vor Jahrzehnten der Dresdener Kandidat Heinrich
Gottlieb Seidel als Pfarrer nach Mecklenburg gelangt.
Als es nun galt, die neue kirchliche Selbständigkeit zu festigen,
aber auch in Frieden zu leben mit der Restauration, da erwiesen
sich bei wichtigen Pfarrstellen die Besetzungsprobleme zusätzlich
delikat. Die Nicolaikirche in Schwerin war zwar nicht die Schloß-
kirche, doch wichtig genug: eingepfarrt waren dort auch die
Streitkräfte, und im Gemeindebereich hatte es der Pastor Primarius mit Residenzgesellschaft ebenso zu tun wie mit Arbeitsleu-
ten. Aus den städtischen Pfarren des Landes schien niemand ent-
behrlich oder auch geeignet. Und ein Bauernpfarrer war für die
Residenz doch nie der rechte.
Der Oberkirchenrat entschied sich am Ende für einen Bauernpfarrer. Der hing der neuen Richtung an, welche die ganz alte war. Er

wußte sich auszudrücken mit jedermann. Er hatte gar einen Ruf als Dichter, aber keinen zu großen, dazu die rechte konstitutionelle politische Meinung – und der Landesherr hatte sich wohlwollend über seine Arbeiten geäußert, leider auch über ein Spottgedicht auf Amtsbrüder. Der Oberkirchenrat behielt für sich, daß er diese Amtsbrüder so übel gar nicht fand, dort, wo sie hingehörten. Glücklicherweise gelüstete es die Pfarrer von Grünau fast nie nach der Residenz. Andererseits, auch Seidel gelüstete es wohl nicht. Aber er kam bereitwillig. Er war in Pflicht genommen worden.

Heinrich Alexander hatte sich in der Tat nicht darum bemüht, daß der zweite Friedrich Franz ihm gewährte, was der erste Friedrich Franz seinem Großvater Heinrich Gottlieb Seidel immer wieder versprochen, aber nie gegeben hatte: eine etwas besser bezahlte Pfarre. Aber die Berufung bewegte ihn, die Aufgabe begann ihn zu reizen. Johanne meinte, es sei doch traurig, daß die Kinder nun in der Stadt aufwachsen müßten, aber war das Land nicht überall nahe, rund um die Residenz? Heinrich Alexander ging erst allein, um Amt und Pfarrhaus zu übernehmen. Am Neujahrstag 1852 predigte er zum ersten Mal, »freudig«. Abends schrieb er an seine Frau nach Perlin unter anderem auch dies: »Die Pastorin Rubach empfiehlt zu Ostern ihre Köchin als ein sehr brauchbares Mädchen. Das Mädchen gefällt mir recht gut, doch ich habe mich natürlich auf nichts eingelassen, möchte Dir aber empfehlen, darauf einzugehen, da die Rubach keineswegs leicht zufriedengestellt scheint.«

Johanne schrieb zurück, daß dies sehr freundlich sei von der Pastorin Rubach, aber sie zöge es doch vor, ihre Mädchen selbst in die Hand zu nehmen, was ihr lieber Heinrich gewiß verstehen würde. Heinrich Alexander war überrascht. Er antwortete sogleich aus der Residenz: »1. Die P. Rub. hat kein Interesse, das Mädchen zu loben, da dasselbe zu Ostern gekündigt ist. 2. Die Past. R. ist eine ehrliche Seele, davon habe ich mich überzeugt, und sie empfiehlt Dir das Mädchen, weil sie überzeugt ist, Dir etwas Gutes zuzuwenden. 3. Die Past. R. versichert a) dieses Mädchen sei treu und ehrlich, b) könne gut waschen und plätten, worauf hier viel ankomme, c) sei nicht putzsüchtig, d) eingezogen, e) könne ziemlich kochen, f) habe, soviel sie wisse, keinen Bräutigam. 4. rät Dir die Past. R., Dich *gleich* zu entscheiden, da das Mädchen, welches

Lust hat, bei uns zu dienen, wohl *einige* Tage, aber nicht lange, mit der Wiedervermiethung warten darf. 5. räth die R., das Mädchen zu nehmen. 6. bekommt das Mädchen 22 Lohn und 3 *Werth* zu Weihnachten, was, wie die R. sagt, nicht hoch ist, wenn ein Mädchen so brauchbar ist wie dieses. 7. meine *ich*, liebes Hannchen, daß wir unverantwortlich handeln würden, wollten wir ein so empfohlenes Mädchen nicht annehmen ... Nun schreibe mir mit der nächsten Post und habe mir keine ungehörigen Bedenklichkeiten.«

Johanne legte keine ungehörigen Bedenklichkeiten an den Tag. Bei ihrem Einzug im März übernahm sie das Mädchen der Pastorin Rubach. Zum Herbst entließ sie es.

Heinrich Alexander bemerkte das nicht. Er hatte viel Arbeit und war nun wieder eingebettet in seinen gewohnten Haushalt. Das neue Amt hatte ihn von der Aufsicht über eine kleine Landwirtschaft befreit, auch gab es nicht mehr zeitraubende Besuche auf weit entlegenen Gütern. Verwaltungsarbeit und die Pflichten der umfangreichen, halbstädtischen Gemeinde glichen das mehr als aus. Er fühlte sich einer Art von Leben wiedergeschenkt, das ihm als junger Mann entglitten war auf den Dörfern: es gab plötzlich wieder unübersehbar viele Menschen in seiner Welt, neu Geborene und Sterbende, Hochzeiter und Arme von einer Armut, deren Art er nie gekannt hatte – dazu strenge Damen und selbstbewußte Kaufleute, die dem Pastor vorschreiben wollten, wie dem Herrn zu dienen sei. Er ließ sich nichts vorschreiben. Er spielte den Primarius nicht, er war es rasch: ein sehr ruhiger Mann, angenehm ernst, und abgeschirmt von einer vertrauenerweckenden Kühle.

Er hatte Zulauf. Seine Art von Christentum wie sein eingeborenes Formgefühl hatten ihn stets darüber predigen lassen, was alles der Christ zu tun habe. Sehr selten, und anders als die meisten seiner Amtsbrüder, beschwor er die Strafen des Himmels für Ungehorsame: er meinte, das habe wenig Zweck. Das Militär, das jeden Sonntag freiwillig oder befohlen auf den Chören der Nicolaikirche sich niederließ, schätzte Zugriff und Kürze von Pastor Seidels Predigt, hörte es auch gern, wie mühelos darin übergegangen wurde von den christlichen zu den nationalen Aufgaben des Menschen. Manch ein Kirchgänger kam wohl auch, weil es ihn unbewußt nach einer ästhetisch zufriedenstellenden Predigt verlangte – eine

Vermutung, die der Vergleich von Heinrich Alexanders Kanzelreden mit anderen seiner Zeitgenossen nahelegt.

An den Teetischen der Residenz freilich vermißte man ihn. Er galt dort als ein wenig hochmütig, der Gesellschaft abgeneigt. Es fehlte ihm an Muße für diese Art von Entspannung, und das lag nicht allein an den Pflichten des Amts. Heinrich Alexander übernahm in seinen neun Schweriner Jahren so viel zusätzliche Arbeit auch ohne Not, als habe er gewußt, wie bemessen seine Zeit war. Er legte ein neues Mecklenburgisches Gesangbuch vor und ein »Mecklenburgisches Militair-Gesangbuch, im allerhöchsten Auftrage redigiert und mit einem Gebets-Anhange versehen«. Er überarbeitete seine Gedichte und widmete die neue Ausgabe der Herzogin. Er schrieb ein Erbauungsbuch, »Der Soldat nach dem Herzen Gottes«, und ein Versepos über die Christianisierung der letzten wilden Schweizer: »Der Sieg des Kreuzes an der Usenz« – mit einer prächtigen Schilderung wilder Gebirge, die der Autor nie gesehen hatte. Auch fand er Zeit, seine um 1700 erbaute Kirche, Spätbarock, innen verdorben mit mißverstandenem Rokoko aus hölzernen Säulen, restaurieren zu lassen: was nicht zuletzt heißt, er brachte es fertig, die Bezahlung der Arbeiten bei Hofe durchzusetzen.

Dort stand er, nun auch bestellter Divisionsprediger im Rang eines Capitains, in Gunst. Diese Gefühle wurden von ihm erwidert, und als er im Februar 1858 unter freiem Himmel bei schlechtem Wetter zur Übergabe einer neuen Bataillonsfahne predigte, da meinte er, was er sagte: »Meine Geliebten in Christo! Der heutige Tag ist ein Tag der *Freude* für uns und das ganze Land, denn er ist der Geburtstag unseres theuren Großherzogs und Herrn, um den wir hier versammelt stehen, und dem unser aller Herzen in Liebe und Treue entgegenschlagen. Zugleich aber ist der heutige Tag auch ein Tag der *Ehre*, nicht nur für das vierte Bataillon, welches einer hohen und bedeutungsvollen Gabe aus der Hand des Kriegsherrn entgegensieht, sondern für das ganze mecklenburgische Kriegsheer. Denn auch hier findet das Wort des Apostels seine Anwendung: So *ein* Glied wird herrlich gehalten, so freuen sich *alle* Glieder mit.«

Seine Kinder und seine Frau waren bei solchen Feiern nicht zugegen. Zur Zeit der Fahnenübergabe ging Frau Johanne im achten Monat schwanger mit ihrem letzten Sohn, Paul. Drei Jahre zuvor war Hermann geboren worden, ein sehr geliebtes Kind (»Der kleine Junge hat doch einen rechten alten Narren aus mir gemacht«).

Heinrich war nun sechzehn. Wenn er im Hause zu finden war und nicht auf den Wassern oder in den Wäldern rund um Schwerin, dann kniete er vor irgendeinem Stuhl und las. Werner war dreizehn geworden, die Mädchen zehn und zwölf. Es waren alles wohlgeratene, gesunde Kinder, so schien es dem Vater wenigstens. Heinrich Alexander war glücklich darüber und war ihnen zugetan, obwohl er nicht sehr viel von ihnen sah. Daß sie da aufwuchsen, gehörte zu einem Dasein, in dem er das Gebot erfüllt hatte, fruchtbar zu sein und sich zu mehren.

»Was machen denn meine geliebten Kinder? Stehen meine lieben Söhne morgens zur rechten Zeit auf? Halten sie ihre Sachen recht ordentlich? Wird auf die exercitia der gehörige Fleiß verwendet? Kann Heinrich schon schwimmen? Verwahren meine lieben Töchter ihre Sachen recht ordentlich? Macht Clara ihre Aufsätze mit dem gehörigen Fleiß? Sind sämtliche Kinder recht verträglich? Richte in meinem Namen diese Fragen an sie.«

Das wurde 1856 geschrieben, und in dem gleichen Brief ist auch der kleine Hermann erwähnt: »Daß Du Dich mit dem kleinen süßen Männe hast daguerrotypieren lassen, war mir überraschend, ich hatte mir nämlich fest vorgenommen, Dich photographieren zu lassen. Der Gedanke, das kleine Engelskind dazuzunehmen, ist entzückend. Es ist schade, daß Du nicht eine Photographie vorgezogen hast, dann hätte der unzufriedene Ausdruck der Gesichter durch die Nachhilfe des Malers noch in die heiterste Zufriedenheit verwandelt werden können.«

In diesen Jahren schrieb Heinrich Alexander viele Briefe an seine Frau. Sie kamen aus den Kurorten Lippspringe und Bad Salzbrunn. Das Brustleiden hatte sich schon im zweiten Schweriner Jahr so verschlimmert, die Ärzte sprachen von »Congestionen« und stellten immer wieder völlige Heilung in Aussicht, daß Heinrich Alexander erst Wochen und später Monate abwesend sein mußte. Er war ein Mann in den Vierzigern, weitaus schlechter daran, als er wahrhaben wollte. Mit Trinkkuren und Bädern wurde er sicherlich falsch behandelt. Vernünftig war daran nur, daß die Kuren ihn von seiner Arbeit fernhielten – und vielleicht auch, daß sie ihm seinen Zustand verschleierten: »Der erste hiesige Brunnenarzt hat mich ganz genau mit Anwendung verschiedener Instrumente untersucht und meine Lungen und meine Leber in sehr befriedigendem Zustande gefunden. Ich leide eben nur an einer Congestion, und er stellt mir meine Wiederherstellung ganz bestimmt in Aussicht.«

Möglich freilich, daß der Patient den Ärzten nicht glaubte, sich aber wünschte, daß seine Frau ihnen vertraute. Der Primarius und Divisionsprediger litt ohne Zweifel an Krebs. In seinem letzten Lebensjahr mußte er zu Bett liegen. Er starb wenige Tage vor seinem fünfzigsten Geburtstag.

Dem Sarg, »unter Vortritt der Militair-Musik« folgten einige hundert Menschen durch die Stadt Schwerin, Geistliche, Offiziere, Soldaten, Gemeindemitglieder. Nur einer von Heinrich Alexanders zahlreichen Nachkommen ist unter ähnlich starker Anteilnahme zur Ruhe geleitet worden. Am Grab sagte Amtsbruder Schubert, der Verstorbene habe ihm aufgetragen, ihn nicht zu würdigen. Er sei heimgegangen im vollen Bewußtsein seiner Sündhaftigkeit und der Verdienstlosigkeit seiner Werke. Seine Seligkeit, deren er gewiß sei, habe er allein auf das Verdienst seines Herrn und Heilandes Jesu Christi gebaut.

Der *Norddeutsche Correspondent* fügte dem Bericht über die Beisetzung zwei eigene Feststellungen hinzu: »Seidel hinterläßt als geistlicher Dichter einen in weiten Kreisen geachteten Namen.« Und: »Seine achtzigjährige Mutter lebt noch. Diese, wie seine Wittwe und sechs Kinder, verlieren in ihm den Versorger.«

Ende einer Amtszeit
1934

*Idee, daß jeder Mensch mit einem Gegenspieler geboren
wird; der eine steht im Schatten, der andere im Licht,
aber keiner weiß, ob er der Lichte oder der Dunkle ist.
Jedoch: der Lichte ist daran zu erkennen, daß er die Existenz
des Dunklen als einen dauernden Vorwurf empfindet.*

Notiz von Heinrich Wolfgang S.

Es fiel ihm ein, was der Kreisarzt gestern über sein Herz gesagt
hatte. Er legte die Zigarre weg, stand vom Schreibtisch auf und
öffnete ein Fenster. Es war warm für Anfang Februar. Drüben in
der Mauerstraße marschierten sie wieder, schlugen eine Pauke,
sangen. Niemand mehr kümmerte sich darum, daß in diesem Gebiet nicht marschiert werden durfte, gepaukt, gesungen: es lag innerhalb der Bannmeile um Reichspräsidenten-Palais und Reichs-
kanzlei. Fahnen und Plakate waren erlaubt, Demonstrationen
nicht. Fahnen hatte es immer nur wenige hier gegeben. Georgs
Pfadfinderführer hatte einmal gefragt: »Wieso habt ihr denn kein
Schwarzweißrot draußen?«, und Georg, hörbar verlegen, hatte
geantwortet: »Ach weißt du, wir müssen doch die Kirchenfahne.«
Er hätte darüber mit Georg sprechen sollen, damals war der Sohn
immerhin schon elf. Aber was hätte er ihm sagen können? Er hatte
das Gefühl für Schwarzweißrot begriffen, war aber Schwarzrotgold nicht abgeneigt gewesen. Muß man überhaupt seine Gesinnung ins Freie hängen? Die Kirchenfahne, violettes Kreuz auf
weißem Grund, hatte er sich in der Stille erlaubt etwas ridikül zu
finden. Aufziehen und Einholen der Kirchenfahne, das besorgte
im Pfarrhaus Kronenstraße 70 »unser Kirchendiener Kalbe«. Der
war auch »angewiesen, Leidtragende bei allen Gängen und Besorgungen im Fall einer Beerdigung zu unterstützen«. Hieß es tat-

sächlich »Gänge und Besorgungen«? Es stand in Schreibschrift auf einem Schild unten im Hausflur. Elf Jahre lang war er mehrmals am Tag an diesem Schild vorbeigegangen. Er müßte seinen Text auswendig können.

Aber prägt sich ein, was man immer vor Augen hat? Als er sich vom Fenster abwandte, sah er seinen Großvater Heinrich Alexander seit Jahren zum ersten Mal. Vaters Bild kannte er natürlich auswendig, aber nicht das von Heinrich Alexander im Talar mit Beffchen, in der Hand das Buch: ernst blickte der Großvater ihn an, aber ohne Vorwurf. Heinrich Alexander, mit knapp fünfzig im Amt gestorben, er würde nichts dagegen einwenden, daß Heinrich Wolfgang mit siebenundfünfzig das Amt niederlegte. Der Kreisarzt hatte nach der Untersuchung gesagt, er wollte das Pensionsgesuch unterstützen.

Das war gut für die Pension, sie würde auch dann noch knapp genug sein. Daß er aber gehen würde, stand schon vor der Untersuchung fest. Seine Gemeinde der Neuen Kirche am Gendarmenmarkt war nun verschmolzen mit der Gemeinde der Jerusalemer Kirche. Er hatte sich dagegen gewehrt, obwohl er wußte, daß das Konsistorium gute Gründe hatte – gut genug für das Konsistorium jedenfalls. Die Neue Kirche hatte nicht mehr genug Gemeindemitglieder. In ihrem »Einzugsgebiet« – Textilviertel, Bankenviertel, Ladenviertel – wohnten zwar nicht nur »Heizer und Portiers«, wie er manchmal behauptete, aber jedenfalls nicht viele Leute. Trotzdem war die Kirche sonntags häufig gefüllt, mit Gläubigen aus ganz Berlin. Aber das war kein gesunder Zustand, er sah es ja ein. Man gehörte nun also »zu Jerusalem«. Die Neue Kirche würde nicht mehr lange offen sein, Amtsbruder H. mochte da hoffen, was er wollte.

Aber das war nicht der eigentliche Grund, daß er ging – daß er wich, wenn man so wollte. Er war ein Deutscher und er war ein Christ, aber ein Deutscher Christ würde er niemals werden. Kampf lag ihm nicht, doch er hatte gekämpft dieses Jahr lang, von der Kanzel herab und in Sitzungen, die sich ausgebreitet hatten über seine Tage wie die Pest. Sie tasteten das Wort an und wollten es zerstückeln, das Alte Testament herausschneiden aus dem Glauben. Er hatte es jeden Tag gesagt: der Alte Bund ist Eckstein der Kirche wie der Neue Bund. Sie hatten nicht einmal offen widersprochen. Sie gingen nur hin und taten anders. Das hatte ihn

49

müde gemacht und krank und oft verzweifelt. Er spürte die Melancholie in sich wachsen, die ihn immer bedroht hatte, diesen schwarzen Nebel, in dem er dann saß und mit niemandem reden konnte. Ja, Ina hatte recht: dies war der Augenblick, zu gehen.
Er sah sich um in seinem Amtszimmer. Es war kein Amtszimmer. Es war der Raum eines Mannes mit zwei Berufen, ein Fuchsbau mit zwei Ausgängen. So war er immer gewesen in den drei Jahrzehnten, die er das Amt getragen hatte – groß und ein wenig gebeugt, mager, schweigsam. Fotos von sich mochte er nicht: auf den meisten sah er erschrocken aus oder finster. Darf man sich selbst nach drei Jahrzehnten und fest im Glauben zugeben, daß man drei Jahrzehnte lang doch lieber etwas anderes gewesen wäre? Ein Bibliothekar, ein Privatgelehrter? Jedenfalls ein Mann, dem genügend Zeit blieb, Geschichten zu schreiben, die Dinge zu sagen auf seine Art. Es waren nie schlechte Geschichten gewesen, die er schrieb. Es waren gewiß keine Pastorengeschichten. Siebenundfünfzig war kein Alter. Man muß sich nur die rechten Beispiele aussuchen: Fontane etwa . . . Jetzt war der Augenblick, den einen Ausgang aus dem Fuchsbau zu schließen, nur noch den anderen zu nutzen – ein Mann mit einem Beruf.
Er hatte wieder eine Zigarre in der Hand. Er würde sie zählen müssen. Das Gerüst am Haus, da wurde frisch gestrichen, machte das Zimmer dunkel. Nächste Woche würden hier drinnen Monteure arbeiten, eine Zentralheizung einbauen: gute Gaben aus der Verschmelzung. »Jerusalem« hatte mehr Geld für seine Pfarrhäuser. Dann sollten die Kachelöfen abgebrochen werden. Ina wollte diesem Chaos entgehen und hatte für Montag die Packer bestellt. Er würde umziehen in das Hospiz gegenüber der Kirche, sein Amt von einem Gästezimmer aus führen. Dies war so endgültig, und deswegen unheimlich für ihn. Was, wenn das Konsistorium sein Gesuch am Ende doch nicht genehmigte? Ina war so sicher. Er war nicht sicher. Er hatte sein Leben lang getan, was »die Behörde« sagte.
Das Haus dort in Bayern. Viel Himmel darüber. Ina hatte das Haus ganz allein gebaut, er hatte wenig davon wissen wollen – mit eigentlich keinem Geld, ein bißchen von ihrem Verlag, ein bißchen geliehen von seinem Bruder Helmuth. Nein, er hatte die Pläne nicht sehen wollen. Ina war so sicher gewesen – aber ein eigenes Haus? Er war sehr überrascht, als er es endlich sah. Es war

immer von »dem Häuschen« die Rede gewesen. Er mochte diese
Art von Wochenend-Existenz nicht. Aber das war ein richtiges
Haus, einstöckig und mit zuverlässigen Wänden und Räumen.
Sein Arbeitszimmer im Erdgeschoß war schön groß, dahinter ein
kleines Schlafzimmer. Es war doch sehr merkwürdig: ein richtiges
Haus. Platz für alle Bücherregale und auch für Vaters großen Se-
kretär. Auch wenn es in Bayern stand, es war eben das, was er sich
nun wünschte.

Er wand sich zwischen Bücherregal und Tisch hindurch zu der
kleinen Tür, die in sein Schlafzimmer führte. Der Gips-Lessing,
dunkelgelb von Zigarrenrauch, wackelte auf dem Regal wie immer. Das Schlafzimmer war nicht groß. Auf dem Kleiderschrank
war früher die Eggers-Büste aufbewahrt worden. Als Georg noch
klein war, kam er oft morgens und störte ihn beim Ankleiden,
spielte mit den aufgestellten steifen Manschetten, bis sie einge-
knöpft wurden. Er hatte es gern, wenn sein Sohn ihn störte. Eines
Morgens hatte Georg sich an die Tür des Kleiderschranks gehängt
und sich hin und her schwingen lassen – dabei fiel der Schrank um,
klappte das Kind in sich hinein. Die Eggers-Büste sauste einen
Zentimeter an seinem Kopf vorbei. Das war aber nur der kleine
Schreck. Der große, der ihm noch Herzklopfen machte, wenn er
nach Jahren daran dachte: Georg eingeschlossen in dem auf Bett-
pfosten und Waschtisch liegenden Kleiderschrank, fest eingepackt
und ohne Zweifel nahe am Ersticken. Der Schrank war schwer. Er
rief um Hilfe, aber niemand kam: die Wohnung war so lang, die
Küche weit, Inas Zimmer noch weiter weg. Er stemmte dreimal
und viermal. Endlich, als er eigentlich nicht mehr konnte, stand
der Schrank doch wieder aufrecht. Georg spazierte ins Freie und
brüllte.

Er goß Wasser in die Schüssel und wusch sich die Hände. Ina hatte
von Hemden mit weichen, angenahten Manschetten gesprochen
und von leichten Jacken. Er konnte sich das noch nicht vorstellen.
Sein Schlafzimmer in Starnberg würde noch kleiner sein als dieses, aber weiß und hell. Hier war es düster. Es gab ein Regal, auf
dem standen oben Russels Seeromane, weiter unten andere heimliche Laster, gelegentlich auch Inas Laster: Goldmann-Broschuren
ohne Umschlag, Edgar Wallace etwa, und gelbe Ullsteinbände,
auch hier mehr die mit den Detektiven. Abenteuer. Manchmal
entspannten sie doch sehr. Es bekümmerte ihn, daß er niemals

Englisch im Original hatte lesen können, weniger das hier – aber Dickens. Und Chesterton.

Er trat, was er selten tat, hinaus auf die Loggia. Ihr Gitter hatte Halter für Blumenkästen, aber da waren keine Kästen. Seidels benutzten ihre Loggia nicht. H.s im ersten Stock taten es, veranstalteten dort Familienleben und manchmal im Sommer eine Italienische Nacht mit Lampions. Er blickte hinunter auf den »Garten«, vom Hof abgegrenzt mit Gittern und Ketten: ein paar Fliederbüsche, eine Rüster, die viele Meter schwarzen Stamm getrieben hatte hinauf zum Licht. Rechts war die Brandmauer des Hinterhauses von nebenan. Links zogen sich im offenen Geviert, roter Backstein, die Wohnungen; viel wilder Wein, Spatzengeschwirr. Die Fenster der Seidels spiegelten vor leeren Zimmern. Heilwig hatte geheiratet und erwartete in München ihr Kind. Georg war im Landerziehungsheim. Ina, ihre beiden kleinen Räume lagen gegenüber der Loggia, war ausgegangen.

Wenn Ina von ihrem Schreibtisch aufblickte, hatte sie elf Jahre lang diese unbenutzte Loggia gesehen. Wenn er von seinem Schreibtisch aufblickte, sah er die grauen Häuser der Kronenstraße, Bolles Milchwagen, Höpfners Geschäft »Zur kleinen Markthalle«. Bis vor kurzem hatte Höpfner mit einem Obstkarren an der Ecke gestanden. Es ging also offenbar wirklich aufwärts? Nur hier im Hof veränderte sich nichts. Trudchen Kalbe hockte an der Rüster und spielte Murmeln mit sich selbst. Hinter den gotisch gespitzten Fenstern von Kapelle und Gemeindesaal im Parterre war es dunkel. Wenn dort jemand war, mußte das Licht an sein, auch am Tag. Bibelstunden. Ab und zu Kaffee und Kuchen für die Frauen, die sich selbst »die Altchen der Gemeinde« nannten und zum Schluß »Herrn Pfarrers Lieblingslied« sangen, »Geh aus, mein Herz, und suche Freud«. Es war nicht sein Lieblingslied, aber er hatte nie widersprochen. Die Kapelle mit der Giotto-Kopie über dem Altar, und Fräulein Eisermann saß am Harmonium. Auch Fräulein Eisermann gehörte eigentlich nicht zur Gemeinde. Sie wohnte im Westen.

Zwischen Kapelle und Gemeindesaal der Eingang zur Hintertreppe. Er hatte diesen Weg häufig benutzt, obwohl die Hintertür weit weg lag von seinen Zimmern. Aber da waren oft Herren in Schwierigkeiten, die vor dem Haupteingang der Wohnung warteten. Er wußte, er war eine leichte Beute – etwa für Ingenieur Müller, für den er manches getan hatte und wieder getan hatte und wieder; nach ein paar Tagen kehrte Ingenieur Müller stets zurück und ersuchte um einen kleinen Betrag. Auf der Hintertreppe traf er andere Bettler, die Männer mit dem Teller Suppe und dem Stück Brot. Er sprach mit allen. Aber er mußte sich jedesmal dazu zwingen und hatte deswegen ein schlechtes Gewissen.

Er kehrte an seinen Schreibtisch heim und zündete nun doch die Zigarre an. Links lagen amtliche Papiere und eine erste Niederschrift der Predigt für nächsten Sonntag. Rechts lag die Mappe »Segevold«, dieses Manuskript, mit dem er seit Jahren lebte. Tagebuch und Briefabschriften bewahrte er in einer verschlossenen Schublade auf. Es war ihm immer schwergefallen, dieses Zimmer auf längere Zeit zu verlassen, für Sommertage an der Ostsee oder für die Reise nach London, auf die Helmuth ihn mitgenommen hatte. Gern ging er auf ein paar Stunden weg, aber nicht länger. Was würde er vermissen, wenn dieses Zimmer nicht mehr hier war, sondern in Starnberg in Bayern? Den Gottesdienst, das Ritual zwischen Sakristei, Altar und Kanzel? Er wußte es nicht. Er liebte die Ordnung der Liturgie. Beerdigungen, Taufen? Wenn die Gastlichkeit nicht sein müßte, hinterher. Nicht vermissen würde er den Konfirmandenunterricht. Er wurde noch fertig mit den jungen Ungeheuern, aber die Kraft, die das kostete.

Vom anderen Teil seines Daseins würde ihm auch nur wenig fehlen. Es machte den Spaß nicht mehr, den es gemacht hatte – das Eintauchen in die Metropole, incognito, der unauffällige Herr, der im Akrobaten- und Zauberkünstler-Treff am Bahnhof Friedrichstraße saß oder in der »Traube« Wein trank. Der Beobachter, stets schweigsam – der Mann, der mit Leuten sprach, indem er sie reden ließ. Die Kinos, der City-Dschungel, Ausflüge in den Westen: all die kleinen Heiterkeiten, von denen einige vermutlich den Gemeindekirchenrat schockiert hatten, wüßte er davon. Allerdings, sie gaben ihm etwas Narrenfreiheit und duldsames Lächeln: »Unser Herr Pfarrer schreibt Bücher, er ist der Sohn von Heinrich Seidel, Sie wissen doch.« Nein, auch dies würde er nicht vermissen. Ja, er war müde. Ja, es war Zeit, seinem Dasein allein den Zwang aufzuerlegen, den er selbst bestimmte. Wäre das Amt nur Verkündigung, es wäre ihm nie zuviel geworden. Nein, nicht einmal das war ganz richtig. Die ständige Produktion im Amt verführte dazu, den Menschen Unausgereiftes zu überantworten, nicht zu

Ende Gedachtes, Einstweiliges, Vorläufiges. Das schlechte Gewissen, das dabei heranwächst. Die Wege, an denen man vorübergehen muß, ohne sie zu betreten: weil die Zeit nicht ausreicht. Die Sonnabende, an denen man sich die Predigt aneignet für den nächsten Tag – und ewig spürt, es ist nur die Hälfte gesagt, das Wesentliche verschwiegen.

Dreißig Jahre sind genug. Es gab so viel, was er noch tun wollte.

Der Fußboden bebte ein wenig: Amtsbruder H. war nach Hause gekommen und hatte sich an seinen Flügel gesetzt. Er sang dazu, sang, was er häufig sang um diese Zeit vor dem Mittagessen: Das Hobellied, »Da streiten sich die Leut' herum . . .« Der Flügel stand nicht unmittelbar unter diesem Zimmer, doch Amtsbruder H. hatte eine starke Stimme. Wenn er mit dem »Hobellied« fertig war, würde er wahrscheinlich »Großer Gott, wir loben Dich« intonieren.

Heinrich Wolfgang erhob sich, passierte den Vorplatz, ging durch das Eßzimmer, wanderte den langen Gang entlang an den hinteren Räumen, fand in der Küche Fräulein Else und erkundigte sich, wie es denn heute geplant sei mit dem Mittagessen.

Der Traum vom Vater
1862, 1907

Heinrich, du liest doch nicht?
Heinrich Alexander S. zu seinem neunjährigen Sohn,
dem er ein Buch zum Ansehen der Bilder gegeben hatte.

In seiner Selbstbiographie »Von Perlin nach Berlin« hat Heinrich einen Traum beschrieben, der ihm in dem Jahr nach Heinrich Alexanders Tod öfters wiederkehrte.
»Mein Vater war nicht wirklich begraben worden, sondern an seiner Statt ein mit Steinen beschwerter Sarg, während er selber weit fortgegangen war und in einem fernen Gebirge als Fußwanderer lebte. Dadurch hatte er seine Gesundheit wieder erworben, und obwohl er sehr hager war, besaß er eine braune kräftige Gesichtsfarbe und einen elastischen Schritt. Die Sehnsucht, seine Familie zu sehen, zog ihn von Zeit zu Zeit zurück, aber daß er noch lebte, war ein tiefes Geheimnis, und niemand durfte es wissen. Nach kurzem Aufenthalt wanderte er dann wieder fort. Einst hatte ich wieder diesen Traum, und zwar mit der Variation, daß man ihm auf der Spur sei und er verborgen werden müsse. Wir brachten ihn in ein großes, unterirdisches Warengewölbe, wo immer ein Keller in den anderen mündete, und suchten nach einem Versteck zwischen den unzähligen Kisten und Warenballen, die dort geschichtet lagen. Dabei hörten wir fortwährend die Leute gehen und sprechen, die ihn suchten. Endlich war die Gefahr vorüber, und wir brachten ihn an das Meer, und nahmen Abschied von ihm. Über das Meer war eine Holzbrücke geschlagen, die sich gegen den Horizont in der Ferne verlor. Er nahm seinen langen Wanderstab, der höher war als er selbst, faßte ihn etwa zwei Drittel der Länge und ging, bei jedem Schritt den Stab aufstützend, auf die Brücke hinaus. Wir standen am Ufer und sahen ihm nach, wie er immer klei-

ner und kleiner wurde, bis er endlich als ein Pünktchen in der Ferne verschwand. Seitdem ist dieser Traum nicht wiedergekehrt.«

Heinrichs Sohn Heinrich Wolfgang sagte über diesen Traum:

»Mir scheint, als liege darin noch mehr verborgen, als für den ersten Anblick aus ihm hervorgeht. Er verrät einen Familienzug, die Verbundenheit der Herzen, die sich in einer gewissen Scheu vor der Aussprache des Innerlichsten mehr verbirgt als offenbart – eine Liebe, die aus der Gemeinschaft mit den Allernächsten immer wieder zurückflieht in die eigene Welt, und doch in der Sehnsucht nach ihnen sich verzehrt.« Und er fuhr fort:

»Merkwürdig war mir, daß auch ich nach dem Tode meines Vaters nicht nur in ungezählten Nächten seine Stimme aufs neue hörte, mit ihm umging und klopfenden Herzens erfuhr, er habe jetzt sein letztes und teuerstes Werk vollendet, sondern daß eine dieser traumhaften Begegnungen *seinen* Traum in eigentümlicher Weise erneuerte. Mir war, als stünde ich mit meinem Vater in unserem alten Garten Am Karlsbad und wir betrachteten einen Baum, der schon in jenen frühen Zeiten dort auf dem kurzgeschorenen Rasen stand, jetzt aber zu unendlicher Größe herangewachsen war. Der rillige, von der Sonne glühende Stamm stieg nicht wie einst kerzengerade in die Luft, sondern kroch gleich einer Urweltschlange über den Boden, hob sich dann fast unmerklich und hatte, wenn man genau zusah, kein Ende – wie ein immer breiter werdender brauner Pfad streckte er sich dahin, um dort, wo der Horizont sichtbar wurde, seine Zweige mit allerlei Wolkengebilden zu vermischen. ›Ich nenne das eine Himmelschaussee‹, sagte mein Vater.

Dann führte er mich zu einem daneben stehenden jungen Bäumchen, das ganz bedeckt war mit grünen Knospen. Er pflückte einen solchen Blattwickel ab, nahm ihn zwischen Daumen und Zeigefinger und drückte ein weniges. Alsbald tat sich aus dem Gebilde eine feine Zunge hervor, an deren Ende eine merkwürdige Blüte hing. ›Als du klein warst, machte dir das Spaß!‹ sagte er traurig. Aber ich konnte nicht lachen, sondern sah ihn starr an – da hatte er sich schon auf den Himmelsbaum geschwungen und ging mit abgewandtem Rücken davon, zuweilen sich neigend, um einen aufsprossenden Zweig beiseite zu biegen, bis er an das Wolkentor kam und dort wie Rauch verging.«

Junger Mann mit bescheidenen Aussichten
1842–1866

Mecklenburg.

*Antwort des älteren Heinrich S. auf eine Umfrage
nach politischen Ansichten*

Er trug die gewaltigsten Kanonenstiefel am Platze. Er sog Rauch-
wolken aus einer Pfeife, die länger war als seine hundertdreiun-
dachtzig Zentimeter. In der Landsmannschaft »Obotritia« kneipte
er mit jungen Herren der Landmannschaft »Slesvico-Holsatia«.
Kommentgetreu fand er eines Holsaten Äußerung »merkwürdig«, was dieser für »sonderbar« hielt, worauf er wiederum nicht
umhin konnte, dies für »unverschämt« zu erklären, was der andere darauf »dumm« nannte – und damit war der Fall klar, der
Paukboden gerichtet, und Heinrich aus Schwerin handelte sich
den »kleinen Blutigen« an der Lippe ein, den er stolz konservierte.
Auch lernte er ein Hannchen auf dem Tanzboden kennen, und sie
betrachteten miteinander nächtens den Kometen von Anno 1861.
Heinrich meinte, der Komet von Anno 1858 sei aber noch größer
gewesen. Hannchen war erstaunt: »Haben Sie den auch gesehen?
Sie waren doch damals noch gar nicht in Hannover.« Und der Flieder duftete wie toll.
Ach, aber diese Studentenherrlichkeit währte nur vierzehn Monate. Ganz echt war sie ohnehin nicht, denn die Polytechniker zu
Hannover galten nur als Halbstudenten, hatten zumeist ihre
Gymnasialjahre verfrüht beendet und kamen von der Arbeit aus
kleinen Werkhallen. Daß ihnen das kommende Zeitalter gehören
würde, war noch unbekannt – und akademische Ausbildung für
einen Techniker: das schien ohnehin vermessen. Während Heinrich in Hannover mit Hannchen den Kometen betrachtete, fand in
Schwerin ein Familienrat statt. Das »Gnadenjahr«, das der Pfar-

rerswitwe Johanne S. nach Heinrich Alexanders Tod gewährt war (volle Bezüge und die Wohnung), es bröckelte bereits. Die Hauptstimme im Rate hatte Frau Johannes Bruder, der Landwirt Adolf Römer. Er entschied, Heinrichs Hannoversches Studentenleben sei überflüssig. Der Junge sei nun neunzehn. Er müsse an eine Stelle, von der aus er sich tüchtig hocharbeiten könnte. Adolf Römer wußte auch die Stelle schon.

Es war dies der zweite Einschnitt im Leben des Heinrich Friedrich Wilhelm Karl Philipp Georg Eduard (»Als wenn ein Güterzug durch eine ebene Wiesenlandschaft dampft«), des einzigen Seidel, der sich ausschließlich Heinrich nannte – Reichtum macht sparsam. Den ersten Einschnitt verspürte er als Neunjähriger an einem Novembermorgen: da sagte der Vater den Söhnen und Töchtern, im neuen Jahr würden sie alle in die Residenz ziehen. Heinrich machte diese Aussicht nicht froh. Er war nicht neugierig auf Residenzen. Er ahnte dunkel, daß er mit dem Dorf Perlin sein ureigenes Land hinter sich lassen würde. Später hat er gesagt, entscheidend für jedes Menschen Entwicklung seien seine ersten neun Jahre.

Für ihn selbst traf das zu. Kindheit und Kinderland haben den Mann H.S. und den Autor geprägt. Der verwunschene Garten von Perlin, der sachte überging in den Friedhof, die Kornbreiten, Wiesen und Gewässer, von Wäldern gesäumt, die blaue Sehnsuchtslinie am Horizont: eine der schönsten Landschaften Europas mit ihrem Getier und ihren Bewohnern zeichnete sich dem Knaben ein – zentrales Erlebnis, Grundmuster. Zudem stand Heinrichs Elternhaus auf jener unsichtbaren Grenzlinie, auf die die meisten protestantischen Pfarrhäuser gebaut sind: es hatte Ausgänge nach beiden Seiten. Der Pastorssohn bekam Zugang zu den Bauernstuben, verstand und sprach die sichtige, reiche Sprache des Landes, er wurde aber auch hineingelassen in die kargen Salons des Herrenhauses.

Heinrich, der dann auch in der Residenz ein ganz gutes Knabenleben hatte, blieb das Kind aus Perlin. Nicht, daß er sich gehärmt hätte nach einem verlorenen Paradies. Er hat das Dorf nur einmal wiedergesehen, als älterer Mann, als geehrter Gast von Rang und Ruf. Es ist bezeichnend für ihn, daß dieser Besuch ihn nicht enttäuschte. Sein Perlin lag um einige Schichten tiefer als jene der seligen Erinnerung.

In Schwerin, als des Primarius Ältester und offenbar begabt nur für den deutschen Aufsatz, wuchs er heran zu einem jungen Mann von durchaus bescheidenen Aussichten. Er erreichte immerhin die Tertia, ehe seine Lehrer Heinrich Alexander nahelegten, daß Heinrich anderswo besser aufgehoben wäre als im Gymnasium. Vielleicht seien seine gewiß löblichen Interessen für die Gebiete der Naturwissenschaft einer Berufswahl dienlich? Heinrich Alexander überlegte. Männer von einem gewissen Status in der Residenz nahmen ihre Kinder nicht gern aus der Schule: die Frage lag zu nahe, ob der Sohn nun zur Post gehen sollte oder zur Steuer. Es ehrt Heinrich Alexander, daß er zu seinem Entschluß kam, während sein Haus durchaus unangenehm roch von Heinrichs chemischen Experimenten. Heinrich verließ die Schule. Heinrich antwortete auch auf die Frage, was er denn nun werden wollte. Er würde gern, sagte er, Maschinen bauen.

Nach den Ostertagen des Jahres 1859 stand der Siebzehnjährige zum ersten Mal an einem Schraubstock, in den Schweriner Lokomotiv-Reparatur-Werkstätten. Der Lehrling hatte einen milden Meister. Ein Jahr lang tat sich Heinrich um in verhältnismäßig stillen Werkshallen, lernte schmieden, hölzerne Formen zurechtschleifen und stand jeden Sonnabend mit einer langen Stange bereit: wenn flüssiges Metall aus dem angestochenen Ofen floß, fischte er die Schlacken heraus. Allzuviel wurde ihm nicht beigebracht. Die technischen Arbeiter und Handwerker hielten Lehrlinge aus dem Bürgertum nicht ganz für die rechten Mitarbeiter: sie würden ohnehin bald auf eine Schule gehen, Herren werden und mit der Kutsche fahren.

Heinrich machte denn in der Tat noch einmal Pause, wurde zwei Monate lang von seinem Vetter unterrichtet und schrieb dabei Aufsätze, die sich zu Fragmenten romantischer Geschichten auswuchsen; ihre Helden gingen zumeist auf große Reisen. Dann, im Herbst 1860, reiste er selbst: nach Lauenburg mit der Eisenbahn, über die Elbe auf einem Kahn; nach Lüneburg mit der Post; von dort, wieder mit der Eisenbahn, nach Hannover. Dort lernte er, paukte und tändelte. Dort begegnete er einem Küsterssohn namens Karl Hohn, der für einige Zeit sein Freund wurde. Er war ein heiterer und sehr erfindungsreicher Jüngling, dessen Temperament und Phantasie den jungen Seidel fesselten.

Einmal besuchte Heinrich den Freund in seinem winzigen Zimmer. Hohn saß am Fenster und lachte. Was denn so komisch sei? »Oh«, sagte Hohn, »ich stelle mir vor, daß ich meine Nase ganz fix und weit ausschnellen und wieder einziehen könnte, so daß ich den alten dicken Onkel dort hinten oder die lange, magere Tante, die dort geht, auf die Schulter tippen könnte. Wie sie sich dann verwundert und erschrocken umsehen und niemand da ist.«

Als Heinrich aus den Weihnachtsferien nach Hannover zurückgekehrt war, erreichte ihn die Nachricht, daß sein Vater gestorben sei. Er fuhr nach Schwerin, half ihn begraben und blieb noch ein paar Tage bei Mutter und Geschwistern. In dem ersten Brief, den »Dein gehorsamer Sohn Heinrich Seidel« danach aus Hannover schrieb, war von der Reise die Rede, von Lüneburgs Stadtwällen, von der »netten Büchersammlung auf meinem Tische«, von Tante Thereses Mettwurst, aber nur indirekt von dem, was kaum vierzehn Tage zurücklag: » . . . wurde ich von Franke zitiert, um mich zu entschuldigen, weshalb ich gefehlt hatte. Ich wußte mich natürlich genügend zu entschuldigen, worauf er sehr freundlich mit mir sprach.« Gefühl privat in Wort und Schrift zu äußern, war den Seidels sicherlich gegeben – aber sie taten es nicht.

Nach Onkel Adolf Römers und des Familienrats Entscheidung verließ Heinrich am Ende dieses Jahrs das Polytechnikum, um sich hochzuarbeiten, in Güstrow, in Herrn Kählers kleiner Fabrik für landwirtschaftliche Maschinen. Er bekam fünfzig Pfennige täglich und brachte es in zwei Jahren auf drei Taler die Woche. Er lernte arbeiten, ließ aber nicht von dem, was er »Allotria« nannte, und sein Kopf war häufig mit anderen Dingen beschäftigt als seine Hände.

> Weiße Rose, weiße Rose!
> Träumerisch
> Neigst du das Haupt.
> Balde
> Bist du entlaubt.
> Weiße Rose, weiße Rose,
> Dunkel
> Drohet der Sturm.
> Im Herzen heimlich,
> Heimlich
> Naget der Wurm.

Über die Qualität der Verse mögen die Ansichten voneinander abweichen. Der Rhythmus des Schraubenschneidens aber ist in diesem Gedicht haargenau wiedergegeben.

Vorerst blieb all das »Allotria«. Heinrich wechselte in Güstrow zu der größeren Maschinenfabrik hinüber, bekam zehn Taler die Woche und lernte technisches Zeichnen. In seiner Freizeit turnte er – so heftig, daß er einen kleinen Blutsturz bekam und ihn in schlesischer Gebirgsluft auskurieren mußte. Die Mutter in Schwerin war besorgt, ihr Mann hatte in Schlesien vergebens Heilung gesucht – aber Heinrich kehrte nach zwei Monaten gesund zurück, ließ die Leibesübung sein, und blieb auch gesund.

Er schrieb nun an den Abenden, statt zu turnen. Ein »Sommermärchen« wurde in den Hamburger »Jahreszeiten« gedruckt, und die Redaktion teilte mit, das Honorar berechne sich leider nur auf nicht ganz zwei Taler: dies dem Autor anzubieten, wage man nicht. Der Autor bezog dann sein erstes Honorar von einem Freund, für dessen Eltern er ein Gedicht gemacht hatte zur Silberhochzeit. Zwei Spickaale schickte das dankbare Silberpaar nach Güstrow. Einen davon allerdings aß der Freund sogleich nach Empfang; er hatte Talent zum literarischen Agenten.

Als Heinrich, er war nun vierundzwanzig, Güstrow im Herbst 1866 verließ, fühlte er sich nicht als Schriftsteller. Er hatte sich »hochgearbeitet« und reiste mit einem kleinen Zehrgeld seiner Mutter nach Berlin, um dort an der Gewerbeakademie noch einmal zu studieren.

Nach Mecklenburg kehrte er nur noch als Gast zurück.

Post von Werner
1861–1883

*Den guten Seemann
erkennt man bei schlechtem Wetter.*

Toscanisches Sprichwort

Der Familienrat, der Heinrich in die Fabrik schickte, befand auch über die Pläne des drei Jahre jüngeren Bruders Werner. Er hieß sie gut. Onkel Adolf hatte auch hier Verbindungen, und der erwählte Beruf war ihm sympathisch, weil man in ihm in der Tat sich nur hocharbeiten konnte. Werner hat das getan. Im Mai 1861 ging er als Schiffsjunge auf die »Fides«, einen Rostocker Frachter. In noch jungen Jahren fuhr er als Erster Offizier und Kapitän, diente dazwischen vorübergehend dem Vaterland als Matrose. Er starb früh, an der gleichen Krankheit wie sein Vater. Auch der Beruf des Seemanns erfordert eine robuste Gesundheit – aber sehr wahrscheinlich hat sich Werner sein Leiden nicht im Dienst der Handelsmarine, sondern im Dienst des Vaterlandes zugezogen.
Er war ein guter, und wie auch er stets unterzeichnete »gehorsamer Sohn«. Regelmäßig schrieb er seiner Mutter aus aller Welt. Seine Geschichte steht in den Ausschnitten seiner Briefe.

Aus Rostock, Mai 1861

Meinem Versprechen gemäß schreibe ich Dir am zweiten Tage, nachdem ich an Bord gegangen bin, aber auch nur deshalb, da immer bis spät gearbeitet wird, um das Auftakeln des Schiffes rascher zu fördern, und ich wenig Zeit für mich übrig habe, da ich noch nach dem Abendessen die Schüsseln, Messer etc. zu reinigen habe. Ich habe jetzt einen anderen Namen bekommen und heiße Robert, weil der Steuermann meinen Namen nicht behalten kann. Heute hat er mich oben auf den Mast geschickt, als mir der Wind meine Mütze hinwegriß, welche aber zum Glück auf einen preußischen Schoner fiel, von welchem sie mir ein kleiner Landjunge wieder holte.

Die Stiefel, von denen ich Dir neulich schrieb, sind durchaus nothwendig. Ich entbehre sie schon jetzt schwer. Sie kosten 4 Thaler 32 S., und Onkel Adolf hat mir noch zwei Thaler dazu vorgeschossen, und ich bitte Dich, sie ihm bei Gelegenheit zurückzugeben. Meine alten dünnen Stiefel in Schwerin würden durchaus unbrauchbar dazu sein, da sie gleich durchschlagen.

Aus Kopenhagen, August 1861

Schreibt mir auch etwas von dem, was in der Welt vorgeht, da ich augenblicklich nicht ahne, ob Krieg oder Frieden ist. Dann auch über die diesjährige Ernte, ob viel Obst wächst, alles interessiert mich.

Aus Alexandria, Januar 1862

Dann begannen wir einen Spazierritt, unter anderem zu dem berühmten Ponteys Pillar, zu den Katakomben, zu einem großen Obelisken, durch die Palmenhaine etc. Gegen Abend ruhten wir in einer italienischen Vendetta aus und kauften uns von einer Araberin einige Apfelsinen, welche hier sehr billig sind.

Aus New York, August 1862

Auf See ereignete sich auf dieser Reise etwas, welches ich Dir doch mitteilen will. Der Steuermann hatte sich sehr grob gegen des Capitains Frau betragen, welche unwohl war. Da der Capitain ihm einen Verweis deshalb ertheilte, wurde er grob gegen diesen und es kam zu einem Streite, welcher damit endete, daß der Steuermann den Capitain schlug. Nachdem sie sich etwas geprügelt hatten, mischten sich die Leute dazwischen und endigten den Streit. Der Capitain erklärte den Steuermann zum Passagier, indem er ihn bei unserer Ankunft in New York gerichtlich belangen wollte. Aber der Steuermann ging einige Tage darauf zum Capitain, um alles abzubitten; dieser, welcher einmal keinem etwas abschlagen kann, gewährte ihm Vergebung, und es war alles vorbei.

Hier in New York ist jetzt alles in großer Aufregung wegen des Krieges, Soldaten werden täglich angeworben und gehen ab nach dem Süden. Selbst Knaben, die noch gar nicht mit der Flinte maneuvrieren können, werden mit einem Knüttel oder einer Pieke bewaffnet ins Feld geschickt. Auch so viele Seeleute sind zu den Soldaten gegangen, daß die Schiffe hier gar keine Leute bekommen können.

Aus La Valetta, Dezember 1863

Schreibe mir doch in Deinem nächsten Briefe etwas über die dänische Sache. Wie ich gehört habe, soll ein Krieg bald zu erwarten sein. Mich interessiert das sehr, da vor der Beendigung dieses Krieges an kein Nachhausekommen für mich zu denken ist, das Schiff würde auf keinen Fall nach der Ostsee gehen können.

Aus London, Mai 1864

In aller Eile muß ich Dir schreiben, daß unsere »Fides« nicht mehr auf dem Wasser schwimmt. Ein großes Dampfboot rammte rechts unseren Spiegel, wie wir auf der Themse lagen, und das Schiff sank zwei Minuten danach. Wir hatten gerade noch Zeit, ins Boot zu springen und abzustoßen. Könntest Du mir etwas Geld schikken, damit ich noch einen Anzug bekommen kann?

Aus Gibraltar, März 1865

Kennt man wohl in Deutschland eine Gewalt, wie sie in Frankreich die unbegrenzte Despotie des Kaisers, in England *dieser* Adel und in Amerika das Geld ausübt? Und weil wir sie nicht kennen, halte ich Deutschland für das glücklichste Land, soviel Unbestände auch immer sein mögen. Ein deutscher Mann bleibt immer ein freier Mann, solange er nur einer sein will, so lange er ein Auge hat für die Schönheiten seines Vaterlandes, und solange sein Herz nur schlägt für Deutschlands Ehre – und für Deutschlands Einheit. Ich bin hier nicht so alleine mit solchen Gedanken, wie Du wohl denken magst. Capitain und Steuermann sind gute Patrioten und eifrige Turner. Auch hissen wir bei besonderer Gelegenheit die schwarzrotgoldene Flagge am großen Top, da wir sie leider an der Gaffel (Platz der Nationalflagge) nicht führen dürfen. – Über Deinen Rat, mich mit Dichten zu beschäftigen, muß ich – verzeih – herzlich lachen. Ich glaube, ich habe nicht mehr Talent dazu, als einer der berühmten Mecklenburger Ochsenköpfe.

Aus Constantinopel, August 1867

Neulich hörte ich nachts ein Gespräch an zwischen einem Dalmatiner und einem Russen von der Mannschaft. Der Wind sauste ein wenig in meiner offenen Cajütentüre, und das erschreckte die beiden Helden. Sie horchten eine Zeitlang, bis Nicola meinte, er glaube, der Teufel sei in der Cajüte. Leise entgegnete Kusma: »Vielleicht hat er den Steuermann geholt.« Dies wurde mit solchem Ernste und mit solcher Angst gesprochen, daß ich in lautes Gelächter ausbrach. Die beiden liefen erschreckt nach vorne, und es stellte sich später heraus, daß sie den unschuldigen Ausbruch meiner Heiterkeit für höllisches Hohngelächter gehalten haben.

Aus Kiel, Juli 1870

Heute morgen bin ich von Hamburg fortgereist und habe mich gleich nach meiner Ankunft hier in Kiel als Freiwilliger bei der Marine gemeldet. Nachdem ich meine Entlassung in Hamburg genommen hatte, konnte ich, abgesehen davon, daß ich auch sehr gerne mithelfen möchte, die Franzosen auf den Kopf zu schlagen, nichts Besseres tun, da ich sonst für die Dauer des Krieges hätte ohne Beschäftigung bleiben müssen. Ich bin als Matrose zweiter Klasse eingestellt.

Aus Bergen, Februar 1871

Als wir am ersten Weihnachtstag von dem irischen Hafen Castleton ausgingen, steuerten wir erst westlich, um die uns auflauernden französischen Schiffe auf eine falsche Fährte zu bringen. Dann machten wir kehrt und liefen direkt an die französische Küste, wo wir hin und her kreuzten, herunter bis Bordeaux, um die großen Waffen- und Proviantzufuhren von Amerika abzufangen. Daß die französischen Panzerschiffe bald Jagd auf uns machten, kannst Du Dir denken, aber die »Augusta« läßt sich so leicht nicht kriegen. Am 4. Januar liefen wir bis ganz nahe vor Bordeaux und nahmen zwei französische Proviantschiffe weg, eins mit Weizen, das andere mit Brot und Mehl beladen. Zu meinem Leidwesen wurde ich als Steuermann auf das erste kommandiert. Ein Seekadett war Capitain, natürlich nur pro forma, da er von Navigation wenig mehr verstand als Du. Auch den größeren Teil der Besatzung behielten wir kriegsgefangen an Bord, was eben nicht dazu beitrug, unseren ohnehin schweren Dienst zu erleichtern.

Am ersten Tag hatten wir guten Wind. Dann aber kam der West und blies bald so stark, daß wir nur noch vor Sturmsegeln treiben konnten, und wir nur die Wahl zwischen der französischen und der spanischen Küste hatten. Wir zogen jedoch vor, an der spanischen Küste zu bleiben. Später wurde der Wind wieder ganz gut. Wir reparierten unsere Schäden und steuerten unseren Cours weiter mit der Absicht, nördlich um Schottland herumzugehen. Aber kaum hatten wir zwei Tage gelaufen, als wir wieder unseren alten West hatten, der auch gleich mit solcher Vehemenz auftrat, daß alles verloren schien. Das Schiff war leck geschlagen und die Sturzseen brachen noch so darüber weg, daß wir unseren Untergang vor Augen sehen mußten. An die nördliche Reise war dann nicht zu denken. Wir hielten deswegen mit gutem Winde in den Canal hinein und durchliefen diesen auch in ein paar Tagen glücklich bis Dover. Hier glaubten wir unsere Reise wieder ihrem Ende nahe, denn eine französische Corvette dampfte auf uns zu. Mit unerhörter Frechheit jedoch hißten wir, wie dieselbe ganz nahe war, die französische Flagge und salutierten mit derselben. Das Kriegsschiff dankte, machte kehrt und steuerte ein Schiff unter englischer Flagge an, um dasselbe zu untersuchen.

In der Nordsee liefen wir noch eine Strecke bei gutem Winde. Dann aber kamen der Ost und der Südost und bliesen drei Wochen lang mit solcher Vehemenz, daß wir, da wir keinen neutralen Hafen anlaufen wollten, bis hierher in die Eisregionen getrieben wurden. Über die Hälfte unserer an sich schwachen Besatzung war infolge der fortwährenden Anstrengungen, Entbehrungen aller Art, Kälte, Nässe etc. krank geworden und lag hilflos da. Was ich selbst ausgehalten habe, kannst Du Dir denken, wenn Du hörst, daß ich keine andere Fußbekleidung als ein Paar Stiefeletten hatte, da unser französischer Koch mir meine Seestiefel, anstatt sie zu trocknen, total verbrannte. Dabei war unser Deck fast immer fußhoch mit Wasser bedeckt, und wir hatten zuweilen eine barbarische Kälte.

Am 13. Februar morgens 5 Uhr bei einem Sturm aus Süden und dickem Schneegestöber stieß unser Schiff auf einen Felsen. Ein Boot auszusetzen war unmöglich. Norwegische Fischer versuchten erst, mit einem großen Boot an Bord zu kommen, was ihnen aber nicht gelang. Endlich glückte es uns, mit einer dünnen Leine, die wir mit einer großen Planke an Land treiben ließen, uns mit den Leuten in Verbindung zu setzen. Vermittelst der dünnen Leine wurde eine dickere an Land geschafft. Daran rutschten wir immer einer nach dem anderen etwa 200 Schritt weit über die Brandung an Land.

Aus Kiel, März 1871
Die Reservisten und alle für die Dauer des Krieges eingetretenen
Leute werden meiner Ansicht nach abscheulich von der Intendan-
tur betrogen. Da nämlich die zur Marine gehörigen Mannschaften
sich selbst bekleiden müssen, wofür sie eine monatliche Vergü-
tung bekommen, haben die meisten auf der »Augusta« viel mehr
Zeug gebraucht, als ihr Kleiderguthaben war. Dafür hat man ihnen jetzt, wie auch mir, die Löhnung seit Ende Dezember zurückgehalten.

Aus Vlissingen, November 1874
Mir ist es in diesem Sommer sehr gut mit meiner Gesundheit gegangen, und hoffe ich, daß auch im Winter nichts wiederkommt.

Aus Antwerpen, September 1879
Diese Reise wird ja hoffentlich auch noch einmal vorübergehen,
und dann ist es ja immer noch möglich, daß ich in Hamburg bleiben kann und dort mein Brot in Frieden esse. Viel gebrauche ich ja
nicht, da ich keine Familie zu ernähren habe.

Aus Hamburg, Mai 1880
Vielen Dank für Deinen lieben Brief und Deine Sorge um meinen
Husten, der jetzt ganz verschwunden ist. Ich hustete ja in Schwerin kaum noch mehr. Der Brunnen, den ich über vier Wochen getrunken habe, hat mir sehr gut geholfen.

Aus St. Blasien, Juli 1881
Wenn ich mich auch augenblicklich infolge der Ruhe und schönen
Luft etwas wohler fühle, so glaube ich nach dem übereinstimmen-
den Anspruch von jetzt drei und lauter bedeutenden Ärzten, nicht
länger zögern zu dürfen, eine gründliche Cour zu unternehmen,
um so mehr, da mir die Ärzte *völlige* Wiederherstellung in Aussicht stellen, und ich doch nicht hoffen kann, schon zur nächsten
Reise der »Uarda« wieder dienstfähig zu sein.

Aus Davos, Februar 1882
Zu Bett gelegen habe ich nur einige Tage, aber auf meinem Zimmer habe ich doch vierzehn Tage bleiben müssen. Vielleicht hing
das Ganze auch mit dem Sonnenstich zusammen, den ich kurz vor
Neujahr gehabt haben soll. Mein Arzt sagt nie etwas darüber,

schreibt nur Rezepte, über die er sich am nächsten Tage wundert, und verbietet mir heute Dinge aufs Strengste, während er sich morgen erkundigt, wie sie mir bekommen sind. Sein Gedächtnis, sowohl sein Interesse scheint etwas schwach zu sein. Nur in einem bleibt er immer konsequent, in dem Rühmen eines langen, geduldigen, unbeschränkten, möglichst immerwährenden Aufenthalts in Davos, der einfach jedem Menschen dienlich sei, während alle anderen sogenannten Kurorte für Lungenkranke wahre Mördergruben in seinen Augen sind.

Aus Hamburg, September 1882

Nachdem ich jetzt fünf Wochen im Krankenhaus gewesen bin, haben die Ärzte mir dringend geraten, den Winter nicht im Norden zu bleiben, sondern sobald wie möglich nach Madeira abzureisen. Hierzu habe ich mich denn auch entschlossen, da besonders ja schon die Reise so einfach und leicht ist. Die Ärzte behaupten nun wieder, daß das Lungenleiden gar nicht so bösartig sei, und daß die Nerven ebensoviel Schuld an allem tragen. Tatsache ist, daß die geringste Aufregung mir hohes Fieber verursacht.

Aus Funchal auf Madeira, Oktober 1882

Paul (seinem Bruder) danke ich noch herzlich für seine Begleitung und seine Hilfe. Es tat mir nachher so leid, daß ich ihn morgens wieder so fortschickte, aber ich war vom Morphium halb betäubt, wenn ich auch nicht einen Augenblick geschlafen habe. Herzliche Grüße an Verwandte und Geschwister. Hoffentlich fühlst Du Dich in Deiner neuen Wohnung recht mollig.

Dezember 1882

Hoffentlich hast Du Dich nach meinem letzten Brief vollständig über mein Ergehen beruhigt. Wenn es wirklich schlecht geht und ich Hilfe brauche, werde ich mich schon melden. Ich weiß ja auch selbst recht gut, daß es unter Umständen, wenn ungünstige Verhältnisse zusammentreffen, schneller vorbei sein kann als sonst anzunehmen. Aber es kann noch eine Weile, ja vielleicht Jahre dauern, wenn ich auch an eine Besserung jetzt nicht mehr denken kann, obwohl der Doktor immer noch so tut, als wenn er daran glaubte.

Januar 1883

Ich sehe dem Ende, wenn es sein soll, mit Ruhe und Zuversicht entgegen. Ich habe nie über mein inneres Leben sprechen mögen, aber ich habe die sichere Hoffnung, daß die Vergebung und Gnade, derer wir ja alle bedürfen, auch mir zu Teil werden wird. Was hier noch nötig sein wird, wenn dieser Fall eintritt, habe ich alles bestellt. Damit keine unnötigen Anfragen usw. nötig sind, habe ich dem deutschen Consul meine Bestimmungen mitgeteilt, und eine Summe bei ihm deponiert, die ausreichen wird, alle Kosten nach dem Tode zu bestreiten. Leider mußte sie sehr groß sein, da diese Sachen hier unglaublich teuer sind.

Januar 1883

Daß Paul hier sein wird, wird mir natürlich eine große Freude sein, wenn ich es auch für unsere Verhältnisse für einen viel zu großen Luxus halte, ein halbes Jahr aus der besten Zeit eines jungen Menschen zu opfern, der sowieso schon keine Zeit zu verlieren hat. Über die Kosten hast Du auch wohl kaum eine richtige Vorstellung. Es wird mindestens 400 Mk monatlich kosten, da das Leben sehr teuer ist. Zuerst vielleicht noch etwas mehr, weil das ganze Hotel voll ist und ihm nur der allergrößte Salon eingeräumt werden kann. Ich habe den Preis von 80 Mill (genau Mk 360) auf 60 Mill heruntergehandelt, natürlich unter der Bedingung, daß er ausziehen muß, sowie jemand kommt, der mehr gibt.

Werner starb am 2. Februar 1883.

Aus Heinrichs Notizbüchern
1869–1879

Wann werde ich mich einmal gewöhnen, alle Gedanken und Einfälle sofort aufzuschreiben? Im Augenblick der dichterischen Empfängnis verspüre ich immer die wenigste Lust dazu, und alles steht mir so klar und lebhaft vor Augen, daß ich glaube, alles behalten zu müssen. Nachher ist es verwischt und verflogen und so, wie es einmal gedacht und empfunden, kommt es kein zweites Mal wieder.

Zuweilen rühren oder erheben mich Gedanken und Einfälle, welche zu einer anderen Zeit mich ganz kalt lassen, so daß ich nicht begreifen kann, wie es möglich war. Ich habe mich einmal höchst ergriffen gefühlt, daß mir die Tränen in die Augen kamen, bei der Vorstellung, daß über meinem verfallenen Grabe das Gras im Winde woge, und dieser triviale Gedanke erschien mir in demselben Augenblicke höchst poetisch.

Im Winter findet man die meisten Vogelnester – aber leer.

Nichts ist mehr dazu angetan, das Naturgefühl zu verstärken, als der Aufenthalt in einer großen Stadt, wenn man früher gewohnt war, in der freien Natur zu leben.

»Hier kommt das Material herein, dort das Glas heraus. Die große Hitze kommt von den vielen Steinkohlen. Dürfte ich nun um ein Trinkgeld bitten?«

»Wer mir sagt, daß es einen Gott gibt! Na, es wird schon einen geben, aber er wird sich um die Menschen nicht kümmern. Denken Sie sich, diese reiche Frau gab uns bloß 5 Silbergroschen!«

Das arme alte Gespenst, welches an einem Ort zu spuken hat, wo niemand hinkommt. Endlich kommt mal einer, doch der fürchtet sich gar nicht vor ihm, erlöst es aber.

Ich habe die Bemerkung gemacht, daß man in seiner eigenen Wohnung mehr Kälte ertragen kann als in einer fremden.

Eine mittagstille, juliheiße, dunstige Straße. Das einzig Lebendige ist das lautlos auf- und zuklappende Gebiß in dem Schaukasten eines Zahnarztes.

Er sah aus wie ein Mephisto aus Semmelteig.

Die Stenographie und die gewöhnliche Schrift: das gibt es auch in der Kunst. Demjenigen, welcher sie gelernt hat und versteht, sagt die Stenographie schnell und kurz mehr als jedem anderen, aber die meisten wollen doch die gewöhnliche Schrift.

Wie die Feinde beide denselben Gott zum Siege anrufen. Und der alte Herr sitzt oben in seiner wunderlichen Situation und weiß Bescheid.

Als Dekoration der Ebene ist das Gebirge ganz nett.

Das mit einem Blatte aus einem Schulschreibheft verklebte Fenster, auf welchem sich ein- und dieselbe Tugendlehre fortwährend wiederholt.

Die Lumpigen freuen sich immer, wenn mal ein richtiges Genie ebenso sanft wie sie.

Was nützt einem die Popularität, wenn einen niemand kennt?

»Ich bin zwar ein Schweinehund, allein ich bin ein genialer Schweinehund – ihr anderen seid nur ganz gewöhnliche . . .«

Die Sicherheit, mit der er alles wußte und konnte, wurde nur von der Gewißheit übertroffen, daß sich später alle seine Angaben als falsch erwiesen.

»Braut zu sein, besonders einem dritten gegenüber, ist ein undankbares Geschäft.«

»Der Weihnachtsmann hat mehr zu sagen als der König von Preußen!«

Doppelleben
1866–1880

> *Man sagt immer, die Welt sei so nüchtern und prosaisch*
> *geworden, das ist gar nicht der Fall, das wollen uns nur*
> *Leute einbilden, welche selber keine Poeten sind und dafür*
> *eine Entschuldigung suchen.*
>
> *Heinrich S.*

Achtzehn Silbergroschen kostete im Herbst 1866 die »Neue Karte
von Deutschland«. Es war ein gutes Geschäft.
Heinrich S., soeben in Berlin eingetroffen, besah sich im »Preu-
ßen-Album« die in Stahl gestochenen Bildnisse erfolgreicher Ge-
neräle, in der Königlichen Akademie Menzels Krönungsbild und
Unter den Linden die erbeuteten österreichischen Kanonen. Er las,
bei dem Illuminationsabend zur Nachfeier von Königgrätz hätten
dreißig Gardinenbrände stattgefunden. All das machte ihm Eindruck. Die Stadt Berlin aber, »dieses große Dorf«, gefiel ihm zunächst wenig. In seinen freien Stunden entfloh er ihr.
Das ließ sich damals noch zu Fuß bewerkstelligen. Hinter der
Potsdamer Brücke über den Landwehrkanal begann eine Gegend
der Landhäuser, Gärtnereien und Gartenwirtschaften. Kornfelder
schlossen sich an, Wiesen, sandige Wälder, Dörfer. Das Kind aus
Perlin suchte nach Heimat. Es war nun fünfundzwanzig Jahre alt,
ein leidlich erfahrener Techniker, und noch einmal Student: an
der Gewerbeakademie, dieser Vorform einer Technischen Hoch-
schule, bildete er sich vier Semester lang in der Theorie der Me-
chanik. Dies war nun nicht mehr die Zeit der langen Pfeifen, Kanonenstiefel, Biertöpfe und blutigen Schläger. Mutter in Schwerin hatte nicht viel Geld übrig. Heinrich mußte so bald wie möglich ganz auf eigenen Füßen stehen.
Er hatte Schwierigkeiten. Zwar war das technische Zeitalter auch

in Deutschland längst angebrochen, doch seine Diener waren die Schmiedegesellen von gestern, Praktiker der ersten Stunde, vorerst noch ausreichend brauchbar und sehr zahlreich. Die technischen Erzeugnisse im Lande waren mäßig, doch sie genügten zur Stunde noch. Erst ein Jahrzehnt später würde Franz Reuleaux, Leiter der Berliner Gewerbeakademie, die Weltausstellung in Philadelphia besuchen, erschrocken Vergleiche mit der Konkurrenz anstellen, und die Erzeugnisse deutschen Fleißes so laut »billig und schlecht« nennen, daß Wandel geschaffen wurde in den Fabriken, ausgebildete Fachleute in Scharen einzogen. Heinrich aber, als er 1868 ausstudiert hatte, fand die meisten Stellen besetzt.

Am Ende kam er bei Wöhlert an und half zwei Jahre lang Lokomotiven bauen. Zwei weitere Jahre – Preußen und auch Mecklenburger zogen in den Siebzigerkrieg, doch Heinrich war untauglich für den Felddienst – entwarf er eiserne Dächer, Brücken und hydraulische Hebevorrichtungen im Bureau der »Berlin-Potsdam-Magdeburger Eisenbahn-Gesellschaft«. Dann wechselte er zur »Berlin-Anhaltischen Eisenbahn-Gesellschaft« über – und hatte scheinbar seine Bestimmung gefunden. Er konstruierte Unterführungen und baute am Ende die riesige Überdachung des Anhalter Bahnhofs. Kein Eisenbauer auf dem Festland hatte sich zuvor an eine Spannweite von solchem Ausmaß gewagt: 62,5 Meter.

Eine zufriedenstellende Laufbahn, die einen Mann ausfüllen kann. Beruflicher Höhepunkt im Alter von noch nicht vierzig Jahren. Jedoch, Heinrich wäre an keinem Tag seiner ersten anderthalb Jahrzehnte in Berlin zufriedengestellt gewesen, hätte er nicht zu diesem Leben noch ein anderes gesellen können. Er hatte sich als sehr junger Mann darauf eingelassen, Geschichten zu schreiben und Gedichte zu machen. Nun fand er, daß er ohne diese zweite Art von Produktion nicht auskommen konnte. Das Bedürfnis, eine Kunst auszuüben, ist bei Heranwachsenden sehr verbreitet, läßt dann aber meistens rasch nach. Bleibt es bestehen, dann zeugt es den Wunsch, das Handwerk möglichst vollkommen zu beherrschen. Heinrich hatte diesen Wunsch und scheute dafür keine Mühe. Das Schreiben fiel ihm niemals leicht.

Jedoch, Poet zu sein (eine Kennzeichnung, die bei Heinrichs Lebzeiten keinen ironischen Unterton hatte), das konnte sich in einem technischen und zunehmend verbeamteten Beruf nachteilig aus-

wirken. Heinrich, der seine beiden Tätigkeiten als verwandt empfand, war nicht ein »heimlicher Dichter«, wohl aber ein schrift-
stellerischer Arbeiter, der seine Betätigung den Kollegen im technischen Bureau beharrlich verschwieg. Er führte ein Doppelleben.
Es wuchsen denn auch in der Welt seiner Geschichten und Gedichte nirgends eiserne Brückenpfeiler. Es wuchsen Korn und Rosen. Vermutlich haben der erste Schock der Großstadt, die Hin-
nahme der Arbeitswelt als Notwendigkeit, die Erholungsflucht ins
Ländliche, die Thematik seiner Bücher, seine »Welt« ein für allemal bestimmt. Er war nicht gerade auf der Flucht vor der Wirklichkeit, aber er spürte ein entschiedenes Bedürfnis nach Ergänzung und Ausgleich. Heinrich, Definitionen stets abgeneigt, hat
als sein Zentralthema später zögernd die Erforschung der Möglichkeiten menschlichen Glücks definiert. Sein Themenkreis befand sich schon im Gepäck, als er in Berlin ankam. Er versuchte
sich, im Gefolge von E.T.A. Hoffmann, nicht ohne Erfolg an ersten Märchen. Er schrieb eine plattdeutsche Schnurre. Er machte
einige heitere und viele idyllische Gedichte. Im poetischen Teil
seines Doppellebens bewegte er sich spazierend in Berliner Gegenden, die noch nicht Großstadt waren.
Er führte dabei ein geistig gefräßiges, im übrigen sehr bescheidenes Leben. Die karge Existenz spiegelten später die ersten Abschnitte von »Leberecht Hühnchen«. Er hatte Glück mit den Menschen, die er kennenlernte – unter ihnen den mecklenburgischen
Kunsthistoriker Friedrich Eggers, der in der Gewerbeakademie
über so leichtfertige Gegenstände wie Kunst- und Kulturge-
schichte las. Eggers nahm den jungen Seidel mit in seinen literarischen Sonntagsverein, den »Tunnel über der Spree«.
Dieser zwanglose Club war damals vierzig Jahre alt. Er tagte in
dem tunnelähnlichen Café Belvédère, und sein Name war zudem
eine etwas krampfhafte Anspielung auf den 1827 vollendeten
Tunnel unter der Themse.
Gründer war der Wiener Literat Moritz Saphir gewesen, und gedacht hatte er die Vereinigung als Scherzverein zur Pflege des
Humors. Später mauserte sich der Club zu einem Treffpunkt lite-
rarisch interessierter Männer, die einander ihre Arbeiten vorlasen
und kritisierten. Als Heinrich in den »Tunnel« kam, war die Blü-
tezeit schon vorüber. Autoren wie Geibel, Fontane, Heyse oder
der Husumer Gast Storm ließen sich nur noch selten sehen. Doch

der junge Autor fand genug gebildete und kritische Zuhörer, um das Gefühl eines ersten Echos zu haben, fand auch brauchbares Urteil. Der Club weitete sein Gesichtsfeld und machte ihn mehr heimisch in der fremden Stadt, die sich so geräuschvoll in eine Metropole verwandelte.

Friedrich Eggers starb 1872. Heinrich war damals schon dem Bruder Carl Eggers begegnet, einem kultivierten Kaufmann, zu dessen Geschäften auch die Betreuung eines kleinen Verlags gehörte. Senator Eggers baute sich ein Haus »Am Karlsbad« – nicht weit vom Potsdamer Platz in einer noch ländlichen Gegend. Der junge Ingenieur verkehrte dort. Eines Tages ließ er sich von den Damen des Hauses das Versprechen abnehmen, über einen alten Herrn eine Geschichte zu schreiben, der Rosen züchtete. Das Ergebnis war Heinrichs erste ausführliche Erzählung, »Der Rosenkönig« – ein anmutiger Kompromiß zwischen Heinrichs Wirklichkeit und seinen geträumten Welten. Die Geschichte handelt von einem jungen Mann, der in einer hübschen kleinen Wohnung seinen Studien nachgeht. Durch sein Zimmer blickt er auf einen herrlichen Rosengarten. Sein Besitzer, der »Rosenkönig«, findet Gefallen an dem jungen Mann, geht mit ihm um. Der junge Mann verliebt sich in die liebliche Nachbarin Marie, glaubt aber, der alte Herr und Rosenkönig werde sie heiraten. In schwerer Krankheit plaudert er seine Ängste aus. Es stellt sich dann heraus, daß Marie die Tochter ist von des Rosenkönigs verlorener Liebe. Ihr Beschützer sorgt dafür, daß der junge Mann und Marie zusammenkommen und später in seinem schönen Hause wohnen.

Ausgewogene Idylle, Wunschtraum – niedergeschrieben, während in Berlin die Fabriken wuchsen und die ersten Wechsel der Gründerjahre platzten. Die Formulierung der Geschichte ist interessanter, als eine Inhaltsangabe vermuten läßt. Ihre Sprache hat den Anschein jener heiteren Mühelosigkeit, hat eine Präzision, die stets auf lange und quälende Arbeit schließen lassen. Märchenreiz waltet hier, übertragen in eine aufgeräumte Wirklichkeit. »Der Rosenkönig« war die erste jener Erzählungen, in denen Heinrich nicht ganz gewöhnliche, aber auch nicht abseitige Personen des Bürgertums Abenteuer erleben läßt. Das war nicht ein Programm, wohl aber ein Grundton.

»Der arme Rosenkönig – sein Reich war nicht von dieser Welt und fast niemand wollte ihn haben«, notierte Heinrich später. »Obwohl er doch so niedlich aussah und hübsch eingebunden in allen Farben zu haben war. Sein stärkster Abnehmer war ich selber, als ich im Jahr 1885 seine nach vierzehn Jahren noch massenhaft vorhandenen Exemplare nebst denen von sechs anderen nach ihm erschienenen Bändchen, die auch fast niemand haben wollte, von den Verlegern wieder zurückkaufte, um den Inhalt in meine bei Liebeskind in Leipzig erscheinenden gesammelten Schriften aufzunehmen.«

Bis in die Mitte der Achtzigerjahre haben Heinrichs Arbeiten nicht allzuviel Widerhall gefunden, und wenig Absatz. Das hat ihn nicht entmutigt – zum mindesten nicht während der Siebzigerjahre, in denen er ein bescheidenes, aber festes Gehalt bezog. In diesem Jahrzehnt der Etuden war er seiner Sache verhältnismäßig sicher. Er überschätzte seine Arbeiten nicht, und er fühlte sich auch nicht verkannt. Er war gewiß, daß er sehr ordentliche Stücke interessanter Poesie und Prosa schreiben könnte, die am Ende auch ausreichend gewürdigt werden mußten – was nicht zuletzt hieß: ausreichend verkauft. Er war seiner Eigenart sicher, auch der Notwendigkeit seiner Schriften – aber dieses Selbstbewußtsein schloß die Verneigung vor den Storm, Keller und Fontane ein. Er war in seinem Urteil so sachlich wie ein Ingenieur, der sich eine Meinung über Konstruktionspläne bildet. Während der Siebzigerjahre schrieb er sich frei, fand seine Eigenart der Sprache und des Umgangs mit der Wirklichkeit, mit Träumen auch und Märchen ohne rosa Schleife.

Daß er ausreichend Zeit fand für beide Existenzen, läßt auf den noch bescheidenen Stand der technischen Betriebe im Lande schließen. Einige Stunden intensiver Beschäftigung am Zeichenbrett und auf den Baustellen genügten pro Tag. Freilich, Heinrich lebte ohne jeden Aufwand, mied schon aus Mangel an Interesse Berlins Verlockungen, ausgenommen den Zoologischen Garten. In seinen Briefen ist stets nur von einem Teil seines Daseins die Rede. Er schreibt über abgedruckte Gedichte, über einen Lustspiel-Versuch, über neue Geschichten, und – an seinen jüngeren Bruder Hermann – über Tiere und neue Tierhäuser.

Auch in den Briefen aus vierzehn Monaten Brautzeit werden eher die Sitzungen im »Tunnel« erwähnt als die tägliche Arbeit. Allenfalls steht dort einmal, und das mag die Braut über ihre Zukunft beruhigt haben: »Auf dem Bureau bin ich nach den Verhältnissen unnatürlich fleißig gewesen.« Wenige Sätze später aber folgt ein Zitat aus Heines »Buch der Lieder«: »Jedwede Nacht lodert alsdann dort oben die ewige Flammenschrift, und alle nachwachsenden Enkelgeschlechter lesen jauchzend die Himmelsworte: AGNES, ICH LIEBE DICH!« Der Bräutigam kommentiert: »Großartig ist es doch, und besonders der Schluß ist prachtvoll. Aber, meine liebe kleine Agnes, unsere Liebe ist doch wohl nicht so wild, aber ich glaube, desto tiefer, mein geliebtes Herz.«

Agnes, eine Waise, hieß Agnes Becker. Sie stammte aus einer mecklenburgisch-hamburgischen Kaufmannsfamilie mit britischer Verwandtschaft. Sie war siebzehn Jahre alt, »sanft und solide«, ein stilles Mädchen mit empfindlichem Magen, doch erstaunlich zäh. Sie hatte pietistische Zucht genossen und erlitten. Heinrich begegnete ihr Anfang 1874 im Hause ihres Pflegevaters Carl Eggers. Er fühlte sich heimisch in ihrem Umkreis. Eigentlich wollte er sich zunächst dem Pflegevater erklären, aber es ging dann doch so zu wie in einer von seinen Geschichten:

»Am Dienstag ging ich mit der Absicht zu Eggers, ihm die bewußte Sache mitzuteilen. Was noch nie geschehen war, geschah, ich fand Agnes allein zu Hause. Ich dachte: Jetzt oder nie! – und nach zwei Minuten hatte ich es ihr schon gesagt. Sie erschrak so sehr, daß ich mit ihr erschrak. Sie bat sich Bedenkzeit aus, und gestern habe ich mich mit ihr verlobt. Um mit Bräsig zu reden: ›In der Liebe ist sie mir doch über‹, wenigstens jetzt. Als wir uns gestern in die Arme fielen, da kam ich mir doch fast arm vor gegen diese Tiefe der Empfindung.«

Agnes' weitläufige Familie war zunächst nicht sehr glücklich über die Wahl der Kleinen. Das Kind wollte also einen schlecht bezahlten Ingenieur heiraten, der in seinen freien Stunden Dinge schrieb, die nichts einbrachten. Aber das Kind setzte sich durch, so solide wie sanft. Von seinem lieben Bräutigam bekam es Briefe, in denen stand: »Wie danke ich Dir für Deine tiefe Liebe und daß mir so ganz Dein Herz gehört. Ich denke sehr oft und viel an Dich und sehe Dich im Geiste vor mir, und es ist fast komisch, wenn man es bedenkt, ich sehe Dich immer Kaffee mahlen in Deinem lila Kleide.« Heinrichs private Prosa hatte niemals die Anmut seiner literarischen Arbeiten.

Die Brautzeit währte länger als ein Jahr. Die Hochzeit fand bei der Mutter des Bräutigams in Schwerin statt: Mai 1875, alle Rosen im

Lande hatten ausgezeichnet angesetzt. Das junge Paar machte keine Hochzeitsreise. Es bezog eine Wohnung in einem eben fertiggebauten Mietshaus, noch feucht: Frobenstraße 37, außerhalb der alten Stadtgrenze. Drei Monate nach der Hochzeit erkrankte die junge Frau an einer Bauchfellentzündung und hatte eine Fehlgeburt. Ein Jahr später wurde an Goethes Geburtstag der Sohn geboren, der in einer Nottaufe den Namen Heinrich Wolfgang bekam: ein Siebenmonatskind – so schwach, daß die Eltern in Angst um ihn lebten, so krank zunächst, daß Heinrich in einer Nacht Gott bat, ihn ohne Schmerzen zu sich zu nehmen. Aber der Sohn blieb am Leben.

Er wuchs vier Jahre lang in der Frobenstraße auf. Sein Vater überdachte in dieser Zeit den großen Bahnhof und schrieb die ersten Geschichten von Leberecht Hühnchen. Dann, achtunddreißig Jahre alt, entschloß er sich, in Zukunft nur noch vom Ertrag seiner schriftstellerischen Arbeit zu leben. Es war ein kühner Entschluß, denn dieser Ertrag war minimal. Zudem lag das festliche Essen noch gar nicht weit zurück, bei dem der Dachkonstrukteur des Bahnhofs gefeiert worden war. Jedoch, in den technischen Berufen hatte sich mittlerweile manches gewandelt. Da half ein Erfolg als Einzelgänger, als studierter Schmiedegeselle gewissermaßen, nicht mehr viel. Heinrich begründete die Beendigung seines Doppellebens in einem Brief an seinen väterlichen Freund, den Amtsgerichtsrat Theodor Storm zu Husum:

»Um mich paradox auszudrücken: ich habe allmählich soviel gelernt, daß ich für den Staatsdienst unbrauchbar geworden bin. Das Fach, in welches ich mich eingearbeitet hatte, wird in höheren Stellungen nur mit examinierten Baumeistern besetzt, während es für meinen Beruf früher kein Examen gab. Dies jetzt noch nachzuholen, seit einigen Jahren ist es auch hier eingeführt, war ich zu alt. So wäre mir nur übrig geblieben, unter Baumeistern, denen ich an Wissen und Können weit überlegen bin, gegen geringes Gehalt weiter zu arbeiten in einer Stellung, welche meinen Fähigkeiten nicht im geringsten entspricht – oder selbständiger Zivilingenieur zu werden, und dies wollte ich nicht, denn dann hieß es aufzugehen in diesem Beruf, und mit der freien Zeit und mit der Poesie war es vorbei. So wählte ich von zwei Übeln dasjenige, welches mir als das kleinere erschien. Gerade übermäßig wohl fühle ich mich in dieser Haut auch nicht.«

Aus dem Gedächtnis
1877–1879

*Eine Eigenschaft fehlt ihm durchaus, welche Erstgeborene
fast immer haben, er ist gar nicht im geringsten wunderbar,
sondern ein Kind wie andere Kinder auch. Er bekommt
condensierte Milch, welche sehr wohl bei ihm anschlägt.*

Heinrich S. über Heinrich Wolfgang S.

Heinrich Wolfgang S. hinterließ als Bruchstück einer Lebensbe-
schreibung ein Kapitel, das sich mit den ersten vier Jahren seines
Daseins beschäftigt, also mit dem Leben im Hause Frobenstraße
37. Er meinte, er habe sich dabei »nicht nur an die Nachrichten anderer halten müssen. Das Gedächtnis bewahrt aus so früher Zeit
wohl nicht allzuviel auf, es läßt die Hauptsumme des Erlebens in
das Unterbewußtsein sinken, gleichsam einen Hausbau nachah-
mend: die Fundamente, die das ganze Gebäude tragen, werden
alsbald unsichtbar. Immerhin ist das, welches sich nicht nur als
Lebensgrundgefühl und Richtung des Wollens, sondern in der an-
schaulichen Bestimmtheit des gesonderten Vorganges behauptet,
trotz seiner Geringheit nicht zufällig.«
Von Heinrichs Leben in diesen letzten Ingenieurjahren sagte er, es
sei wohl einförmig verlaufen: »Er wird morgens um sieben von
der Aufwartefrau Kramer geweckt (für deren Mann er sich um
eine Stellung bemüht), kocht sich selber seinen Kaffee und begibt
sich in halbstündiger Wanderung ins Büro zum Askanischen
Platz. Was er dort arbeitet, erwähnt er nie, nur einmal hört man,
daß das Hallendach des Anhalter Bahnhofs zur Vergebung kommt
und daß es sich dabei um eine Million Pfund Eisen und um einen
Kostenaufwand von 70 000 Thalern handele; doch werde er auch
mit der vorübergehend größeren Arbeit fertig werden.
Nach der Bürozeit nimmt er das Mittagessen, wobei er häufig das
Lokal wechselt, weil das Essen billig, aber schlecht ist, trinkt Kaf-

fee bei Hillbrich, macht einen Spaziergang und gelangt nach Hause. Dort bleibt er bis neun, und es ist zu vermuten, daß er jetzt literarische Geschäfte erledigt oder liest. Etwas nach neun trifft er sich in einem Weißbierlokal mit anderen Ingenieuren und nimmt mit ihnen einen Abendtrunk. Um elf bläst er in seinem Schlafzimmer die Kerze aus und schläft.

Offenbar beginnt die Inanspruchnahme durch den Ingenieurberuf die literarische Betätigung bedenklich einzuengen. An Prosaarbeiten bringt das Jahr 1877 nur den ausgezeichneten ›Daniel Siebenstern‹ (mit dem er Storms Herz gewinnt), das Ermüdungsprodukt ›Lang, lang ist's her‹ und die hübsche Skizze von der chinesischen Tasse. Übrigens schrieb er in dieser Zeit manchmal unter dem Pseudonym Anton Becker, wie früher unter dem Decknamen Perlinius.

Er lebt ›wie ein Einsiedler‹, und das Geld reicht selten für abendliche Kunstfreuden. Zweimal besucht er, durch den Musikenthusiasten Hennemann veranlaßt, Symphoniekonzerte, und als Wilhelm Römer (Bruder seiner Mutter, Pächter von Kneese bei Gadebusch, in ›Leberecht Hühnchen‹ als Nebendahl dargestellt) mit Frau durchreist – ›Maus und Löwe‹, wie sie in der Familie hießen –, da sind sie vormittags in Potsdam und des Abends in der Aufführung von ›Wilhelm Tell‹ (was offenbar der ländliche Onkel sehen wollte). Manchmal – des Sonntags – verschwindet er im Grunewald, und wie stets ist ihm das Wetter ein Gegenstand innigster Teilnahme; es hagelt ›Hühnereier, so daß kein Photograph unzerbrochene Glasfenster behält‹, und im Sommer ›kocht das Wasser im Rinnstein‹. Eine Existenz ohne Frau und Kind behagt ihm sehr wenig; er erlebt es, daß er sich seine Frau nur noch so vorstellen kann, wie sie als Braut aussah und gekleidet war, denn ihre gegenwärtige Erscheinung ist ihm gänzlich entschwunden.«

Wie Heinrich damals aussah, das hat sich seinem drei- oder vierjährigen Sohn unmittelbar eingeprägt: »Ich sehe das Bild meines Vaters vor mir, und es unterscheidet sich deutlich von der Erscheinung seines Alters. Er trägt einen hellen Anzug, seine Schleife verschwindet fast gänzlich unter dem breiten Klappkragen, und nur der oberste Knopf seiner Weste ist geschlossen. Da sein blondes Haar nur noch den Hinterkopf bedeckt, so zeigt sich schon jetzt die mächtige Wölbung des Schädels; seine von starken

Brauen beschatteten Augen sind bald grün, bald graublau, sie liegen tief, aber sie haben sich noch nicht so einsiedlerhaft in die Höhlen zurückgezogen wie am Ende seines Lebens. Ihr Blick ist der eines ruhig Betrachtenden und erinnert an den Blick eines Seefahrers oder Waldläufers. Er trägt nach der Sitte der Zeit einen breit ausladenden Schnurrbart, wie zwei Eulenflügel, das Kinn ist ausrasiert, aber der seitliche Kinnbart setzt sich an den Wangen bis zum Ohr fort.

Was mir aber am deutlichsten vor Augen steht, ist die Rüstigkeit, die Federkraft und die praktische Macht der ganzen Gestalt. Ich hätte nicht sein Sohn sein müssen, um ihm restlos zu vertrauen, er erweckte bei jedem ein Gefühl der Geborgenheit. Und noch etwas Besonderes: er hatte leicht abstehende, auffallend entwickelte Ohren von der Gestalt der Malermuscheln, die, wie man empfand, mit dem merkwürdig ›sehenden‹ Blick wetteiferten; sie deuteten an, was er gelegentlich bemerkte, daß er die Welt noch mehr mit dem Ohr als mit dem Auge aufnähme.

Im Gegensatz dazu bin ich unfähig, das Bild meiner Mutter aus jener Zeit zu beschwören. Wohl kenne ich es aus mehreren Photographien, aber eben nur so – ich empfinde das mit Schmerz. Immer, so angestrengt ich mich auch in die Vergangenheit versenke, ist sie nur ein zierlicher Schatten hinter einer Glasscheibe – denn so sah ich sie, wenn ich sie am Sonntag Vormittag, wo allein mein Vater mit mir spazieren gehen konnte, von der Straße aus erblickte. Sie war mir vielleicht zu nahe, als daß ich sie hätte sehen können, sie war immer da gleich der Sonne oder der Luft, die ich atmete. Ich weiß, was sie für mich getan hat, und daß sie mich nicht nur vor meiner Geburt mit Schmerzen trug; ich weiß, wie viele schlaflose Nächte ich ihr in jenen Monaten bereitete, da ich mich an das Leben anpaßte, in das ich hineingeboren war wie ein Tier, das allzu früh die schützende Höhle verließ und nun von Riesenfarnen und drohenden Felsbrocken eingeengt wird, noch gänzlich unbekannt mit dem heiseren Gespräch in den Wipfeln, dem Windsausen und Wassergeschwätz, dem Geraschel der glänzenden Schlange, und fremdem bösartigem Gebell hinter den Säulen des Waldes. Wie jedes Kind, so flüchtete auch ich mich in ihren Schoß, und dann war sie die barmherzige Macht, die man nicht sieht.

Ich wußte dunkel, was die Beschäftigung meines Vaters war, obgleich ich nie an die Stätte seiner täglichen Mühe gelangte. Aber er zeichnete auch häufig zu Hause, und eine stets wiederholte Bitte war es, daß er mir einen Kugelmann herstellte: einen mit Zirkel und Lineal konstruierten Menschen, dessen Kopf rund wie der Vollmond war, und dessen Ohren, Schultern, Rumpf und Beine den strengsten militärischen Zuschnitt zeigten. Ich durfte dann dieses freundliche geometrische Wesen mit einem mir überlassenen Rotstift anfärben. Eines Tages bekam ich bunte Bleistifte – wie unbeschreiblich dufteten sie nach Cedernholz! Vorher hatte ich nur einen Graphitstift besessen, und einmal in einem Bilderbuch einen feurigen Rotfuchs damit bearbeitet. ›Ich male mit einem schwarzen Bleistift einen braunen Schimmel weiß!‹ hatte ich damals meinem Vater befriedigt zugerufen.

Einmal kam der Schrecken in unser Haus: mein Vater lag auf dem Sopha und war sehr still, er wurde zugedeckt wie ein kleines Kind, und es schien, als trüge er um eine Hand einen Wickel. Meine Mutter weinte viel. Später ging es ihm offenbar besser, und was mir besonders gefiel, waren die gehäuften Teller bereifter blauer Weintrauben, die ihm vorgesetzt wurden. Daß er damals mit knapper Not dem Tode entronnen war und daß mir das Schicksal eines vaterlosen Kindes näher gerückt war als je, habe ich erst viele Jahre später erfahren. Mein Vater war, als er auf dem Gerüst des Anhalter Bahnhofs die Arbeiter inspizierte, unbedacht zurückgetreten und abgestürzt, dann aber gerade noch auf ein tieferes Gerüst niedergefallen, hart an der Kante, aber vor dem Abgrund gerettet. Er lag besinnungslos und war auch, als sein Denken zurückkehrte, so gelähmt, daß er die angstvollen Worte seines Kollegen: ›Seidel, wachen Sie auf! Seidel, reden Sie doch ein Wort!‹ geraume Zeit nur mit einem abgrundtiefen Schweigen beantwortete.«

Miniatur mit Damenbildnis
1861–1945

Jetzt ist uns allen ein bißchen übel.

*Emmy S., nachdem sie sich in Gesellschaft
an einer Zigarette versucht hatte*

Wilhelm David Loesevitz, Kaufmann und Kaufmannssohn zu
Riga (sein Vater war Ältester der Großen Gilde), stammte wie
seine Frau Antonie Beck aus einer alteingesessenen baltischen Familie. Er starb im Alter von dreiunddreißig Jahren, im gleichen
Jahr 1861, in dem seine zweite Tochter Emma Auguste geboren
wurde. Emma Auguste wurde zeit ihres Lebens genannt und
nannte sich selbst Emmy. Die Verkleinerungsform fiel niemandem auf: Emmy war winzig.

Antonie Loesevitz und ihre Töchter litten keine Not. Auch Antonies Vater war Kaufmann, zeitweise Bürgermeister von Riga; zudem wurde das Haus Loesevitz von Wilhelms Brüdern weiterge-
führt. Antonie, Toni, Witwe mit dreiundzwanzig Jahren, war eine
schöne und gescheite Person: so gebildet, lebhaft und den Künsten
zugetan, wie das in baltischen Bürgerfamilien zumeist selbstverständlich war. Für ihre Töchter Tilla und Emmy bemühte sie sich
um eine Erziehung, die ihrer eigenen entsprach. 1864 besuchte sie
Verwandte in Deutschland. Bei einer Abendgesellschaft war ihr
Tischherr ein junger Doktor der Philosophie, der sich eben als
Ägyptologe habilitierte, und der einen Roman mit dem Titel » Eine
ägyptische Königstochter« veröffentlicht hatte. Er hieß Georg
Ebers.

Ebers verfiel, es läßt sich nicht anders ausdrücken, Antonies Lieb-
reiz, Klugheit und Würde. Er bat nach zwei Tagen die baltische
Witwe um ihre Hand und wurde abschlägig beschieden. Es folgte
ein Briefwechsel, der mit einem Ultimatum des frisch bestallten

Privatdozenten und mit Tonis Jawort endete. Im Mai 1865 hießen Tilla und Emmy nicht mehr Loesevitz, sondern Loesevitz-Ebers, und siedelten mit ihrer Mutter nach Jena über. Der jüngeren Tochter Emmy sagte es Georg Ebers mit einem Gedicht:

> Im Himmel, mein Kind,
> Zwei Väter Dir sind.
> Dem einen sollst du die Ehre geben,
> Dem anderen Ehre zu machen streben.
> Jetzt soll auf Erden
> Ein dritter Dir werden,
> Der will Dich so lieben hinieden,
> Daß die beiden dort oben zufrieden.

Georg Ebers hielt Wort. Er machte nie einen Unterschied zwischen den beiden Stieftöchtern und den fünf Kindern, die Antonie ihm gebar. Es wurde ihm Erfolg zuteil als Forscher und als Lehrer. Nach der Entdeckung des Ebers-Papyros berief man ihn auf den Leipziger Lehrstuhl. Als heftige Nervenentzündungen seine Bewegungsfreiheit einengten, wandte er sich auch wieder seiner literarischen Tätigkeit zu: Seine historischen Romane wurden viel gelesen. Er siedelte mit seiner Familie nach München über und verbrachte den Sommer in einem Landhaus am Starnberger See. Emmy mithin wuchs auf in einem großbürgerlichen akademischen Haushalt: gesellschaftliches Leben wurde hier gepflegt, die Anforderungen der Erziehung waren aber nicht gering. Klavierspielen und Kochen samt Haushaltsführung gleich gut zu beherrschen, das verstand sich ebenso von selbst wie die Kenntnis des Französischen und Englischen nach dem Jahr in Lausanne. Emmys Französisch war leidlich, ihr Englisch ausgezeichnet. Ihre Manieren konnten jedermann als Beispiel dienen. Sie war ein liebenswürdiges gutartiges junges Mädchen, aber nicht ohne zarten baltischen Witz. Die Verbindung zu ihrer Kinderstadt war nie abgerissen. Es gab Besuche in Riga, es gab jene Phalanx von Tanten, die das Rückgrat baltischer Familien bilden und die gern ins »Reich« reisten.

Mit sechzehn Jahren sah Emmy so aus wie im Umriß zeit ihres langen Lebens: eine zierliche Gestalt mit schmaler Taille, einem gesammelten Gemmengesicht, das helle Haar straff nach oben gelegt und in einem sauberen Knoten gebändigt. Sie schrieb Verse und Märchen; sie war beliebt und umworben, aber niemals laut. Sie wußte, was sich schickt, und es machte ihr nichts aus. Kurz vor ihrem siebzehnten Geburtstag war sie zu Gast im Hause des Theologieprofessors Wilhelm Baur, der durch seine Frau mit den Seidels verschwägert war. Dort traf sie den zweiundzwanzigjährigen Medizinstudenten Hermann Seidel. Der junge Mann hatte bisher neben seinem Fach und einem würdigen Verbindungsleben eigentlich nur Interesse für Vögel, Hunde und alles andere Getier. Das änderte sich.

Was Hermann bei Emmy anzog, läßt sich denken. Es war nicht allein der Zauber eines jungen und reizvollen Mädchens aus gutem Haus, auch nicht nur ihr naiver Charme, gepaart mit spürbarer Energie – dazu kam die Verlockung eines weniger elfischen als elbischen Wesens: eine Art von persönlichem Geheimnis, das die Hermann bisher bekannten Mädchen nicht hatten. Zuneigung zu diesem Frauentypus findet sich bei allen Mecklenburger Seidels. Sie sind hinter Rätseln her, die sie eigentlich nicht lösen können. Sie hatten sie bisher nur nie geheiratet. Der elbische Reiz war bei Emmy eben spürbar, aber nicht eindeutig ausgeprägt. Er ist stets gepaart mit der Aufforderung, scheinbarer Hilflosigkeit männlichen Schutz zu gewähren. Emmy schien selten ganz von dieser Welt zu sein, stand jedoch stets mit beiden Beinen auf der Erde.

Was Emmy bei Hermann fesselte, abgesehen davon, daß ihr der große und natürliche junge Mann gut gefiel, das läßt sich nur ahnen. Hermann war von Jugend auf mit empfindlichen Lebewesen umgegangen. Seine Hand war sicher, sein Zugriff nie grob. Er war gemessen selbstbewußt, dabei ein liebenswerter Idealist – und zudem war er offenbar schon damals gesegnet mit jenem persönlichen Magnetismus, der ihm später als Arzt so sehr half. Es mag auch sein, daß er eine besondere Art von Hilfsbedürftigkeit spüren ließ: er war ein leicht zu verletzender Mann.

Emmy hielt vier Jahre lang an dem Vorsatz fest, diesen Mann zu heiraten. Die Eltern hatten entschieden, die Liebenden seien zu jung, auch sollte der Bräutigam erst ausgebildet sein und bestallt. Hermann schloß seine Studien ab, diente die zweite Hälfte seines Militärjahrs als Arzt der Marine und wurde Assistent des Chirurgen Richard von Volckmann (dem Volckmann-Leander, der an französischen Kaminen träumte) in Halle. Dorthin führte er 1882 seine Braut heim. Die Zusammenkunft der Loesevitz', der Ebers' und der Seidels bei der Leipziger Hochzeit muß sehens- und hörenswert gewesen sein: die schon seit Jahrhunderten in Würde und spitziger Heiterkeit geübte baltische Familie; der Ordinarius für Ägyptologie und seine schon herangewachsenen Kinder, Abkömmlinge der Ephraims, in Berlin alteingesessenen, jüdischen Patriziern; endlich die Söhne, Töchter und Schwiegerkinder des Pastor Primarius aus Schwerin, der Provinz noch nicht allzulange entkommen, etwas schwerfällig von Geblüt. Alle zusammen aber waren geeint in dem Gefühl, Bürger zu sein, das Salz der Erde also. Hier hatten sie sich gleichsam im Kreis aufgebaut, um wohlwollend ein jugendliches Märchen zu betrachten.

Denn Emmy war sehr glücklich, und Hermann auch. Ihre Briefe aus den Jahren in Halle zeugen für ihren Einklang in einen Lebensfrühling, wie er im allgemeinen zu den Erfindungen schlechter Schriftsteller gerechnet wird. Emmy fügte sich ohne sichtbare Mühe in sehr viel bescheidenere Verhältnisse, als sie gewöhnt war: Assistenzärzte waren damals schlecht bezahlt. Daß aber ihr Hermann den schönsten Beruf hatte, der sich denken läßt, dessen war sie sicher. Zwei Söhne wurden geboren, Heinz und Georg. Zwei Söhne starben, als das dritte Kind unterwegs war: im Vorfrühling 1885 brach in Halle eine Diphtherie-Epidemie aus. Auch ärztliche Fürsorge aus erster Hand konnte die Kinder nicht retten. Emmy trug mit ihrer großen regelmäßigen Schrift die Todestage ein in einem Buch, auf dessen lackiertem Holzdeckel Blumen gemalt waren und das Wort »Poesie«. Es diente aber als Gästebuch und zeugte von vielen Besuchern. 1885 wurden einige Seiten gefüllt, bis geschrieben stand: »Am 24. Oktober 1885 zur Taufe von Johanna (genannt Ina), geboren am 15. September.« Es folgen einige Namen, aber nicht die von Georg Ebers und Heinrich S. Es war ja nur eine Tochter, die da getauft wurde.

1886 waren Hermanns Lehrjahre zu Ende. Er zog mit seiner Familie nach Braunschweig, ließ sich als Arzt nieder, spezialisierte sich auf Chirurgie und Orthopädie, gründete eine eigene Klinik. Im Januar 1887 kam ein Sohn zur Welt, Willy. Das letzte Kind, Annemarie, wurde erst im Dezember 1894 geboren. Die knapp zehn Braunschweiger Jahre waren für Emmy die Zeit, die sie später als die normale, die richtige, die glückliche Zeit verstand, und von der sie zu zehren hatte. Sie lebte an der Seite eines sehr fleißigen Mannes und erfüllte den ihr zukommenden Teil gemeinsamer

Aufgaben »achtsam und ohne Murmeln«. Sie erwies sich als gute Hausfrau, ausgezeichnete Mutter und geschickte Gastgeberin. Ihr natürlicher und ihr anerzogener Takt befähigte sie, auch mit jenen Braunschweiger Bürgern auszukommen, die ihren Ansprüchen nicht genügten. Sie machte auf bescheidene Art ein Haus, musizierte, las, und paßte sich den Freizeit-Neigungen ihres Mannes auch dort an, wo sie sich nicht auf Umgang mit Malern erstreckten (mit Klinger etwa und dem jungen Munch), sondern auf ein ganzes Zimmer voll exotischer und heimischer Vögel, eine Gazelle im Garten, Schlangen im Terrarium. Keine dieser Neigungen fesselte sie freilich so stark, daß sie sie später selbst gepflegt hätte.

Mit ihrem Mann ging sie zärtlich um und sachlich. Sie war, das wußte sie, seine Sicherheit und Zuflucht. Sie machte sich Sorgen wegen Hermanns Gesundheit, auch wohl über seinen zu rasch wachsenden Erfolg. Sie begleitete ihn nach Arosa, als auch er wie sein Vater und seine Brüder an einem Lungenleiden erkrankte. Sie hütete sein Haus, während er zur Nachkur in Ägypten war. Dabei blieb sie selbst immer schutzbedürftig, war gelegentlich hilflos auch bei kleinen Entscheidungen. Sie lebte ganz nach den Spielregeln, die allein den Herren die entscheidenden Schwierigkeiten des Daseins zuschanzen.

Wie vertraut Emmy damals mit ihren Kindern war, läßt sich nicht sagen – auch nicht, ob sie wußte, daß sie so etwas wie eine Löwin geboren hatte, sodann einen sensiblen Eisbären, und endlich einen Ozelot.

Es waren gute Kinder, wie Kinder eben sind – phantasievoll natürlich, wie anders, aber sie machten keine ernsthaften Schwierigkeiten.

Nach Annemaries Geburt wuchsen Schatten über dem Haus, die niemand so recht bemerkte. Emmy war Frau Professor geworden. Hermann, nun leitender Chirurg des Herzoglichen Krankenhauses, hatte viel zu viel Arbeit. Da gab es natürlich diesen oder jenen Kummer, von dem Emmy auch wußte: der lange häßliche Streit mit einem älteren Kollegen, der sich um Patienten beraubt fühlte: aber Hermann raubte niemandem Patienten, die Menschen kamen eben einfach zu ihm. Dann waren da auch Schwierigkeiten mit Hermanns Assistenten – unbegreiflich für Emmy, und natürlich war das Ganze eher lächerlich. Trotzdem machte es Emmy vorübergehend zornig, doch Hermann würde schon Ordnung schaffen.

An einem Novemberabend kam Hermann spät nach Hause. Er setzte sich mit Emmy zusammen und ging, wie öfters schon, die Daten ihres kleinen Vermögens durch. Er war sehr zärtlich und liebevoll. Dann sagte er, er habe noch einiges zu erledigen, und zog sich zurück. In den Morgenstunden störte das Hausmädchen Emmy auf: der Herr Professor stöhne so unheimlich. Emmy fand Hermann im Coma. Sie rief einige seiner Kollegen. Aber drei Stunden später war Hermann tot. Emmy warf sich über ihn und schrie.

Nach diesem unerhörten Ausbruch schien sie gefaßt, und ist auch nie anders als gefaßt gesehen worden. Ihre Mutter Antonie schrieb an ihren Mann: »Emmy sieht so rührend in ihrem Schmerz aus, in dem sich aber wieder ihre ganze starke Seele bestätigt.« Emmy hatte nicht die Kraft gehabt, Hermanns Mutter in Braunschweig rechtzeitig zu benachrichtigen, aber sie schrieb sogleich einen langen Brief an Georg Ebers, ihre höchste Instanz: Flucht nach Hause, heraus aus dem Schock.

Sie wurde fünfunddreißig in dieser Zeit. Es gibt von ihr kein Zeugnis darüber, wie sie die Katastrophe verarbeitet hat. Zerstörung war ihr nicht anzumerken, eher eine noch größere Liebenswürdigkeit. Sie wandte sich nicht in den folgenden Jahren und auch später nicht einem anderen Mann zu. Nach dem Begräbnis verließ sie mit ihren Kindern Braunschweig, beteiligte sich lebhaft an Vorbereitungen zu dem Prozeß, den Hermanns Brüder anstrengten, kam auch herbei, um ihre Aussage zu machen. Ihre kleine Gestalt in der Witwentracht, ihre leise, aber bestimmte Rede haben jedermann im Gerichtssaal sehr bewegt.

Sie war mit den Kindern bald nach München gezogen, in die Nähe ihrer Eltern. Sie blieb in dieser Stadt, bis Bomben auf sie fielen. Die Münchener Gesellschaft lernte sie als reizvolle, geistig bewegliche und im Notfall auch energische Professorenwitwe kennen. Es war nicht so, als habe es Braunschweig und Hermann nie gegeben, doch über die Katastrophe war ein Vorhang gefallen. Hermanns Tod war unbegreiflich, und sich am Unbegreiflichen zu zermartern, war Emmy nicht gegeben. Sie pflegte mit Maßen gesellschaftliche Kontakte, übte ihr Klavierspiel, nahm literarische Versuche wieder auf – und konzentrierte sich auf die Erziehung ihrer

Kinder. Ina stand ihr am nächsten, doch es gab zwischen ihr und Ina Dinge, die unausgesprochen blieben, bis das Kind beinahe erwachsen war und Fragen stellte.

Emmy war nun »Mama«, wie ihre Mutter das gewesen war. Sie war sehr modern: mit den Kindern machte sie in Bayern weite Radtouren. Sie war altmodisch: am Lauf der Welt, empfand sie, konnte sie nichts ändern, auch Kritik wäre schon zu weitgehend gewesen, allenfalls waren Fragen erlaubt. Der Lauf der Welt war Sache »der Herren«, unter welcher Benennung nicht Herrschende zu verstehen waren, sondern eben alle Männer von Erziehung und Gewicht. Jedoch, den Lauf ihrer eigenen kleinen Welt bestimmte natürlich Emmy, und das ohne Mühe, denn »die Herren« taten ihr ebenso den Willen, wie auch »Männer« es taten, von denen Frau Professor etwas heischte. Wurde diese Regel einmal gebrochen, dann verstand Emmy nicht, nahm nicht zur Kenntnis. Sie war »Frau Professor« und blieb es, obwohl sie diesem Namensbestandteil wohl nicht aus Titelsucht anhing, sondern als eine natürliche Bindung an Hermann empfand.

Alle drei Kinder haben ihre Münchener Jugendjahre als eine nicht durchweg glückliche Zeit empfunden. Mama war ihnen eine unanfechtbare Instanz, jedoch, darüber waren sie ohne Worte einig, sie mußte auch behütet werden. Ihr Kummer zu machen war verpönt, und möglicherweise haben die Kinder dabei etwas weiter gedacht, als Kinder das im allgemeinen tun. Mama hielt offenes Haus, doch ihre Wohnung war wesentlich bescheidener als die Häuser, in denen die Kinder verkehrten, bei den Hanfstaengls, den Thiersch', den Pringsheims, den Ganghofers. Niemand empfand so etwas als ärgerlich. Das lag nicht nur an der Liberalität, in der die Familien miteinander umgingen. Es lag auch an Mamas liebenswerter und liebenswürdiger Persönlichkeit. Man wußte, daß Frau Professor schrieb. Emmys epische Versuche sind aber nie über gut gemachte Trivialliteratur hinausgelangt. Ernster zu nehmen war ihre Übersetzungsarbeit aus dem Englischen. Emmys Verständnis für die Künste war dem Maßhalten in jeder Äußerung zugetan, ließ sich aber gleichwohl nicht so leicht schockieren. Mamas Urteil etwa über Wedekind würdigte Qualitäten, und für fremdartige Züge seiner Arbeit brachte sie freundliche Teilnahme auf, wohl auch Mitleid.

Ina war die erste, die das Haus verließ. 1907 heiratete sie ihren

Berliner Vetter Heinrich Wolfgang. Emmy mochte diesen stillen Vetter gern, auch schien ihr sein theologischer Beruf ebenso angemessen wie die Tatsache, daß er Gedichte machte. Es würde dies Ina einen Maßstab geben für ihre eigenen poetischen Versuche, die Emmy reizvoll fand, aber nicht wesentlich. Die Hochzeit wurde still gefeiert, denn Heinrich Wolfgangs Vater war eben erst gestorben. Emmy besorgte eine komplette Aussteuer in den guten Münchener Häusern, ließ sie nach Berlin verfrachten und richtete dort die Wohnung ein. Sie hatte Heinrich Wolfgangs Mutter immer ein wenig streng gefunden, schwer zugänglich, aber sie kam nun ganz gut mit ihr aus.

Willy verließ Mama um das Jahr 1911. Er hatte ihr einige Sorgen gemacht, aber er war entschieden das begabteste ihrer Kinder. Er hatte und pflegte die naturwissenschaftlichen Interessen seines Vaters, entschied sich dann aber doch für die Philologie – und wenig später für die Literatur. Nicht nur Emmy hielt viel von Willys Talent, sondern auch ein Verleger wie Anton Kippenberg. Emmy half Willy bei seinen großen Reiseplänen, schrieb aber jeden Pfennig auf: alle Kinder sollten ihren gerechten Anteil haben.

Endlich wurde auch Annemarie erwachsen, »der Mirl«. Emmy zögerte ein wenig, ehe sie des Mirl dringendem Wunsch nachgab, die Schauspielschule zu besuchen. Aber auch Töchter aus Familien taten das jetzt wohl. Der Mirl machte seinen Weg, elbisch, geheimnisvoll und außerordentlich lieblich. Emmy war stolz auf den Mirl. Es dämmerte ihr in jenen Jahren, den ersten Kriegsjahren, daß ihren Kindern einiger Naturzauber mitgegeben war, der nicht von Hermann stammte.

Ina erkrankte 1908 im ersten Kindbett, lag in Berlin auf den Tod, und stand als gelähmter, geschlagener Mensch wieder auf – Ina, das beweglichste, tanzfreudigste und auch heiterste ihrer Kinder. Emmy übergab den Haushalt ihrer verwitweten Mutter und pflegte Ina im Lazarus-Krankenhaus ein halbes Jahr lang. Das Zeugnis der Oberin, das ihr »besondere Fähigkeit zur Krankenpflege« bescheinigte, hob sie sich auf bis an ihr Ende. Willy wurde vom Krieg auf Samoa überrascht, entkam knapp den Briten und ließ sich in den Vereinigten Staaten internieren; er kehrte erst 1919 heim. Emmy härmte sich um ihn und seine zerschlagenen großen Pläne. Gegen Ende des Krieges gebar Ina ihr zweites Kind, und es durfte nicht leben. Ein Jahr später kam dann Inas Sohn zur

Welt – nicht Emmys erster Enkel (Willy hatte in den USA geheiratet), aber der erste, den sie sah. Der Mirl, nach erfolgreichen Jahren an den Münchener Kammerspielen (und unter Emmys Augen – ein wenig wenigstens) siedelte in das grausame Berlin über und hatte es nicht leicht. Aber Genaues war nie zu erfahren.

Gleichwohl, wer wissen wollte, ob Emmy Kummer habe, der mußte sie geduldig und gründlich befragen. Sie wurde nun sechzig. »Den Herren« war es gelungen, den Krieg zu verlieren, das Land war nun Republik, und in München hatte es Unruhen gegeben. In Emmys Wohnung kamen und gingen ihre Kinder, und sie fanden Mama zart, aber eigentlich wenig verändert. 1923 gelang es den Herren dann auch, Emmys kleines Vermögen verschwinden zu lassen, vielmehr: seine Reste. Es fügte sich glücklich, daß der Mirl damals nach schwerer Krankheit in Berlin den sehr begüterten Musikgelehrten Antony van Hoboken heiratete. Der Schwiegersohn mochte Emmy sehr gern und half in bescheidenem Umfang. Willy konnte das damals nicht mehr, und Ina noch nicht. Ein knappes Jahrzehnt später, als der Mirl sich von van Hoboken trennte, fügte es sich wieder glücklich, daß nun Ina genug verdiente, um Mama zu helfen. Emmy ist ihren Kindern für diese stete Sorge sehr dankbar gewesen.

Zwischen ihrem sechzigsten und siebzigsten Jahr lebte sie in München wenig anders als zwischen ihrem vierzigsten und fünfzigsten Jahr: regsam, tätig, weniger Ehrfurcht gebietend als Zuneigung. Willy war ihr Sorgenkind. Seine Ehe mit der schwierigen Hispano-Britin wurde aufgelöst, aber er heiratete dann eine sehr nette junge Frau aus Hamburg. Warum trennte auch sie sich von ihm? Willy schrieb so gute Sachen und war so reizend, so fesselnd, so klug – warum hatte er nicht den Erfolg, den er brauchte? Emmy tat, was sie konnte, aber das war nicht viel. Sie wußte, daß auch Ina tat, was sie konnte.

Selbst der Mirl bemühte sich, aber der Mirl war immer schon sehr sachlich gewesen, wenn es nicht um ihn selbst ging. Und über Willy konnte man ganz sachlich eigentlich nie denken, das wurde ihm nicht gerecht.

Ina hatte nun viel Widerhall mit ihren Büchern. Es tat Emmy wohl, die Mutter von I. S. zu sein, obwohl sie Ina nicht immer folgen wollte oder konnte. Sie liebte die Gedichte, auch manche von den Romanen und Erzählungen. Im »Wunschkind« hatte sie den

Beziehungen von Cornelie zu Delphine nachgespürt, aber dann doch entschieden, dies sei Phantasie und habe mit Wirklichkeit nichts zu tun. Nicht sehr gern mochte sie die Geschichten, die von Kindertagen handelten und von einem Vater. Sie hatte das Gefühl, daß Ina hier an Geheimnissen formulierte, die nicht besprochen werden sollten. Ina tat Emmy immer sehr wohl mit ihrer Liebe und Sorge. Inas Rückkehr ins Leben nach der schrecklichen Krankheit, Inas Beharrlichkeit, ihr Schicksal nicht anzunehmen, sondern es zu ändern: Emmy spürte hier eine Kraft, die ihr nicht ganz fremd war, aber auch ein wenig unheimlich. Sie brauchte Ina und war ihr immer sehr dankbar.

Ende 1934 kam ein großer Schreck für Emmy und ein großer Kummer, wie er nicht recht war in ihren Jahren. Sie spürte, daß es Ina nicht anders ging als ihr: hier wiederholte sich Unheil für sie. Willy starb über Nacht, wie ein Reisender, der er immer gewesen war, in einem Münchener Fremdenheim. Als sie von seinem Totenbett kam, sah sie die Weihnachtsgeschenke für Willy bereitliegen auf ihrem Nußbaumbuffet. Willy hatte heute zum Essen kommen sollen. Heinrich Wolfgang hielt an Willys Grab eine so gute, eine so richtige Predigt. Emmy hatte Heinrich Wolfgang in aller Stille sehr lieb gewonnen. Sie mochte auch seine Bücher gern.

Es regierten nun die Nationalsozialisten. Wenn Emmy welche traf, erwiesen sie sich als »Männer« und verhielten sich zu Frau Professor so angemessen wie andere Männer auch. Emmys Güte, die in jedem Lebewesen Vorzüge ausfindig machte, hinderte sie, den Mirl ganz zu verstehen, wenn er von den Nazis sprach. Der Mirl hatte wieder geheiratet, den Verleger Peter Suhrkamp – auch er ein Schwiegersohn, der Zuneigung faßte zu Emmy. Er schrieb ihr schöne Briefe und schickte ihr die Bücher des S. Fischer Verlags. Emmy war nun nicht mehr sehr kräftig, aber sie hielt an ihrer Wohnung in der Wilhelmstraße fest und daran, daß sie dort allein mit einem Mädchen hausen wollte. Erst kurz vor dem Krieg gab sie Ina nach und zog in eine Wohnung, in der auch etwas Platz für die Kinder Ina und Heinrich Wolfgang war. Aber sie wohnten dort alle dann nur gelegentlich, der neue Krieg, und endlich ging Emmy mit nach Starnberg.

Schon im Jahrzehnt davor hatte sie ihre Freunde oft sterben sehen in den Spalten der »Münchener Neuesten«. Manche aber lebten noch und kamen zum Tee. Es gab auch einiges, was Emmy nicht begriff – etwa, daß ihr alter Augenarzt sie nur noch in seiner Wohnung behandeln konnte. Gewiß, er war ein jüdischer Herr, aber doch ein ausgezeichneter Arzt. Im Krieg erzählte ihr Ina einmal, sie habe John Rosenthal in der Trambahn getroffen, und John habe ihr nicht erlaubt, ihn nach Hause zu begleiten. Das war schlimm, aber es konnte doch nur vorübergehend sein.

Emmy erfuhr noch, daß es nicht vorübergehend gewesen war. Sie las im Sommer 1945 die Zeitungen. Sie sprach wenig darüber, aber das Entsetzen blieb. Trotzdem, sie mußte die Zeit bestehen, zusammen mit Ina, den Sommer und dann den Herbst. Ende September wurde ihr lieber Schwiegersohn Heinrich Wolfgang von seinen großen Schmerzen erlöst. Emmy ging mit zu seinem Grab. Sie konnte überhaupt noch sehr gut gehen. Sie war so leicht geworden, ein zarter Schatten, der kleine Spaziergänge machte. Einmal traf sie eine Gruppe sehr fröhlicher amerikanischer Soldaten und fürchtete sich ein wenig auf dem engen Weg, der die Ludwigshöhe hinaufführte. Aber diese Männer, sehr große Männer, machten der Frau Professor höflich und angemessen Platz. Später, als sie wie immer auf der Bank ausruhte, sah sie, wie sie ihr winkten. Das war schon beinahe etwas zu vertraulich, aber sie meinten es gewiß nicht so.

Im Oktober fror sie viel. Das Holz für die beiden Öfen war so knapp und mußte über den Winter reichen. Hunger quälte sie eigentlich wenig. Sie brauchte nicht viel.

In einer der ersten Novembernächte schlief Emmy nur schwer ein. Das Herz schlug so heftig. Dann wurde es besser, Emmy schlummerte kurz, dann wachte sie auf, Ina war da, und blieb bei ihr bis zum Ende. Es war fast auf die Nacht fünfzig Jahre nach ihres Hermann Tod, den sie nie ganz hatte begreifen können und enträtseln.

Ins Gästebuch geschrieben
1882

Mathilde Loesevitz-Ebers
vom 23. März ¾ 10 Uhr bis zum 24. März
Die erste Eintragung

Der Erfinder des Gästebuchs ist unbekannt geblieben: mit Recht. Gästebücher sind geeignet, auch unbeschwerte Geselligkeit zu verdüstern. Nur sehr starke Charaktere bringen es fertig, allein ihren Namen zu hinterlassen. In bürgerlichen Häusern des neunzehnten Jahrhunderts wurde es zudem Brauch, vom Gästebuch zu verlangen, daß es auch ein Poesiealbum sei. Es ist kein Zufall, daß das Gästebuch von Emmy S. laut Aufschrift eigentlich für Poesie bestimmt war. Emmy füllte freie Stellen mit Dichter-Zitaten aus, die sich auf Geselligkeit bezogen. Sie war damals freilich erst einundzwanzig.
Aus dem ersten Ehejahr von Hermann und Emmy S. (zu Halle an der Saale, Große Steinstraße 32) sind hier die Äußerungen von drei Besuchern wiedergegeben.

Emmys Stiefvater schrieb:

Nun hatt' ich Euer Nest mir angesehen,
Und als ich rasten wollte froh gerührt,
Da nahte sich die freundlichste der Feen
und hat mich rückwärts, weit zurück geführt.

Ich sah zu Jena unsere kleinen Räume,
Sah Euere Mutter jugendschön und mild,
Und Euer Nestlein zeigten mir die Träume
Als uns'res alten Nestes Spiegelbild.

In meinen Kindern sah ich auferstehen
Des jungen Ehebundes Frühlingstraum;
Manch Blättlein sah ich fallen und verwehen,
Sah Früchte reifen an dem morschen Baum.

Sah auch den Herbst; – und als der Traum verronnen,
Schaut' wieder ich im Spiegel, was mir blieb.
Und wünschte Euch, daß wenn der Lenz verronnen,
Euch auch so vieles lächle, das Euch lieb.

Hermanns ältester Bruder schrieb:

> In Halle an der Saale
> War ich zum ersten Male
> Bei ihm und auch bei ihr.
> Gar wohl gefiel es mir.
> Nach glücklicher Verrichtung
> Von dieser Meisterdichtung
> Empfehl' ich bestens mich
> Als Euer Heinerich.

Hermanns jüngster Bruder schrieb:

> Paul Seidel.

Aus dem Leben eines Arztes
1855–1895

Er war lichtblond mit einem starken Schnurrbart und blaugrauen Augen.
Es war wohl der Blick dieser Augen, der sich mir so unvergeßlich eingeprägt hat, ein Blick, der mit stiller, jederzeit aufnahmebereiter Aufmerksamkeit auf dieser Welt ruhte und ihr zugleich mit unbedingt liebendem Vertrauen entgegenkam.

Ina S. über ihren Vater Hermann S.

Am 13. Juli feierte Hermann S. in Braunschweig seinen vierzigsten Geburtstag. Er hatte nicht geduldet, daß Emmy und die Kinder deswegen ihren sommerlichen Aufenthalt in dem Tutzinger Ebers-Haus verkürzten (»Vierzig ist keine Zahl«), konnte aber selbst sein Krankenhaus im Augenblick nicht verlassen. Er traute keinem seiner Assistenten zu, daß er ihn länger als einen oder zwei Tage zufriedenstellend vertreten würde. Deswegen war Hermann am Abend des Geburtstags allein zu Hause, und es ist anzunehmen, daß er nachdachte, sein Leben überblickte, Ordnung zu schaffen suchte in seinen Erinnerungen. Die Vierzig ist insofern doch eine Zahl, als sie die meisten intelligenten Männer zum ersten Mal zu dieser Beschäftigung verlockt, ihnen nach der Bilanz auch Vorsätze eingibt, die nicht befolgt werden. Menschen dieses Alters überdenken mit einem gewissen Stolz das Erreichte, gelangen aber nicht zum ernsthaften Aufräumen.
Hermann fühlte sich müde, aber ganz gesund. Die Lungengeschichte vom Winter Einundneunzig war ausgeheilt. Sie hatte ihr Gutes gehabt: die Ruhezeit in Arosa zusammen mit Emmy, und dann seine ägyptischen Monate – Erholung, ja, aber vor allem doch ein Stückchen erfüllter Sehnsucht. Kaufmanns Ausgrabun-

gen an der Ziegelpyramide von Hamara. Die Freundschaft mit Wißmann, dem Entdecker. Die Tiere, Gazelle und Springbock, die er nach Braunschweig mitbrachte, und die dann leider doch in einen Zoo mußten. So wie die ägyptischen Monate hatte sich Hermann einmal sein Leben vorgestellt: Ausziehen in Steppe und Urwald, reiche Beute für die Wissenschaft. Aber die Frage war längst beantwortet, ob er nicht doch lieber Forscher geworden wäre und vielleicht Direktor eines Zoologischen Gartens. Er war nun lieber Arzt.

Länger als neun Jahre lebte er nun schon in Braunschweig. Eigentlich reiste er nur durch. Der Assistent von Volckmann in Halle bewarb sich um eine Stellung im Düsseldorfer Krankenhaus und bekam sie nicht. Der Rückweg führte ihn über Braunschweig. Die Stadt sagte ihm zu: herzogliche Residenz wie seine Kindheitsstadt Schwerin. Zudem, es arbeitete hier noch kein Facharzt für Chirurgie. Die Düsseldorfer Enttäuschung hatte Hermann herausgefordert. Er würde sich nicht mehr bewerben. Er würde allein gehen. Einige Monate nach seiner Ankunft eröffnete er mit geliehenem Geld eine kleine chirurgische Klinik. Drei Jahre später gründete er auch eine bescheidene orthopädische Heilstätte für behinderte Kinder.

Er hatte Zulauf, denn er war ein erfahrener, geschickter Operateur. Er war gesegnet mit jenem Gespür, das treffsicheren Diagnostikern und Künstlern gemeinsam ist. Die Patienten schätzten seine Sicherheit, seine Freundlichkeit, seine Teilnahme an ihrem Leiden. Später würden Hunderte von ihnen schriftlich den toten Doktor rühmen. Bei Hermanns Braunschweiger Lebzeiten hatte er jene Art von Erfolg, die unweigerlich zu Abneigungen von länger eingesessenen Kollegen führt, bisweilen auch zu offener Feindschaft. Wenn Hermann etwas davon bemerkte, kam es ihm stets zu spät zu Bewußtsein. Er war zu naiv und auch zu beschäftigt, um sich mit Geschick in der Standeshierarchie des Herzogtums zu etablieren. Er tat recht, scheute niemanden, und sein wachsendes Selbstbewußtsein äußerte sich auch darin, daß er nicht begriff, wenn er ungewollt das Selbstbewußtsein anderer verletzte.

Diese letzte Eigenschaft teilte er mit nahezu allen Mitgliedern seiner Familie. Ein Seidel fällt immer aus allen Wolken, macht man ihm begreiflich, jemand anderer hege eine berechtigte oder unberechtigte Abneigung gegen ihn. Er habe, so meint er, dem anderen nie etwas getan. Er nimmt sich selten die Zeit, Empfindlichkeiten zu sehen und zu berücksichtigen. Er setzt beim anderen die gleiche Monomanie voraus, der er selbst verfallen ist. Dies ist eine kompliziertere und damit gefährlichere schlechte Eigenschaft als simple Arroganz.

Hermann zudem beschäftigte sich in seinen wenigen freien Stunden sehr ungern mit dem in einer Kleinstadt fast unerläßlichen gesellschaftlichen Austausch, sondern mit den Dingen, die ihn interessierten. Das waren nach wie vor Vögel und andere Tiere, die er sich stets in großer Anzahl hielt, und es war die Arbeit moderner bildender Künstler. Natürlich hatte er auch Freunde unter den Ärzten der Stadt, aber jene gaben in den offiziellen Verbänden nicht den Ton an. Am Hof und bei der Beamtenschaft der kleinen Residenz galt Dr. S. als der Mann, der in schwierigen Fällen hilft.

Dieser Ruf trug dazu bei, daß er im Herbst 1892 beim Herzoglichen Krankenhaus zum Vorstand der chirurgischen Abteilung ernannt wurde. 1893 wurde er Mitglied des Obersanitäts-Collegiums, 1894 machte der Regent ihn zum Professor. Ein geschickterer Mann wäre spätestens in diesem Augenblick vorsichtig geworden. Hermann aber nahm kaum zur Kenntnis, daß er nun ein verhältnismäßig hoher Beamter war, wenn auch ein schlecht bezahlter. Ihn interessierten die Aufgaben ungemein, die Position und ihre Spielregeln wenig. Er arbeitete noch mehr als zuvor, betrieb der geringen Bezahlung wegen vorerst seine Privatklinik weiter, und widmete sich außerdem dem Neubau des Krankenhauses, in dem er auch als Neuheit eine orthopädische Abteilung unterbringen wollte.

Er war nun vierzig. Er war überarbeitet. Er bedachte die nächste Zukunft, in der alles besser werden sollte. Zum Oktober wurde er die Privatklinik schließen können. Im nächsten Frühjahr würde er mit der Familie in eine dem Krankenhaus-Neubau angegliederte Wohnung übersiedeln. Die Hetze zwischen zwei Arbeitsplätzen mußte aufhören. Er würde sich um seine Kranken noch mehr kümmern können, und auch mehr um seine Mitarbeiter. Manchmal verstand er seine Assistenten nicht. Er hatte in der letzten Zeit Widerstände gespürt. Ein Assistent mußte doch seinem Chef folgen – so wie er in seinen Lehrjahren Volckmann gefolgt war in allen Dingen. Eine humorlose Gesellschaft waren sie außerdem. Neulich hatte er einem gesagt, die Patientin dort sei die Amme vom Flügeladjutanten des Regenten, also besonderer Aufmerksamkeit wert. Der junge Mann, so sah es aus, hatte das ernst genommen.

Aber es waren ja eben wirklich sehr junge Leute, und diese Zeiten anders als seine Zeiten. Hermann beschloß, sich bald mit jedem einzelnen zu beschäftigen, ihn zu lehren, was er nicht von selber begriff – obwohl er sich nicht zum Lehren geschaffen fühlte. Aber vom Oktober an, da würde sich gewiß auch mehr Zeit finden. Hier zerfaserten seine Überlegungen. Er dachte an seine Mutter, die er nach Braunschweig geholt hatte und die hier ganz glücklich schien. Er dachte an seinen Bruder Heinrich, und wie wenig Zeit sie nun beide füreinander fanden. Heinrichs Bücher gefielen ihm recht gut, obwohl es ja manchmal schon ein bißchen allzu glücklich in ihnen zuging, so glücklich trafen es nicht alle Menschen, Hermann sah das jeden Tag. Aber was Heinrich schrieb von Wäldern, Wassern und Bäumen, oder ganz speziell über Vögel: das war schon vortrefflich, da fand sich alles wieder, was sie immer verbunden hatte, obwohl Heinrich doch dreizehn Jahre älter war. Er dachte auch an seinen Bruder Paul, nun ein Diener von Majestät und ein junger Kunstpapst in der Hauptstadt: wer hätte ihm das zugetraut. Hermann war seiner weiteren Familie zugetan. Sie kam nach Braunschweig zu Besuch, denn Hermann konnte nicht viel reisen. Das war ein gutes Gegengewicht zu den vielen Ebers, die hereinschauten. Emmy war doch sehr stark mit ihrer Familie verbunden. An Georg Ebers und seine großen Schmerzen, an sein Rollstuhl-Dasein dachte Hermann mit dem Mitleid dessen, der so gern geholfen hätte und wußte, daß es da keine Hilfe gab.

Schwerin. Das war nun schon zwanzig Jahre, seit er dort fortging, und fast fünfunddreißig Jahre waren vergangen seit Vaters Tod. Hermann erinnerte sich gut an Vaters Begräbnis. Die Trommeln. Der vierspännige Wagen. Der lange, lange Zug und das Militär. Hermann war sicher: keiner von Vaters Söhnen würde so zu Grabe getragen werden wie Vater. Damals fing Hermanns Jugend erst an – die Streifzüge in Wald und Schilf, die Menagerie, die er in seinem Zimmer ansammelte. Mutter hatte soviel Geduld damit gehabt. Die Eichhörnchen, die er säugte, im Dunkeln unter der Bettdecke. Der Falke namens Hanne, der ihm entflog und den sein

Fänger nicht mehr hergeben wollte. »Dat's min«, sagte Hermann. Der andere lachte über das Kind. »Hanne, kumm«, sagte Hermann, und Hanne riß sich los, flog auf Hermanns Faust. Der Briefwechsel mit dem großen Brehm in Berlin, der von dem Mecklenburger Jungen Vögel bezog. Der Hund namens Polly S., Hermanns Gefährte, schöne Promenadenmischung, und der raffinierteste Vagabund.

Warum war der Abschied von Schwerin und diesem Leben, der Abschied auch vom Forschertraum am Ende doch nicht so schwer? Mecklenburg lag, wo es immer lag: im gesegneten, behüteten Hinterland. Doch virulent war auch dort zum mindesten ein Bodensatz der Träume, die 1848 geträumt worden waren: die Heranwachsenden machten sie unruhiger denn je. Alles geschah anderswo. Hermann war sechzehn Jahre alt, als von den Träumen ein wesentliches Stück sich verwirklichte, wenn auch anders als ehedem geträumt, wenn auch so, wie der preußische Regent Wilhelm I., nun deutscher Kaiser, einst formuliert hatte: »Königtum von Gottes Gnaden, Festhalten an Gesetz und Verfassung, Treue des Volkes und des siegbewußten Heeres, Gerechtigkeit, Wahrheit, Vertrauen, Gottesfurcht.«

Gewiß, was Bruder Werner gern an der Gaffel gehißt hätte, Schwarzrotgold, das wurde folgerichtig nun nicht Nationalflagge: der Zuwachs an deutscher Einheit kam nicht von einem demokratischen Akt, sondern aus monarchischer Politik. Aber seine Attraktion war stark genug, um auch liberale Bürger dem Thron näherzurücken. Gottesgnadentum war nun einmal einbegriffen. Es übertrug sich auf Obrigkeit schlechthin und befriedigte den Bedarf an Vaterfigur. Die »Wendung durch Gottes Fügung« aber, sie einte, beschwingte – zumal des Kaisers Kanzler klug genug war, alte und junge Bürger nicht zu überfordern. Sie konnten sich auf Jahrzehnte mit gutem Gewissen und nationalem Selbstbewußtsein einem gesicherten Leben zuwenden und dem Übergang ins technische Zeitalter. Politische Details blieben in Deutschland den Politikern überlassen.

Es war, alles in allem, eine Lust zu leben. Größere Möglichkeiten in einer größeren Heimat lockten. Gewiß, es gab auch Pflichten, aber das waren Ehrenpflichten. Hermann war nicht als Dorfkind und Sohn des Herrn Pastor aufgewachsen, sondern als Kleinstadtkind und Witwensohn. Es fiel ihm leichter als seinen älteren Brüdern, mit anderen Menschen Kontakt aufzunehmen. Zudem war er besessen von der Neugier des Forschers; Lebewesen mit der Gabe der Artikulation befriedigten diese Neugier besonders bereitwillig. Er wurde ein sozusagen guter Student. Zudem liebte er sein Land, hatte nichts gegen die herrschende Regierungsform und die Aufgaben, die ihm gestellt wurden.

Er studierte mit schmalem Wechsel je ein Semester in Würzburg und Heidelberg und begab sich dann für einige Zeit nach Straßburg. Dabei bewegte ihn nicht Zuneigung zu dem neuen Reichsland. Hier war Familienrat im Spiel, denn Hermanns Schwester Clara war mit einem Straßburger Professor verheiratet. Hermann fühlte sich sehr wohl am Oberrhein, der nach wie vor internationale Charme der alten Reichsstadt bekam ihm gut. Freilich, der junge Mann fühlte sich durchaus als ein deutscher Mann. Er hatte in Würzburg die erste Hälfte seines Militärdienstes abgeleistet, und im Straßburger Verbindungsleben gab es keinen, der Hermann S. im Respekt vor den Regeln übertroffen hätte und insbesondere in der Hochachtung vor dem starren und strammen Ehrbegriff der Zeit. Hermanns akademische Zeugnisse waren zufriedenstellend, aber nicht glänzend.

Für letzte Lernjahre siedelte er an die Hohe Schule zu Leipzig über und gelangte durch Familienbeziehungen in den gesellschaftlichen Kreis großbürgerlicher Professoren-Haushalte. Hier begegnete er Emmy und siegelte seine Zukunft mit einer Verlobung. Er hatte nichts dagegen, in diesem Kreis als der Bruder des Dichters S. zu gelten. Von Heinrich ließ er sich Bücher schicken, aus denen in den Salons vorgelesen wurde, mit schönem Erfolg.

Als Arzt approbiert wurde er bei einem zweiten Straßburger Aufenthalt, den Doktor machte er (»Ein seltener Fall von Bauchfistel«) in Leipzig. In Kiel arbeitete er zum ersten Mal selbständig in einer Klinik – bei der Marine, die ihn zum Assistenzarzt der Reserve zweiter Klasse ernannte, und später zu einem erster Klasse – mit Pflichten, von denen es in den Urkunden hieß, »daß er seiner Kaiserlichen und Königlichen Majestät und Dero allerhöchstem Hause zuvörderst getreu, hold und gehorsam sei und seiner Charge gebührend wahrnehme, was ihm zu thun und zu verrichten obliegt und aufgetragen wird, bei Tag und bei Nacht, zu Wasser und zu Lande«.

Als die Urkunde für den Assistenzarzt erster Klasse kam, hatte

Hermann schon Emmy geheiratet und arbeitete in Halle bei Volckmann. Es war eine anstrengende Lehrzeit. Die medizinische Praxis und Forschung machte in den Achtzigerjahren beträchtliche Fortschritte. Aber es gab an vielen deutschen Kliniken noch keine Spezialisten. Der Ausbau von Arbeitssystem und Aufgabenteilung entsprach nicht überall neuen Erkenntnissen, die für einzelne bereits gesichert schienen. In Krankenhäusern, die eine starke und dynamische Persönlichkeit wie Volckmann beherrschte, wurden diese Mängel überdeckt durch Gehorsam und Dienstbereitschaft der Mitarbeiter. Hermann ging durch eine Schule, deren Härte und deren Mängel er gar nicht bemerkte.

Er entließ sich aus ihr mit knapp dreißig Jahren nicht nur deswegen, weil er sich nun für andere Aufgaben reif fühlte. Er wollte mit seiner Frau auch die Stadt verlassen, die ihnen verdüstert war durch den Tod ihrer kleinen Söhne. Hermann entschied sich am Ende für Selbständigkeit in Braunschweig. Der Erfolg hatte dieser Entscheidung recht gegeben. Die Möglichkeit, am Herzoglichen Krankenhaus chirurgischer Vorstand zu werden, kam überraschend nach dem frühen Tod eines Chefarztes. Natürlich verlockte Hermann diese Ausweitung seiner Arbeit, zudem in einer neu zu bauenden Klinik. Aber gerade die Umstände, denen Hermann seine Berufung verdankte, behinderten ihn: segensreiche Arbeit in einem Einmannbetrieb, wärmender und anfeuernder Zuspruch vieler Patienten zu einem Arzt, der über seine Arbeit absolut entschied, weil da niemand anderer war – das ist nicht die ideale Vorübung für das Kommando über einen weitverzweigten klinischen Apparat.

Hermann erledigte perfekt auch das noch mehr angewachsene Pensum. Wenig Geduld hatte er mit Mitarbeitern, die den eher gemächlichen Trott großer Krankenhäuser gewohnt waren. Den Patienten des Doktor S. fehlte es auch in dem großen Krankenhaus nicht an Untersuchung, Operation, Fürsorge und Heilung. Aber der Chef hatte Schwierigkeiten mit dem System – überdeckt auch für ihn selbst eben durch die Tatsache, daß es den Patienten an nichts fehlte.

Ganz klar erkannte er das nicht. Zuviel war zu tun, zu erreichen, zu erledigen. Das eigene Ausmaß an Hingabe erwartete er von jedermann. Am Abend seines Geburtstages war er nach allen Erinnerungen und Meditationen in Frieden mit sich selbst. Er war ein

Mann, der liebte und Liebe brauchte, er hatte Sehnsucht nach Frau und Kindern. Emmy, Ina, Willy, die kleine Annemarie: er war ein glücklicher Mann und dankbar.

Im Haus klingelte der telephonische Apparat. Hermann sprach mit dem diensthabenden Arzt. Er ging noch einmal ins Krankenhaus, kam nach einer Stunde zurück, legte sich zu Bett und las noch zehn Minuten lang einen Bericht über die Überreste des Affenmenschen, die der Franzose Dubois vor drei Jahren auf Java gefunden hatte.

Brief unter Brüdern
1890

Lieber Hermann!

Gestern war ich in der Aegintha-Vogelausstellung, sah in der mich interessierenden Abteilung aber nicht viel Neues. Es war eine weiße Bachstelze da und ein ungeheuer gebildeter Star, von hohem Patriotismus beseelt, der immer den Kaiser leben ließ. Was mir am meisten an ihm gefiel, war, daß er so schön im Gefieder war, wie ich es selten gesehen habe. Ein Eisvogel fiel mir durch seine Zahmheit auf. Alle anderen, die ich sonst auf Ausstellungen sah, wollten sich immer umbringen vor Angst. Ein Graupapagei-Albino sollte 800 Mark kosten. Der Schwanz war roth geblieben. Als Seltenheiten waren unter den Ausländern bezeichnet: Rothmasken-Amazone. Mexikanische Goldhäher. Gelbsteißkastike (?). Weißbärtige Gimpellerche (?). Laufhähnchen (?). Weißkehliges Maorihuhn. Doch davon verstehe ich nichts.
Ein Vogelhändler aus Altenberg hatte die philisterhafte Idee gehabt, sämtliche Vögel, die in »Hanne Nüte« vorkommen, auszustellen. In der Mitte Fritz Reuters Büste. Fand natürlich großen Beifall.
Sehr schön gehaltene Grasmücken von allen Arten gab es zu sehen, aber auch viele Stummelschwänze.
Ich quäle mich jetzt mit »Leberecht Hühnchen als Großvater«. Es wird furchtbar lang. Auf der 65sten Seite bin ich immer noch beim Polterabend.
Agnes geht es nicht besonders, Heini hat durch die verdammte Schule wieder mehr Gesichterschneiden gekriegt, den anderen geht es gut. Mir auch.
Kürzlich kam das Mädchen und sagte, ein Student wollte mich sprechen. Ich dachte gleich an eine Bettelei und traf draußen einen

dünnen jungen Mann in einem langen Überzieher, welcher sich in gemessener Entfernung hielt und eine wie mir schien sorgfältig einstudierte Rede begann – was meinen Verdacht noch verstärkte. Endlich schlugen mir die Wörter »hohe Verehrung« und »wagen dürfte« etc. ans Ohr, und ich erkannte die Situation. Mein finsteres Antlitz wurde heller, und ich forderte ihn auf, näher zu treten. Er war schließlich ein ganz netter Mensch, er verehrte mich etwa eine Viertelstunde lang und zog dann hochbeglückt wieder ab.

Ich hoffe, daß es bei Euch alles wohl geht. Grüße unsere Mutter und die Deinen und lebe glücklich!

Dein Bruder Heinrich Seidel

Ein Abend bei Huth
1888

> *Ein Kennzeichen des echten Talents*
> *ist die Unbekümmertheit,*
> *mit der es seinen Weg geht.*
> *Ick bün ick.*
>
> *Heinrich S.*

Er saß für sich allein in der Weinhandlung von Huth am Potsdamer Platz. Das war nicht weit von seiner Wohnung »Am Karlsbad«. Er hatte sich eine Flasche Mosel kommen lassen. Der Abend war kühl. Herr Huth hatte Fenster und Türen geschlossen. Dann und wann rumpelte eine Pferdebahn vorüber.

In der Nische nebenan tauschten zwei Herren Hauptstadtklatsch aus. Er hörte nicht darauf. Er las in der »Vossischen Zeitung«, was der neue Kaiser bei der Thronbesteigung gesagt hatte, der dritte deutsche Kaiser in diesem Jahr. Der neue Kaiser war neunundzwanzig Jahre alt. Für Heinrichs Geschmack war er ein bißchen zu strahlend und eine Kleinigkeit zu laut, aber das würde sich gewiß geben. Schließlich, da war immer Bismarck. Heinrich machte sich nicht viel Gedanken über Politik. Er rechnete nach, um herauszufinden, wo er selbst gewesen war, als der neue Kaiser geboren wurde. Er dachte an Schwerin und an das Arbeitszimmer seines Vaters, und fühlte sich sehr betagt.

Er horchte auf, weil nebenan sein Name genannt wurde.

»Seidel?« sagte der Herr mit dem flotten Zungenschlag. »Mit Seidel werden Sie kein Glück haben. Der ist doch Einsiedler. Der schweigt Löcher in die Wand. Zu Seidel sind Leute gekommen, feine Leute – und als sie wieder weggingen, waren sie so klug wie vorher.«

Seidel duckte sich unwillkürlich in seiner Ecke. Aber seine hoch gewachsenen zwei Zentner, sein mächtiger Schädel, sein ausladender Vollbart würden kaum zu übersehen sein. Ich werde sagen, dachte er, ich bin mein Bruder. Er schenkte sich das Glas voll und trank auf sein eigenes Wohl. Die Sache war nicht die, daß er Löcher in die Wand schwieg. Aber er tat es mit Gusto. Er war kein Menschenfeind. Er mochte nur die meisten Leute nicht leiden, die mit einem Dichter gebildete Gespräche führen wollten. Wenn er schon sprach, dann doch über etwas Sinnvolles, etwa Stieglitze, Punschrezepte, Wanderwege oder das Wetter.

Zudem war er sicher, daß der Dichter in Person noch enttäuschender ist als der Leser in Person. Schriftsteller sehen selten so aus, wie sie auszusehen haben. Ein Fotograf hatte den Gedanken gehabt, eine künstlerisch-symbolische Aufnahme zu machen für sein Gedicht »Die Musik der armen Leute«: der Verfasser vor Hinterhof-Kulisse, als gerührter Zuschauer eines Leierkastenmanns, tanzender Kinder, einer Näherin, einer Schlampe, eines verhungerten Schreibers und eines patriotischen Schusters. Heinrich schrieb ihm: »Ich würde lieber mit Erbsen in den Schuhen zum Grabe des seligen Till Eulenspiegel pilgern, als mich vor aller Welt zum Fatzgen machen lassen.«

Die Herren nebenan zahlten und gingen. Der Moseltrinker nahm kleine Schlucke und unterhielt sich mit sich selbst. Er war ausnahmsweise zufrieden mit sich selbst und ziemlich vergnügt. Dieses Dreibrezeljahr war sehr freundlich mit ihm umgegangen. Er hatte zum ersten Mal keine Geldsorgen, und Liebeskind in Leipzig schrieb von recht guten Aussichten. Das tat wohl, wenn man sechsundvierzig war und sieben Jahre lang nicht gewußt hatte, wie über den nächsten Monat kommen. Es war dann ja immer irgendwie gegangen, und niemand hatte etwas gemerkt von seinen Sorgen. Eines Tages würde Agnes begreifen, daß dies doch die richtige Straße gewesen war – Agnes machte sich immer viel Kummer, Heinrich spürte das, auch wenn sie keine Fragen stellte. Frauen. Auch Mutter war nie ganz beruhigt gewesen über ihn und hatte gesagt: »Als Ingenieur weiß man doch, was ist.« Heinrich hatte sie beide sehr lieb, aber Frauen sind Frauen. Solche Dinge sind nicht ihre Sache. Er hatte immer geschwiegen.

Und nun behielt er ja auch recht. Es hatte länger gedauert, als er wahrhaben wollte. Es war nicht immer einfach gewesen, alles für sich zu behalten. Heinrich Wolfgang war so viel krank gewesen als

kleiner Junge. Jetzt ging das ja auch besser. Werner wuchs und
wuchs, es war beinahe unheimlich. Agnes? Man wußte nie ganz
genau, wie es Agnes eigentlich ging. Gesund war sie nicht, gesund
würde sie nie sein, und jetzt war sie zweiunddreißig. Diese neue
Geburt mußte die letzte sein. Wenigstens war Agnes' Schwanger-
schaft diesmal nicht so quälend wie vor zwei Jahren, bei der Fehlgeburt. Diesmal hatte der Arzt ihn völlig beruhigen können.
Man wußte bei Agnes auch nie ganz genau, was sie dachte. Als er
nicht mehr Ingenieur sein wollte – was wäre wohl gewesen, wären
sie nicht zur gleichen Zeit auch umgezogen, in den ersten Stock
des Hauses von Carl Eggers? Frauen gehen in Umzügen ja ganz
auf. Da denken sie an nichts anderes mehr. Heinrich lebte gern in
diesem ersten Stock. Vor den Fenstern war es grün. Und Hausherr
Eggers hatte ihm von seinem Arbeitszimmer aus eine Treppe in
den Garten gebaut, ganz wie im »Rosenkönig«. Er hatte ganz gute
Sachen in diesem Zimmer geschrieben. Die Märchen, und Märchen waren doch das Schwierigste, was es gab. Märchen darf man
nicht für Kinder schreiben, sie müssen gut sein für jedes Alter.
Dann die Geschichten aus Mecklenburg, die Geschichten aus den
Berliner Vorstädten – und »Leberecht Hühnchen«, Geschichte für
Geschichte. Das hörte nicht auf. Hühnchen würde noch Großvater
werden müssen. Doch, es waren ganz ordentliche Sachen.
Und trotzdem. Und wenn Liebeskind nun im nächsten Jahr schreiben mußte, es sei leider wieder nicht viel? Möglich war das, so etwas geschah immer wieder. Ach, es war kein Spaß. Was ist ein
Dichter? Ein Dichter ist ein Mann, der sein Handwerk beherrscht
– gerade, weil er mit Träumen umgeht. Und wenn das Träume
sind von ganz freundlichen oder sonderbaren oder komischen
Menschen – der Umgang ist kein Spaß. Die besten Sachen bringt
man unter Ekel und Abscheu zu Papier. Er war am Schreibtisch so
tüchtig wie am Zeichenbrett, dessen durfte er sicher sein, aber es
machte mehr Arbeit, viel mehr Mühe. Die Leute, die immer von
der »Lust des Schaffens« schwatzten. Das gab es nicht, entschieden nicht.
Die Möglichkeiten des Glücks. War er selber glücklich? Agnes, die
Familie, das bißchen Erfolg: nun ja. Und er war gelegentlich eine
passende Gesellschaft für sich selbst. Außerdem, einen guten
Freund hatte er. Kann man mehr als einen haben? Trojan, ein guter Schreiber, Herausgeber des »Kladderadatsch«, Majestätsbelei-

diger, Wandergefährte . . . Dieses Jahr war kein Bote aus dem Norden gekommen, ein Schmetterling, oder auch zwei. Sie waren nicht wie sonst aufgebrochen an den Strand bis zu dem Platz, der gewissermaßen ihnen gehörte, »Wirtshaus zur Stranddistel«. Nächstes Jahr würde das wieder sein. Trojan, der das schlechte Wetter anzog, und dem das peinlich war. Trojan, mit dem Heinrich so gut schweigen konnte wie mit sich selbst. Er trank ein Glas auf den Freund.

Die Möglichkeiten des Glücks. Ein bißchen davon zu sagen, war das jetzt geglückt in der »Goldenen Zeit«? Letzte Woche war das Manuskript an Liebeskind abgegangen. Er hatte es aus dem Hause haben wollen, vor seinen eigenen Änderungen bewahren wollen. Soll man überhaupt Geschichten schreiben aus einer Abendstimmung heraus, von ein paar Versen her, zu denen man fern eine Melodie gehört hatte? Die Leute würden wieder denken, so sei sein, Heinrichs Leben. Am Schreibtisch war es so – einen Augenblick lang, ehe die Schinderei begann. Immerhin, diesmal würden sie ihn nicht so furchtbar heiter finden wie sonst so oft.

Zum Beispiel, als ob Hühnchen ein Jauchzepeter wäre, oder auch nur ein entsetzlicher Optimist. Hühnchen widersprach doch eigentlich dieser Zeit, in der jeder anfing, üppig zu werden. Hühnchen wußte genau, wie die Welt eigentlich war. Das stand am Anfang auch drin, aber darüber lasen die Leute hinweg. War Heinrich Seidel wirklich ein Humorist? Jeder sagte das, sogar Georg Ebers, und sie meinten es gut. Er, Heinrich, fand sich gar nicht humoristisch.

Er fand sich schwierig, und deswegen dann und wann auch gar keine gute Gesellschaft für sich selbst. Er war fleißig, weil er sonst kein gutes Gewissen hatte – dabei rühmte er sich seiner Faulheit. Er war nicht mehr jähzornig, das nicht. Aber oft war alles um ihn herum nur Wolken und schwarzer Nebel. Man las es ihm nicht an, und das war gut so. Man sah ihm auch nichts an. Er war stolz darauf, daß er nicht ein sogenanntes Künstlerleben führte, sondern das eines – nun, sagen wir, Ingenieurs. Ein zuverlässiger, sicherer Mann, ein Fels, ein guter Vater – doch, ein guter Vater war er wirklich. Ein guter Familienvater auch? Da müßte er Agnes fragen. Aber man konnte so etwas Agnes nicht fragen.

Jetzt würde er vielleicht mit der Zeit ein kleines bißchen berühmt werden. Sehr viel helfen würde das auch nicht. Nichts dauert. Nur in den Geschichten, die sich so schreiben lassen, da dauert es doch wenigstens eine kleine Zeit. Ach, das Leben ist schwierig, wenn man immer der ist, an den jeder sich wendet.

Er leerte das letzte Glas. Seidel schwieg also Löcher in die Wand? Wenn sie wüßten, wie viele Gründe es dafür gab.

Er zahlte, drückte auf den kahlen Schädel den Hut, schob sich ins Freie, witterte Herbst. Dann verschwand er im Halbdunkel einer Stadt, die es eilig hatte. Er paßte gut in sie hinein und sah doch sonderbar fremd in ihr aus.

Zusammenfassung einer Treibjagd
1895

Die Sage, daß das Hermelin lieber durch Feuer
als durch Koth laufe
und lieber sterbe, als sich beschmutze,
machte es früh zum Symbol der Reinheit und Unschuld.

Meyers Konversationslexikon, 1878

Im Frühjahr 1893 fiel der Rittmeister von Hoffmann vom Pferd.
Im Oktober 1895 bekam der Sanitätsrat Mack im Flur des Restaurants Ulrici eine Ohrfeige. Ein paar Tage später wurde dem Krankenhausdirektor Sievers von herabsetzenden Reden berichtet, die
Professor Seidels Assistenten beim Mittagstisch über ihren Chef
führten. Der Rittmeister hatte sich eine Quetschung der rechten
großen Zehe zugezogen und begab sich in Behandlung seines
Hausarztes, Sanitätsrat Mack. Des Rittmeisters Kommandeur war
aber besorgt genug, um ihm außerdem noch den Doktor Seidel ins
Haus zu schicken. Als Seidel erfuhr, von Hoffmann sei bereits in
Behandlung, zog er sich zurück. Er bat den Rittmeister, seinem
Sanitätsrat mitzuteilen, er, Seidel, habe nicht gewußt, daß der Patient bereits ärztlich versorgt sei. Von Hoffmann tat das. Er hat
den hier dargestellten Tatbestand bestätigt.
Trotzdem behauptete der Sanitätsrat seither, Seidel fange ihm Patienten weg. Häufig gab er seinem Groll über den Fall Hoffmann
öffentlich Ausdruck. Zweieinhalb Jahre später, nach einem Essen
des Ärztevereins, versuchte Hermann, diesem Unfug ein Ende zu
machen und sich mit Mack zu versöhnen. Aber auch im vertraulichen Gespräch beharrte der Sanitätsrat auf seiner Version. Am
Ende sagte er: »Ich verachte Sie!« Hermann erwiderte mit einer
Ohrfeige und den Worten »Sie gemeiner Lump!« Kollegen trennten die beiden.

Im Braunschweiger Ärzteverein fanden sich Antragsteller, die diese Ohrfeige mit Hermanns Ausschluß gesühnt sehen wollten – ohne Untersuchung der Vorgeschichte. Ein Ausschluß hätte genügt, Hermann im Herzogtum zu ruinieren. Die Ereignisse machten es unnötig, über den Antrag abzustimmen.

Daß Hermann die Beherrschung verlor, läßt sich nicht allein aus seiner körperlichen Erschöpfung erklären. Gewiß, ein weniger nervöser und müder Mann hätte das Scheitern des Versöhnungsversuchs vielleicht hingenommen, hätte über seines Opponenten melodramatische Pose hinweggelacht. Aber hier spielte auch jener Ehrbegriff mit, der in Jungmännerbünden an den Hohen Schulen Europas dem bereitwilligen Zögling eingeimpft wurde: das primitive Stammesritual, bei dem die verbale Kränkung eine handgreifliche Antwort nahezu erzwingt. Davon wußte jeder, der in diese Riten eingeweiht war, also zum mindesten jeder Mediziner oder Jurist. Davon sprach niemand.

Im übrigen aber würzte die Ohrfeigengeschichte natürlich allenthalben ärztliche Gespräche, besonders innerhalb des Herzoglichen Krankenhauses. Auftrieb gab sie den Mittagstisch-Plaudereien von Hermanns Assistenten, den Nachwuchsdoktoren Hornemann, Jacobi, Denecke und Beisheim. Jeder von ihnen war auf seine Art mit dem Chef nicht einverstanden. Alle hatten schon vor Hermanns Ankunft in Krankenhäusern gedient und waren an ein Arbeitssystem gewöhnt, das niemandem allzuviel abverlangte, aber eine feste Ordnung hatte. Das Braunschweiger Krankenhaus war nicht eben ein Ort chirurgischer Triumphe gewesen, doch die geregelte Mittelmäßigkeit bot wenigstens etwas Ausgleich für das Dasein eines Assistenten: mit seinem kargen Gehalt, mit seiner vielen Arbeit, und auch bei Zusatzleistung ohne besondere Entlohnung.

Der neue Chef, der höchst erfolgreich seine Privatklinik als Einzelgänger geführt hatte, trug seine intensive und gegen jedermann, den Patienten ausgenommen, rücksichtslose Arbeitsmethode in den umfangreichen Apparat des Krankenhauses hinein. Er war kein sehr freundlicher Mann, er verlangte von seinen Helfern die gleiche rabiate Arbeitslust wie von sich selbst. Ohne Zweifel kümmerte er sich zu wenig um das Ego seiner jungen Leute. Ohne Zweifel war er aufreizend befähigt. Ohne Zweifel schließlich, das ergab sich aus der Übergangssituation, verlangte er Improvisationen und Leistungen, die die Assistenten als unangemessen ansahen. Auch setzte er sich über manchen Brauch hinweg, den die jüngeren Ärzte als heilig ansahen. Hier hatte sich Groll angesammelt. Ein offener Aufstand war undenkbar. Ein heimlicher war längst im Gange.

Zwischen Suppe und Nachtisch wurden deswegen Vorwürfe besprochen: wie oberflächlich der Chef untersuche; wie nachlässig er operiere; wie seine Hände aussahen (Hermanns Fingernägel waren verfärbt von Höllenstein), und wasche er sie überhaupt genug? Und dann sein Umgang mit den Regeln der Aseptik und Antiseptik. Auch von zwei Todesfällen war die Rede. Ein Assistent der internistischen Abteilung hörte zu und bekam Bedenken. Er sprach mit einem Freund seiner Familie, dem Rechtsanwalt Sievers – dem Bruder des Regierungsrats Sievers, dem die Krankenhausverwaltung unterstand.

Der Regierungsrat bestellte die Assistenten zu sich. Drei von ihnen kamen, der vierte, Beisheim, zog es vor, gerade abwesend zu sein. Den drei Doktoren sagte der Regierungsrat, wenn sie wirklich schwerwiegende Vorwürfe hätten gegen den Professor S., dann müßten sie sie pflichtgemäß zu Protokoll geben. Jedoch, dieses Gespräch sei noch vertraulich, und er räume ihnen Bedenkzeit ein.

Mittlerweile hatte der Assistent Beisheim Hermann in einem anonymen Brief gewarnt. Beisheim war ein melodramatisch gestimmter junger Mann, der es am liebsten mit keiner Partei verdorben hätte. Hermann befragte die Doktoren Hornemann, Jacobi und Denecke. Er war zornig, er war völlig überrascht und eben darum besonders ungeschickt. Er wollte eine offene Aussprache, doch er leitete sie nicht ein, er diktierte sie. Die Assistenten verweigerten die Auskunft über ihr Gespräch mit dem Regierungsrat. Hermann begriff sie nicht. Wahrscheinlich hätte er bei einigem Talent zum Taktieren die jungen Doktoren zum Reden bringen können, hätte selbst Bosheit gebändigt und den zweifellos auch vorhandenen bösen Willen. Er hatte kein Talent zum Taktieren. Auch war ihm nicht klar, wie leicht angreifbar er selbst erschien. Er wurde sehr böse, Zeus aus der Wolke, und die Aussprache fand nicht statt. Vielleicht hatten ihn die jungen Herren nur schwitzen machen wollen. Nun jedenfalls fanden sie keinen Ausweg, wollten sich selber schützen, sammelten, was ihnen an Vorwurf nur irgend einfiel, und gaben die Sammlung beim Krankenhausdirektor offiziell zu Protokoll.

Sievers teilte Hermann mit, daß er protokolliert habe. Er versicherte dem Professor, er werde ausreichend Gelegenheit haben, sich zu allen Punkten zu äußern. Diese Versicherung war voreilig. Des Krankenhausdirektors Vorgesetzter, der Minister Hartwieg, Wirklicher Geheimer Rat, Exzellenz, wollte es anders. Er las das Protokoll. Er war entsetzt. Er witterte die Möglichkeit, daß Braunschweigs Bürger oder gar der Regent seiner aufsichthabenden Behörde Vorwürfe machen könnten. Gewiß, neunzehn von den einundzwanzig Protokoll-Punkten schienen nicht sehr gewichtig. Aber da stand auch, der Professor habe den Tod eines Patienten verursacht, indem er eine Bauchfellentzündung mit einem Furunkel an der Hand operiert habe. Und da stand, ein Kind sei gestorben, weil der Professor sich geweigert habe, es an Perforations-Peritonitis zu operieren.

Exzellenz dachte nicht lange nach. Hier stand zu viel auf dem Spiel für das Ansehen der Verwaltung. Der Minister Hartwieg verzichtete darauf, das Protokoll einem medizinischen Fachmann zu zeigen. Dieser Fachmann hätte ihm sagen können, daß auch diese Hauptvorwürfe mehr als fragwürdig waren, aber kam es darauf an?

Der Minister hielt Vortrag im Staatsrat und holte sich die Genehmigung für ein attraktives hartes Durchgreifen – härter sogar, als die Vorschriften vorsahen. Der Professor sei sogleich von seinen Stellungen zu suspendieren: zum Wohl der gefährdeten Kranken, selbstverständlich. Zwar war das bei unbewiesenen und auch in ihrem Gehalt nicht überprüften Vorwürfen nirgends in Deutschland üblich. Aber es würde gut aussehen. Dem Betroffenen würde es die Exzellenz auf die menschlichste und allerschonendste Art mitteilen. Der Staatsrat stimmte zu.

Die menschlichste und allerschonendste Art verfehlte ihre Wirkung nicht. Hermann, ein reiner Tor im Umgang mit der Verwaltung, schrieb an Hartwieg in seinem letzten Brief zwar, daß der Minister unrecht habe, doch er eröffnete das Schreiben mit dem rührenden Satz: »Sie sind stets gütig gegen mich gewesen . . .« Hartwieg diktierte zu Protokoll vom 7. November: »Der Professor Dr. Seidel ist heute nachmittag 5 Uhr in das Geschäftszimmer des Unterzeichneten geladen, erschienen und ist demselben von den gegen ihn erhobenen Anschuldigungen, sowie von dem Beschlusse des Herzoglichen Staatsministeriums, gegen ihn das formelle Disciplinarverfahren einzuleiten, Eröffnung gemacht. Zugleich ist der Professor Dr. Seidel seines Dienstes als Chefarzt der chirurgischen Abteilung des Herzoglichen Krankenhauses und als Mitglied des Herzoglichen Ober-Sanitäts-Collegiums vorläufig enthoben. Der Professor Dr. Seidel hat erklärt, daß er in der Lage sein werde, in dem eingeleiteten Verfahren alle gegen ihn erhobenen Anschuldigungen zu widerlegen, wenngleich es in der Chirurgie immer leicht sei, aus kleinen Vorkommnissen ›einem Arzt einen Strick zu drehen‹. Freiwillig könne er jetzt seine Ämter nicht niederlegen, weil er eben nur in dem einzuleitenden Disciplinarverfahren Gelegenheit fände, seine Schuldlosigkeit nachzuweisen. Er wolle jetzt nur bemerken, daß er bis an die Grenze seiner Kräfte seinen Pflichten nachzukommen stets bemüht gewesen sei.«

Hermann ging nach Hause und ließ sich nichts anmerken. Er wußte, daß er sämtliche Anklagen würde widerlegen können. Er wußte auch, daß er trotzdem ein ruinierter Mann war. Auf das Widerlegen kam es kaum an: kein Arzt übersteht eine solche Verhandlung ohne einen Schaden, der nicht wiedergutzumachen ist. Aber auch dies war für Hermann nicht das Wesentliche. Die Denunziation, die Verletzung seiner Ehre, die erfahrene Gemeinheit trafen ihn so tief, daß er nicht mehr leben wollte.

Er schrieb Abschiedsbriefe. In dem an seine Frau stand: »Ich bin in einer solchen rasenden Verzweiflung, daß ich mir keinen Rat weiß. Ich kann nun nicht mehr leiden, meine Kraft ist zu Ende. Ich habe übermenschlich gelitten. Tu alles, um meine Ehre herzustellen, und öffentlich.«

Aus dem Brief an Hermanns Freunde, die Ärzte Hartmann und Lange: »Hartwieg ließ mich heute kommen. Es handelt sich um eine gemeine Denunziation meiner 4 Assistenten gegen mich. Hartwieg wird Euch dies Machwerk zugänglich machen. Außer unendlichen von Böswilligkeit und Rachsucht diktierten Nichtswürdigkeiten glaubte H. aus zwei Fällen, mir mit dem Staatsanwalt drohen zu müssen ... Ich operiere, wie Ihr wißt, Fälle von Perforations-Peritonitis nicht mehr, besonders, wenn sie weiter sind. Sollte es noch möglich gewesen sein, so hätte Hornemann den Fall pflichtgemäß in meiner Abwesenheit behandeln müssen.

Der andere Fall ist Unsinn; wollte man jeden Fall von Todesfall an P. dem Staatsanwalt übergeben, so wäre es ein Vergnügen, Chirurg zu sein. Andere mögen solche Gemeinheiten leichter nehmen, mir haben sie den Rest gegeben. Ihr seht die Sache vom Standpunkt des Arztes an. Rettet meine Ehre um meiner Kinder und meines Weibes willen vor der Öffentlichkeit dadurch, daß Ihr den ganzen Sachverhalt bekannt gebt. Auch den von Mack.«

An seine Brüder Heinrich und Paul: »Laßt Euch alles von Hartmann und Lange erzählen. Sorgt dafür, daß meine Ehre öffentlich hergestellt wird. Ich sterbe, weil zu leben nach Ansehen von soviel Gemeinheit unmöglich ist. Hartwieg hat so schwer genommen, was so leicht wiegt. Mir hat es den Rest gegeben. Nun addio Ihr Lieben, ich bin müde.«

Er war müde, weil er genügend Morphium getrunken hatte, um nach dem Einschlafen nicht mehr aufzuwachen.

Betriebsklima
1895

Der Professor Seidel hat sich ins Grab hinein gelogen.

Assistent Beisheim zu einer Pflegerin

Sich im einzelnen mit den vier jungen Männern auseinanderzusetzen, die Hermann S. beschuldigten: das wäre im Rahmen einer
Familiengeschichte zwar begreiflich, aber wenig lohnend. Drei
von ihnen fixierten das, was sie geredet hatten, nach längerem
Nachdenken in einem amtlichen Protokoll. Der vierte, Beisheim,
hielt sich zurück und tat sich darauf etwas zugute. Trotzdem steuerte er am Tag nach Hermanns Tod sein Scherflein bei in einem
privat verfaßten Dokument. Er hatte das Gefühl, daß seine Karriere dies nun doch erfordere.
In den Tagen, als er die oben angeführte Anmerkung machte,
schrieb er dann einen Brief an Emmy Seidel. Der Oberwärter Radatz hatte ihm gesagt, Hermann habe in einem nachgelassenen
Schreiben alle vier Assistenten als »gleich schuldig« bezeichnet.

»Sehr geehrte Frau Professor! Aus Radatz's Munde erfahre ich
heute morgen eine Nachricht, die mir die Feder in die Hand
zwingt, die ich zwar während all' der Gedanken während der
Sturm- und Drang-Periode wie ein flüchtiger Schatten ab und zu
geahnt, doch niemals ernstlich geglaubt habe, bis ich jetzt eines
anderen belehrt wurde: es handelt sich um die Betheiligung an den
Zeugenaussagen gegen Ihren verstorbenen Mann.
Wie ich diesen Sachen absolut fernstehe, so hätte ich auch nicht
gegen meinen Herrn gezeugt, selbst auf die Gefahr hin, auf Ehre
und Gewissen gefragt zu werden; lieber wäre ich gegangen.
Bin ich doch der einzige gewesen, der ihm die letzte Ehre erwiesen! Oder glauben Sie, daß ich die eingangs angezeigte Prämisse

vorausgesetzt, diese unerhört freche Stirn vor der Welt hätte heucheln können?! Den Besuch, wie ihn die sogenannte gute Gesellschaft verlangt, habe ich Ihnen deshalb lediglich noch nicht gemacht, weil ich ihn jetzt, wo alles in Ihrem namenlosen Schmerz auf Sie einstürmt, noch nicht machen wollte, und den Kranz lege ich ihm auch allein aufs Grab, wenn's keiner sieht.

Weit entfernt, an Ihrem verstorbenen Mann den Verräther zu spielen, war ich ihm eine Kassandra und ein Roland in einer Person, der ihm den Rückzug in Ehren zu decken suchte.

Was ich in den vierzehn Tagen der Schwebe, wo Sie noch nichts ahnten, gelitten habe, das ist meine Sache, aber jeder im Hause kann Ihnen sagen, daß ich schwer gelitten habe – um ihn, und wenn ich hinterher noch diese Erfahrung mache, so ist dies etwas, was mich beinahe an allem verzweifeln läßt.

In manchen Sachen folgte ich wissenschaftlich nur mit schwerem Herzen seiner Fahne, aber diese Differenzen sachlicher Natur habe ich mit ihm allein ausgemacht, ehrlich und mit offenem Visir, umsomehr, weil ich mir im Leben treue Mühe gegeben, viel erfahren und nicht auf Rosen gebettet lag. Wieweit andere Menschen Interesse daran haben, diese unsere schmutzige Hauswäsche unter die kritiklose Masse zu bringen und tendenziös zu färben, kann ich nicht beurtheilen, jedenfalls haben all diese Restrictionen meinem Herzen so fern gelegen, wie der Mond von der Erde entfernt ist.

Ich bin in tiefem Frieden von ihm geschieden; mein Benehmen gegen ihn war dasselbe wie gegen meine drei früheren Chefs, mit denen ich in großer Liebe und Verehrung auseinandergegangen bin; aber für mich ist die ganze Sache eine Tragödie, wie sie ein Sophokles nicht ergreifender und klassischer hätte schreiben können.

Ich trage und fühle mit Ihnen und bitte Sie, competente Persönlichkeiten von diesen meinen Eröffnungen in Kenntnis zu setzen. Nehmen Sie meinen Dank für alles Gute, was Sie mir gethan und seien Sie versichert, daß ich ein Mensch bin, der Treue um Treue giebt. Möge der unselige Streit nun endlich ruhen, der noch so viel Staub und Schlamm aufwirbeln wird.

Ihr ergebenster August Beisheim

Der Prozeß Seidel
1895–1898

> *Totengerichte sind der Form nach abgeschafft, aber der*
> *Sache nach unter Umständen nicht zu entbehren . . .*
> *Es gibt zuweilen Fälle, in denen gewisse Vorkommnisse,*
> *die in ihren tatsächlichen Unterlagen dunkel sind, das*
> *öffentliche Rechtsbewußtsein in einem Maß erregen,*
> *daß die authentische Feststellung eben im Interesse dieses*
> *Rechtsbewußtseins unabweislich geboten ist. Wenn des-*
> *halb ein anderer Weg nicht zur Verfügung steht, so muß*
> *sich die Justiz zur Übernahme dieser Aufgabe bequemen.*
>
> *Maximilian Hardens »Zukunft« über den Prozeß, 1898*

Die Nachricht vom Freitod des Professor S. erregte die Bevölkerung Braunschweigs. Das war begreiflich: »Wohl niemand ist hier
in B.«, hieß es in einem der öffentlichen Nachrufe, »der in seinem
Verwandten- oder Bekanntenkreis nicht jemand besäße, der sich
mit Dankbarkeit an Seidels Hilfe erinnert.« Es war in allgemeinen
Wendungen rasch bekannt geworden, warum Hermann den Tod
gesucht hatte. Niemand zog daraus den naheliegenden Schluß, die
Beschuldigungen gegen den Professor könnten wahr sein. Der öffentliche Unwille wandte sich den Assistenten zu, in gewissem
Ausmaß auch den Regierungsbeamten.
Tausende von Bürgern säumten die Straßen, durch die der Trauerzug zum Friedhof ging. Hunderte folgten dem Sarg. Ärzte trugen ihn, und ein Pfarrer hat ihn begleitet. Er konnte in seiner Totenrede »als Prediger wohl nicht anders, als die Sünde wenigstens
andeuten und die Verzeihung dem Allgütigen anheimgeben – aber
er tat es wenigstens so zart und schonend wie möglich, in biblische
Zitate gehüllt – so daß Ina, glaube ich, nur den Eindruck einer
schönen Feier erhielt«. Hier täuschte sich die Berichterstatterin
Antonie Ebers. Ina spürte sehr wohl an diesem Tag und bei dieser

Grablegung, daß hier mehr Unheil geschehen war als der Heimgang eines geliebten Vaters.

Nachdem sie den Bruder begraben hatten, kümmerten sich Heinrich und Paul um seine Witwe, die nach Hermanns Wunsch die Stadt verlassen sollte. Sie setzten sich auch mit den Doktoren Hartmann und Lange zusammen: zu beraten, wie Hermanns Auftrag am besten zu erfüllen sei, seine Ehre wiederherzustellen, »und zwar öffentlich«. Notwendig war dazu in erster Linie das Protokoll mit den Beschuldigungen der Assistenten. Dieser Schriftsatz war im Besitz des herzoglichen Ministeriums. Die Brüder beschlossen zusammen mit Hermanns Freunden, daß die in Braunschweig ansässigen Ärzte eine Kopie erbitten sollten.

Adolf Hartwieg, Minister und Exzellenz, war nicht im Trauerzug mitgegangen. Trotzdem durften die Brüder annehmen, daß er ihre Bitte nicht abschlagen würde. Der Minister hatte sogleich nach dem Tod der Witwe seinen Besuch gemacht, seine Teilnahme geäußert, Hilfe angeboten, auf seine schwere Pflicht hingewiesen und seine Ahnungslosigkeit, was die Folgen anging. Es erwies sich bald, daß Hartwieg diesen Besuch nicht nur des guten Eindrucks wegen so rasch gemacht hatte. Er war der zutreffenden Meinung gewesen, Emmy würde zunächst noch zu verwirrt sein und zu traurig, um naheliegende Anklagen zu erheben: daß es Hartwiegs rigoroses Vorgehen gewesen sei und Hartwiegs übereilte Anzeige bei der Staatsanwaltschaft, die Hermanns Entschluß ausgelöst hatten. Emmy hat dies später nicht als Anklage ausgesprochen, sondern als Tatsachenfeststellung.

Adolf Hartwieg hatte nicht das Zeug zu einem Marinelli. Seine Äußerungen und Taten zeugen für einen hochmütigen Verwaltungsjuristen – für einen Mann von hektischer Entschlußfreude, der den Spielraum eines hohen Amts weniger weise ausnutzt als brutal. Hartwieg war in einer Schlüsselstellung, als über Hermann befunden wurde. Er war nun in der Schlüsselstellung als Hüter des entscheidenden Protokolls. Der Minister war entschlossen, kein Wort der Assistenten-Beschuldigungen an die Öffentlichkeit dringen zu lassen. Den Doktoren Hartmann und Lange sagte er, es habe ohnehin unter den einundzwanzig Vorwürfen nur zwei gegeben, die eine gerichtliche Prüfung verlangten. Diese beiden Punkte seien den Doktoren ja durch Hermanns Brief bekannt. Die Brüder Seidel beschied der Minister, sie könnten vielleicht Einsicht nehmen, aber nur im privaten Familienkreis und auf keinen Fall zur öffentlichen Benutzung – »da in einem Fall wie dem vorliegenden die Wahrheit oder Unwahrheit der erhobenen Anschuldigungen nur in dem gesetzlich geordneten Disciplinarverfahren bezw. in dem gerichtlichen Strafverfahren nachgewiesen werden kann, und Ihr verstorbener Bruder selbst durch seinen Tod es unmöglich gemacht hat, in dem gesetzlichen Verfahren die objektive Wahrheit feststellen zu lassen«.

Nach Braunschweiger Maßstäben und im Sinn einer geordneten herzoglichen Verwaltung waren die Antragsteller damit endgültig beschieden, der Abschluß der leidigen Angelegenheit erreicht. Adolf Hartwieg hatte für sein harsches Verhalten natürlich gute Gründe, möglicherweise auch die Anweisung seines vorgesetzten Staatsministers oder des Regenten Albrecht, Prinz von Preußen. Man hatte ihm wohl gesagt, er, Hartwieg, habe hier so danebengegriffen, daß er die Sache wenigstens jetzt ausbügeln müßte. Es darf angenommen werden, daß man in den Regierungszimmern nun doch fachkundigen Kommentar zum Protokoll eingeholt hatte, einen Kommentar mit unwillkommenem Inhalt. Die Auseinandersetzung mit den Beschuldigungen würde zwar die Assistenten treffen – dann aber nicht minder die Herren ihrer vorgesetzten Behörde.

Jedoch, so bedauerlich Seidels Freitod natürlich war, hier hatte er für das Ministerium auch sein Gutes: der Beschuldigte war nicht mehr greifbar, also gab es keine Untersuchungen. Die Akten waren unter Verschluß, dort mußten sie bleiben. Das gebot schon die Staatsraison, doch gewiß ein höheres Gut als die Ehre des verstorbenen Professors. Ein Mann wie Adolf Hartwieg konnte die Situation gar nicht anders betrachten. Gewiß baute er auch darauf, daß sich das öffentliche Interesse bald anderen Dingen zuwenden würde. Je nun, da unterzeichneten an die tausend Bürger eine Sympathiekundgebung für die Witwe, aber da ging es schließlich nur um Gefühle. In zwei, drei Monaten würde alles vergessen sein.

Heinrich und Paul maßen nicht mit den Maßstäben herzoglicher Minister. Sie waren Mecklenburger und zähe, zudem selbstbewußte Bürger der Hauptstadt. Sie hatten einen klar umrissenen Auftrag, erteilt von ihrem geliebten Bruder. Sie würden diesen Auftrag ausführen, auch wenn sie selbst dabei Schaden nehmen sollten. Paul, der Jurist, war es, der einen ungewöhnlichen, aber gangbaren Weg fand. Er brauchte nun einmal die Aussagen der Assistenten. Eine öffentliche Erklärung hatte er von Anfang an geplant. Wenn er die Aussagen nicht in Frieden bekommen konnte, dann mußte er ihre Herausgabe eben durch die Art dieser Erklärung erzwingen.

Die beiden Hauptvorwürfe lagen vor. Heinrich und Paul unterbreiteten sie zusammen mit allen sonst greifbaren Fakten der unbestritten höchsten Instanz in der zeitgenössischen deutschen Medizin, dem Berliner Professor der Chirurgie Ernst von Bergmann. Bergmann gab zunächst spontan einen mündlichen Kommentar ab und übergab dann seine Äußerungen in geschriebener Form den Brüdern S. zur freien Verfügung:

»Die Aufzeichnungen, welche Sie mir freundlichst überließen, haben mich mit Schrecken und Trauer über das Unrecht erfüllt, welches man Ihrem verstorbenen Herrn Bruder, einem geachteten und beliebten Mitgliede der Deutschen Gesellschaft für Chirurgie zugefügt hat. Unerhört in den Annalen deutscher Hospitäler ist es, daß Assistenten so gegen ihren Chef aufgetreten sind wie die vier Denuncianten Ihres unglücklichen Bruders. Unerhört ist es auch, daß unter vier gebildeten und zum Dienst der Unglücklichen und Kranken erzogenen Medicinern nicht einer sich gefunden hat, der rechtzeitig den anderen zurief: ›Laßt uns keine Unanständigkeit begehen!‹

Wenn wirklich, wie der Herr Minister Ihres Bruders Freunden mitgeteilt hat, von den 21 Klagepunkten der Assistenten bloß die zwei von demselben angeführten Berücksichtigung fanden, so bedarf Ihr verstorbener Herr Bruder keiner Rechtfertigung, denn daß man nichts anderes als die beiden bezeichneten Dinge gegen ihn ersinnen konnte, zeigt, daß seine Feinde nichts gefunden haben, was ihn wirklich zu treffen vermochte. Auf dem weiten Erdenrund lebt kein Chirurg von Namen und Gewissen, der einem Operateur ein Vergehen aus der Thatsache, daß er mit einem Furunkel an der Hand operiert hat, ableiten würde. Das ist kein Vorwurf, das geschieht ungestraft wer weiß wie oft, und der Beweis, daß die betreffende Entzündung im Leibe der Operirten durch Berührung mit einer eiternden Pustel an der Hand des Operateurs entstanden ist, läßt sich gar nicht führen. Eine Untersuchung hätte bloß die Unmöglichkeit der Beweisführung a priori festgestellt.

Der zweite Vorwurf hat ebensowenig den Charakter eines Vergehens. Die Assistenten mußten wissen, daß bei einem im höchsten Grade fiebernden Kinde mit 180 Pulsen und aufgetriebenem Leibe heute die wenigsten Chirurgen noch wegen einer Perforations-Peritonitis operiren. Ich z. B. bestimmt nicht. Ihr Herr Bruder hat eben auf dem Standpunkt gestanden, welchen die neuesten Bearbeitungen dieses Gegenstandes in Herrn Dr. Schlanges Schrift über den Ileus entwickelt. Er kam nicht, weil er nicht mehr helfen konnte und seine Assistenten, wenn sie auch noch so wenig werth waren, wissen mußten, was die zur Linderung der unfehlbar tödtlichen Krankheit zu thun hatten.

Es ist ein häßliches Blatt in der Geschichte ärztlicher Beziehungen, das durch das traurige Ende Ihres Herrn Bruders aufgedeckt worden ist, aber der Schuldige ist der Verstorbene nicht, denn was ihm vorgeworfen wird, ist nach wissenschaftlichem Standpunkte kein Vorwurf, geschweige denn ein Vergehen.

(gez.) E. v. Bergmann«

Dieser Brief erschien als Teil einer öffentlichen Erklärung im »Braunschweiger Tageblatt« und in der »Braunschweiger Landeszeitung« vom 6. Dezember 1895. Nach einer Darstellung des Falls Mack fand sich in der Erklärung auch der Satz: »Die schwerste Kränkung stand Professor Seidel aber noch bevor, indem seine vier Assistenten sich der Bewegung gegen ihn anschlossen.«

Bergmanns Erklärung und diesen Satz unwidersprochen stehen zu lassen, das hätte bedeutet, daß die Braunschweigischen Beamten Hornemann, Jacobi und Denecke eines der übelsten Vergehen begangen haben, das die Öffentlichkeit kennt: »Denunziation« und »Lumperei« sind im Deutschen fast Synonyma. Der Dienstherr, vertreten durch Adolf Hartwieg, war hier ungenannt, aber einbezogen. Zudem war die Erklärung unterzeichnet von einem bekannten Schriftsteller und von einem hohen kaiserlichen Beamten; ihr Kronzeuge: ein international geachteter deutscher Mediziner. Hier war Ausweichen nicht mehr möglich.

Adolf Hartwieg versuchte es trotzdem. Am 8. Dezember erklärte er in der Presse, er habe nicht übereilt gehandelt. Zudem gebe es auch andere schwerwiegende Anklagen als die von den Seidels genannten. Am 10. Dezember druckten die gleichen Zeitungen eine Erklärung der Ärzte Hartmann und Lange, nach der der Herr Minister ihnen ausdrücklich gesagt habe, nur diese beiden Punkte seien wesentlich. Am 11. Dezember forderten die Seidels den Minister nochmals öffentlich auf, sein Material vorzulegen, beschuldigten ihn leichtfertiger Einseitigkeit und zitierten aus dem Brief ihres Bruders die Bezeichnung der Beschuldigungen: »Unendliche, von Böswilligkeit und Rachsucht diktierte Nichtswürdigkeiten.«

Jetzt konnte die Exzellenz nicht mehr anders: am 12. Dezember, einen Monat und vier Tage nach Hermanns Freitod, stellte das Directorium des Herzoglichen Krankenhauses Strafantrag wegen Beleidigung der Assistenzärzte, »mit Zustimmung des Herzoglichen Staatsministeriums«. Die Assistenten schlossen sich als Nebenkläger ihrem Dienstherrn an.

Damit wurde ein Ausmaß an Öffentlichkeit hergestellt, das die Wünsche des Verstorbenen weit überstieg und nicht minder die schlimmsten Befürchtungen im herzoglichen Ministerium. Die so oder so bewegende Geschichte des verstorbenen Arztes, sein Vermächtnis an die Brüder, endlich die geschickte Herausforderung, mit der diese Brüder die Obrigkeit in eine Zwangslage brachten: wo die deutsche Presse diesen dankbaren Stoff noch nicht aufgespürt hatte, jetzt nahm sie sich seiner an – zudem der dritte Angeklagte Ernst von Bergmann heißen mußte. Zwar standen die Unterschriften der Seidels unter dem Gesamtdokument, aber die eigentlichen Beleidigungen fanden sich in Bergmanns Brief.

Die Staatsanwaltschaft nahm sich nur einen Monat Zeit mit der Formulierung einer Anklageschrift. Ihre Beweismittel stützten sich im wesentlichen auf die Vorwürfe der Assistenten. Heinrichs und Pauls erstes Ziel war damit erreicht. Die Staatsanwaltschaft bestätigte im offenen Widerspruch zu Hartwiegs Kundmachungen, »daß eine öffentliche Vorlegung des diesem Verfahren zugrunde liegenden thatsächlichen Materials möglichst bald wesentlich im öffentlichen Interesse liege«.

Jedoch, dieser Satz stand nicht in der Anklageschrift. Er stand in dem Beschluß, das Verfahren gegen den Professor Ernst von Bergmann einzustellen und ihn nicht anzuklagen. Die Begründung für diesen Beschluß war mager. Zwar hatte es zunächst Zweifel gegeben, ob gegen Bergmann, den Generalarzt, vor einem zivilen Gericht verhandelt werden durfte. Das Preußische General-Auditoriat hatte aber auf Anfrage mitgeteilt, dem stünde nichts im Wege. Trotzdem, und gegen seinen Willen blieb Bergmann verschont.

Es kann nicht angenommen werden, daß Braunschweigs Erster Staatsanwalt Bode auf diese Art aus freiem Willen seine Anklage abschwächte. Es stand seinem Ermessen frei, anzuklagen oder nicht anzuklagen. Mithin muß vermutet werden, daß er mit einem Sensations-Angeklagten von Bergmanns Gewicht und Offenherzigkeit höhere Interessen gefährdet sah. Bergmann als Sprecher der deutschen Ärzte war es zuzutrauen, die Szene zu einem ganz anderen Tribunal zu machen als vorgesehen. Er würde sich ohne Hemmungen auch gegen die ministeriellen Aufsichtspersonen wenden.

Aber das sind Vermutungen. Die Verschonung Bergmanns ist allenthalben kritisiert und niemals begründet worden. Dem Verteidiger der Brüder S. gab sie während des Prozesses ein Druckmittel in die Hand, dessen er sich von Fall zu Fall weise bediente. Er beantragte, Bergmann als Sachverständigen zu hören. Das wurde abgelehnt. Er beantragte, Bergmann als Verteidiger für medizinische Fragen zuzulassen. Auch hier weigerte sich das Gericht. Es gab am Ende dem Antrag statt, den Professor als Zeugen zu hören. Bergmann benutzte die Gelegenheit, sich über die Vorwürfe der Assistenten und das gesamte Verfahren in aller Breite zu äußern. Der Verteidiger, dem Heinrich und Paul sich anvertrauten, hatte einen weit über Braunschweig hinaus geachteten Namen: Richard Huch, ein naher Verwandter von Ricarda, Rudolf und Friedrich Huch. Er war ein geschickter und unermüdlicher Mann. Er achtete darauf, daß für Heinrichs und Pauls Prozeßziel alle Möglichkeiten ausgenutzt wurden, daß aber niemand den Bogen überspannte: auch ein Totengericht, in das er den Prozeß verwandelte, hat seine Grenzen. Es lag in der Natur der Sache, daß die Aufsichtsbehörden nicht verschont blieben. Aber ein unmittelbarer Angriff auf sie wäre zwecklos gewesen. Adolf Hartwieg starb dreizehn Jahre nach dem Prozeß als Braunschweigischer Staatsminister. Seine Karriere hatte am Ende nur eine unwesentliche Delle bekommen.

Der Prozeß begann erst im April 1898. Solche Terminverschleppung sollte wohl einer allgemeinen Abkühlung dienen und auch einer Publizitätsminderung. Das letzte Ziel wurde nicht erreicht: für die Zeitungen blieb der Stoff frisch, zumal dem Prozeß das Siegel einer Aktion freier Bürger wider die Obrigkeit nun einmal anhaftete. Immer häufiger wurde schon vor Prozeßbeginn an Zolas Verfahren in der Dreyfus-Affaire erinnert.

Die Angeklagten waren in dieser Zeit nicht müßig. Sechzehn hervorragenden deutschen Chirurgen ging ein Fragebogen zu mit den aus der Anklageschrift entnommenen Vorwürfen der Assistenten. Alle verurteilten und widerlegten, von Kleinigkeiten abgesehen, diese Vorwürfe. Auch meldeten sich nach einem Aufruf des Rechtsanwalts mehr als hundert Patienten, die übereinstimmend der Behauptung widersprachen, Hermann habe Kranke in der dritten Klasse schlecht behandelt oder spät operiert. Die meisten dieser Zeugnisse enthielten zudem Einzelheiten über des Professors Güte, Sorge und Sorgfalt.

Sieben Tage lang wurde verhandelt. Bei den Verhören der Assistenzärzte und anderer Mediziner aus dem Krankenhaus konnte Punkt für Punkt der kleinen und großen Vorwürfe gegen Hermann als unwesentlich oder unzutreffend abgehakt werden. Krankenwärter, Schwestern und Patienten traten in den Zeugenstand. Dem Toten widerfuhr Gerechtigkeit. Lässigkeiten waren dem überarbeiteten Mann nachzusagen, kleine Fehler hatte er sicherlich dann und wann gemacht, aber bei den ernsthaften Vorwürfen deckten sich die Zeugenaussagen mit der Meinung der führenden Mediziner – und auch mit den Ansichten der vom Gericht bestellten Gutachter. Eine Wundinfektion durch das viel besprochene Furunkel war unwahrscheinlich, zumal das Geschwür schon sechs Tage vor der fraglichen Operation gespalten worden war und abgeheilt. Im Fall des verstorbenen Kindes wurde aufrechterhalten, was Bergmann in seinem ersten Gutachten gesagt hatte.

Schon vor der Aussage der bestellten Sachverständigen konnte Heinrich an seine Frau schreiben: »Wie auch der Ausgang sein wird, die Ehre unseres Bruders ist gerettet, und seine Ankläger sind als Lügner erkannt.«

Das Gericht verwarf die Bußgeldanträge des Staatsanwalts und sprach beide Angeklagte frei. Die Kosten bürdete es der Staatskasse auf. Professor Hermann S. war ein toter Mann von makellosem Ruf.

Als die Brüder zu seinem Grab kamen, fanden sie es bedeckt mit frischen Frühlingsblumen.

Scherzo
1898

Der von den Angeklagten zur Ehrenrettung ihres Bruders eingeschlagene Weg ist ein falscher gewesen.

Rechtsbeistand der Nebenkläger während der Verhandlung

»Wie schade, daß Du nicht hier bist und hören kannst, was ich alles zu erzählen habe«, schrieb Heinrich an seinen Sohn Heinrich Wolfgang. »Zu schreiben ist diese Fülle der Gesichte, Eindrücke und Erlebnisse zu weitläufig. Die Sympathie des Publikums, arm und reich, mit uns war unbeschreiblich. Sie haßten den Staatsanwalt, den Präsidenten und vor allem die Verteidiger der Nebenkläger, von den Assistenten gar nicht zu reden. Ein alter Herr begegnete mir um die Mitte der Verhandlungen auf der Straße: ›Guten Tag, Herr Direktor!‹ Ich sah ihn an, in Erwartung des Weiteren. ›Sie sind doch der Herr Direktor, oder sind Sie der Schriftsteller?‹ ›Ich bin der Schriftsteller.‹
›So? Ach! Ich habe immer fest behauptet, Sie wären der Direktor. Nun muß ich doch heute abend gleich hingehen (wahrscheinlich zu seinem Stammtisch) und sagen, daß ich mich geirrt habe.‹
›Das tut mir leid.‹
›Aber eins muß ich noch sagen: Ich bin von Anfang an dabei gewesen. Der Jacobi, der muß gehängt werden! Adieu!‹
Ganz Braunschweig hatte eine Woche lang kein anderes Gespräch. Die Damen aus der guten Gesellschaft vernachlässigten ihre Kinder, ihr Hauswesen – alles – und saßen vom Morgen bis zum Abend im Gerichtssaal. Es war eine ungünstige Zeit, in Braunschweig krank zu sein, denn die Ärzte besorgten nur das Notwendigste, um möglichst schnell wieder in den Gerichtssaal zu kommen.

Bei Bergmanns Rede habe ich ein Bravo gehört wie noch nie, es war ein Schrei ohne Vor- und Nachklappen wie ein Schuß. Schrumm! Als das freisprechende Urteil verkündet war, schrie der ganze überfüllte Saal wohl eine Minute lang vor Wonne. Tausende von Menschen brachten uns in unser Hotel. Es lag Gott sei Dank ganz in der Nähe.

Am Abend war Siegerfest bei Dr. Hartmann. Als wir ziemlich spät gegen halb zwei aufbrachen, gingen Onkel Paul, Tante Elsbeth, Fräulein Podlech und ich zusammen. Wir waren von unserem Hotel wohl noch sieben Minuten entfernt, da hörten wir Radau und Singen, das einem angeheiterten Studenten von einem Schutzmann verwiesen wurde. Er kam hinter uns her, und nun hörten wir, wie er fortwährend unter mächtigem Stockschwenken schrie: ›Freigesprochen! Die Gebrüder Seidel sind freigesprochen! Bis zum letzten Blutstropfen freigesprochen!‹ Da begegnete ihm eine Laterne.

Er war bald vor, bald hinter uns, umschwärmte uns wie die Motte das Licht, und obgleich wir in steter Furcht lebten, er würde uns erkennen und uns dann mit Beweisen seiner Liebe und Zuneigung elenden, so kamen wir doch aus einem unausgesetzten Lachen nicht heraus. Schließlich gelangten wir zu unserem Hotel, während der Student seine Jubelrufe fortwährend wiederholte.

Beim Hotel blieb er stehen und streichelte es liebevoll mit der Spitze seines Stockes: ›Hier wohnen sie – Paul und Emile!‹«

Ein geborener Patriarch
1858–1922

*Dr. jur., Professor, Geheimer Regierungsrat, Senator
der Königlichen Akademie der Künste, Direktor des
Hohenzollern-Museums, Dirigent der Kunstsammlungen
in den Königlichen Schlössern, Ritter des Sterns der
Komture des Königlichen Hausordens von Hohenzollern.*

Titel und Würden von Paul S.

Der erste Bruder formte Dinge aus Eisen und erzählte Geschichten. Der zweite fuhr auf der Brücke großer Schiffe weit über das Meer. Der dritte heilte Kranke. Der vierte Bruder erklärte das Schöne und wurde des Kaisers Kunstschenk.

Drei Jahre alt war Paul, als sein Vater Heinrich Alexander starb. Zwei Brüder verließen das Haus, als er noch klein war. Auch Hermann ging am Ende. Die Schwestern waren verheiratet. Die Kinder des Pastors hielten zusammen und hatten gemeinsame Vorlieben: Tiere, Gärten, Stille der Seen und Wälder. Besonders nahe aber stand Paul niemandem. Er hatte Interessen, die keiner teilte – eine bohrende, forschende Leidenschaft für Werke der älteren Malerei. Der Großherzog besaß ein paar gute Bilder und verbarg sie nicht vor den Untertanen. Da war eine größere Anzahl der Werke des Jean Baptiste Oudry, einem Meister des achtzehnten Jahrhunderts. In der kleinen Galerie des Schlosses konnte man Paul finden, wenn er wieder einmal nicht zu finden war. Erleichtert stellten die Brüder fest, daß Oudry immerhin vorwiegend Tiere malte.

Sorgen machte ihnen und der Mutter der Jüngste ohnehin nicht. Trotz seiner merkwürdigen Leidenschaft war er nicht versponnen, sondern ganz normal und zugetan der Wirklichkeit. Natürlich sei es ausgeschlossen, befand der Familienrat, daß Paul Kunstgeschichte studiere. Ein junger Mensch braucht einen Beruf mit Zukunft. Paul machte keine Schwierigkeiten. Er belegte juristische Vorlesungen, und er war gründlich. Er wurde ein deutscher Jurastudent wie aus dem Buch, mit Schmissen, Schneid, Würde, Bart – und beim Fotografen mit Gehrock. Er verkehrte in guten Häusern, er machte seinen Referendar. Es gab die übliche Belohnung, für die Mutter so eben zu erschwingen, die bescheidene Bildungsreise. Paul fuhr dermaßen umgehend nach Italien, daß er nicht einmal die letzten Prüfungsergebnisse abwartete. Dort tat er, was auf Bildungsreisen selten getan wird: er bildete sich konsequent in den Museen, suchte auch in Rom die kleinen Fürsten der Kunstgeschichte auf. Dann kehrte der gründliche junge Mann zurück und betrat die Karrieretreppe der Juristen. Er hatte sehr viel zu tun: die Tätigkeit eines Referendars war nicht ohne Mühe mit einem kompletten kunsthistorischen Studium bei Anton Springer in Leipzig zu vereinigen.

Am Ende studierte er nur noch Kunstgeschichte, und die Familie stimmte dem zu: Es war zu schwer, Paul von etwas abzubringen, was er wirklich wollte. Außerdem schien dieser jüngste Bruder dafür in die Welt gekommen zu sein, seiner Familie schwierige Entscheidungen abzunehmen. Paul war es, der Werner auf seiner letzten Seereise nach Funchal begleitete. Paul kehrte dorthin zurück, um dem Sterbenden die Hand zu halten und den Toten zu begraben. Auch versäumte er nicht, nebenher seines Bruders Hermann Wunsch nach seltenen Vögeln zu erfüllen. Paul entschied am Ende, daß seine Mutter nicht allein in Schwerin bleiben konnte, und half ihr bei der Übersiedlung nach Braunschweig. Paul war es ein Jahrzehnt später, der daran ging, Hermanns letzten Wunsch buchstabengetreu zu erfüllen, die Versorgung der Witwe auszuhandeln, den Prozeß Seidel zu erzwingen. Paul endlich kümmerte sich nach Heinrichs Tod darum, der Armut seiner Hinterbliebenen aufzuhelfen und Agnes Ehrensold bei gleich zwei Fürstenhäusern zu verschaffen: eine Kleinigkeit von Pauls kaiserlichem Herrn, eine andere vom mecklenburgischen Großherzog. Der junge Dr. jur. und Kunsthistoriker schloß seine Studien in Paris ab. Seine erste Arbeit galt dem Kindheitseindruck, dem Jean Baptiste Oudry. Dann machte er sich vertraut mit der französischen Schabkunst und erwartete einen Ruf, für den er in Deutschland bei seinen Lehrern Stimmung gemacht hatte. Der Ruf kam –

an die Berliner Museen, zunächst im Dienst des Kupferstichkabinetts. Paul trat freilich diese Arbeit erst an, nachdem er sich in London noch einige Kenntnisse verschafft hatte, die ihm unerläßlich schienen. Wie er diesen Aufenthalt finanziert hat, weiß niemand, denn Pauls Papiere sind durch Bomben vernichtet worden. Er muß im Jahre 1885 monatelang sehr hungrig gewesen sein.

Sicher ist, daß sein Ziel spätestens von 1871 an Berlin gewesen ist. Behauptet wird auch, der Gymnasiast habe in Schwerin von der Gründung des Hohenzollernmuseums gelesen und darauf beschlossen, dermaleinst Direktor dieses Museums zu werden. Es würde dies zu dem Bild eines Mannes passen, der so planmäßig und so rasch aufstieg wie Paul. 1888: Direktorialassistent und Kustos der Kunstsammlungen des königlichen Hauses. 1889: Familiengründung mit Elsbeth Pfaff, Tochter des Kreisrichters zu Wolfenbüttel; diese Hochzeit fand im Hause der Braut statt. 1894: Dirigent der Kunstsammlungen in den königlichen Schlössern. 1896: Direktor des Hohenzollernmuseums. Wenig später Senator der Akademie, Mitglied der Ankaufskommission für die königlichen Museen. Ein Hofbeamter mit einer Dienstwohnung am Monbijou-Park und einem Sommerhaus, dem »Roten Haus« am Heiligen See bei Potsdam.

Die Brüder sahen dem Jüngsten mit höflichem Staunen zu. In den Achtzigerjahren mockierte sich Heinrich noch ein wenig über die Besessenheit des frisch in Berlin eingetroffenen Paul, der eine umfangreiche Arbeit begonnen hatte über einen ziemlich unbekannten Maler, Antoine Pesne. In den Neunzigerjahren schrieb Heinrich an Hermann: »Findest Du nicht, daß Paul schon sehr lange keinen Orden mehr bekommen hat?« Aber wenig später notierte er: »Ich bin mit Paul jetzt ganz einverstanden.«

Das hatte Gründe. Paul und Elsbeth führten ein glückliches, lebhaftes und doch gelassenes Familienleben. Zwei Söhne wurden ihnen geboren und drei Töchter. Paul, als er das schwierigste Stück der selbst vorgezeichneten Wege gegangen war, wurde um sein vierzigstes Jahr herum ein gelassener Patriarch, wurde Instanz, eine zu respektierende Person. Er hatte nachgewiesen, daß seine Besessenheit berechtigt war, und er fand nun auch zurück in die Beschäftigungen und Vorlieben, die alle Brüder einigte. Heinrich zudem war fähig, einen Gelehrten zu erkennen, wenn er einen sah.

Paul war ein Gelehrter. Auch geschickte Juristen steigen als Kunsthistoriker nicht ohne spezielle Leistungen auf ihrem Gebiet auf. Paul, der sich am stärksten von allen Brüdern als Bürger des neuen Kaiserreichs empfand, hing dem herrschenden Haus auf besondere Art an: bei der Kunstbetrachtung fesselten ihn von Anfang an jene Leistungen, die im Zusammenhang mit dem Hause Hohenzollern erbracht worden sind. Da waren Preußens Schätze: Barock, Rokoko und Klassizismus preußischer Prägung, und im Zentrum all das, was ein Mäzen namens Friedrich der Große hatte wachsen lassen: Friedrich und die französische Malerei seiner Zeit, Friedrich in Rheinsberg und die bildenden Künste, Friedrich der Sammler, Friedrichs Bildhauer-Atelier, Friedrichs Metallbildhauer, seine Porzellanmanufaktur, seine Prunkdosen-Sammlung, seine Bauten. Dies war, nicht anders als die Kunstgeschichte in Preußen vor und nach Friedrich, gegen Ende des neunzehnten Jahrhunderts ein noch völlig unerschlossenes Gebiet. Paul S. wurde sein Entdecker.

Architektur Preußens, Skulptur, Malerei, Kunstgewerbe, dazu die Geschichte des Landes – Kunstgeschichte, gesehen und gemessen an den in Preußen arbeitenden Künstlern, an seinen Staatsdienern und seinen Königen: das war neu, nützlich und notwendig. Paul war der erste Forscher, der hier aus Gesamtkenntnis und Gesamterkenntnis ein Bild entwarf. »Ich konnte«, sagte er später, »die Sahne abschöpfen.« Aber er hat sich mit der Sahne nicht begnügt. Ein knappes Jahrhundert später sagen die deutschen und für manches Einzelgebiet auch französische Kunsthistoriker, sie seien zwar nicht mit allem einverstanden, was Paul S. geschrieben hat – aber seine Arbeit bilde stets das Fundament ihrer Forschungen, was Kunst in Preußen angeht.

Paul hatte sich dieses Spezialgebiet nicht ausgesucht, um eine sozusagen weltliche Karriere zu machen. Es fesselte ihn in der Tat ungemein, es kam seiner Anhänglichkeit an Preußen und seine Könige entgegen. Aber weltliche Karriere blieb im jungen Kaiserreich bei einem Spezialisten von solcher Art nicht aus. Paul, der mit Wilhelm II. fast gleichalterig war, konnte seinen Kaiser recht gut leiden. Das war nicht verwunderlich, denn Wilhelms musische und künstlerische Interessen gingen zwar bisweilen sonderbare Wege, ließen ihn aber insgesamt durchaus sympathisch erscheinen. Paul hatte beispielsweise auch nichts gegen die kaiserliche Mode der Marine-Malerei einzuwenden: »Der Kaiser hätte Marinemaler werden können, und er wäre nicht der schlechteste gewesen.«

Er blieb aber Kaiser, kaiserlicher Herr, und Paul war sein geduldiger Berater. Er machte die Kunstwerke ausfindig, die Herrscher und Herrscherin einander zum Geschenk machten. Er wurde als Direktor des Museums der Hohenzollern mit der Aufgabe fertig, auch mehr kunstfremde Erinnerungsstücke so einzugliedern, daß ihre Anwesenheit erträglich war. Er achtete seinen kaiserlichen Herrn, bis dieser Herr so überraschend sich verabschiedete, doch er folgte seinem eigenen Kunstverstand. Er fand auch Zeit, das verrottete Schloß Monbijou wiederherzustellen.

Er war ein tätiger Mann, ein verdienstvoller Mann, und im kaiserlichen Berlin eine Institution. Nach Heinrichs Tod, Paul war achtundvierzig, wurde er das unbestrittene Oberhaupt der Familie. Das stand ihm zu Gesicht, diesem Patriarchen von Geblüt – freundlich, doch sehr ehrwürdig und gelassen autoritär. Er hatte wie alle Seidels seiner Generation die für ihn richtige Frau geheiratet, eine vorzügliche Mutter, eine treffliche Haushalterin und ihm sehr ergeben. Diese ergebene Liebe war auch notwendig, denn der Umgang mit Paul war bisweilen nicht einfach. Ganz ohne Nervosität ging es bei seiner weit verzweigten Tätigkeit und dem Umgang mit Majestät nicht ab. Später freilich mündete all das in die Milde des Alters, und der Großneffe Georg erinnert sich an den bärtigen Herrn in dem von Papier bedeckten Mahagoni seines Arbeitszimmers als an einen ungemein wohlwollenden, zerstreuten Weisen.

Er hat Glück gehabt und genossen. Er erduldete privaten Schmerz. Eine seiner Töchter fiel schon jung in Schwermut und mußte ihr Leben in einem Pflegeheim verbringen. Ein Sohn fiel im ersten Krieg.

Als dieser Krieg zu Ende war und der kaiserliche Herr Wohnsitz nahm im holländischen Dohrn, ging der Geheime Rat und Professor weiter zur Arbeit in sein Museum. Das Sommerhaus war nun verloren. Die Revolution war längst vorüber, und Paul S. fuhr fort, zur Arbeit in sein Museum zu gehen. Die Verwaltung der Republik hatte es nicht ganz einfach mit seinem Fall. Zwar war er ein Beamter des Hauses Hohenzollern, aber er bekleidete auch Stellungen im Staat. Es traf sich gut, daß sein Pensionierungsalter ohnehin heranrückte. Er konnte wohnen bleiben, wo er war – in dem Haus, dessen Front an der nicht sehr verlockenden Oranienburger Straße stand, zu dessen Parterre-Wohnung aber ein Stück Park gehörte.

Als Paul S. aus dem Dienst ging, war er bereits älter, als seine Brüder geworden waren. Er wandte sich einer Darstellung von Watteau zu, und der Arbeit, mit der er vor vierzig Jahren in Berlin begonnen hatte und die noch nicht vollendet war: dem Buch über Antoine Pesne, den Apelles am Hof Friedrichs II.

Der Kandidat
1876–1906

> *Es ist sonderbar zu hören, wie die Gemeinde das Kyrie*
> *eleison singt – dreimal. Mich rührt es immer, wenn ich*
> *denke, daß alle diese verschiedenen Menschen plötzlich*
> *in einem Ruf verbunden sind und diese laute klagende*
> *Bitte richten an einen, den sie nicht sehen. Und noch*
> *seltsamer ist es dann, wenn man selbst am Altar steht*
> *und ihnen im Namen dieses Unsichtbaren antwortet*
> *mit der Gnadenverkündung.*
>
> *Vikar Heinrich Wolfgang S. 1902 an seinen Vater*

Der Vikar war zu Fuß von Boitzenburg gekommen, hatte den gelben Sarg ausgesegnet in der Landarbeiter-Kate, war mit flatterndem Talar hinter ihm hergewandert zwischen reifendem Korn und wehendem Gras, hatte auf dem Dorffriedhof die uralten Worte gesprochen über dem offenen Grab – und wartete nun in der kühlen Kirche auf die Hinterbliebenen zur Totenfeier. Der Vikar war sechsundzwanzig Jahre alt, ein schmaler, hochgewachsener Mann mit lichtblondem, nicht sehr starkem Haar; nur der Schnurrbart war kräftig bis in die gebogenen Spitzen. Er fragte sich, warum in der Kate wohl die Frauen, als der Sarg von den Stühlen gehoben und hinausgetragen wurde, diese Stühle sogleich umgedreht hatten, mit den Beinen zur Decke.

Heinrich Wolfgang war müde nach den langen Fußwegen. Sehr kräftig war er immer noch nicht, wenn auch viel gesünder als in seinen Jugendjahren. Doch er fühlte sich seinem Dasein gewachsen, und mit dem Talar lag das Amt wie ein schützender Mantel um seine Schultern. Seit etwa einem Jahr, seit der Reise in den Süden, die Heinrich seinem Ältesten geschenkt hatte zum bestandenen theologischen Examen, fühlte er sich sicher in Beruf und Berufung, hatte den Glauben und beherrschte das Handwerk, das

geistliche – obwohl er wußte, auch darin lebte er, wie er immer gelebt hatte: als Einzelgänger, als Beobachter, verschlossen und
neugierig.

Heinrich Wolfgang war sieben Jahre älter als sein Bruder Werner,
zwölf Jahre älter als sein Bruder Helmuth. Er überlebte sein erstes
Lebensjahr unter Schwierigkeiten, er blieb anfällig gegen alle nur
denkbaren Kinderkrankheiten. Er wuchs auf, behütet von einer
nicht gesunden Mutter – ein Einzelkind, das auch in der Schule
wenig Kontakt hatte mit den Gefährten. Sein Verhältnis zu der
guten Mutter war sehr innig, ausgezeichnet war es auch zu dem
rastlos tätigen Vater, dem schweigsamen Turm, der sich um seinen Sohn kümmerte, seine Entwicklung aber mehr durch Beispiel
als durch Hinweis beeinflußte. Diese Daseinsart, zusammen mit
einer eingeborenen Neigung zur Kontemplation, zusammen auch
mit einer häufig durch Krankheit unterbrochenen Ausbildung, sie
ließen einen jungen Mann heranwachsen, der sich zunächst weitaus intensiver mit Abbildern des Daseins, mit Träumen davon beschäftigte, als mit dem Dasein selbst. Seine Weltentdeckung fand
im Hause statt. Seine Jungendabenteuer erlebte er weniger zu
Wasser und zu Lande als im Geiste.

Sie waren reichlich und sie waren reich. Sie führten ihn früh dazu,
nicht nur die Literatur der Zeit aufzunehmen, fremde Provinzen
zu entdecken wie jene des Briten Dickens, sondern auch, sich selber Leben zu erfinden. Es war aber nicht so, daß der Sohn gewissermaßen eintrat in die Werkstatt des Vaters. Heinrich beobachtete Heinrich Wolfgangs Versuche ohne Kommentar. Hin und
wieder ließ er einen Hinweis fallen, daß Dichten seinen Mann
nicht ernähre. Heinrich Wolfgang war das ohnehin klar, sein
Wirklichkeitssinn war nicht unterentwickelt – und wurde außerordentlich geschärft, als er nach dem Umzug in das Lichterfelder
Haus die Schule wechselte, plötzlich Gefährten fand – und vom
neunzehnten Jahr an nachholte, was ihm an Austausch, Spiel und
Zauber jugendlichen Lebens zuvor entgangen war. Jedoch, bei aller Romantik, bei angebeteten Mädchen und schnöden Enttäuschungen, bei aller Praxis blieb doch der Stuhl des Betrachters sein
eigentlicher Platz. Noch der Student notierte, als er sich umtat in
den angemessenen Erholungen dieser Welt: »Die Tanzstunde
fängt an, mir Beobachtungsmaterial zu liefern.«

Dieser Student entschied sich für beides auf einmal: für Literatur und für Theologie. Es gibt darüber einen Tagebuchvermerk, der einige seiner konservativen Lehrer hätte schaudern machen. Jedoch, mit konservativen Lehrern hielt es Heinrich Wolfgang in Berlin, Marburg und Leipzig ohnehin nur so weit, wie sie ihm die Grundlagen beibringen konnten der Gottesgelehrtheit. Da stand, zwei Jahre nach Studienantritt, von der Hand des Dreiundzwanzigjährigen:

»Zwei Ziele bestimmen mein Leben: das des prophetischen Predigers und das des Dichters. Am nächsten steht meinem Herzen das letzte. Als ich mich entschloß, Prediger zu werden, tat ich es ohne Kenntnis dieses Berufs – lediglich, weil es meiner lieben Mutter angenehm war und ich nichts anderes wußte. Nach einiger Zeit ward der Gedanke unterstützt durch die Erwägung, als Schriftsteller müßte ich im Interesse meiner Kunst einen Nebenberuf haben. Als ich zum ersten Mal in meinem Herzen wünschte, ein Mädchen zur Hausfrau zu machen, denn ich liebte meine schöne Cousine Mary gar innig und viele Wochen lang, da dünkte mich der Pfarrerstand empfehlenswert als leicht erreichbares Ziel. Allmählich nun begann ich Gefallen zu finden am theologischen Studium. Als das zweite Semester beschlossen war, konnte ich mir gestehen, daß die unwürdigen Gedanken über diesen Beruf verflogen waren, wenn ich auch an meinem Plane, in der Kunst mich umzutun, fester hielt als je. Ich fing an, die gemeinsamen Punkte zusammenzustellen, die beide Ansichten aufweisen. Hierbei geriet ich auf den Begriff des Propheten, der sich mit dem des Dichters am meisten zu decken schien. Von der heißen Sehnsucht erfüllt, ein Christ zu werden, beschloß ich mit der Rücksichtslosigkeit der Reformatoren, eine Einheit zu schaffen zwischen Beschäftigung mit höchster Kunst und dem Sittengesetz Jesu.«

Als drei Jahre nach dieser Notiz Heinrich Wolfgang einer uckermärkischen Landarbeiterin die Totenrede hielt, da war ihm gewiß nicht verborgen, daß der Stand des »prophetischen Predigers«, in der Tat sein eigentlicher Hirtenstand, solange er das Amt tragen würde, nur einen verhältnismäßig geringen Teil dieses Amts ausmachte. Auch hatte er schon bemerkt, daß die gemächliche Zeit vorüber war der Pastoren-Idyllen, in denen viel Raum blieb für andere Arbeit, etwa solche in den Künsten. Aber das focht ihn nicht an. Er war noch jung, fühlte sich kräftig und zu vielerlei fähig. Er nahm sich nun Zeit als Autor. Was er schrieb, genügte bis

auf dies und jenes in Zeitschriften veröffentlichte Gedicht seinen
Ansprüchen nicht. Er unternahm nicht einmal den Versuch, erste
erzählende Arbeiten zu publizieren. Eine gewisse Rolle bei dieser
Zurückhaltung spielte es wohl auch, daß er ganz natürlich in den
Stand eines respektvoll behilflichen und beratenden Famulus für
seinen Vater hineingewachsen war.
Mit einundzwanzig, Spätentwickler, eben Abiturient, hatte er notiert: »Heute am 14. September versiegelte ich alles, was ich bis
jetzt geschrieben habe. Die Feder soll ruhn – das Leben wird um so
mehr zu seinem Rechte kommen.« Doch wenige Tage später fügte
er dem an:

> Ein Nero mag die Leidenschaft bezwingen,
> Ein Garrick stumm die Bühne meiden –
> Doch mir des Schreibens Liebe zu verleiden,
> Wird kaum, Vernunft, – du siehst es – dir gelingen.

Des Schreibens Liebe prägt sich in Manuskripten aus, denen man
eine jugendliche Löwenpranke nur bedingt nachsagen kann. Zwar
wurde da nicht übel formuliert, doch der Impetus war geringer als
der Eindruck von Gelesenem. Das Ziel war noch undeutlich erkannt. Aber Heinrich Wolfgang schuf während der gleichen Zeit
eine Art von Oeuvre, das im beginnenden zwanzigsten Jahrhundert seinesgleichen suchte. Er schrieb es sozusagen versehentlich:
Seine Briefe aus entfernten Studienorten und seine Briefe aus dem
Boitzenburger Vikariat sind die von Leben und treffender Beobachtung funkelnden Exempel der großen und detaillierten literarischen Reportage. Er erwies sich wie kaum ein anderer als geschaffen dafür, das eigene Dasein umzugießen in schlüssige, oft ironi-
sche, so herbe wie liebevolle, sichtige und griffige Texte. Obwohl
es davon mit Beifall bedachte Buchveröffentlichungen gibt, ein
halbes Jahrhundert später vorgelegt (»Um die Jahrhundertwende«, »Drei Stunden hinter Berlin«): hier harrt noch einiges einer
späten Entdeckung.
Er war damals, ohne es zu wissen, ein Künstler des gelebten Lebens. Doch er fühlte sich vor allem als ein Diener am Wort, dessen
einfache, reine Verkündigung und Daseinsgesinnung er mit kon-
sequentem Ungeschick höher stellte als die Anhänglichkeit an
überkommene oder modische Richtungen. Heinrich Wolfgang,
Lehrvikar in Boitzenburg, dann vorübergehend Prinzenerzieher,

nach dem zweiten Examen erst Prädikant, dann Mitglied des exklusiv gelehrten Berliner Domkandidatenstifts, endlich mit dreißig Jahren ordinierter Pastor – er schien seinen Oberen schwierig: keineswegs aufsässig, aber eben auch nicht unterwürfig; ein ausgezeichneter Prediger, ein erfreulicher Gesprächspartner, aber müßte er nicht irgendwie einzuordnen sein? Empfindsam, nicht überrobust, manchmal anscheinend gar verträumt, und dabei doch von irritierender Festigkeit. Und dazu dieses starke literarische Interesse. Zudem der Sohn von Heinrich S., was er nie ausspielte, aber er war es nun einmal. Mit einem Wort, in der kirchlichen Praxis wurde er ein Problem.

Die römische Kirche, weltlicher und weltläufiger bei allem Dogmatismus, besitzt allerlei Nischen für Diener von besonderer Prägung. In der protestantischen, dazu preußischen und nahezu staatlichen Kirche gab es allenfalls Richtungen. Da fand ein eindeutiger Neuerer, wenn er sich etwa zu Harnacks Denken bekannte, wesentlich leichter seinen Platz als einer, der Abscheu vor Dogmatismus und gar mangelnde Kirchlichkeit unter gewissen Umständen als besonders evangelisch empfand. Heinrich Wolfgangs Obere waren ihm sozusagen notgedrungen zugetan. Doch sie ließen ihn sehr lange kandidieren.

Ehe Heinrich Wolfgang das als unangenehm empfand, vergingen Jahre. Als Zuflucht zwischen den kurzen Amtsperioden hatte er das Elternhaus, und auch die Arbeit an seinem zweiten Ziel. Aber dann, gegen Ende seines dritten Lebensjahrzehnts, begann sich tatsächlich die Frage zu stellen, die ihn verfrüht vor Jahren bewegt hatte. Wer »ein Mädchen zur Hausfrau« machen will, braucht ein Amt und das feste Gehalt. Die Herzensangelegenheiten des jungen H.W. waren anmutig gewesen, auch schmerzhaft und auf rührende Art verknüpft mit dem Streben, Dasein gerinnen zu lassen zu Literatur: »Als ich ein junger Student war, im ersten Morgenlicht fröhlicher Schulweisheit und knabenhafter Liebe, da schrieb ich das Buch Lotte. Dann zog ich nach Marburg, und dort in Waldesseligkeit und Sommersonne ward das Buch Elisabeth geboren. Und jetzt, wieder klingt ein Name mir ins Ohr, hoffnungsvoller und mächtiger als je. So steht denn dein Name wie ein strenger Wächter am Ausgang der alten Zeit, Mädchen, das ich liebe, ob du es auch nicht wissen magst, wie innig und tief. Sind es auch nur wenige Buchstaben, sie decken meine innige Liebe und meine große Sehnsucht: Mea, die Meine – wie seltsam das klingt.«

Doch das war die Stimme des Vierundzwanzigjährigen gewesen – der bei aller Romantik die Tatsache nicht übersah, daß er noch nicht soweit sei, und gegen alle Wahrscheinlichkeit vielleicht doch später auch jemand anderen lieben könnte. »Auf der anderen Seite« fühlte er sich zur Ehe geschaffen: »Es ist daher für mich eine dringende Notwendigkeit, diesen Zustand zu verwirklichen. Der nächste Schritt dazu wäre die Absolvierung des Examens.«

Die fünf Jahre, die nach dieser Erkenntnis vergingen, prägten den späten jungen Mann. Der neunundzwanzigjährige Domkandidat hatte mit seiner Entwicklung seine Zahl an Jahren eingeholt, ein ganzer Mann, und nirgends mehr ein Sohn. Die Gelassenheit des Beobachters hatte nun ihren Rückhalt in der Person – und die Persönlichkeit entsprach der Sicherheit, die seine Formulierungen und sein Urteil so früh ausgezeichnet hatten. In jener Zeit, da Heinrich Wolfgang den Seinen vor allem als Pastor erschien, als Hirt, der sich rüstet, gewiß nicht als spektakulärer Poet, auch lag kein besonderer Manuskript-Anlaß vor – in jener Zeit merkte Heinrich beiläufig über den Sohn an: »Von ihm wird man einmal sagen, er ist der Dichter Seidel – dessen Vater auch ein paar ganz nette Sachen geschrieben hat.«

Er sagte es wohl auch, weil der Heinrich Wolfgang dieser Jahre nicht jedermann unmittelbar sympathisch war. Dieser Beobachter, der sich so ruhig konsequent äußerte, wenn überhaupt, hielt in aller Unschuld auf einen Abstand, der Freunden und Verwandten bisweilen nicht ganz heimlich erschien. Er stand ein wenig allein im familiären Austausch zwischen den Häusern von Heinrich und dem von Paul, einem Hort munterer und selbstbewußt bürgerlicher Geselligkeit. Dort nun traf Heinrich Wolfgang seine Cousine Ina wieder, als Gast eingetroffen aus München, eben zwanzig Jahre alt. Seine Stunde schlug mit seiner Zustimmung. Ihre Stunde schlug, weil sie es so wollte.

»Am 6. Oktober feierten wir Tante Elsbeths Geburtstag durch eine Abendgesellschaft. Ich kam erst gegen neun wegen des Freitag, ziemlich ermüdet durch den Tag und eine bei Platzregen stattfindende Beerdigung. Die Mädchen wollten zuletzt tanzen und ich tanzte mit Ina, die übrigens ganz ›holdselige Dame mit dem Schleier‹ war. Ich weiß nicht, warum ihr Herz weinen muß, aber ich fühlte, daß sie mir nahe war und wir zusammengehörten. Das ist wieder so ein gläsernes Glück wie ichs nicht anders kenne. Aber man darf an diese Menschheit von gestern keine Ansprüche machen und muß sich damit zufrieden geben, alle sieben Jahre einmal sein Glück im Arm zu halten. Es geht vorüber.«

12. Oktober, im Domstift: »Was für eine Schufterei ist und bleibt doch die Wissenschaft! Ich werde mal wieder einigermaßen einsam und menschenfeindlich. Und den einen Trost habe ich nur: daß niemand hier ahnt, was für einen Menschen sie heiteren Sinnes in Nummer 4 begraben haben. Es ist doch seltsam: ich besitze, was alle wünschen, und werde von manchen Tröpfen beneidet – aber der ganze Krempel macht mir keinen Spaß, und ich wollte, ich wäre von hinnen.«

15. Oktober: »Von acht Uhr an war ich Sonnabend im Monbijou-Haus, wo ich Werner und Helmuth vorfand. Wir waren vergnügt in etwas gedrückter Stimmung – das heißt zum Teil ziemlich laut. Ina saß bei Tisch zu meiner Rechten und es ging mir wie dem wandernden Bauernjungen, den die Königstochter bediente. Im Lauf des Abends ereigneten sich dann alle jene geringen Aufmerksamkeiten und schüchternen Bekenntnisse zwischen uns beiden, die zu erzählen so lächerlich klingt und die doch nur der Ausdruck verhaltener Liebe sein wollen und des Besten, was wir Menschen in uns tragen.«

1. November: »Mir träumte diese Nacht, daß Ina und ich über die Heide wanderten – viele Stunden auf schmalem Sandpfad; Ginster und Erika, blauer Himmel und singende Lerchen. Schließlich nahm die Heide ein Ende – wir sahen, wie mit wehenden Pappeln die breite Chaussee aus der Ebene emporwuchs und erblickten in der Ferne die rauchende Fabrikstadt. Eine Uhr schlug und ihr Klang bezauberte scheinbar alle die ragenden Schornsteine – der Rauch wurde dünner und die weißen Feuer löschten aus. Nun begegneten uns auch schon Arbeiter und Fabrikmädchen, die uns verwundert ansahen. Und plötzlich spürte ich Inas Hand in der meinigen, und ein trunkenes Glück erfüllte meine Augen, während wir zusammen der dunklen Stadt zuschritten. Heute war ein sonniger Herbsttag, aber ich dachte wohl zuviel an Ina, als daß ich seine Schönheit wahrgenommen hätte. Bis nächsten Dienstag hoffe ich auf Nachricht.«

Er bekam sie.

Geldgeschichten
1895

> *Denn, was hilft mir eine Mühle,*
> *Drinnen man kein Mehl gewinnt.*
> *Und was nützen die Gefühle,*
> *Wenn sie nicht verkäuflich sind?*
>
> *Heinrich S. in einer Poeten-Satire*

Am 20. April 1895 schrieb Heinrich seiner Agnes einen langen
Brief, obwohl Agnes vermutlich im Nebenzimmer des eben er-
worbenen Hauses in Lichterfelde saß. Heinrich wollte vor seiner
Frau in aller Klarheit einen Gegenstand ausbreiten, über den es erregte Gespräche gegeben hatte und auch sorgenvolle. Vielleicht
hatte auch nur eine leise und kurze Frage von Agnes nach ihrem
Vermögen den langen Brief ausgelöst. Nur selten sprachen Ehe-
paare zu Heinrichs Zeiten über ihre wirtschaftlichen Probleme. Si-
cher ist, daß Agnes sich Sorgen machte. Fast sicher ist, daß diese
Sorgen herrührten von den Belastungen, die der Kauf eines Hau-
ses bei einem Mann mit unsicherem Einkommen nicht nur dem
Konto auferlegt, sondern auch den Seelen.
Also schrieb Heinrich einen Brief, gründlich und ein für allemal.
Es ist ein Dokument, das in die Literaturgeschichte gehört – des
Gegenstandes wegen, nicht des Schreibers.
Da stand also:

Als ich mich im Jahre 1880 entschloß Schriftsteller zu werden, war
das, wie ich jetzt noch mehr einsehe als früher, ein kühner Schritt.
Da meine Naturanlage mir die rein geschäftliche Ausnutzung
meines Talents verbot, mußte ich es erreichen, daß ich nicht von
der täglichen Arbeit für Blätter das Leben fristete, sondern daß
meine Schriften als Bücher Absatz fanden und zwar starken Ab-

satz – bekanntlich in Deutschland ein seltener Fall. Doch ich hatte Vertrauen auf meine gute Sache und wagte es.

Ich hätte ja beim Fach bleiben und Civilingenieur werden können, das einzige, was mir offen stand, doch dann war es mit dem Schreiben vorbei: als Civilingenieur wäre es nur gegangen, wenn ich ganz in meinem Berufe aufgegangen wäre. Und ich steckte doch so voller Pläne und Entwürfe, die nach Verwirklichung drängten.

In den ersten zwei Jahren habe ich oft erwogen, ob ich zum Fache zurückkehren sollte, und hätte sich mir damals etwas Gutes und Annehmbares geboten, vielleicht hätte ich es angenommen. Das wurde aber anders, als ich in Liebeskind einen wahrhaft begeisterten und opferfreudigen Verleger fand, und als ich die Zustimmung wahrhaft einsichtsvoller und verständiger Männer erhielt. Da sagte ich mir, du kommst durch mit deiner guten Sache, und wo man etwas Ordentliches und Ungewöhnliches erreichen will, da muß auch etwas gewagt werden. Denn ohne Wagen ist kein Gewinn.

Nun aber, da ich – mit wenigen gelegentlichen Ausnahmen – nur schrieb, was als reife Frucht vom Baume fiel, so war das zum Leben zu wenig, zumal es mir damals auch noch schlecht bezahlt wurde. Da ein *dauernder* Erfolg aber nur auf diese Weise erreicht werden konnte, daß ich in aller Beschaulichkeit und ohne Hast still und liebevoll meine lang gehegten Pläne ausbildete, ohne Rücksicht darauf, ob vielleicht ein paar Seiten erst nach wochenlanger Vorbereitung und Überlegung entstanden, kurz ohne auf einen raschen Gelderwerb irgendwie hinzuarbeiten, so brachte das natürlich wenig ein.

Ich beging die Torheit, Dich in meine Pläne nicht einzuweihen, in der Meinung, die Sorge der Ungewißheit für mich allein zu tragen, da Du doch schon mit häuslichen Sorgen und körperlichen Leiden genug geplagt warst. Unter diesem Druck habe ich alle meine heiteren und wie die Leute sagen sonnigen Geschichten geschrieben, und nichts davon ist in sie hineingekommen. Nur im »Schatz« habe ich in den Verlegenheiten des Helden meine eigenen, zuweilen furchtbaren Sorgen darzustellen versucht.

Da endlich im Jahre 1888 wandte sich die Sache, und es kam zum lang ersehnten Siege. Erst langsam, dann immer rascher, so daß ich bald die Gewißheit vor mir sah, das Spiel endgültig und für immer gewonnen zu haben. Die Einnahmen aus meinen Büchern stiegen von Jahr zu Jahr, so daß in der letzten Abrechnung von Liebeskind 1893–94 z.B. auf mein Konto über 14 000 Mark in einem Jahre kamen.

In der Natur der Sache liegt es, daß die Einnahmen jetzt noch immer weiter steigen, denn die Bücher erobern sich immer weitere Gebiete und sind nicht für den Tag geschrieben. Bei den Leuten, die diese Verhältnisse genau kennen, herrscht darüber nicht der geringste Zweifel, und Du kannst es ruhig glauben. Liebeskind schrieb mir noch Weihnachten, daß, obwohl das buchhändlerische Geschäft noch nie so schlecht gegangen sei wie jetzt, doch von meinen Büchern soviel verkauft wären wie noch nie. Wenn das geschieht in einer Periode allgemeinen geschäftlichen Niedergangs, wo die ganze Welt klagt, so ist das doch bezeichnend und angenehm.

Natürlich, wie Du nun wohl schon weißt, ist Dein kleines Vermögen in dieser Wartezeit draufgegangen. Aber viel mehr ist wiedergewonnen worden, denn ebenso wie Reuters Bücher noch jetzt einundzwanzig Jahre nach seinem Tode eine große Einnahme bringen, wird es auch mit meinen sein, das ist über jeden Zweifel erhaben. Wie wäre es, wenn Du die 45 000 Mark etwa noch hättest? Sie würden nach dem heutigen Zinsfuß 1500 Mark bringen, eine Summe, die gar nicht der Rede wert ist. Der erste Band »Leberecht Hühnchen, Jorinde etc.« bringt mir allein jetzt jährlich 3000 Mark ein, also das Doppelte. Das bare Vermögen ist verschwunden, aber sein fast zehnfacher Wert steckt in den 13 kleinen Büchern. Wenn Du diese auf Deinem Schreibtisch vor Dir siehst, so ist das unser Vermögen. Und zwar eins, das weder Motten noch Rost fressen, und das kein Dieb stehlen kann.

Was nun den Rest Deines Geldes betrifft, so stecken 5000 Mark als Anzahlung in dem Hause, gegen 2500 sind jetzt hineingebaut, und 3000 Mark liegen auf der Bank, von denen ein Teil noch auf Bezahlung von Rechnungen zu verwenden ist. Der größte Teil des Baus ist aber bereits bezahlt. z.B. alles war Käding gemacht hat, die Torfstreuklosetts, die Wasserleitungssachen, die Hauptarbeiten, die Born gemacht hat, Tapeten, Linoleum u.s.w. Nur einige nachträgliche Arbeiten stehen noch aus und die Rechnung von Herrn Wünsch.

In der nächsten Zeit aber kommen 11 000 Bände im Wert von 6550

Mk. zum Druck, ferner vor Weihnachten noch andere 6000 zu 3000 Mk., macht zusammen 9550 Mk., womit wir wohl das nächste halbe Jahr reichen werden, wie ich denke. Dabei habe ich nur gerechnet, *was ganz sicher* bevorsteht, denn *wahrscheinlich* ist es, daß in diesem Jahre noch weitere 7000 Bände im Gesamtwert von 3950 Mark gedruckt werden, wodurch sich die Einnahmen für das nächste *halbe* Jahr auf 13500 Mark erhöhen würden. Wie Du hieraus ersehen magst, haben wir zu Sorgen keine Veranlassung. Ich will nächstens mit Dir nach Berlin fahren (Lichterfelde gehörte noch nicht zu Berlin, A.d.H.) und veranlassen, daß Du auf Deine Unterschrift ebenso gut wie auf meine Geld von der Bank erheben kannst, damit Du siehst, wie einfach solche Sachen sind.

Und nun bin ich mit meinen Bekenntnissen zu Ende. Wenn ich Unrecht getan habe, so bin ich durch die furchtbaren Sorgen, die ich oft getragen habe und durch die Qualen, die mir stets Deine so oft wiederholte Frage: »Wovon leben wir eigentlich?« bereitet hat, gestraft genug.

Dein treuer Mann Heinrich Seidel

Nachschrift, den 22.4.1895

Als Brunow vor vielen Jahren sich um das Moltke-Denkmal bewarb und sich beklagte, wieviele Kosten das mache aufs Ungewisse hin und ohne daß auf lange hinaus ein Nutzen zum Vorschein käme, da brauchte ich folgendes Bild: »Bei solchen Dingen ist es gerade wie beim Brückenbau. Man muß erst eine Unmenge Material in den Strom schütten, ehe über dem Wasserspiegel etwas von dem Bauwerk sichtbar wird.« »Ja«, sagte er ganz betrübt, »wenn man aber nichts zu schütten hat!«

Ich habe ihm dann nach Kräften schütten helfen, wofür er mir erst vor kurzem seine Dankbarkeit ausgesprochen hat. Ich hatte es vergessen.

Du mußt nun also denken, daß mein Lebenswerk auf den Fundamenten steht, die Du hast schütten helfen, und ich ohne diese Fundamente wohl nie mein Ziel in so glänzender Weise erreicht hätte. Ich kann jetzt ruhig sterben, denn für meine Hinterbliebenen ist auskömmlich, ja viel mehr als das gesorgt bis dreißig Jahre nach meinem Tode. Vor allen Dingen aber will ich noch recht lange leben bleiben, und hoffe zu der genannten Brücke noch eine ganze Reihe von Bögen hinzuzufügen. Und ich hoffe ferner, Du wirst von jetzt ab ruhiger und ohne Sorgen in die Zukunft sehen.

Dein Heinrich

Ich will noch an einem Beispiel zeigen, von welchem Vorteil es für die Zukunft war, daß mir damals zur rechten Zeit Geld zu Gebote stand. Ich brachte damals die bei Hoffmann und Luckhardt erschienenen sieben Bändchen für 800 Mark wieder an mich. Dadurch wurde es mir möglich, später bei Liebeskind die » Vorstadtgeschichten«, »Aus der Heimat« und »Glockenspiel« herauszugeben. Bungert lachte damals über den ihm töricht erscheinenden Handel. Diese drei Bände haben aber seitdem 10 000 Mark eingebracht, und was sie noch einbringen werden, ist noch gar nicht abzusehen. Bungert hatte aber nachher einen großen Prozeß mit Luckhardt und lachte nicht mehr, sondern nun hätte ich es gekonnt.

D.O.

Amseljahre
1885–1905

An diesem Maimorgen Anno 1962 –
Den siebenundsiebzigsten seiner Art, den ich erleben darf
(Den zu erleben mir vergönnt ist, sollte ich sagen!),
Blühn draußen Pfirsiche und Birnbäume
Spät – das Frühjahr war rauh, aber nun werden bald
Auch Flieder und Kastanien in Blüte stehen –
Und es fallen mir Verse ein,
Geschrieben, als ich den Mai zum neunzehnten Mal erlebte:
»Sieh, die Kastanienbäume blühn,
Die helle Zeit erklingt und prangt,
Nun weiß ich erst, wie tief mein Herz
Nach Dunkelheit und Sternen krankt . . .«
Ich scheine ja doch ein sehr trauriges Kind gewesen zu sein,
Obgleich ich mir einbilde, damals allen Grund gehabt zu haben,
Mich des Lebens zu freu'n –
Und es auf meine Weise gewiß auch tat.

Ina S.

Auf dem Standesamt in Halle an der Saale wurden für sie die Namen Johanna Mathilde eingetragen: Johanna nach der Großmutter Johanne, eine Mathilde ist in der Familie nicht zu finden. Jahrzehntelang standen diese Namen in ihren Ausweisen, aber in Gebrauch waren sie nie. Johanna Mathilde war schon in ihrem ersten Lebensjahr als Ina bekannt, und dabei blieb es fortan, auch in Klassenbüchern und anderen halb offiziellen Dokumenten. Wie die Kurzform zustande kam, ist nicht bekannt. Als deutscher weiblicher Vorname hat sie sich erst nach Inas vierzigstem Jahr durchgesetzt.
Mit der Stadt ihrer Geburt verband Ina nichts, denn sie verließ sie im Alter von einem Jahr. Das Braunschweig ihrer nächsten neun Jahre hat sich ihr als ihre eigentliche erste Heimat eingeprägt, der

Garten um ihres Vaters Haus, die braune Oker, die stillen Straßen, und eine ganz vernünftige Mädchenschule, auf der sie knapp Zufriedenstellendes im Deutschen leistete, jedoch im Betragen eine Eins hatte. Zu ihren sehr frühen Erinnerungen gehört ein nächtlicher Augenblick vor der Abfahrt in die Sommerferien. Ein großes Gesicht mit blondem Schnurrbart nähert sich Inas kleinem Gesicht, und das große Gesicht fragt: »Wirst du mich auch nicht vergessen?« »Nein, Papa«, antwortet Ina, verlegen und feierlich. Sie hat dieses Versprechen gehalten bis zu ihrem Tod.

Die Braunschweiger Jahre glitten dahin wie Frühlingstage mit gutem Wetter. Die Sommer hießen nicht Braunschweig, sondern Tutzing: in Georg Ebers' geräumigem Haus am See, der Geruch nach Wasser und heißem Holz, Teestunden, ein geduldiger Bernhardiner zum Reiten. Die Seidel-Kinder Ina und Willy, die etwas älteren Ebers-Kinder, dem Buchstaben nach Onkels und Tanten der Braunschweiger, unter ihnen Hermy, das Muster von Weisheit, Eleganz und Schneid. In beiden Gärten sangen Amseln: Amselmerle ist der volle Name, also Schwarzdrosseln, gewandt und munter, aber keineswegs friedfertig. Sie sitzen beim Singen frei auf einer Baumspitze. Ihre Naturkunst kommt jener der Nachtigall nahe. Ihr Gesang kann sehr fröhlich sein, birgt aber Kadenzen, die traurig machen oder die Melancholie beschwingen. Amseln wagen sich auch in Städte. Ganz hat Ina sie nie entbehren müssen.

Sie war die Älteste. Sie hätte gern Hosen getragen wie ihr sechzehn Monate jüngerer Bruder. Sie tat es ihm gleich und tat es manchmal ihm nach, am Braunschweiger Fluß, unter dem Ahorn, im Ahorn. An ihrem Himmel stand das große Gestirn des Vaters, voll leuchtend, abnehmend, zunehmend. Emmy wirkte eher wie beständiger Sternstaub. Sie hielt ihre Kinder straff an der Hand, und las täglich mit ihnen, Lieblingsgeschichten, Lieblingsgedichte. Maßvolle Zufuhr von Kultur war so selbstverständlich wie zerschrammte Knie, Angst vor Klassenarbeiten, Besuche bei der Großmutter, Besuche von baltischen Tanten und anderer Verwandtschaft.

Als Ina neun war, kam Heinrich durch Braunschweig, zusammen mit seinem ältesten Sohn. Das kleine Mädchen saß auf der Fensterbank, baumelte mit den Beinen, beobachtete die beiden väterlichen Gebirge, beobachtete ihren Vetter. Der merkte es und lä-

chelte ihr zu. Sie war verlegen, lächelte zurück. Dann vergaß sie
Heinrich Wolfgang wieder.

Als Ina zehn wurde, führte sie mit anderen Kindern »Schneeweiß-
chen und Rosenrot« auf. Hermann stand am Türpfosten und
lachte unbändig. Das war im September. Im Oktober wurde das
Baby Annemarie krank, auch Großmutter Johanna mußte sich zu
Bett legen. Als Ina dann auch Fieber bekam, rief sie immer wieder
aus dem Alptraum einer Nacht: »Wir sind alle, alle gestorben . . .«
Der November kam feucht. »Der Ahorn im Garten stand mit gelben tropfenden Blättern im Nebel, und über der Laube hing der
wilde Wein düsterrot. Unsere Mutter holte noch einmal Blumen
von den Beeten, und als sie sie auf den Tisch stellte, sagte sie: ›Das
sind nun die letzten . . .‹«

Vier Abende später sagte Ina ihren Eltern gute Nacht. Sie saßen
miteinander am Tisch im Eßzimmer. Am nächsten Morgen war
der Vater tot. Emmy sagte Ina, er sei sehr müde gewesen und habe
deswegen aus Versehen zuviel Schlafmedizin eingenommen. Ina
glaubte ihr und glaubte ihr doch nicht. Sie behielt das für sich während ihrer nächsten Jahre. Es wurde nicht darüber gesprochen. Im
Frühjahr 1898 sagte ein Mädchen in Inas Münchener Klasse, da
stünde jetzt immer so viel von einem Prozeß mit Inas Nachnamen
in der Zeitung. Ina wohnte damals mit ihren Geschwistern bei den
Großeltern Ebers, denn Mama war verreist. Dort bekam sie die
Zeitung nicht zu sehen. Sie hatte aber einen Schlüssel zur eigenen
Wohnung, und Mama hatte die »Münchener Neuesten Nachrichten« nicht abbestellt für die Reise. Ina ging jeden Tag nach Hause
und las. Sie verstand nicht alles, sie war zwölf Jahre alt. Aber sie
begriff genug, um ein Geheimnis mit sich herumzutragen, das sie
quälte.

Es war spannend gewesen, plötzlich von Braunschweig nach Marburg umzuziehen, in einer neuen Schule und auf neuen nassen
Wiesen neue Abenteuer zu erleben. Papa fehlte, dies gewiß, aber
es war doch ein buntes Dasein. Und noch spannender war dann der
Ortswechsel nach München. Großstadt nahm die Kinder auf, noch
sehr ländliche Großstadt, aber mit hohen Häusern, breiten Ave-
nuen, neuen Reizen. Ina und Willy merkten zunächst kaum, daß
sie sich von Gartenkindern in Etagenkinder verwandelt hatten:
Turnen an der Teppichstange im Hof, und der Zwang städtischer
Würde, eine enge Schule, neue Bekannte, Schwierigkeiten mit

dem »norddeutschen Dialekt«. Ina bändigte ihr widerspenstiges Haar und wuchs heran zu einem sehr anmutigen jungen Mädchen, tanzlustig, albern, leidenschaftlich in Mädchenfreundschaften. München, das ist bekannt, leuchtete damals. Ina und Willy hatten Zugang zu wohlhabenden Bürgerhäusern. Für die Zirkel der leuchtenden Poeten und Maler waren die Kinder noch zu jung, aber sie tanzten, lachten, hatten großen Kummer und kleine Freuden.

Nach ihrem sechzehnten Geburtstag begann Ina ein Schulheft als Tagebuch vollzukritzeln. Emmy tat, was sie Jahre zuvor hätte tun sollen: sie sprach mit der Tochter über den Tod des Vaters, gab ihr die Prozeß-Akten zu lesen. »Und kein Mensch mag mir helfen, keiner bemerkt, was alles auf mich einstürmen muß in dieser Zeit, welche Gedanken mich beschäftigen müssen. Jemand sagte sogar: ›Das ist ja nun schon lange vorbei!‹ Vorbei, vorbei – was denn vorbei? Für mich ist es jetzt erst geschehen.«

Sie fing sich. Die Klärung tat ihr gut. Sie schrieb sich auch frei, nicht nur in Tagebuchblättern. Freilich, diese Versuche behielt sie für sich. Es gab einen unbezweifelbaren Dichter im Hause, den einzigen, der hier ernst zu nehmen war. Willy war erst vierzehn, doch seine zielbewußten Versuche waren formvollendet und einschüchternd.

Die Amseln sangen. Ina begann die große Freundschaft und Korrespondenz mit ihrer Altersgenossin Heidi Kattwinkel. Ina verließ die Schule und lernte kochen. Sie freute sich auf ihre Weise ihres Lebens, doch da war auch mancherlei, was sie zu Zeiten veranlaßte, ein trauriges Kind zu sein. Von der baltisch liebenswürdigen Leichtigkeit ihrer Mutter, vom kultivierten Zugriff nach dem Dasein, hatte sie weniger mitbekommen als ihre Geschwister. Da war der Traum vom Vetter in Berlin – aber dieser Vetter war ja schon ein erwachsener Mann.

Die Amseln sangen. Ina setzte sich große Ziele, machte Bilanz ihrer siebzehn Jahre, ihrer achtzehn, ihrer neunzehn. Sie ging auf Reisen, konsumierte Welt, sprach fixe Urteile. Sie war sehr jung für ihr Alter, sehr schön auf den zweiten Blick, sehr beweglich, sehr hungrig. Sie wußte, was sie wollte, doch sie wußte auch, daß sie es wahrscheinlich nicht bekommen würde. Darum wollte sie noch vieles andere, und machte Pläne dafür.

Sie wollte etwas bewirken – aber was?

Adressat ungenannt

1905

> *Sich're Kunde ward mir, daß du kämest.*
> *Heimlich, heimlich schmückt sich meine Seele.*
>
> *Ina S. in einem Gedicht, 1904*

Zum zwanzigsten Geburtstag schickte Antonie Ebers ihrer Enkelin Ina ein Geldgeschenk. Ina verwendete es für eine Reise zu den Berliner Verwandten. In ihrem »Lebensbericht« erinnert sie sich: »Eine Woche später hatten Heinrich Wolfgang und ich uns wiedergesehen, und zwar in Potsdam, im Sommerhaus unseres gemeinsamen Onkels Paul Seidel, wo sich die Familie noch bis Ende September aufhielt, um mich dann in ihr Berliner Winterquartier am Monbijoupark mitzunehmen. Die Front des Hauses lag an der Oranienburger Straße, wenige Häuser weiter befand sich das Domkandidatenstift, in dem Heinrich Wolfgang ein letztes Studienjahr vor der Ordination verbrachte. Wir sahen uns fast täglich, nicht nur bei den Verwandten, auch der Monbijoupark, zu dessen hinter dem Kleinen Palais gelegenen Teil nur die Museumsbeamten und die Domkandidaten unmittelbar Zugang hatten, bot Gelegenheit, sich zu treffen, auf dem Weg am Rande der Spree, gegenüber dem Palast des Kaiser-Friedrich-Museums, auf und ab zu gehen, miteinander redend oder in jener Schweigsamkeit, die für das, was zum Wort drängte, den Mut noch nicht fand. Das setzte sich, als ich Mitte Oktober wieder zu Hause war, in einem Briefwechsel fort, in dem manches nachgeholt wurde.«

Außer Briefen schrieb Ina in jenen Monaten ein kleines blaues Vokabelheft voll, in das sie zuvor ein paar Gedichte eingetragen hatte – mit einer Chronik, die ein Brief war, ein Brief, der Züge eines Tagebuchs hat:

Am 15. September 1905 beging ich, mit Feierlichkeit natürlich, den Tag, an dem ich zwanzig Jahre alt wurde. Es ist ein kleiner Aberglaube in mir, ich nehme nämlich an, daß die Zahlen zehn und fünf in meinem Leben eine Rolle spielen. Als ich zehn Jahre alt wurde, trat der erste traurige Wendepunkt für mich ein: Papa starb – damit schloß meine Kindheit für mich ab, und jene trübe verworrene Epoche trat ein, in der ich innerlich seltsam einsam wurde, in der schlechte Einflüsse auf mich zuströmten und Macht über mich gewannen, ohne mir doch zu schaden, denn ich blieb gut, wenn ich auch gewissen Dingen nichts entgegenzusetzen hatte.

Mit einem Schlag änderte sich mein Wesen, als ich mich meinem fünfzehnten Geburtstag näherte. Ich tat ab, was dumpf in mir war, ich wurde mit einem Mal ein denkender Mensch und merkte mit Freude, daß ich denken *konnte*. Alles in mir klärte sich. In weiteren fünf Jahren wurde ich, was ich nun bin: ein noch unfertiger Mensch, der aber weiß, was er im Leben will. Ich will gern fähig werden, meine Pflicht als Mensch gegen andere zu erfüllen. Ich habe eingesehen, daß man das als Frau am besten als Gattin und Mutter kann. Um aber das zu werden, fehlt mir die notwendigste Bedingung: der Mann, der mich liebt. So habe ich mich entschlossen, mein Abiturium zu machen und später Lehrerin zu werden, und dieser Entschluß kam kurz vor meinem zwanzigsten Geburtstag zum Vorschein, wie durch eine Naturnotwendigkeit herausgetrieben.

Und nun komme ich zu Dir, für den ich dies aufschreibe. Als ich sechzehn Jahre alt war, sah ich Dich zum ersten Mal. Du kamst zu uns. Eine Ahnung Deines Wesens war Dir vorausgegangen und hatte Dir bei mir den Boden bereitet, aber ich wußte nicht, daß Du kommen würdest. Eines Tages standest Du vor mir und ich wußte, daß Du es warst, ehe ein Wort zwischen uns gefallen war. Und ich weiß noch, daß ich nachher aus dem Zimmer gehen mußte, weil ich weinte, vor Freude, Dich zu sehen, oder aus innerer Erregung. (A.d.H.: Es war dies nicht die erste Begegnung. Die sechzehnjährige Ina in ihrem Tagebuch von 1901 bezeugt: »Man höre! Was würde man sagen, wenn jemand, den man seit 9 Jahren nicht gesehen hat, mit dem man sich aber in letzter Zeit zufällig viel in Gedanken beschäftigt hat, plötzlich, unerwartet vor einen tritt. Baff würde man sein, oder? Heinrich Wolfgang Seidel trat am Samstag in bezeichneter Weise vor mich hin. Wir sitzen beim Essen – es klingelt. Das Mädchen hört nicht. Es klingelt noch einmal. ›Ina, geh, mach auf!‹ Ina geht, macht auf. Steht ein Herr vor ihr, lang und groß, mit blondem Schnurrbart. War Heini. Er hatte eben sein Theologisches bestanden und machte nun eine Erholungsreise nach Bozen, Venedig, Wien. Er hat uns allen gut gefallen. Ich mag ihn sehr gern. Heute reiste er weiter.«)

Drei Tage hintereinander kamst Du zu uns und reistest dann weiter. Deine Gegenwart machte mich wunderbar ruhig und ich erinnere mich, einmal als Du mich lächelnd ansahst, ein großes Glück empfunden zu haben. Ich hatte mich so auf ein Wiedersehen gefreut, daß ich unendlich enttäuscht war, als ich im Sommer 1902 zu Deinen Eltern kam und erfuhr, daß Du kurz vor meiner Ankunft bei ihnen gewesen seiest und nun nicht mehr kommen würdest. Ich verbrachte dann eine dumpfe, schlaflose Nacht in Deinem Zimmer, wo ich zehn Tage unter Deinen Sachen wohnte. In diesem Zimmer habe ich manchmal geweint, darüber, daß Du mich in Deinen Briefen niemals grüßen ließest. Aber ich war glücklich, an Deinem Schreibtisch sitzen zu dürfen, in Deinen Büchern zu lesen – bei Deiner Mutter zu sein, die Du so lieb hast.

Nun ist es seltsam, daß ich nicht mehr weiß, ob ich in der folgenden Zeit viel an Dich dachte. Ich glaube nicht. Und ich weiß auch warum. Irgend jemand hatte mir gesagt, es sei gesetzlich verboten worden, daß Vetter und Cousine sich heirateten. Als ich das hörte, da war mir das merkwürdigerweise kein Schmerz, sondern ein Trost. Solange ich an eine Möglichkeit eines Glücks zwischen Dir und mir geglaubt hatte, da hatte ich immer eine Qual empfunden bei dem Gedanken, daß Du nichts von mir wußtest. Nun schienst Du mir auf einmal entrückt. Ungefähr zwei Jahre lang also war mein Herz ganz frei von Dir, und nur von Zeit zu Zeit mag eine Erinnerung an Dich mich beherrscht haben. Ich hatte wohl erfahren, daß jenes Gesetz gar nicht bestand, aber mir ist, als hätte das keinen Eindruck auf mich gemacht.

Undeutlich und verwischt wurden diese Erinnerungen durch die an den Tag, an dem ich begann, Dich zu lieben. Es war am 8. Juli 1904, an einem schönen klaren Sommersonntag, ich lag vormittags lesend auf meiner Chaiselongue. Irgendwie kam eine Erinnerung an Dich über mich. Und eine Sehnsucht nach Dir überfiel mich so stark, daß ich weinte. Ich war von jener Stunde an wie verzaubert. Am selben Tag noch schrieb ich Dir auf einer Karte eine Frage, die mir im Grunde höchst gleichgültig war. Sehr prompt, sehr sachlich, ›mit bestem Gruß‹ kam Deine Antwort. Aber sie war etwas von Dir.

Es ist nicht gut, zu erzählen, wie ich das folgende Jahr verbrachte. Wenn es überhaupt möglich ist, einen Menschen zu lieben, den man jahrelang nicht gesehen hat, dann liebte ich Dich. Es tut mir fast weh, daran zu denken, wie ich in diesen Träumen aufging. Und Du selbst gabst diesen Träumen Nahrung! Wie kamst Du darauf, mir zum 15. IX. 1904 einen Brief zu schreiben? Einen Brief, der so hübsch war, wie nur ein Brief von Dir sein kann – und als ich ihn das erste Mal gelesen hatte, hatte ich keine Ahnung von seinem Inhalt, so klopfte mein Herz. Und dann durfte ich an Dich schreiben, und tat es mit der dummen Hoffnung, Du würdest antworten. Natürlich tatest Du das nicht.

Wie ich nun immer mehr empfand, daß ich gar nicht ohne Dich denken konnte, wie ich immer einsamer, weltfremder wurde durch diese Liebe, da bekam ich Angst vor der Zukunft. Ich fühlte, wie ich immer fester mit etwas Unwirklichem verknüpft wurde. Ich machte mir klar, daß meine Sehnsucht nach Dir anfing, krankhaft zu werden.

Dies schreibe ich am 21. Okt. 1905. Seit fünf Tagen bin ich wieder zu Hause, heimgekehrt von meiner Reise, die in das Land der Wirklichkeit ging. In diesem Land der Wirklichkeit war alles sehr schön, unbegreiflich schön.

Fünf Tage war ich schon im Roten Haus. Ich war am Vormittag ausgewesen, war im Sonnenschein spazierengefahren. Als der Wagen sich dem Haus wieder näherte, kam die Sonne aus den Wolken heraus – ja, und dann stand ich plötzlich im Zimmer mitten unter Euch, und begrüßte Deine Eltern, Deine Brüder, Dich. Und war froh, daß ich dann zum Umziehen hinaufgehen mußte, denn mir war schwindelig – schwindelig.

Dann sitze ich bei Tisch neben Dir und weiß kaum, was ich esse, was ich rede. Ich höre Deine Stimme, ich sehe Dein Gesicht, Du reichst mir die Speisen und sprichst zu mir. Allmählich kam dann Ruhe über mich und ich dachte: Das bist Du also, das bist Du! – und ich fühle mit tiefem Erstaunen, daß dieses Wiedersehen keine

Kluft in mir reißt zwischen mir und dem, von dem ich träumte, der Deinen Namen trägt. Ich sehe Dich und kenne Dich und es war kein Traumideal, *Du* warst es, Du so wie Du bist, den ich ein Jahr lang geliebt habe.

Später gehn wir dann nebeneinander im Garten auf und nieder und sprechen von dem und jenem, und immer wieder muß ich mich wundern, daß Du ganz so bist, wie ich Dich mir gedacht.

Und weiter ging der Tag und war schön. Hin und wieder ging ich aus dem Zimmer, bloß um mich auf das Wiederhereinkommen zu freuen. Am schönsten aber war am Abend die Fahrt nach dem Bahnhof, als ich wegen Platzmangel Arm in Arm mit Dir saß – und das alles war Wirklichkeit und kein Traum. – Das war am 24.IX.05.

Heute ist der Tag, an dem Du vor vier Jahren zu uns kamst, und heute hast Du meine Antwort auf Deinen Brief, meinen Dank für Deine Gedichte, und für so viel anderes. Ich möchte wissen, ob man meinem Brief anmerkt, wie mühsam er geschrieben ist – ich war gestern den ganzen Tag traurig, als er fort war. Hätte ich Dir schreiben dürfen, so wie ich Dir in diesem Heftchen schreibe – ach Unsinn.

Wenn ich daran denke, *wie* ich vor einem Jahr auf Dich wartete, oder auf einen Dank für meinen Brief! Neulich sagte ich jemandem in scheinbar tiefer Naturkenntnis, Weiden und Pappeln behielten am längsten ihre Blätter. Dies Wissen stammt auch aus dem letzten Herbst – da dachte ich: ich will die Hoffnung nicht aufgeben, solange noch ein Baum Blätter hat. Und vor meinem Fenster standen zwei Pappeln und eine Weide, die blieben am längsten grün. Und ich hoffte, bis die Weide nur noch ein Blatt hatte, und als auch das fort war – hoffte ich weiter.

Sieh, ich war als Kind fromm, ich glaubte, wie mir gelehrt wurde, bis ich fünfzehn Jahre alt war. Dann kamen Zweifel und Verzweiflung an allem Hergebrachten, es kamen wunderliche Zeiten, ein ›Naturglauben‹ sollte alles ersetzen – aber eine Leere war in mir. Und dabei hatte ich doch den lieben Gott meiner Kindheit nicht ganz verstoßen. Wenn ich glücklich war, betete ich und dankte ihm. Wenn ich mich aber unglücklich fühlte, dann machte ich Gedichte, solche, wie sie mir jetzt abstoßend trübsinnig vorkommen.

Aber neulich, das will ich *Dir* sagen, habe ich zum ersten Mal in meinem Leben gebetet – d. h. ich habe zum ersten Mal den ›Segen des Gebets‹ empfunden. Ich habe nur diesen hergebrachten Ausdruck dafür, und er sagt auch, was ich meine: ich fühlte mich gesegnet – frei, glücklich. Ich hatte nach einem Tag, der mir innerlich Schweres, Zweifel an mir selbst gebracht hatte, Gott um Frieden gebeten, ich hatte ihm meine Sünden gesagt und ihm gelobt, besser zu werden. Ich betete unter Tränen und war nachher so glücklich ruhig.

Ich habe Dir das aufgeschrieben, um Dir zu sagen, daß ich das Dir zu danken habe, wenn ich so beten konnte. Denn Deine Religiosität, die Dein ganzes Wesen durchdringt, ist so unsagbar schön und ruhig. Und ich glaube, ich kann es mir mit Beschämung eingestehen, daß ich, die so brennend nach reiner ›Weltanschauung‹ verlangte, am Christentum vorüberging, weil es mich zu einfach dünkte. Und nun weiß ich, daß gerade in dieser Einfachheit eine Größe liegt, die gar nicht auszudenken ist.

Eben muß ich denken: wenn, ach wenn Du dies je lesen solltest, wenn Du dies Heftchen je in der Hand haben solltest und wenn Deine Augen auf diesen Worten ruhen sollten – was müßte bis dahin noch alles geschehen sein! Du – Deinen Namen nenne ich nicht – wenn Du dies liest: eben bin ich allein und nicht glücklich – denke, daß all mein Glück bei Dir ist.

Ich sagte Dir in meinem Brief, daß ich mir das Tagebuchschreiben abgewöhnt hätte, aber was ist dies Heft eigentlich anderes als ein Tagebuch? Ein Tagebuch meiner Torheit – ich weiß es ja, daß dieses Aufgehen in Dir die größte Torheit meines Lebens ist. Ich weiß ja, daß ich sie noch einmal mit großen Schmerzen werde büßen müssen – wenn ich einmal eingesehen habe, daß Deine Güte zu mir – eben nur Güte war.

Und es ist *keine* Torheit, daß ich Dich liebe, es ist das Klügste und Beste, was ich tun kann. Und wenn auch der Tag kommen wird, an dem mir das Leben und die ganze Welt trostlos erscheinen werden, weil ich ohne Hoffnung geworden bin – soll ich nicht im Stande sein, für ein so großes Glück leiden zu können?! Es ist so ein Glück, Dich geliebt zu haben, und nie wird mir das geraubt werden können, was diese Zeit mir ins Herz gibt. Und ich ›mache‹ mir auch keine ›Hoffnung‹. Ich gehe umher und denke mir meine Zukunft aus, und fange jetzt schon an, möglichst viel aus der glücklichen Gegenwart in jene einsame Zeit hinüber zu retten. Einsam wird mein Leben sein, denn ich werde nicht heiraten.

Du und ich = wir! Wir! WIR!
Solche Backfischdummheiten!
Ach, höre doch, das kommt ja alles nur durch Deinen letzten Brief. Wenn Du ahntest, *wie* ich Deine Worte in mich aufsauge! Ob Du dann auch *so* schreiben würdest, oder ob Du vorsichtiger sein würdest, mit dem Ausdruck Deiner Güte, Deiner Freundschaft. Denn das eine, das weiß ich nun, muß und darf ich wissen, daß ich Dir nicht mehr bloß ›Cousine‹ bin, daß Du mein Freund bist und ein Herz für mich hast. Das schon ist mir ein seliger Besitz. Mein Vertrauen zu Dir ist grenzenlos.
Ich möchte Dich sehen, komm doch – noch vier Monate muß ich warten. Es ist soviel, was ich für Dich habe, mein Herz ist schwer davon.
Was soll daraus werden!
Nun bin ich wieder so weit, daß ich lieber aufhöre.
Ich schrieb Dir, ich könnte gern auf Deine Briefe warten, wenn Du zuviel zu tun hättest. Es wäre leicht zu warten, wenn man sicher wüßte, daß es nicht umsonst wäre. Schön gesagt – aber unwahr.
Warten, warten, warten – –

Als ich dies schrieb, schriebst Du an mich, und vorgestern war der glücklichste Tag meines Lebens.
Und morgen hast Du meine Antwort – nun hab ich Dir alles gesagt. Seitdem fühle ich, daß ich in dies Heftchen nichts mehr schreiben kann.
Lebewohl, du lieber Notbehelf.
12. Dezember 1905

Linaria cymbalaria
1890–1906

Was meine Helden erleben,
hätte ich gern selber erlebt,
und da ich es nicht haben konnte,
schrieb ich es mir,
wie man beim Subtrahieren sagt:
»Hab' ich keinen, borg' ich mir einen.«

Heinrich S., 1891

Aus mancher Mauerritze wächst auch heute noch in Berlin das
Zimbelkraut, Linaria cymbalaria. Es hat zierliche Ranken, Blätt-
chen in Form des Efeu und hellviolette kleine Blüten mit einem
blaßgelben Gaumenfleck. Es ist bescheiden, anmutig, zähe. Es
stammt aus den Mittelmeerländern. In Berlin ist es erst seit knapp
hundert Jahren zu Hause. Sein Auftauchen verwirrte die Botani-
ker. Erst nach Jahren erkannten sie, daß sie einem »Ansalber«
aufgesessen waren, einem perfiden Florafälscher.
Linaria cymbalaria ist in Berlin von einem Einzelgänger und Spaziergänger heimisch gemacht worden. Er wandelte durch die
Stadt, drückte da und dort Samen mit etwas Lehm in Mauerritzen,
oder er ließ an Kanalufern über aussichtsreichen Rißstellen
mehrmals einen feinen Regen von Linaria-Samen rieseln – so lange, bis schüchtern rankend der Erfolg sich zeigte. Es war ein wür-
diger Mann, der diesem abseitigen Zeitvertreib anhing, ein Mo-
nument, die Tasche voller Samen.
Daß Heinrich ein so bescheidenes Blümchen wählte für seine Leidenschaft, kennzeichnet ihn ebenso wie die Geduld beim Ansäen,
das Vertrauen auf den Tag des glücklichen Keimens, Wurzelns,
Blühens. Für ihn und seine Arbeit war dieser Tag in den Neunzigerjahren gekommen. Die Leute lasen nicht nur H.S., sie kauften
auch seine Bücher. 1892, nach der Feier seines fünfzigsten Ge-

burtstags, gab er diesen Lesern Rechenschaft auf seine Art – in einer kleinen Phantasie über sonderbare Erlebnisse am Morgen des Jubiläums.

Da erschienen als Gratulanten Herr Hühnchen aus Steglitz (mit wilden Rosen und fingerlangen Karauschen, den Erstlingen eines Fischzugs im Gartenteich), der trinkfrohe Bornemann (mit einer Magnum voll Kornbrand), Onkel Nebendahl aus Groß-Pampow (mit einem Bukett von Würsten und Räucheraalen), der Major ohne Pointe (mit einem Kästchen, das sich als leer erwies), der Doktor Havelmüller (mit einem Hymnus); hinter diesen Gestalten aus »Leberecht Hühnchen« drängten sich der mecklenburgische Hexenmeister mit dem »sauren Aal«, nach dessen Genuß man die Sprache der Tiere versteht, der Todesgenießer Siebenstern, der Zauberer Picus aus »Waldfräulein Hechta« mit einem Lebenselixier. Als dann aber auch die gefährliche Schwiegermutter des Herrn Omnia sich anmeldete, floh der Jubilar.

In einem Keller geriet er an einen Stammtisch von Revenants. Dort tranken jene, denen H.S. Dank schuldete: E.T.A. Hoffmann und Fritz Reuter, Jean Paul, Chamisso und Hauff. Die Meister waren ganz freundlich mit dem Neuankömmling. Als sie aber vernahmen, er sei noch gar nicht verstorben, da jagten sie ihn wütend davon.

Heinrich konnte sich solche Spiele erlauben. Die Verlockung, die von seinen Arbeiten ausging, und die nun auch zu Buch schlug, sie rührte und rührt vermutlich daher, daß er in sich selbst ruhend ein Mann des späten Biedermeier war. Seine Schriften hatten nicht nur die schlichte Eleganz und Solidität dieses Stils, auch ihre Inhalte entsprachen jener Zeit. Damit hatten sie eine Attraktion, die die Bücher anderer Schriftsteller nicht hatten. Es gab dafür damals kein modisches Wort. Aber kein Zweifel, während der zeitgenössische Leser sich spiegelte in Heinrichs bescheidenen Helden, wurden auch seine nostalgischen Bedürfnisse zufriedengestellt. Hier hatte sich ganz ohne Absicht des Autors eine Verschwörung mit dem Leser angebahnt.

Um die Mitte des Jahrzehnts hörte Heinrich auf, ganz Berlin zu seinem Garten zu machen. Er konnte sich endlich etwas eigenes Blumen- und Gemüseland erlauben, zusammen mit einem Häuschen in der Lichterfelder Boothstraße. Er liebte diesen Garten, er bearbeitete ihn Stück für Stück selbst: »Wir werden bald in Erdbeeren schwimmen. An Mietern habe ich im Nußbaum Rotschwänzchens, über meinem Fenster Fliegenschnäppers, und in einem hochstämmigen Johannisbeerstrauch Zaungrasmückens. Alle drei Familienmütter ›sitzen‹ und sehen in kurzer Zeit erfreulichem Familienzuwachs entgegen. Die Äpfel haben gut angesetzt, die Birnen weniger, die Kirschen mächtig, dagegen behüte uns Gott vor der Cholera, denn es gibt ein Pflaumenjahr. Die Stachelbeeren werden mit unseren schwachen Kräften nicht zu bewältigen sein, denn Werner und Helmuth mit ihren kleinen kalten Mägen haben keine große Leistungskraft.«

Das liest sich wie der Rohentwurf einer von Heinrichs Erzählungen. Ohnehin, er war nun nach dem Abschluß seiner wesentlichen Märchen, Erzählungen und Gedichte im Stadium der Verarbeitung von Erfahrung und Erinnerung. Der erste Teil eines Rückblicks erschien, »Von Perlin nach Berlin« (ein zweiter, »Von Berlin nach Lichterfelde«, ist geplant worden, aber nicht geschrieben), und er war darangegangen, das Material seiner Mecklenburger Kinderzeit zu einem Abenteuerroman auszuspinnen. Diese Arbeit fiel ihm noch schwerer als alle anderen davor. »Reinhard Flemmings Abenteuer zu Wasser und zu Lande« war auf vier Teile angelegt – eine Knaben- und Jünglings-Aventüre an mecklenburgischen Seen und in kleinen Städten, mit einem geheimnisvollen Mann, der auf einer Insel wohnt, mit kriminalistischen Einsprengseln, sehr junger Liebe, und mit mancher absonderlichen, doch springlebendigen Erscheinung. Drei Teile sind fertig geworden.

Dieses dicke Buch, für Heinrichs Schreibgewohnheiten eine ungewöhnlich ausgedehnte Langstrecke, beschäftigte den Autor über Jahre – zunächst noch heitere Jahre mit allerlei Nebenarbeiten und der Zusammenstellung seiner ersten Gesamtausgabe. Das Leben in dem Ort Groß-Lichterfelde war angenehm und ruhig. Heinrich Wolfgang, der Älteste, verließ das Haus, lebte als Student und später als Kandidat, und schrieb schöne Briefe nach Hause. Der überlange Sohn Werner reifte heran, wendete sich der Architektur zu. Helmuth gab zu Hoffnungen Anlaß – und alle drei Söhne beurteilte Heinrich zufrieden als »völlig aus der Art geschlagen«. Agnes, die ihm so unentbehrlich war, führte einen sparsamen, vernünftigen Haushalt. Sie war immer ein wenig krank (»Meiner Frau geht es recht mäßig« ist ein Grundton der

Nachrichten aus dem Hause S.), aber sie kämpfte Schwächen nieder und kasteite sich. Das ging bis zum Bodenputzen auf den Knien, weil man doch nie sicher sein konnte, daß ein Mädchen das ordentlich machte. Heinrich hatte es aufgegeben, seine Frau zu ändern. Er liebte sie sehr bis an sein Ende. Der letzte Brief aus dem Lichterfelder Krankenhaus endet mit den Worten »Mein altes Mopsschäfchen«.

Freilich, Heinrich war ein Mann, der ohne ständige Tätigkeit nicht auskam. Er ließ sich darin nicht stören, paternal gutherzig, aber auch paternal ahnungslos brutal. Seine gewagte Rechnung mit dem finanziellen Erfolg war aufgegangen, was ihn sehr befriedigte, und er tat das Seine, diesen Erfolg zu sichern. 1898 schrieb er an die »Allerdurchlauchtigste großmächtige Kaiserin und Königin, Allergnädigste Kaiserin, Königin und Frau« und bat sie, seine Widmung der Gesamtausgabe des »Leberecht Hühnchen« anzunehmen: »Es würde für mich die größte Ehre sein, diese Bilder aus dem deutschen Familienleben zieren zu dürfen mit dem Namen der Allerhöchsten deutschen Frau, die in Hinsicht auf das Familienleben Ihrem Volke als ein leuchtendes Vorbild vor Augen steht.« Die Kaiserin nahm an. Man darf vermuten, daß Heinrich sich über den ihm so wenig gemäßen Duktus amüsiert hat. Vermutlich war das Schreiben von Bruder Paul S. im passenden Hofstil entworfen worden. Unmittelbar danach schrieb Heinrich an seinen Freund Trojan einen Brief, der ohne Einleitung mit einiger Leidenschaft anhebt: »Es ist noch kein Fall bekannt geworden, daß Schwanzmeisen in Mauerlöchern genistet hätten.«

Sicherheit und tätiges Lebensglück bröckelten mit der Ankunft des neuen Jahrhunderts. Gewiß, Heinrich war weiter ein Schriftsteller von Rang und Ruf. Gewiß, seit seinem sechzigsten Geburtstag trug er den Ehrendoktorhut, Mark Twain war bei ihm zu Gast, und er wurde zu mehr Reisen, Reden und Vorlesungen eingeladen, als ihm lieb war. Aber der Verkauf seiner Bücher stockte allmählich. Neue Leserschichten entwickelten neue Sehnsüchte, wandten sich neuen Autoren zu. Weder für die Aufsteiger des Wilhelminischen Zeitalters noch für seine Wahrheitsucher waren die Schriften von H.S. die beliebteste Lektüre. Heinrich schien plötzlich altmodisch. Das erwies sich später als eine vorübergehende Erscheinung, hat ihm aber bis zu seinem Ende große Sorgen gemacht. Er hatte es für ausgeschlossen gehalten, daß er in Zukunft während der Arbeit an neuen Büchern noch einmal auf Übergangszahlungen würde angewiesen sein.

Der Glanz des Erfolges hatte ihn wenig interessiert. Doch es schmerzte ihn sehr, daß die Voraussagen nicht stimmen sollten, die er seiner Frau gemacht hatte. Auf das Kapital der »13 kleinen Bücher« hatte er gesetzt. Noch fühlte er sich nicht krank, doch er wußte, daß er nicht alt werden würde. Er war so sicher gewesen, daß er die Seinen versorgt hatte. Nun erlebte er, daß mehrere Zeitschriften Schwierigkeiten machten, als er ihnen die ersten Bände von »Reinhard Flemming« zum Vorabdruck anbot. Melancholie kehrte zurück. Er arbeitete verbissen am Schreibtisch, nahm auch wieder Brotaufträge an – etwa Verse zu schlechten Bildern für Kinderbücher –, er ging seinen Gartenarbeiten nach, las, schrieb Briefe, saß in Juries für Preisausschreiben, aber seine Kräfte nahmen langsam ab.

Mit Ina, als Heinrich Wolfgang sie ihm als seine Braut brachte, hat er sich noch angefreundet. Er führte die junge Nichte durch die Stadt, wies ihr skeptisch die Wahrzeichen wilhelminischer Bauwut. Damals verließ er sein Haus eigentlich schon ungern. Die »Boten«, die ihn einst zu Wanderungen mit Trojan gerufen hatten, Schmetterlinge, schienen ihm nun andere Botschaft zu haben. Eigene Verse, zu Beginn des Jahrhunderts niedergeschrieben, kamen ihm öfters in den Sinn:

> In Gesundheit und Jugendkraft
> Hab ich nun gewirkt und geschafft,
> Doch manchmal naht schon ein Bote.
> Dann hör' ich von weit
> Wie Rauschen der Zeit
> Eine summende Orgelnote.

Adolf Kröner, der zusammen mit dem Verlag Liebeskind auch Heinrichs Werk für Cotta übernommen hatte, half seinem Autor in diesen Jahren. Heinrich freute sich an dem Echo, das die ersten Bände des »Reinhard Flemming« in der Buchausgabe hatten. Aber auch die Neuerscheinung fand zunächst nur geringen Zuspruch. Heinrich schrieb den dritten Band, füllte ihn mit allem Zauber der Jugend, der ihm zu Gebote stand. Die Schlußredaktion jedoch überließ er seinem Sohn Heinrich Wolfgang. Er wandte sich Naturbetrachtungen zu – seine letzte Arbeit ist ein Hymnus an die

Sonne – und machte Pläne: etwa den, daß er in Zukunft nur noch plattdeutsche Bücher schreiben wollte. Die Zukunft schien manchmal noch weitläufig.

Im Juni 1906 mußte er sich zu Bett legen. Zwar besserte sich sein Zustand noch einmal, und seine Interessen galten nun allein naturwissenschaftlichen Fragen. »Schon früher hatte ich zuweilen das Gefühl gehabt«, erinnerte sich später Heinrich Wolfgang, »er sei eigentlich ein einsamer Waldbaum, der nur vorübergehend die Gestalt eines Menschen angenommen hatte. Jetzt sprach er von der Natur wie von einer geheimnisvollen Macht, die ihn widerwillig aus ihrem Bann entlassen habe und ihn zurückfordere in ihr dunkles Reich.«

Anfang November versuchten die Ärzte im Lichterfelder Krankenhaus, den Magenkrebs zu operieren. Sie hatten keinen Erfolg. Heinrich starb wenige Tage später, während Agnes an seinem Bett saß. Dem Arzt hatte er am Abend zuvor erzählt, ihm habe im Traum jemand erzählt, der lange Weg in die Ewigkeit sei gar nicht so schlimm, denn jeder Sterbende bekomme ein Päckchen Tabak mit auf die Reise.

Heinrichs Enkel Georg besuchte einundsiebzig Jahre später Heinrichs Grab – in den Stunden, als die Urne von Heinrichs jüngstem Sohn Helmuth auf dem Lichterfelder Friedhof beigesetzt wurde. Der Friedhof war gut aufgeräumt, aber an einer Mauer zwischen Heinrichs Grab und dem seines Sohns fand Georg Büsche der Linaria cymbalaria.

Heinrich hatte über das Pflänzchen geschrieben: »Der, der seinen Samen streute, möchte gern eine kleine grüne Spur hinterlassen auf dieser Erde. Zwar hat er auch allerlei Lieder und Geschichten ans Licht gestellt, allein diese entstanden aus der Zeit für die Zeit, und werden schwinden mit der Zeit. Sie werden einst vergessen sein, und nur noch auf den höchsten Borden zurückgebliebener Leihbibliotheken in weit abgelegenen Landstädten werden einige Bände noch stehen, aber niemand mehr wird nach ihnen fragen. Dann aber wird vielleicht noch ein kleines zierliches Pflänzchen, das aus dürren Mauerritzen lieblich hervorgrünt, lebendige Kunde geben davon, daß der Verfasser jener vergessenen Geschichten einst über diese Erde gegangen ist, wie wir alle gehen, und wie es in Conrad Ferdinand Meyers schönem Gedichte heißt: ›Als ein Pilgrim und ein Wandersmann‹.«

Zweiter Teil

MATRIARCHAT

1907–1977

Fingerübung als Vorspruch
1902

> *Die alten guten Märchen bleiben ewig neu.*
> *Heinrich S.*

Das Kind war winzig, und acht Jahre alt. Es zog Linien, oft schiefe
Linien, auf Papierstücken im Format für Damen-Notizbücher.
Dann nahm es den Federhalter, tunkte heftig ein und schrieb.

Die Fee der Prinz und der Teufel
Märchen von Annemarie Seidel

Es war einmal eine Fee die hieß Guru. Diese kannte einen Prinzen
der sie sehr gern und forderte sie auf seine Frau zu werden. Die Fee
sagte: ja aber ihr Vater stellte die Bedingung das wenn er sie heira-
te, müßte sie sich verstecken und der Prinz müßte sie suchen fände
er sie aber nicht so müßte er machen daß er aus dem Lande käm.
Drei Tage erlaubte man ihm zu suchen. Der Saal in dem sich die
Fee versteckte waren sehr viele ecken und Winkel und es war ein
sehr großer Saal in dem man mindestens ein Jahr brauchte es genau durchzusuchen. Die Fee sagte heimlich zu dem Prinzen: suche
erst hinter einigen Stühlen und dann sieh hinter dem Sofa nach.
Der Prinz tat was ihm geheißen war und beide tauschten ihre Ringe. Nun gingen sie in das Schloß der Fee. Das Schloß der Fee war
das schönste Schloß auf der Welt. Erst kam man durch einen sehr
schönen Garten um den sich ein goldener Zaun wand. In dem Garten waren die seltesten Blumen die es hier garnicht giebt. Da waren große schöne Bäume die sich unter der Last Goldener Blätter
und Früchte beugten. Die Wege waren mit Goldsand bestreut.
Noch schöner und prächtiger war aber das Schloß. Es war aus ech-

tem Gold. In dem Schloß war es auch sehr schön. Alles was bei uns aus Holz ist war im Schloß aus Silber. Köstliche Gerichte wurden da aufgetragen die der Prinz in seinem Leben noch nich gegessen hatte. So lebten sie sehr vergnükt. Der alte Vater der Fee starb und hinterließ ihnen große Reichtümer. Sie lebten sehr verschwende- risch und bald war statt des Reichen Prinzen ein armer Holzhak- ker.

Einmal ging er Traurig in den Wald hieb einen Baum um setzte sich ermüdet auf den Stumpf und rief aus: ach wenn doch nur je- mand käme und mir Geld gäbe das ich mich und meine Frau ernä- ren kann. Kaum hatte er das so erschien der Teufel und sprach: Ich will dir Geld geben soviel du willst aber du mußt mir versprechen zum Lohn mir deine Frau in 3 Jahren zu überlassen. Der Prinz dachte der Teufel machte Spaß und sagte: ja. Da fuhr der Teufel befriedigt in die Hölle.

Unterwegs gereute den Prinzen der Handel. Als er zu Hause ange- kommen war erzählte er ihr das unglück. Die Frau sagte er solle nicht weinen sie würde den Bösewicht prellen. Den nächsten Tag waren alle Kisten und Kasten voll von dem Gelde des Teufels.

Die drei Jahre waren schnell verflossen. Die Frau behing sich mit lauter Kreuzen und erwartete den so. Bald fuhr der Teufel aus der Hölle. Aber als der Teufel das sah erschrak er so das er von selbst in die Erde fuhr. Der Prinz und die Fee aber lebten glücklich bis an ihr seliges Ende.

Figuren mit Landschaft
1907

Die Ehe oder der Ehestand ist eine rechtmäßige und
unauflösliche Verbindung eines Mannes und eines Weibes,
von GOTT eingesetzt, damit seine Ehre befördert, das
menschliche Geschlecht erhalten, fortgepflanzt und dessen
Wohlsein befördert werde.

Gottfried Büchners Biblische Real- und Verbal-Hand-
konkordanz, 1901

In den Buchhandlungen lag Rilkes »Cornet«, der Absatz war mäßig. Hauptmann hingegen konnte zufrieden sein mit seinen ersten
Tantiemenabrechnungen für »Und Pippa tanzt«. Fünfzehn Eier
kosteten sechzig Pfennige, ein Pfund Butter oder ein Pfund Kaffee
das Doppelte, ein Klosett-Fauteuil war für achtundzwanzig Mark
zu haben, und für ein komplettes Doppelschlafzimmer (Zirbelkie-
fer natur, eingeschlossen große Frisiertoilette, zwei Waschkom-
moden mit Marmorplatten, drei Schränke) hatte Emmy S. knapp
fünfzehnhundert Mark ausgeben müssen. Für das seidene Braut-
kleid mit sämtlichen Zutaten nahm die Schneiderin fünfundzwanzig Mark.
Heinrich Wolfgangs Bruder Werner maß mehr als zwei Meter. Er
hatte einen Freund von gleicher Länge. Zwischen diesen beiden
Riesen als Trauzeugen gingen Heinrich Wolfgang und Ina an einem heißen Juni-Vormittag zum Rathaus von Groß-Lichterfelde,
die standesamtliche Trauung zu siegeln. Als sie unterschrieben,
öffnete sich mit diskretem Knall Heinrich Wolfgangs Chapeau
claque, und die auf ihm abgelegten Handschuhe wedelten Beifall.
Kleine Heiterkeiten schienen zulässig, große nicht: noch keine
acht Monate waren vergangen, seit Pfarrer Stolte – er gab nun das
junge Paar zusammen – über Heinrichs Grab den Segen gespro-

chen hatte. Auch Agnes war dafür gewesen, daß ihr Ältester ein Trauerjahr nicht abwartete: Heinrich Wolfgangs Obere hatten sich endlich entschlossen, den Pfarrer S. zu bestallen mit festem Gehalt. Mitte Juli sollte er antreten als zweiter Anstaltsgeistlicher im Lazarus-Krankenhaus. Dieser Termin nahm nicht nur den Bräutigam in die Pflicht und seine Mutter dazu – auch Emmy und ihre Mutter Antonie mußten sich ihm beugen, widerwillig, doch mit anerzogener Anmut: Agnes war nicht kräftig genug, jetzt schon eine Reise nach München zu unternehmen. Also fand die Hochzeit, Emmy hätte sie so gern ganz ausgerichtet, im Haus des Bräutigams statt, und Emmy hatte wenigstens einen Teil der Arbeit.

Es war eine reine Familienangelegenheit, und zudem die Angelegenheit einer einzigen Familie. Vierzehn Personen saßen mit dem jungen Paar zur Tafel, und dreizehn von ihnen hießen Seidel. Die vierzehnte war eine fette majestätische Erscheinung, attraktiv verpackt in Samt und Spitzen, die Großmutter der Braut: Antonie, geborene Beck, früh verwitwete Loesevitz aus Riga, nun schon seit Jahren Witwe von Georg Ebers, Instanz und Herrscherin eines eigenen Stammes, jedoch über ihre Tochter Emmy nachdrücklich beteiligt auch an den Seidels. Gelassen thronte sie an einem Ende der Tafel und besah sich die Familie, mit der sie nun sozusagen noch mehr verwandt sein würde: zur Enkelin Ina den Schwiegerenkel Heinrich Wolfgang.

Nun ja. Akzeptabel, wenn auch nicht eben großartig. Rührend und gewiß liebenswert, was da auf kleinem Raum versammelt war in diesem Haus des verstorbenen Heinrich. Antonie war etwas mehr Bewegungsraum gewöhnt, auch jetzt noch, in ihrer Münchener Etage und ohne das Haus in Tutzing. Es hatte sie überrascht, wie bescheiden die Umgebung sich ausnahm, in der der doch berühmte Heinrich S. gelebt hatte. Die Hinterbliebenen waren nun in sehr bedrängten Umständen, selbst dieses Häuschen würde sich wohl nicht halten lassen. Es war gut, daß Paul S. der Witwe zur Seite stand. Paul war immer so tüchtig und sorglich gewesen, schon beim Tod des armen Hermann.

Mit Paul war Antonie überhaupt einverstanden. Er sah sehr würdig aus, sehr passend, in seiner Art ein Patriarch, wie er da ihr gegenüber am anderen Tafelende präsidierte. Er war ein Stück Hauptstadt, in der Tat, gelehrt und hoch beamtet – so ließ Antonie sich die Metropole gefallen, bei aller Skepsis gegen diese preußische Zentrale. Sehr preußisch übrigens sahen Pauls Kinder aus, alle fünf. Ihre Verwandtschaft mit Heinrich Wolfgangs Brüdern war besser sichtbar als die mit Emmys Kindern, Antonies näheren Nachkommen also – Willy, dieses Gefäß von Charme, Übermut, Selbstsicherheit, und die kleine Annemarie, dieses blonde, geheimnisvolle Tatarenkind.

Antonie ermahnte sich: in der Familie Beck waren Tataren gar nicht nachzuweisen – aber wer weiß? Sie stellte lieber fest, wie unterschiedlich doch die drei Zweige waren der Nachkommen vom Schweriner Pastor Heinrich Alexander. Und das lag an den Müttern. Trotz Paul – diese Tafel war bestimmt durch ihre matriarchalischen Zentren. Heinrichs Witwe Agnes: was für eine alte Frau, dabei wenig älter als fünfzig; gezeichnet von ihren ewigen Krankheiten, sehr wortkarg hier in diesem großen Kreis. Aber man sah so gut, wie bestimmend die Mutter war für diese Söhne, wie sehr es darauf ankam in diesem Haus, Mutter zu erfreuen. Antonie gab sich zu, daß hier nahezu Neidgefühle am Platz sein könnten. Sodann Pauls Frau, Elsbeth aus Wolffenbüttel: eine sehr tüchtige Person, eine so geübte Familienmutter, mit gesundem und recht gesprächigem Menschenverstand: ein Hauch von vitaler Provinz, stellte Antonie fest, und fügte hastig hinzu: sehr hübsch gemischt mit metropolisch gesellschaftlicher Übung. Schließlich Emmy, Antonies Tochter. Die Witwenschaft hatte ihr nicht geschadet, Emmy war Emmy geblieben, Filigran und scheinbar schutzbedürftig, und doch stolz, als herrschte immer noch Hermann in seinem kleinen Königreich.

Emmy schien ganz in dieser Hochzeit aufzugehen, aber was dachte sie davon? Antonie wußte, was sie selber dachte: nun ja, dachte sie. Gut und schön, dachte sie. Dieser Heinrich Wolfgang, ein Pfarrer. Schwer zu durchschauen. Ein Kirchenfürst steckt nicht in ihm – möglicherweise anderes? Er hatte laut Ina Talent zum Schreiben. Antonie hatte viele junge Männer gesehen, die Talent hatten zum Schreiben. Aber die kleine Ina wußte es vielleicht besser. Dies war ihre Hochzeit, dies hatte sie bewirkt, daran zweifelte Antonie nicht. Antonie wünschte dem jungen Pastor mit dem großen Schnurrbart das Allerbeste: die kleine Ina, das wußte die Großmutter wohl besser als die Mutter, war nicht nur ein liebes und schönes Kind, ein Trostkind; sie war nicht einfach und in aller Stille sehr, sehr eigenwillig. Noch eine Matriarchin?

Antonie ermahnte sich aufs neue. So kompliziert war das alles nicht. Die beiden liebten einander. Nach ihrer Hochzeit würde für jeden an diesem Tisch das Leben weitergehen wie bisher, alles gute, ordentliche, aussichtsreiche Leben. Das neue Ehepaar würde im Abseits verschwinden: Berliner Norden, Bernauer Straße, ein Krankenhaus, Diakonissen – nun ja. Pflichten. Für einen Pastor gewiß kein schlechter Anfang. Antonie hob ihr Glas, lächelte und trank dem Brautpaar zu.

Heinrich Wolfgang und Ina sahen ihre Zukunft wenig anders, obwohl sie einiges mehr an Traum hegten über den Traumzustand dieses Tages hinaus. Doch das Absehbare war eingegrenzt und bescheiden: Abschied von den Müttern, eine kurze Hochzeitsreise – nach Graal an der Ostsee –, und danach das Eigentliche, die Wohnung am Saum des Krankenhauses. Heinrich Wolfgangs neue Aufgaben, die er nicht allzusehr fürchtete, und Inas neue Aufgaben, die ihr einige düstere Gedanken machten. Ina hatte vernommen, von einer Pfarrfrau werde einiges verlangt, was anderen Ehefrauen nicht obliege. Ina hielt sich vorerst an die Antwort, mit der Heinrich Wolfgang solche Erwägungen beschied: eine Pfarrfrau sei für ihren Mann da wie jede andere Frau auch.

Ina glaubte nicht, daß es damit ganz getan sein würde. Jedoch, anderes machte ihr mehr Kummer: Haushalt, Wäscheschrank, Kochen, Einkaufen, ein Hausmädchen anweisen – dies zu bewältigen schien ihr nicht einfach, trotz praktischer Vorbildung. Sie hatte sehr gute Vorsätze – darunter auch den, daß sie ihre Schreibereien (zu denen Heinrich Wolfgang leider nie viel sagte) fortan als die Privatsache betreiben wollte, die sie offenbar waren und bleiben würden.

Heinrich Wolfgang aber sah geschehen, was ihm stets als sehr wünschenswert und notwendig vorgeschwebt hatte: nun hatte er »ein Mädchen zur Hausfrau gemacht« – und er beschied sich mit einem Zuwachs an Verantwortung, der ihn endgültig in einem Beruf halten würde, an dem ihm manchmal Zweifel gekommen waren. Ina wußte von diesen Zweifeln nichts. Seine Liebe zu ihr übertraf bei weitem die Gefühle, die er als junger Mann für Mädchen gehegt hatte. Ihre Jugend, ihre Beweglichkeit, ihr Vertrauen zu ihm gaben seiner großen Neigung Umriß und Festigkeit. Er war nun, zumal nach seines Vaters Tod, ein Oberhaupt. Doch schien ihm dies nicht das Entscheidende. Er war nun nicht mehr allein, Ina war eingetreten in die ihm gemäße Abgeschlossenheit, teilte sie, ging in ihr auf. Er war nun mit der Welt verbunden durch eine Familie, die wachsen würde.

Die Weite einsamer Ostseestrände verschluckte das Paar nicht. Sie war ihm nicht mehr als ein Hintergrund auf Zeit. Einer war dem anderen Erlebnis und Landschaft genug. Als die vierzehn Sommer- und Sand-Tage zu Ende gingen, kam ein Brief von Heinrich Wolfgangs Bruder Werner. Der Baumeister im Lehrstand hatte den Grundriß aufgezeichnet der Wohnung an der Bernauer Straße: zwei Schlafzimmer, ein Studierzimmer, ein Speisezimmer, ein Zimmer für das Mädchen, eine winzige Toilette, kein Bad. Ein weiteres Zimmer hatte Werner ahnungsvoll mit dem Wort »Frau« beschriftet. Emmy, die damals die Wohnung einrichtete, hat auf ihrer Kopie stattdessen das Wort »Wohnzimmer« eingetragen. Jedoch, es hat schon in dieser ersten Behausung von Heinrich Wolfgang und Ina ein Wohnzimmer nicht gegeben. In den markierten Raum zogen Ina ein und Inas Schreibtisch.

Werner schrieb unter anderem: »Beleuchtung der Wohnung durch köstliches Petroleum, nur auf dem Flur eine Gaslampe«. Auch fand sich die Anmerkung: »Ein Schlüssel zum Friedhof gehört zur Wohnung.« Der Sophien-Kirchhof lag dem Hause gegenüber.

Mitte Juli kehrte das Paar nach Berlin zurück. Es fand Blumenduft vor und Geruch von frischem Firnis – in einer Wohnung, die Emmy bis in die Schubladen und in die Speisekammer hinein ausgestattet hatte. Weder Heinrich noch Ina hatten, abgesehen von der Betonung der Schreibgelegenheit, irgendwelche Wünsche geäußert. Ausreichend Büchergestelle, das verstand sich ohnehin von selbst. Der Friedhof und der Krankenhausgarten strotzten von Blüten. Es war nicht zu erkennen, wieviel Grau im Grundton dieser Gegend war.

Emmy hatte sich vom Einrichten zusammen mit Annemarie bei Paul in Potsdam ausgeruht. Sie kam am Tag der Rückkehr zu einem Abschiedsbesuch. Abends ließ sie sich von ihren Kindern in einer Droschke zum Münchener Nachtzug auf dem Anhalter Bahnhof bringen. Den Rückweg zu ihrer Wohnung machten Heinrich Wolfgang und Ina zu Fuß. Ina fing an zu weinen und weinte heftig mehrere Straßen lang. Heinrich Wolfgang hielt ihren Arm, und war weise genug, zu schweigen.

Aus einem anderen Notizbuch
1900-1907

> *»So'n Kerl! Der raucht in der Pulverkammer!«*
> *Heinrich Wolfgang S.*

Zum Dasein eines Autors gehören seine nicht ausgeführten Absichten. Heinrich Wolfgang hat als jüngerer Mann, ähnlich wie sein Vater, Einfälle notiert. Heinrich übernahm einige Notizen in seine Arbeit, Heinrich Wolfgang fast keine. Aber wer seinen Spuren nachgehen will in einer Zeit, bevor er sich bindend äußerte, für den sind diese Aufzeichnungen nicht ohne Interesse – mögen sie nun nach dem Vorbild des Vaters notiert sein, nach eigenem Gusto, oder nach angelsächsischen Exempeln.

Das Kind, das an der Hand zweier Eltern durch ein Kaufhaus geschleift wird, als wollte es sagen: »Ich bin so glücklich, ich wollte, ich wäre tot!«

Ein großer Gelehrter stirbt. Sein Sohn findet ein fast abgeschlossenes Manuskript im Nachlaß, das er als eigene Leistung herausgibt. Er bekommt die Professur. Bewirbt sich um die Tochter einer eitlen Mutter. Ermordet einen Mitwisser seines Betrugs.

Die Dirne am Fenster eines verdächtigen Hauses, die mit dem unschuldigen Kind Ball spielt. Verrät sich dadurch.

Gott hat es abgewendet mit seiner goldenen Hand.

Er rechnete darauf, einmal einen Selbstmörder vom Strick abzuschneiden und dafür einen Taler zu bekommen. Und dies war die sicherste Einnahme, die er zu erwarten hatte.

Jemand muß sein Haus aufgeben. Auch abwesend sieht er es so, wie es war, eingerichtet nach seinem Geschmack, der Garten und alle Zimmer erfüllt mit seinen Erlebnissen. Seine Verhältnisse bessern sich, er beschließt, das Haus zurückzuerwerben und den alten Zustand wiederherzustellen. Aber der Besitzer will nicht. Er lernt die Tochter kennen. »Und wenn wir nun unsere Erlebnisse zusammenlegten?« Gutes Ende.

Der Einsiedler, der keine Wunder tun konnte.

Herr von O., schon etwas schwachsinnig, läßt seinen Inspektor vom benachbarten Gut kommen, hält ihm einen Zettel hin und fragt ihn: Wann habe ich das geschrieben? Auf dem Zettel steht: Heute ist Donnerstag! Der Inspektor antwortet: Das haben Herr Graf wohl vorige Woche geschrieben, denn heute ist Dienstag! Ob noch etwas sei? Nein, danke sehr, danke sehr, weiter wüßte ich nichts. Der Mann prescht unter entsprechenden Gefühlen die vier Kilometer wieder zurück, um seine (eilige) Arbeit wieder aufzunehmen.

»Er kann sich nicht betrügen lassen – er ist kein vornehmer Mensch.«

Man muß den Mut zur Schwerverständlichkeit haben.

Lazarusjahre
1907-1913

Das denk aus,
Dem häng nach:
Schmerz –
Schmerz hält wach.

Ina S.

Zwei Männer namens Lazarus finden sich im Text der Evangelisten. Der Erlöser spricht im Gleichnis vom elenden Kranken, dem Hunde die Schwären lecken. Doch Lazarus wird gehoben in Abrahams Schoß, und Abraham sagt dem reichen Mann, der in der Hölle leidet: »Gedenke, mein Sohn, daß du Gutes empfangen hast im Leben, und Lazarus dagegen hat Böses empfangen; nun aber wird er getröstet und du wirst gepeinigt.« (Lukas 16) – Lazarus von Bethanien aber ist gestorben und liegt schon vier Tage im Grab. Martha zu Jesus: »Herr, er stinket schon.« Jesus aber spricht: »Lazare, kommt heraus«, und Lazarus kommt heraus und sitzt mit dem Erlöser zu Tisch. (Johannes 11, 12)

Welcher Lazarus Taufpate wurde für das Kranken- und Diakonissenhaus im Berliner Norden, das ist Sache der Auslegung. Ein Pfarrer gründete das Hospital 1865, um das große Elend in seinem Industriesprengel zu lindern. Er verbündete sich mit Fliedners Diakonissen-Organisation, und es wuchs eines jener Sozialwerke heran, die weniger »der Kirche« zu danken sind als einem ihrer hartnäckigen Diener. 1907 waren Klinik und Mutterhaus ein stattliches Unternehmen, überwacht von einem Kuratorium, geführt von einem Vorstand. Seit der Jahrhundertwende stand dem geistlichen Hausvater ein zweiter Pfarrer zur Seite. Vom Juli 1907 an hieß dieser Helfer Heinrich Wolfgang S.

Er hatte es nicht leicht, weder mit dem eingesessenen, noch mit dem fluktuierenden Gemeindeteil. Diakonissen fühlen sich in Dingen der Heilsbotschaft nicht unerfahren. Jüngere Pfarrer schätzen sie gemeinhin nicht anders ein als jüngere Ärzte: Autorität hat nur der Chef. Die Kranken aus dem Stadtteil aber wünschen zumeist nur Betreuung des Leibes, und im übrigen ihre Ruhe. Heinrich Wolfgang gewann das Vertrauen der Schwestern mit einer sehr bestimmten Auslegung des Worts, das der Kranken mit seiner Abneigung gegen pastorales Geschwätz. Er war von Natur ein Zuhörer. Der Dienst kostete ihn mehr Mühe, als er zugab – eingespannt in die straffe Diakonissen-Hierarchie, und als Nummer zwei stets betraut mit allen besonders unangenehmen Aufgaben. Er ließ es sich nach Kräften nicht merken, wie sehr die Aufgabe ihn strapazierte, wie wenig ihre Erfüllung ihn zumeist befriedigte.

Ina kam hier nicht in die Pfarrfrau-Schule, die sie erwartet hatte. Viele der üblichen Aufgaben (Betreuung der Frauen etwa, Kindergärten, auch Krankenbesuche) gehörten in dieser durchorganisierten Gemeinschaft zur Diakonissenarbeit. Nur im Nähverein erwartete man ihre Teilnahme, beim Damen-Ehrendienst, Krankenhauswäsche auszubessern. Zudem, sie wirkte aufs neue wie ein Kind unter Erwachsenen, wenn auch die Anwesenheit von »Frau Pastorchen« gebieterisch verlangt wurde bei den Abwechslungen im kargen Arbeitsleben der Diakonissen: Geburtstagsfeiern etwa mit Kaffee- und Kuchentafel.

Inas eigentliches Leben spielte sich zum mindesten im ersten Lazarus-Jahr dort ab, wo sich die Wohnung des zweiten Pfarrers befand: durchaus am Saum des Krankenhauses. Schließlich, hier war eine Liebesgeschichte nachzuholen, die zwar schon vor zwei Jahren begonnen hatte, aber dann gut achtzehn Monate lang sich nur in Briefen fortsetzen konnte. Inas erste Zuneigung zu Heinrich Wolfgang hatte gewiß damit zu tun, daß er mit ihr verwandt war: sie suchte ein Inbild des verlorenen Vaters. Bei der Wiederbegegnung 1905 hatte sie einen jungen Mann vorgefunden, der diesem Vater gar nicht glich, und hatte ihm trotzdem angehangen, so wie er ihr anhing. Die Verwandlung ihres Gefühls war damals noch nicht beendet und war es wohl auch bei der Hochzeit noch nicht.

Nicht das Ausmaß ihrer Liebe und Zuneigung änderte sich, wohl aber das Bild, das sich Ina von ihrem Mann machte. Endgültig Abschied nahm sie von einem verjüngten Inbild des Vaters und erkannte, daß sie mit fast gewaltsamer Liebe und Zärtlichkeit sich einen Mann ausgesucht hatte, der stärker war als sie geahnt hatte und auch schwächer. Dies war der Gefährte, den sie gesucht hatte und ersehnt. Dies war auch der Zauberer, der Poet, der Abenteurer des Geistes, dem sie sich anvertrauen wollte. Es bekümmerte sie aber und tat ihr weh bei allem Respekt, daß Heinrich Wolfgang sich immer noch so sehr dem Schatten seines Vaters unterordnete. Ina wollte, daß er ganz er selbst sei und nur er selbst, und jahrelang bedrängte sie ihn deswegen.

»Was du machst, will ich wissen, will ich wissen!« heißt es in einem ihrer Briefe. »Ist etwas zu Ende gekommen? *Ist* etwas? Der Muezzin oder der Engelmann oder der Tolidan?

Lieber Herzensjunge, du mußt und mußt schreiben, wenn Du nur Zeit hast und nicht zu müde bist. Du hast keine Ahnung, was mir Deine Kunst bedeutet. Wenn es mir einfällt, was Du kannst – zaubern und einem die Welt wieder heimisch machen, wie sie war, als man klein war, dann bin ich unendlich glücklich.«

Heinrich Wolfgang schrieb keine Gedichte mehr. Auf die erste Seite in einem seiner alten Sammelhefte hatte er geschnörkelt: »Solche Verse machte ich damals!« Er begann mit Erzählversuchen, angesiedelt in seiner Jugend des neunzehnten Jahrhunderts, mit phantastischen und skurrilen Geschichten. Er spannte die Sprache an und kam mit der Zeit zu einigen Bravourstücken, niedergeschrieben von einem distanzierten Beobachter. Einiges davon hat er später veröffentlicht. Doch während der ersten fünf Jahre mit Ina publizierte er nur Texte, die mit Heinrich S. zu tun hatten und der Erinnerung an ihn. Er hatte wenig Zeit für die Arbeit am Schreibtisch.

Auch dies bekümmerte seine junge Frau, zumal sie trotz der Seligkeit des ersten Ehejahrs und trotz Heinrich Wolfgangs Schweigen darüber langsam erkannte, wie wenig glücklich ihn viele Seiten seines erwählten Berufs machten. Hier wurde der Keim zu einer Sorge gelegt, die Ina ein Vierteljahrhundert lang begleitete: es war ihr klar, daß Heinrich Wolfgang und sie von eben diesem Beruf zu leben hatten. Es gab keine Möglichkeit, das gemeinsame Dasein auf einen anderen Boden zu gründen.

Ina und Heinrich Wolfgang lebten während des ersten Ehejahrs gern in jenem Abseits, das Antonie vorausgeahnt hatte. Bedürfnis

nach anderen Menschen empfanden sie nicht. Ina wanderte oft allein in der Riesenstadt umher, entdeckte in den Arbeitervierteln
der Umgebung eine Welt, die ihr neu war und die sie gelegentlich
erschreckte, und war im übrigen sehr glücklich. Sie wurde
schwanger. Am 22. Mai kam eine Tochter zur Welt, die Heilwig
heißen sollte. Es war eine leichte Geburt.

Aber am Abend bekam die Wöchnerin Fieber. Am nächsten Tag
stieg die Temperatur weiter. Frau Pastorchen war in den besten
Händen, niemand schien besorgt. Das Fieber sank nicht. Am rech-
ten Hüftgelenk bildete sich ein Entzündungsherd. Nun gut, der
Chirurg operierte. Die Entzündung kam nicht zum Stehen. Der
Chirurg operierte nochmals. Es gelang, eine Lungenentzündung
zu vermeiden, aber nicht jene Thrombose im linken Bein, die am
Knie eine Entzündung zurückließ. Auch entstand durch Aufliegen
eine Rückenwunde – im September bekam Ina Wundrose, und die
Ärzte gaben sie auf. Emmy war aus München gekommen und
pflegte ihre Tochter zusammen mit den Diakonissen. Heinrich
Wolfgang taufte das Kind am Bett seiner fiebernden Frau. Er war
allein, und er war hilflos: »Ich kann nicht aufschreiben, wie lieb
ich immer Ina habe, die mir durch ihren Aufenthalt im Krankenhaus allmählich so fern ist. Wie wird es sein, wenn ich mit ihr und
Heilwig endlich wieder allein bin.«

Ende September klang das Fieber ab. Die Wunden heilten. Aber
die Patientin mußte weiter aufgesetzt werden und hingelegt. Als
sie endlich aufstehen durfte, stürzte sie sogleich. Ihre rechte Hüfte
war steif für alle Zeit, das Bein verkürzt. Ina war dreiundzwanzig
Jahre alt und verkrüppelt, zunächst fast unbeweglich. An Krücken
bewegte sie sich mit Mühe durch ihre kleine Wohnung. Sie saß am
Fenster und sah den Gesunden auf der Straße zu. In den Nächten
hielten Schmerzen sie wach, sie hörte Rangierlärm und Lokomo-
tivenpfiff herüberschallen vom Stettiner Bahnhof. Morgens
blickte sie auf den Friedhofsgarten jenseits der Straße, den sie
ohne Hilfe nicht erreichen konnte. Zum ersten Mal sah sie mit
Bewußtsein das Grau und das schwärzliche Rot der schmutzigen
Stadtgebirge rings um sie her.

Ina hat sich stets geweigert, ihre Krankheitsgeschichte im einzelnen zu erforschen. In ihren Erinnerungen steht der Satz: »Zweifellos waren alle aseptischen Maßregeln eingehalten worden.«
Einmal aber erzählte sie ihren Kindern von einem Gespräch mit

der Operationsschwester. Die Wöchnerin: »Schwester, Sie haben ja Blut an der Schürze.« – Die Schwester: »Lieber Gott – das darf der Herr Professor nicht sehen.« Ina bereute sogleich, daß sie davon gesprochen hatte, wollte keine Diskussion: Schatten des Vaters.

Die Ärzte machten der jungen Frau kleine Hoffnungen: gewiß, ein wenig besser bewegen können würde sie sich wohl mit der Zeit. Daß es keine Hoffnung gab für eine versteifte Hüfte, verschwiegen sie ihr. Ina erzwang sich selbst am Ende die Erkenntnis. Gegen den Willen ihrer Betreuer ließ sie sich röntgen. Das war schon am Ende eines Kampfes, den sie so gut wie allein führte, gestützt nur von Heinrich Wolfgangs Liebe. Sie war nicht gewillt, ihrem kleinen Kind und sich selbst vorzuenthalten, was kleine Kinder und ihre Mütter brauchen: ein Leben, das so normal sein sollte wie nur möglich. Mehr als ein Jahr schmerzhafter Übung brauchte sie, um völliger Unbeweglichkeit zu entgehen. Weitere drei Jahre waren nötig, bis sie sich ohne Gefahr allein bewegen konnte, schwer auf einen Stock gestützt. Frei von Schmerzen war sie dabei keinen Tag, und was sie unternahm, war bisweilen tollkühn. Sie reiste nicht nur in die Übungsstätten für Behinderte, sie erzwang schon 1910 wie selbstverständlich eine Reise mit ihrer kleinen Tochter in die Stadt ihrer Jugend, zu den Geschwistern, zu alten Freunden.

Systematisch erforschte sie, was es heißt, invalide zu sein. Sie beschaffte sich orthopädisches Schuhwerk und ging damit jeweils so lange, bis sie nicht mehr stehen konnte. Sie schickte Heinrich Wolfgang auf Erholungsreisen und regierte vom Lehnstuhl aus ihren Haushalt. Es kam ein Tag, an dem sie aus der Wohnung entwich und allein Einkäufe machte bei Wertheim am Potsdamer Platz. Den meisten Diakonissen, die bei Frau Pastor ein- und ausgingen, war dieser zähe und permanente Kampf unheimlich. Wohl sahen sie mit dem Blick der Erfahrung fast unglaubwürdige Resultate – aber sie vermißten christliche Ergebung in das Geschick.

Heinrich Wolfgang beugte sich in jenen Jahren Inas Willen auch dann, wenn er ihre Mühe für aussichtslos hielt. Er sah schließlich, daß er unrecht hatte. 1911 schrieb Ina ihm aus einer ihrer orthopädischen Übungsstätten: »Ich habe eine leise Angst vor dem, was die Leute Glück nennen. Ich fühle immer mehr, wie gesund es ist, unter einem gewissen äußeren Zwang zur Einschränkung zu stehen. Ich glaube beinahe, daß alle Entwicklung durch Widerstand bestimmt wird. Ich kann zum Beispiel gar nicht sagen, was mir meine Krankheit gegeben hat, und daß ich mir mein Leben ohne diesen scheinbaren Stillstand nicht denken kann, ja, nicht einmal wünschen. *Du* wirst mir das glauben, was andere vielleicht für Pose ansehen würden.«

Ja, er glaubte es. Er wußte nun, daß seine Geliebte, ihm zärtlich ergeben wie nur je, viele Züge einer Löwin hatte. Er war es zufrieden, und war glücklich über ihre Verwandlung und ihre Kraft. Es war dies die Zeit, in der nach düsteren Jahren permanenter Pflichterfüllung für beide ein wenig Befreiung sich anbahnte. Heinrich Wolfgang beendete die Bemühungen um das Andenken seines Vaters. »Erinnerungen an Heinrich Seidel« erschien 1912. Ein Jahr später legte der Siebenunddreißigjährige den ersten eigenen Band vor – »Der Vogel Tolidan«, neun Erzählungen, gelassen umgesetzte Abenteuer der Phantasie, weder an Heinrich S. erinnernd, noch an den geistlichen Beruf des Autors.

Ina hatte in den Jahren ihrer großen Schmerzen und ihrer stillen Rebellion notgedrungen mehr Zeit gehabt, als sie wünschte – und nur ein Arkanum: die Beschäftigung, die sie weiter als Privatsache betrachtete. Sie hatte ein paar Erzählungen geschrieben, vielerlei Einfälle notiert, sich aber in der Hauptsache mit lyrischen Versuchen beschäftigt. Nun lagen viele Gedichte vor, über die sie ein Urteil wünschte. Heinrich Wolfgang hielt sich da sehr zurück. Gern hätte sich Ina an Agnes Miegel gewandt, doch diese nahe Freundin späterer Jahre schien ihr damals noch ein unerreichbares Gestirn. Auch Fürsten wie Hesse oder Mann wollte sie nicht behelligen. Weniger Hemmungen hatte sie bei Lulu von Strauß und Torney und bei Börries von Münchhausen, den Autoritäten eines jungen Autorenkreises rund um den Göttinger Almanach. Lulu von Strauß äußerte sich gemessen zustimmend, Münchhausen aber im Herbst 1913 enthusiastisch, allzu enthusiastisch fast für die skeptische Autorin: »Ina Seidel, Sie sind eine große Dichterin!« Er empfahl Inas Gedichte an seinen Verlag, das kleine Berliner Haus Fleischel & Co.

Als das geschah, gingen die Lazarusjahre ihrem Ende zu. Es waren ohnehin zwei oder drei mehr geworden, als es ohne Inas Erkrankung wohl gewesen wären. Heinrich Wolfgang hatte sich entschlossen, den Dienst aufzusagen in dem hierarchisch geordneten, ihm gar nicht gemäßen Diakonissenbetrieb. Er bewarb sich um die ausgeschriebene Stelle des dritten Pfarrers an der Maria Magdalenen-Kirche in der Kleinstadt Eberswalde. Die Gemeinde wählte ihn.

Heinrich Wolfgang war siebenunddreißig, Ina achtundzwanzig. Es war beinahe so, als beginne das Leben noch einmal.

Träume I
1912

Die großen rohen Tugenden –
im Gegensatz zu den sanften anerzogenen.
Notiz von Ina S.

Ina hat wie Heinrich Wolfgang und sein Vater mitunter Träume notiert, freilich weniger regelmäßig. Sie sah ihre Träume als eine Erweiterung der Phantasie an – nicht, wie etwa bei ihrer Freundin Agnes Miegel, als Zeugnisse medialer Ahnung. Aus den letzten Berliner Jahren vor dem Ersten Weltkrieg stammen diese Aufzeichnungen:

Ich war im Garten in Braunschweig und war wieder klein. Ich stand vor dem Goldregenbusch, der kahl und schwarz war.
»Goldregen, o Goldregen!« sagte ich traurig und glaubte zu sehen, wie es unter meinen Worten golden aus den schwarzen Zweigen zu schimmern begann.
Übrigens war der Garten ganz von Efeu überwuchert.

Anfang 1912 träumte mir einmal, ich fände Agnes Miegels Haus tief im verschneiten Wald. Von allen Seiten liefen Fußspuren darauf zu, und ich war dort mit vielen fremden Leuten zu Gast.
Drinnen im Hause war es sehr schön, Säle und Kammern voller bunter Dinge, aber die Leute schoben sich überall umher, und es freute mich nichts. Auch war Agnes selbst nirgends zu sehen, so traurig ich auch suchte. Nur zuweilen zog es wie gestalteter Nebel an mir vorüber und dann wußte ich, sie war es gewesen.
Auf einmal befand ich mich in einer hübschen, holzgetäfelten Dachstube: da sollte ich wohnen. Sehr glücklich bemerkte ich einen alten geräumigen Sekretär, in dem ich sofort Manuskripte

vermutete. Gerade wollte ich daran gehen, ihn zu untersuchen, als die Türe aufging und ein Wesen hineinstürmte, das mir störend und unangenehm vorkam. »Ich will abreisen«, schrie es, »aber wie kommen wir fort? Ich will die Hausfrau fragen!«

»Wissen Sie denn, wo die ist?« fragte ich etwas höhnisch.

»Wissen Sie das nicht?« fragte das Geschöpf zurück, tupfte mit dem Finger an die Wand und siehe da, diese tat sich auf und ich stand in einem Teil des Hauses, von dem ich keine Ahnung gehabt hatte. Ein heller Korridor mit vielen Türen, ich ging ohne Zögern auf eine zu und öffnete.

Rosiges Abendlicht empfing mich, auf der breiten Fensterbank lagen schöne Muscheln – und da stand Agnes und sah mir entgegen. Erst freundlich, aber dann senkte sie den Kopf und murmelte: »Kann man mich nicht einmal in der Zwischenzeit in Ruhe lassen?«

(Hier hat Ina 1941 an den Rand notiert: Mir scheint, hier träumte ich mein eigenes Zukunftsbild!)

Auf einmal merkte ich, daß ich im Nachthemd und unfrisiert war, tief beschämt ließ ich die Haare übers Gesicht hängen und zog ab.

Zunächst sitzen wir aneinandergepreßt in einem Felsenversteck, weil draußen rumänische Soldaten anrücken und der Balkankrieg im vollen Gange ist. Besonders um Heilwig ist mir angst, aber ich flüstere Heinrich zu: »Der Hüter Israels schläft noch schlummert nicht, ich will dich nicht verlassen, noch versäumen, spricht der Herr . . .«, worauf uns alle Furcht verläßt und wir uns sogar hinaus auf einen mittelalterlichen Marktplatz wagen, den gerade der König von Rumänien einsam, ordensgeschmückt überschreitet.

Plötzlich ist das alles verschwunden und ich halte einen Brief in den Händen. Ich lese die ersten Zeilen, beglückt von ihrem freundlichen Inhalt, aber auf einmal verwandeln sich die Schriftzüge in weiße Schnörkel, und der ganze Brief verwandelt sich unter meinen Händen in ein blaues, weiches Jäckchen, über das wunderschön gestickte weiße Arabesken hinlaufen, deren Linienfluß ich empfinde wie eine leise zärtliche Musik. Ich ziehe das Jäckchen an und bin erfreut und gerührt über die Mühe, die der Briefschreiber sich für mich gemacht hat.

Junger Mann mit besten Aussichten
1887–1914

> *Da ist kein Land, das nicht sein Antlitz mir*
> *Wie Pflanzenschaft hervortrieb', ist kein Tier,*
> *Das mich nicht dunklen Auges fernher lockt;*
> *Kein Mensch, der nicht vorüberwandelnd stockt*
> *Und nicht, dem Straßenkrämer gleich im Osten,*
> *Der Waren breitend an der Mauer hockt,*
> *Mich willig ließ von seiner Seele kosten . . .*
>
> *Willy S.*

S. S. »Ventura« pendelte unter dem Sternenbanner zwischen der amerikanischen Westküste, Honolulu und dem US-Stützpunkt Pago Pago auf der samoanischen Insel Tutuila. In den Morgenstunden des 3. November 1914 näherte sich das Schiff seinem Heimathafen San Franzisko. Ein Passagier war früh aufgestanden, obwohl sein Kopf noch schwer war vom Whisky des Abends zuvor. Er kauerte in einem Deckstuhl, ein noch junger Mann, massig, aber nicht dick. Er rauchte eine Zigarre. Als lästig empfand er, daß er wieder seinen Herzschlag spürte. Langsam löste der Nebel sich auf, durch den das Schiff stampfte. Der Reisende sah, wofür er sich so früh erhoben hatte, einen der schönsten Landepunkte der Welt, die geschwungene Bucht. Er war entzückt. Zwar hatte er hierher nicht gewollt, nicht seiner Verheißung Land markierte diese Küste. Da er aber nun einmal hier war, gedachte er nichts auszulassen – die Wochen oder Monate lang, die er sich hier aufhalten würde. Das heißt, nicht hier, im Westen. Er wollte nach New York.

»Gefällt es Ihnen, Willy?«

Der Reisende war irritiert. Er mochte den Mann ganz gern, der sich da in seiner Nähe niedergelassen hatte, einen amerikanischen

Ingenieur namens Perrino. Er hatte mit ihm an einem Tisch gespeist seit Pago Pago. Nur seine Vorliebe für Vornamen irritierte ihn. Willy wurde lieber »Dr. Seidel« genannt, im englischen Gespräch wenigstens. Er meinte, gerade dies machte den Kontakt leichter. Perrino hatte rasch erraten, woher Willy kam: aus Samoa, das vor drei Monaten noch deutsche Kolonie gewesen war und das nun die Briten in der Hand hatten.

»O ja«, sagte Willy. »Nicht schlecht – das heißt, es ist verlockender als alle Häfen, die ich je gesehen habe. Und das sind eine ganze Menge.«

»Ich weiß«, erwiderte Perrino. »Was werden Sie nun machen?«

»Frisco ansehen, nach New York fahren, mir ein Schiff suchen.«

»Das wird vielleicht gar nicht so einfach sein.«

»Mir ein Zimmer nehmen und meinen Samoa-Roman schreiben.«

»Wird er noch stimmen, der Roman – ich meine: jetzt nach alledem?«

»Warum nicht? Gerade jetzt wird er stimmen.«

»Viel Glück«, sagte Perrino. Es klang ein wenig mitleidig. »Aber Willy – was für ein Beruf.«

»Ich mag ihn«, sagte Willy.

»Wollen Sie auch einen?« fragte Perrino. Er hatte eine Taschenflasche in der Hand.

»Nicht so früh am Morgen – aber geben Sie her.«

Willy trank vorsichtig. Er spürte sein Herz nicht mehr. San Franzisko war ein Stückchen näher gekommen. Willy nahm sich vor, an Land bald an Mama zu schreiben. Sie wußte noch nicht, daß er entkommen war, im Samoa-Hafen Apia unter der Nase von Briten und Neuseeländern die »Manua« nach Pago Pago bestiegen hatte und als gelangweiltes Mitglied der Mannschaft posiert, solange das Schiff noch im Hafen lag. Mama würde Augen machen, Annemarie würde Augen machen und Ina in Eberswalde auch. Aber vor Weihnachten würde er sie nicht wiedersehen, wahrscheinlich erst irgendwann im nächsten Jahr nach Friedensschluß.

Hatte Perrino recht damit, daß alles nicht ganz so einfach sein würde? Viele Leute hatten Willy immer gesagt, dies und jenes würde so einfach nicht sein, und dann hatten sie unrecht behalten. Das war nicht nur Glückssache, da war auch Fleiß im Spiel, und dazu vielleicht eine leichte Hand. Willy wußte, daß er ein einnehmendes Wesen besaß, wenn er so wollte. Aber daß er mit sie-

benundzwanzig ein recht anerkannter Mann war – zu Hause jedenfalls, zu Hause –, das hatte Schweiß gekostet, Sitzfleisch, Geduld. Das war nicht nur das, was er mit der flinken Isar-Ironie
»meine köstliche Eigenart« nannte. Nein, gewiß nicht.
Willy betrachtete die Bucht von San Franzisko und sein Leben.
Beides, so fand er, verdiente einen halbwegs anerkennenden Blick.
Ina würde das vielleicht nicht gern hören, zunächst wenigstens,
Ina hatte mit Heinrich das Bürgerliche gewählt, das Solide. Ina
würde am Ende doch lachen und ihm zustimmen. Sie hatte ein
paar recht begabte Gedichte gemacht in letzter Zeit, wer weiß.
Seine arme große gute Schwester. Sie verstand seine Sprache,
hatte sie immer verstanden.
Mit Ina an der braunen Oker am Saum des Braunschweiger Gartens – o ja, Willy erinnerte sich. Der große Hagelschlag, der
nicht nur die Fenster zertrümmerte, auch das Glas von Papas Ter-
rarien. Streifzüge über die Wiesen, Vögel, Schlangen, Kröten,
jegliches Getier, das sich an Willys Hand schmiegte, als sei die
Jungenspfote ein Geschöpf wie sie. Die Mumie der Prinzessin, die
Papa aus Ägypten mitgebracht hatte, und Willy begann sie aus-
zuwickeln bis zu den Jahrtausend-Knöchlein. Er hätte noch weiter
geforscht, wäre das Kindermädchen nicht gekommen, kreischend.
Papas Tod war eher verschwommen, gewiß, Willy entsann sich,
doch es schoben sich Bilder darüber aus dem Marburger Jahr, Zeit
strudelte, fand dann ihr Bett, gelassenen Fortlauf: da war dann
München und blieb München. Und die heißen Sommer auf dem
Bootssteg in Tutzing. Das Gesicht von Georg Ebers, Prophetenge-
sicht über dieser Kindheit. Als es verging, war Willy im Landshuter
Internat, hinausgeschleudert aus dem Frauenhaushalt, Ina immer
dabei, Mirl quäkte winzig hinter den beiden her und Mama hielt
auf Würde – hinausgeschleudert in eine geistlich getönte, karge
Männerwelt: »Aufgestanden wird im Winter um fünfeinhalb
Uhr, im Sommer um fünf Uhr. Im Schlafsaale muß die größte
Sittsamkeit und das tiefste Stillschweigen beobachtet werden.«
Der Direktor hieß Jungwirth und schrieb an Mama: »Willy fällt es
sehr schwer, nach der ihm vorgeschriebenen Ordnung zu arbeiten, und ehe man sich's versieht, ist er mit Dingen beschäftigt, die
ihm Vergnügen machen.« Und rügte den »gänzlichen Mangel an
Schulung im Rechnen«. Dabei, leider, dachte Willy im Deckstuhl,
ist es wohl geblieben. Ich werde rechnen müssen in den nächsten

Monaten. Hätten Kippenberg oder ich an einen Krieg gedacht, ich hätte mehr Vorschuß bekommen. Die Zeit in Landshut währte nicht viel länger als zwei Jahre, doch sie prägte sich Willy besser ein als die Jahre danach, das Stück bei Stück Erwachsenwerden, das Max-Gymnasium, das Abitur 1906, als Ina schon verlobt umherging. Ein sonderbarer Mann, der Vetter Heinrich Wolfgang, den sie sich ausgesucht hatte. Ein Gottesmann, aber keiner, wie Willy sie aus München kannte; verständnisvoll, man konnte mit ihm reden, dabei manchmal so abwesend. Was er schrieb, war gar nicht schlecht. Er war so norddeutsch.

Damals, nach dem Abitur, stand eigentlich alles fest. Willys Neigung würde Willys Beruf sein: Zoologe. Das entsprach seinen Interessen und seiner Leidenschaft. Es deckte sich auch mit Mamas Wünschen, mit Großmamas Zustimmung. Willy würde sein, was sein Vater nicht hatte werden können. Darauf legte er sein Studium an, in Freiburg, in Jena, in Marburg – wandelte an der Seite Haeckels »dem stahläugigen Häuptling seiner Fakultät«, der ihm am Saale-Ufer das biogenetische Grundgesetz vortrug. Er saß zu Füßen des Anatomen Wiedersheim, er setzte das Messer an im Seziersaal. Doch es waren weniger die Muskel- und Nervenstränge der toten Leiber, die ihn beschäftigten. Es war die Frage, die er ihnen gern gestellt hätte, insbesondere jüngeren Selbstmördern: »Wie kommst du hierher?«

Die große Neugierde wucherte aus in Phantasie, und immer wieder, wie schon seit Jahr und Tag in Formulierung, in das Abenteuer von Gedichten, in den Seiltanz pointierter Prosastücke. Willy im Deckstuhl, knapp viertausend Meter von Amerika entfernt, versuchte sich an den Augenblick eines Entschlusses zu erinnern. Er fand ihn nicht. Natürlich, da war die Entscheidung, doch nicht auf das Physikum hinzuarbeiten, sondern auf einen Doktor der Philologie. Rückkehr nach München. Promotion mit der Arbeit über »Das Naturgefühl als Darstellungsmittel in den Erzählungen Theodor Storms«. Aber das war schon Beiwerk. Ein Abschluß mußte ja sein.

Wäre er bei den Tieren geblieben, wo wäre er jetzt? Willy sah sich die Achseln zucken. Arglos wäre er und ärmer. Er ahnte nicht, wie arglos er immer noch war. Papa hätte ruhig Naturforscher werden sollen, es wäre schon gut gegangen. Onkel Heinrich war gewiß ein guter Ingenieur gewesen, nach allem, was man so vernahm – aber

er war dann auch Schriftsteller geworden, mit vierzig oder fünf-
undvierzig, irgendwann um diese Lebenszeit – zu spät, vermutlich. Freilich, er, Willy, er war etwas anders bestrahlt als die Väter, von anderer Art auch, früher geprägt und in bessere Zeiten
geboren: man war ja dankbar.

Seine ersten Bändchen erschienen, als er zwanzig war: »Der
schöne Tag«, Gedichte und Dialoge, und die Novellen »Der pur-
purne Fächer«. Willy gedachte dieser Arbeiten mit Teilnahme: sie
waren noch so rührend ungeschickt. Aber sie hatten bisweilen
schon Grazie, doch, das hatten sie – und Spuren der freundlichen
Ironie, auch der Fertigkeit, Sätze zu pressen. Perrino hatte ihn
einmal an der Abendtafel gefragt, was der Unterschied sei zwischen
ihm und einem Journalisten, eine sehr amerikanische Frage, und
Willy hatte ungenau geantwortet: »Es fällt mir zuviel ein.«

Fiel ihm eigentlich soviel ein? In München ja, in Gesellschaft und
unter den Freunden. Doch, das war so gewesen. Die Geschichten
aus Nordafrika und Lappland, von Wüstenwind, als er ihn noch
nicht geschmeckt hatte, von Ländern, die er nie gesehen. Es war
gut genug gewesen für den großen Kippenberg und seinen Insel-
Verlag. »Der Garten des Schuchan«: dieser Novellenband aus
Träumen, die so wirklich schienen, in Worte gebracht mit der ver-
trackten Eleganz, die Willys Eigenart zu werden versprach, frühes
Siegel, gesetzt scheinbar mit traumhafter Sicherheit. Niemand
wußte, wie viele ethnographische Werke Willy zuvor gelesen hatte. Vorspiele – ach ja. Man lebt bei Mama, träumt, arbeitet, München leuchtet, und mit guten Freunden läßt sich trinken. Aber da
war natürlich die Sehnsucht: der Drang nach Abenteuern »des
Auges und der Sinne«, Fernweh.

Alfred Walter Heymel, Hauptaktionär des Insel-Verlags. Willy
blinzelte im Geist dem großen Manne zu, während die »Ventura«
zum Anlegen drehte. Der Gong zum Frühstück war längst verhallt, doch Willy rührte sich nicht. Heymel, der Kippenberg über-
redete, am jungen W.S. auszuprobieren, was wirkliche orientali-
sche Erfahrung bewirken könnte. Der Verlag schickte Willy nach
Ägypten. Im Frühjahr 1913 brach er auf, streifte das schon vertraute Italien, schiffte sich ein in Genua. Kippenberg hatte ge-
mahnt, er möge »seine Zeit nicht ausschließlich in Luxushotels
versitzen und sich dem eigentlichen Zweck des Unternehmens mit
der gewünschten Hingabe widmen, dem Studium des Volkscha-

rakters und der Mittelmeerlandschaften«. Dies, dachte Willy, habe ich nun wirklich getan, obwohl doch gegen Luxushotels nichts einzuwenden ist. Kairo zu Fuß und das über Wochen. Das Nildelta. Auch Luxor. Der Sonnenaufgang über Abu Simbel. Und zwanzig Minuten lang Kipling.

Warum war diese letzte Erinnerung andeutungsweise schmerzlich? Willys Englisch war mager gewesen, seine Verehrung größer als seine Inhalte. Mowglis Schöpfer hatte sich gütig gegeben, doch unverbindlich. Aber nicht eigentlich das war es gewesen. Kipling, das stand hier nur als Sammelbegriff. Der arglose Abenteurerwillen war schon bei dieser Reise auf das britische Weltreich gestoßen. Er merkte »mit einer gewissen Verblüffung, daß nicht wir die Welt beherrschen, sondern daß das besorgt wird von einem ziemlich sympathischen dürren Unterkiefer nebst olivbraunem Kehlkopf und Augen aus Zinn«. Willy war ausgezogen, die Welt zu umarmen, und spürte, wie sie sich dem entzog und seine Huldigungen mehr als herablassend entgegennahm. Der Eindruck war nachhaltig. Britisches Selbstbewußtsein, das stets so ganz ohne Arg den Briten als ein etwas höheres Wesen ansieht, vollbrachte bei Willy das gleiche wie bei Millionen anderer Nichtbriten: es impfte zuvor nicht vorhandenes Nationalgefühl ein, in Willys Falle deutsches.

Aber Ägypten, ach, Ägypten war freundlich gewesen, reich, spendend – und ja vorwiegend von Ägyptern bewohnt. Willy dachte daran, während er sich erhob, um seine Koffer zu holen. Es mochte ja sein, daß er sehr arglos war und stets sein würde, kein Menschenkenner. Aber er spürte, wie fremde Völker dachten, reagierten, träumten. Das Ergebnis der ägyptischen Monate war der Roman vom Fellachenjungen, der aufsteigen will in seinem Land, gleichberechtigt sein will auch mit den gleichen Fremden, und der am Ende die Niederlage einstecken muß, die Verachtung.

Willy kehrte mit leeren Taschen und vollen Mauskriptmappen nach Deutschland zurück. Im November 1913 erschien »Der Sang der Sakije« im »Berliner Tageblatt«. Er hatte Erfolg, und hatte auch Folgen für den jungen Mann mit Fernweh. Wilhelm Solf, Staatssekretär im Kolonialamt, schien dieser Schriftsteller geeignet zu sein, deutschen Kolonialbesitz den Deutschen näherzubringen. Willy, da ihm die Auswahl überlassen wurde, wählte die entschiedene Ferne: Samoa, die Südsee. Solf gab die eine Hälfte der

Spesen, Kippenberg die andere. Im Frühjahr 1914 brach Willy auf – und nun, ein halbes Jahr später, dachte er in seiner Kabine daran, wie verschwenderisch dieser Mai in Deutschland gewesen war.

Immerhin, die Monate in Samoa hatten genügt, ihm die Atmosphäre zu geben und auch den Stoff: vom Mann, der lebenslang den Tropen verfällt und der lieblichen fremden Rasse. Sich so einspüren in ein fernes Land und seine Leute: nein, das überstieg die Fähigkeiten eines Journalisten. Die Essenz im Roman, darauf kam es an. O ja, er würde die amerikanische Zeit nutzen und das Buch schreiben – so weit wenigstens, wie er kam bis zur Abreise. Den Rest dann in München. Und wer wußte jetzt schon, was Amerika zu geben hatte? Er war auf dem Weg. Er würde nun wenigstens bald brieflich erfahren, wie die Buchausgabe des »Sangs« in Deutschland aufgenommen war. Und an der Straße lagen Onkel Toms Hütte und Natty Bumppos Wigwam – nur so, durch den Zufall der Reiseroute.

Er nahm seine Koffer. Er war auf dem Weg. Amerika, wir kommen.

Der Mann, der seinen Paß abstempeln ließ, die neutralen Vereinigten Staaten betrat und den Zoll passierte, sah nicht aus wie ein geschlagener Mann. Er fühlte sich auch nicht so.

Herr Pfarrer und seine Frau
1914–1918

> *Im Haus zum Monde ist noch Licht,*
> *die Varnholzer sitzen beim Biere . . .*
>
> *Eberswalder Anonymus in einem der*
> *Familie S. zugesandten Gruß*

Neustadt-Eberswalde, seit 1876 offiziell nur noch Eberswalde, berühmt für ein fettes Gebäck: Eberswalder Spritzkuchen. Stadtrechte seit 1257, gelegen im preußischen Regierungsbezirk Potsdam, nahe dem Finow-Kanal. Zwei evangelische Kirchen, eine katholische, eine Synagoge, gute Schulen. Eine bedeutende Patent-Hufnagel-Fabrik, eine nicht minder bedeutende Irrenanstalt. Industrie: Eisen, Bier, Ziegel – und große Sägewerke, denn die Stadt liegt tatsächlich in den Wäldern. Ihre Forstakademie ist beinahe so bekannt wie die Spritzkuchen. Beliebt auch als Pensionopolis, um 1914 etwa 14000 Einwohner.

In den ersten Februarnächten nach ihrem Einzug konnten Ina und Heinrich Wolfgang vor Stille nicht schlafen. Der Wald war nahe. Auf der Kanzel von Maria Magdalenen predigte Heinrich Wolfgang in einem sechshundert Jahre alten Andachtsraum. Die Vielfalt eines normalen Gemeindelebens tat ihm wohl. Ina bewahrte ihre Behinderung vor der Übernahme allzu vieler Pfarrfrauenpflichten, und das war gut so – nicht allein, weil ihr Tag genügend ausgefüllt war mit Haushalt, Kind und Schreibtischarbeit. Ina hatte wenig Talent für diese Art von Aufgaben. Sie hatte sie zu Recht gefürchtet, als sie im Lazarus-Krankenhaus einzog – und dann dank der Arbeitsteilung dieses Betriebs sozusagen dispensiert wurde. Inas karitative Geduld war begrenzt, konzentrierter Alleingang lag ihr mehr als intensiver Kontakt. Die permanente Kraftanstrengung, als sie gegen ihre Krankheit anging und den

Heinrich Alexander S., 1855

Im Potsdamer Sommerhaus von Paul S., 1893:
Johanne S. (im Zentrum des Bilds) wurde siebzig.

Ihre Söhne mit Frauen und Kindern von links: Paul, Heinrich, Hermann. Rechts hinten: Heinrich Wolfgang S.

Ein Sommertag 1887 im Tutzinger Ebers-Haus:
Georg und Antonie E. (im Zentrum des Bilds), umgeben von
Kindern, Freunden, baltischen Tanten.
Auf dem Arm der Amme: Willy.
Im Fond des Ziegenbock-Wagens: Ina.

Heinrich S.

Werner S.

Hermann S. (Porträt Munch)

Paul S.

Heinrich S. mit Agnes und seinen Söhnen Heinrich Wolfgang,
Werner und Helmuth

Hermann S. mit Emmy und seinen Kindern Ina und Willy

Emmys Kinder, in München eingetroffen:
Ina, Willy, Annemarie (1898)

Verlobte: Ina und Heinrich Wolfgang (1906)

Ina mit Tochter Heilwig,
Ende 1909

Junger Autor 1911: Willy S.

Willy in seiner letzten Wohnung, 1934

»Annie ihrer lieben Ina«, 1921

Annemarie van Hoboken, geborene S., 1926

Postkarte an Willy S., 1920:
»Umstehend Georg: ein
Beweis, daß trotz allem ein
Kind jetzt auch in Deutschland
gedeihen kann! Er ißt schon
seit dem 4. Monat Brei,
Gemüse usw.«

Ina S. in Berlin 1911

»Das Labyrinth« ist beendet
(1921)

»Das Wunschkind« ist beendet
(1931, am Schreibtisch in Berlin)

Emmy S., geborene Loesevitz
(1938)

Starnberg, Ottostraße 16

Heinrich Wolfgang S. (1937)

Ina S. in ihrem letzten Jahrzent

Körper überwand: das hatte die Neigung zu einer milden Monomanie naturgemäß verstärkt. Eine gesunde Ina hätte die verschiedenartigen intensiven Beschäftigungen mit dem Gemeindeleben gemeistert, aber sie hätte bis zur Verzweiflung daran gelitten. Heinrich Wolfgang war sich darüber im klaren. Schließlich, auch er war nicht jene Art von Pfarrer mit der Eignung für alle Art von anfallenden Aufgaben, wie sie im Buche steht und auch häufig vorkommt. Der scheinbar sanfte Mann, bisweilen von Schwermut geplagt, entwickelte bei der Bewahrung ihrer Individualitäten eine oft überraschende Entschiedenheit. Er hatte sich an die Bestimmtheit seiner halbwegs gesundeten Frau gewöhnt, er liebte sie sehr und war es zufrieden, daß auch sie sozusagen nicht »im Buche stand«.

Sie waren immer noch verhältnismäßig junge Leute, Herr Pfarrer und seine Frau, ungewöhnlich ernste junge Leute für jeden, der sie nicht näher kannte. Kleine Städte haben den Ruf, daß in ihrem Klima Außenseiter nicht gedeihen. In Eberswalde traf das nicht zu. Man nahm es hin, wie Heinrich Wolfgang es hinnahm, daß mit Ina nicht immer leicht umzugehen war. Ina war dankbar dafür. Wenn sie notierte:

Nun wich die Stadt aus meinem Blut,
nun fühl ich wieder Land um mich.
Ich schlafe ein und weiß so gut,
Die Nacht hat Raum und weitet sich –

dann galt das nicht nur der neuen Naturnähe in der kleinen Stadt. Sie waren beide einer Art von Dasein entkommen, die sie immer mehr eingeengt hatte. Ina meinte zudem, wenn Heinrich Wolfgang schon nicht ganz seiner literarischen Arbeit leben könnte, dann sollte es wenigstens ein paar Freiräume und Freizeiten geben, in die er sich regelmäßig und mit gutem Gewissen zurückziehen konnte.

Vielleicht hätte es sie gegeben. Aber im Herbst des Jahres brach der Krieg aus. Zwar wurde Heinrich Wolfgang ausgemustert, achtunddreißig Jahre alt und von labiler Gesundheit, doch die Anforderungen der nächsten vier Jahre ließen auch für einen Pfarrer nicht viele Freiräume übrig. In Eberswalde war wenig von der Begeisterung zu bemerken, die der deutschen Bevölkerung bei Kriegsausbruch 1914 nachgesagt wird. Ina und Heinrich Wolfgang reagierten mit dumpfem Schreck, und mit Ergebung in das nationale Schicksal. Zwar war jedermann überzeugt, daß spätestens im kommenden Frühjahr alles zu Ende sein würde, aber schon dieses Halbjahr schien zu lang.

Ina hatte an dem neuen Ort begonnen, eine Art von Eigenleben zu führen, die ihr bisher unbekannt gewesen war. Der Lebensstil der Kleinstadt beanspruchte sie zu ihrem Heil: hier mußte sie mit viel mehr Leuten sprechen und sich auseinandersetzen als in den halb klösterlichen Lazarusjahren. Hier nahm jedermann ihren körperlichen Zustand als gegeben hin. Sie fand eine Reihe von Bekannten, sie fand einige Freunde, die in den Wäldern mit ihr und ihrer Tochter spazierengingen, sich ihrer Langsamkeit anpaßten. Hier war sie nicht mehr Frau Pastörchen, sondern Frau Pastor, und ihr Zustand besserte sich bei den Waldwanderungen so weit, daß sie sich selbständig fühlen konnte und beweglich. Sie begann aufs neue, sich selbst zu schulen und ihre Gedanken zu ordnen – wortwörtlich über Gott und die Welt.

Im zweiten Kriegsmonat erschien Inas erstes Buch, einfach »Gedichte« genannt. Münchhausen, einen Fuß sozusagen schon im Steigbügel für den Ritt auf Paris, widmete ihm in den »Leipziger Neuesten Nachrichten« eine vier Spalten lange Besprechung in ungewöhnlich starken Worten: »So ungewiß ich über die Kraft meiner Fürsprache bin – der Macht dieser Kunst bin ich ganz sicher.« Das war nicht ganz unberechtigt. Zwar hat Ina vier Jahrzehnte später nur einige Gedichte aus diesem Band in ihre letzte Gesamtausgabe aufgenommen, aber aus vielen dieser Verse ließ sich eine neue starke Melodie heraushören: »Ich bin das nicht, die singt und selig tut, doch selig bin ich, bebend zuzuhören.«

Ein Jahr später erschien Inas zweites Gedichtbuch, »Neben der Trommel her«. Es fand einigen Beifall, wurde aber mit Vorsicht aufgenommen: in einer Zeit, in der die Lyriker deutscher Zunge zwar nicht alle »Haßgesänge« schrieben, aber doch mit wenigen Ausnahmen starke Worte fanden für den Marsch in Feindesland, erhob sich hier mit Entschiedenheit die Stimme der Totenklage und des Entsetzens. Aufbegehrende Ergebung wurde hier laut in das Schicksal, das die Jugend aller kämpfenden Völker betroffen hatte:

> Sind *das* noch meine Hände,
> Die gestern Brände schwangen

und Schutt und Asche ließen,
Wo diesen braunen Hunden,
Den gottverlaßnen Feinden
Doch süße Heimat ist . . .?

In der kleinen Stadt, im Zusammenleben mit zumeist arglosen
und freundlichen Menschen, war Ina zum dritten Mal und wieder
auf andere Art dem einen der beiden Grunderlebnisse begegnet,
das für ihr Leben – und fortan für ihre Arbeit – Zeichen setzte:
dem Tod. Der Heimgang des Vaters, als sie zehn Jahre alt war; die
Ergebung in ihr eigenes Ende, als sie dreiundzwanzig wurde; nun,
sie war dreißig, der Schock des plötzlichen Sterbens von vielen, die
sie nicht kannte, von einigen, die ihr vertraut waren. Damit war
das Grundmuster geprägt, und es ist kennzeichnend für sie, daß
sie es mit dem anderen Grundmuster ihres Daseins decken wollte,
der Bindung von Mutter und Kind.
Im Mai 1915 schrieb sie an eine Freundin: »Ich unterscheide zwischen Wunsch- und Zufallskindern und glaube, daß die ersten
stärkere Schicksale und deutlichere Ziele in der Welt haben als die
anderen. Aber die meisten Menschen *sind* Zufallskinder. In meinem Buch laufen zwei solche verschiedene Leben nebeneinander
her – endlich, endlich komme ich in die Arbeit hinein, aber ein
Ende ist noch nicht abzusehen. Ein *Ziel* natürlich, aber alles was
man anrührt, wächst und verändert sich einem unter den Händen
– wenigstens ein Zeichen, daß es ein eigenes Leben hat.«
Ein erster, später ziemlich genau eingehaltener Handlungsent-
wurf für »Das Wunschkind« (wenn auch noch mit anderen Namen
für die meisten Personen) war seit Ende 1914 in einer Kladde notiert. Ina wollte es nicht bei der Klage um die Gefallenen bewenden
lassen. Sie wollte Wahnsinn deutlich machen, indem sie ihn dar-
stellte. Dafür sah sie sich nach einem Exempel um, bei dem der
Krieg den Vater tötet, als der Sohn noch ungeboren ist und der
Sohn, kaum erwachsen, ebenfalls sterben muß. Sie stieß auf den
Zeitabschnitt zwischen den Koalitions- und den Freiheitskriegen:
eine Epoche, die zu weit mehr verlockte, ja, weit mehr Darstellung
erzwang, als der Grundplan vorsah – etwa eine Auseinandersetzung mit den gesamten Beziehungen zwischen den deutschen und
französischen Nachbarn. In der Tat, das Ziel war zu sehen, doch
daß der Weg dorthin sehr lang sein würde, war ihr bald klar. Er

wurde sechzehn Jahre lang, ging nicht geradeaus und hatte immer wieder Stationen. Der Vermerk, daß sie »endlich in die Arbeit hineinkäme«, gehört zu jenen Selbstsuggestionen, mit denen jüngere Autoren sich stets voranprügeln. Sie kam in die Vorarbeiten hinein, ließ sie auch niemals fallen, widmete sich aber zunächst einem anderen Roman, dessen Grundeinfall sie vor Jahren notiert hatte, ohne sich an ihn heranzuwagen.

Es war »Das Haus zum Monde«, Inas erster Roman überhaupt und eine epische Ouvertüre, in der Grundmotive späterer Arbeit anklingen wie halb erfaßte Ahnungen. Elsabe stirbt und legt der gesunden Freundin Brigitte auf, den Witwer Daniel zu heiraten. Aus dieser Ehe wird dann Wolf geboren, in dem Elsabe wiederkehrt, Wolf, der von Gesichten Getriebene. Vier Kinder bevölkern dieses Buch, Kindheitserinnerung setzt sich um bis zur Unkenntlichkeit, auch Verhängnis wird zum ersten Mal aufgearbeitet mit dem Freitod des Vaters ten Maan, den man zu Unrecht unehrenhaften Handelns bezichtigte.

»Das Haus zum Monde« ist Ausgangspunkt der Auseinandersetzung mit Schöpfung und Schöpfungsgeheimnissen, die Ina ihr Leben lang bewegt, die sie immer wieder variiert hat, angereichert, neu formuliert. Es entwickelten sich dabei in jenen Jahren zwei Arten der Behandlung: die unmittelbare, lyrisch bestimmte Abwandlung eines bestimmten Themas – und das Wagnis weiträumiger Bauten, entworfen unter dem Zwang intellektueller Herausforderung. Der erste Roman der zweiten Art würde »Das Labyrinth« sein, erwachsen aus der Beschäftigung mit der Zeit, in der »Das Wunschkind« angesiedelt werden sollte. Die großen Romane sind ohne die Exerzitien der kleineren nicht zu denken – zum mindesten nicht während der zwei Jahrzehnte nach 1914.

Wenn aber auch viele Motive und Skizzen für die Arbeit dieser zwei Jahrzehnte in den Eberswalder Jahren schon vorlagen, geträumt oder notiert: noch war die junge Frau Pfarrer, die am Stock durch die kleine Stadt ging, ihren Haushalt bewältigte und am Gemeindeleben nach Kräften teilnahm, ihrer Umgebung eine leidlich interessante Person, die ein paar gute Gedichte geschrieben hatte. Von ihrer Arbeit sprach sie allenfalls mit den neuen Freunden, die ab und zu aus Berlin angereist kamen: Albrecht Schaeffer etwa, damals ein junger stürmischer Dichter, der seine Schriften vorlas wie eine Botschaft. Er schätzte Inas Gedichte, und ihre Prosa irritierte ihn. Für einige Jahre wurde er ihr strengster Kritiker. Auch Ernst Lissauer kam, leidend an den Folgen seines »Haßgesangs« (er war ein empfindsamer dicker Mann und ein kluger Berater), auch Julius Bab, und immer wieder Agnes Miegel, die erst mit Ina, dann mit allen S. (»Ich liebe immer die ganze Familie«) eine östlich umfassende Freundschaft eingegangen war. Heinrich Wolfgang nahm an diesem Verkehr teil, wie er stets teilnahm: schweigsamer, wohlwollender Zuhörer. Er war nun im normalen Amt mit seinem Beruf so zufrieden, wie er eben mit seinem Beruf zufrieden sein konnte, Diener am Wort, Verkünder, Präzeptor. Auch er schrieb in den ersten Eberswalder Jahren den Roman einer Familie, »Die Varnholzer«, angesiedelt in seiner gegenwärtigen Wirklichkeit, Umsetzung der Lebensweise einer kleinen Stadt im Krieg. Was seine Frau tat, machte ihn froh. Er ahnte nun, daß sie weit mehr bewältigen würde, als zu vermuten gewesen war, erwartete es frei von Neidgefühlen und mit zurückhaltender Neugier. Ina und er schienen nun endgültig ins Leben zurückgekehrt – er hätte, das wußte er, allein nie zurückkehren können.

Allmählich begannen die Extrablätter zu gilben. Selten konnte jetzt Siegen geflaggt werden. Die Totenlisten hingen aus, der Hunger kam. Der Erste Weltkrieg war total genug für den Geschmack seiner Zeitgenossen. 1917 fuhren Heinrich Wolfgang und Ina nach Berlin und begruben zusammen mit Heinrich Wolfgangs Brüdern die Mutter Agnes. Ein Biedermeier-Sekretär, noch aus dem Besitz von Heinrich Alexander, langte in Eberswalde an, prall gefüllt mit Heinrichs schriftlichem Nachlaß.

Dann wurde es sehr still in der Amtswohnung des Pfarrers. Freunde, die sich ansagten, wurden gebeten, ein paar Monate mit dem Besuch zu warten. Ina begann, sehr vorsichtig mit sich umzugehen. Vor fünf Jahren, 1912, hatte sie einen gynäkologischen Eingriff erleiden müssen: damals war ihr Körper noch zu schwach, um eine Geburt auszuhalten. Nun, nach Jahren der Geduld und trotz der Hungerzeit, machten ihr die Ärzte Hoffnung. Ina erwartete ihr zweites Kind.

Diener am Wort
1916

Im Oktober 1916, auf einer Versammlung von märkischen Pfarrern, erhob sich Heinrich Wolfgang und sprach über eine Frage, die jeder Anwesende sich stellte und kaum einer beantwortete: was der Hirte den Seinen zu sagen habe im Krieg. Ein Absatz seiner Rede lautete so:

Nicht ganz einfach ist die Frage zu beantworten, wie weit die Wortverkündigung im Kriege auch einzugehen habe auf die Not, die der Krieg der christlichen Erkenntnis bereitet. Ich vermute, daß jeder Pfarrer zu Beginn des Weltringens einmal über Christentum und Krieg gepredigt hat; vielfach mag das freilich mehr um des Pfarrers als um der Gemeinde willen geschehen sein. Es wird hier sehr das Bedürfnis der Gemeinde entscheiden müssen; die Sorgen des praktischen Lebens sind gegenwärtig so groß, daß wir uns hüten müssen, künstlich Erkenntnisnöte zu schaffen, zumal da die Kanzel Erkenntnisfragen im knappen Raum der Predigt immer nur unvollkommen beantworten kann.

Immerhin gibt es in den Städten nicht wenige, die nicht nur an den Folgen des Krieges, sondern an der Tatsache des Krieges selbst leiden, Menschen, die, ohne den Vorwurf der Feigheit zu verdienen, den Krieg verabscheuen als die vollendete Ausgeburt des Satans. Sie zermartern sich an dem scheinbaren Weltzusammenbruch der Bergpredigt und geraten von da auf die Vermutung, es gebe keinen allmächtigen Gott und keinen Vater im Himmel mehr. Ob man alle, die daran leiden, auf dem Wege der Seelsorge findet? Es mag doch gut sein, wenn auch unsere Predigt über diese Nöte nicht schweigend hinweggeht.

Freilich werden diese Predigten, die der christlichen Erkenntnis aufhelfen sollen, in demütigem Geiste zu erfolgen haben, denn jedes von Gott zugelassene Weltschicksal enthält unlösbare Rätsel.

Wir dürfen diese Frage nicht behandeln wie etwas, das mit ein wenig gutem Willen leicht zu begreifen sei. Wir werden offen zugeben, daß für den Glauben an den Vatergott Jesu Christi der Krieg die stärkste Belastung ist.

Aus einem Tagebuch
1918

Komme ich um, so komme ich um.

Ina S. zu sich selbst

Ina hat ihr Leben lang immer wieder versucht, eine Art von Tagebuch zu führen – und immer wieder daran zu leiden gehabt, daß sie nach einiger Zeit versagte. Als sie zweiunddreißig Jahre alt war und ihr zweites Kind erwarten durfte, sind ihr fortlaufende Aufzeichnungen über mehrere Monate hinweg geglückt. Die Einträge wurden zunächst in der Eberswalder Wohnung gemacht, später in der Berliner Klinik, der sie sich vor und nach der Niederkunft anvertraute.

12. Februar

An der Forsternovelle gearbeitet. Spaziergang, starker Westwind, blaugrüne Wolken, am Horizont geschichtet, sonst häufig zerrissen, Sonnendurchbruch auf Sand und Kiefern. Gegen Abend die erste Amsel gehört, auf dem Apfelbaum im Garten. Gedichte durchgesehen für die Buchausgabe. Im ganzen ein vertrödelter Tag. – Starke Bewegungen. – Gelesen: Nachsommer.

13. Februar

Traum: Die bevorstehende Hinrichtung eines Menschen, den ich mir selbst als den Schinderhannes bezeichnete. Ich sah ihn in Ketten auf einem Platz unter hohen Eichen, er wälzte sich am Boden, um sich zu befreien. Dann stand er immer noch gefesselt mit einem zigeunerhaften Mädchen an der Wand eines Borkenhäuschens. Sie zog ihren zierlichen Schuh aus und sprach: »Aus diesem Schuh trinke ich Süßes und Saures . . . «, und ich erkannte, daß er wußte, sie würde sein Blut mit diesem Schuh auffangen und es trinken.

Vor einigen Nächten der Traum von dem Mönch, der in dem großen Segler den Strom hinunterkam, mit anderen Wallfahrern –
der mir den sechseckigen Kristall schenkte und mir feind wurde,
als er aus meiner Freude erst den Wert des Steines merkte.

18. Februar

Das Mädchen Joh. M. schrieb ab. – Heilwigs Sommerkleider
durchgesehen. – 380 M von Gartenlaube für Novelle. – Forsterbü-
cher aus Biblio kamen, ich merkte, daß ich die Novelle anders machen muß. Abends Heilwig zum ersten Mal die Sternbilder gezeigt. Die Gedichte für das neue Buch endgültig zur Abschrift ge-
ordnet, es sind über sechzig, mehr als in der »Trommel«.

10. März

Leider erlitten die Aufzeichnungen eine Unterbrechung, teils weil
mir die Tatkraft fehlte, teils, weil es mir wegen eines Furunkels
nicht gut ging. Und doch möchte ich sie zur Selbsterziehung fort-
führen – ich sollte viel weniger lesen und viel mehr schreiben, oder
vielmehr produzieren, und sei es nur das Geringste. Ich habe mir
angewöhnt, zuviel in mich aufzunehmen und mir an dieser geistigen Scheintätigkeit genügen zu lassen. Ich merke, daß mein Gedächtnis nur große Züge behält (wie von der Forsterschen Reise),
daß ich Gedankengänge (wie bei Chamberlain) allerdings wohlge-
fällig aufsauge, aber durchaus nicht durcharbeite. Dazu infolge
meines Zustandes körperliche und geistige Schwerfälligkeit, Un-
lust zur Tätigkeit, geradezu Trägheit. Das ist alles quälend, man
hat kein gutes Gewissen und fühlt sich dumpf. Zunächst will ich
mir einmal klarmachen, welche Arbeiten bis zum Juni erledigt
sein müssen.
März: Gardinen im Eßzimmer und in meinem Zimmer aufstek-
ken. Elektr. Licht in Heilwigs und in meinem Zimmer ändern.
Reinemachen aller Zimmer. Geliehene Bücher zurückschicken.
Heilwigs Zimmer einrichten. Kleiderschränke ordnen, Ausgetra-
genes weglegen. Badewanne besorgen, Schlüssel z. Vorrats-
schrank besorgen.
April: Das neue Wesen anbändigen. Babysachen waschen lassen.
Kinderwagen reinigen. Alle meine Papiere und Manuskripte ord-
nen. Notwendige Bestimmungen aufschreiben.
Mehr fällt mir im Augenblick nicht ein.
Ich machte in der Dämmerung einen längeren Spaziergang und

überdachte mein Leben mit jenem Mangel an Reue, der das Schuldgefühl nicht ausschließt. Ich dachte auch an das Kind, voller Hoffnung auf einen Sohn, dem ich viel von meinem unruhigen Blut wünschen würde und meine Unersättlichkeit dem Leben gegenüber – aber mehr Zielsicherheit und gesammelte Kraft. Ich möchte ihn haben, wie mein Vater war, mit allen dessen Anlagen, und dann möchte ich ihm die Möglichkeiten schaffen, sie gleichmäßig auszubilden.

Ich bin zu der Erkenntnis gekommen, daß die Forster-Novelle das Schlußkapitel eines Forster-Romans sein muß, den ich schreiben will, wenn ich in diesem Leben noch dazu komme. Es soll durchaus kein histor. biograph. Roman werden, wie sie jetzt in Mode sind, sondern Forsters Leben soll nur zum Gerüst dienen, er selbst unter anderem Namen der Held sein. Sein Leben ist so typisch für jene Zeit, ich habe unendlich viel an ihm gelernt.

13. März

Nachts hatte ich wieder ein paar böse Stunden, so sehr ich auf Durchschlafen gehofft hatte. Wenn ich Heinrich und Heilwig so ruhig atmen höre und fühle, daß nie ein Mensch sie beide so lieben würde wie ich, dann wird der Gedanke, sie vielleicht verlassen zu müssen, doch unsagbar schwer. Nicht, daß ich den Wert meiner Sorge für sie zu hoch anschlüge – ich weiß gut, wieviel besser andere alles machen würden. Aber das Verständnis für ihre innerste Eigenart, das habe ich und weiß, daß niemand es so haben kann.

Als ich einschlief, träumte ich wieder von einem süßen kleinen Kind, das mir so fest und warm im Arm lag. Es war ein Junge.

Beim Aufwachen verfolgte mich der Vers »Was unser Gott geschaffen hat, das will er auch erhalten . . . « so lange, bis ich darauf hinhörte und, als er immer wieder kam, darin eine Botschaft erkennen zu dürfen glaubte. Als ich das erkannt hatte, schwieg die Stimme.

Ich habe mich eine schlaflose Nacht (vorgestern) damit herumgequält, daß ich den Umlauf der Erde um die Sonne und den daher rührenden Wechsel von Tag und Nacht und der Jahreszeiten zu begreifen suchte, und endlich auch erfaßte. Ich habe so schauderhaft viel unverdautes Wissen in mir! Solche Tatsachen sollten einem doch in Fleisch und Blut übergegangen sein. Wir lernen alles in der Schule, nur nicht denken!

Ich sehe alle Zukunftsmöglichkeiten so klar vor mir, und die schönste, daß ich mit dem Kind gesund nach Hause zurückkehren könnte, scheint mir so ganz und gar unwahrscheinlich, daß bei ihrer Vorstellung mir die Träume kommen. Und doch ist nicht ein Schatten von Todes»furcht« in mir und die Stimmung jenes Junitages vor einem Jahr, als ich dem inneren Ruf, der *dies* von mir verlangte, nachgab, jenes »Komme ich um, so komme ich um«, lebt unverändert in mir. So groß mein Wunsch nach noch mehr Kindern immer in mir gewesen ist, so bestimmt ich an jenem Morgen zu fühlen glaubte, daß nicht dieser Wunsch allein sich so mächtig in mir regte, sondern daß ein Unsichtbares von mir Gestalt und Leben forderte – im letzten Grunde war es das Bewußtsein, daß ich mich endlich bedingungslos meinem Schicksal hingeben durfte, das mich beseligte und trug, wie es mich nicht aufgehört hat zu tragen.

Und darum dürfen mich jetzt auch die Gedanken, wie es für meine geliebtesten Menschen nach meinem Tode werden sollte, nicht mehr beunruhigen. Es wird doch eines jeden Schicksal sich so entfalten, wie es soll, und wenn es Heilwig bestimmt war, ohne Mutter aufzuwachsen, so habe ich sie schon in dieses Schicksal hineingeboren, ebenso wie es über meine geliebte Mama grausam verhängt sein würde, noch an ihrem Lebensabend einen solchen Verlust zu erleiden. Zwischen diesen beiden fühle ich mich wie das Glied einer Kette und weiß, daß die Kette, wenn ich ausscheide, nur geheilt werden kann, indem Mama und Heilwig sich eng aneinander anschließen, und eines dem anderen mich ersetzt. Ich habe das feste Vertrauen, daß Mama meinen Wunsch, zu Heinrich zu ziehen, erfüllt.

Das alles habe ich weniger für mich selbst als für Euch drei, eben Ihr meine liebsten Menschen, niedergeschrieben, Ihr die einzigen, von denen ich zu wissen glaube, daß Ihr mich wirklich vermissen würdet. Ich habe diese Zeit nicht in »Todesahnung« gelebt, sondern so bewußt glücklich und lebendig wie noch nie. Es war ein Überquellen von neuen Möglichkeiten in mir, die ganze Welt rief mich zur Teilnahme an, ich habe soviel Arbeitspläne wie in keinem Jahr seither. Doch habe ich gelebt wie, glaube ich, unsere

Soldaten leben, mit der Gewißheit eines Kampfes auf Tod und Leben vor mir – und still in dieser Gewißheit.

S. M. hat an die Kaiserin telegraphiert: »Freue mich, Dir mitteilen zu können ... « Welche Wendung durch Gottes Fügung, daß deutsche Kaiser jetzt Derartiges im Ansichtspostkartenstil abfassen! – Ach, aber der arme Kaiser!

26. März

Ach Gott, ich wünschte mir Forscher, Seeleute, Soldaten, Kaufleute zu Söhnen – nur keine Künstler! Am liebsten hätte ich wohl einen Germanisten im umfassendsten Sinne und einen Naturforscher, in der Hauptsache Ethnographen und Anthropologen, der weite Reisen macht – ach, und ich wollte, sie hätten den Geist, der wie fressendes Feuer ist – keinen »Ehrgeiz«, nein, aber die heilige Rastlosigkeit, die in unserer Familie erloschen zu sein scheint – wenn sie je vorhanden war. Ja, mein Vater hatte sie, vielleicht auch der Großvater Heinrich Alexander, aber ich wünsche sie auf die höchsten Ziele gerichtet zu erleben, und schließlich wird sie bei mir selbst ausbrechen, ich fühle es – hier oder dort. Ich habe lange gebraucht, um zu erkennen, daß nur sie das Leben würdig machen kann. Und wo sie sich bei mir regte, habe ich sie nicht erkannt. Jetzt erst weiß ich, wie schön, wie rein und zärtlich meine Jugend war!

5. April

Es klingt ein wenig kindlich, was ich da an Wünschen hinsichtlich der Berufe meiner noch so völlig ungeborenen Söhne äußerte – aber das ist ja fast langweilig zu betonen, daß mir in erster Linie am Menschen liegt – das versteht sich doch von selbst! Ich habe lange über Erziehung nachdenken müssen und schmerzlich eingesehen, daß ich aus eigener Unreife – aus Bequemlichkeit – Heilwig von Anfang an ganz schablonenhaft erzogen habe, so laisser faire, laisser aller. Und doch weiß ich nicht, ob es mir je gelingen würde, ein Kind so zu erziehen, wie es mir jetzt vorschwebt, es gehört eine unendlich ausdauernde Kraft dazu, von Tag zu Tag gleichmäßig weiterzubauen. Dabei kann vom eigentlichen »Bauen« auch gar nicht die Rede sein, es ist ja nur ein Pflegen, ein Entwickelnlassen des Vorhandenen, ein Befriedigen und Anleiten der Wißbegierde, ein Erkennen und Dämpfen oder Bestärken der seelischen Anlagen. Aber eben: Von Tag zu Tag!

10. April

Dankbar bin ich, so lange hinter der falschen Auffassung der Menschen gelebt zu haben und noch zu leben, wie in einer Wolke, die vielleicht die Umrisse meiner Gestalt hatte, aber mich verbarg. So lebte ich als Kind und Mädchen und noch lange Zeit auch vor mir selbst – jetzt aber weiß ich, wer ich bin, und will rücksichtslos von mir fordern.

Menschen wie Agnes Miegel, die in mir nur den Künstler sehen wollen, irren Gottseidank so tief! Mein ganzes Streben, unbewußt und immer mehr bewußt werdend, geht auf die Entfaltung der dienenden, opfernden, gottbestimmten Seele. Nach Harmonie in dieser Entfaltung, Einklang aller Kräfte des Geistes in Erkenntnis meiner Pflichten.

Bewußt erzogen waren die großen Menschen des achtzehnten Jahrhunderts. Damals wußte man, was Zucht und gleichmäßige Ausbildung der Gaben war. Diese Kenntnis ist trotz aller Faselei vom Jahrhundert des Kindes verloren gegangen, man läßt die Kinder aufwachsen wie das liebe Vieh bei aller Zivilisation, allem Sport und aller Hygiene.

11. April

Gestern schrieb ich an Hel. Kehrhahn und Cl. Reinicke mit der Bitte um Lebensmittel.

Begann endlich mit einem gewissen Behagen, da es nun doch schon geraume Zeit in mir lebendig ist, das erste Kapitel von Pieter Steenbock.

19. April

Von acht Stunden lag ich wieder fünf ganz hell wach, von dem Kinde durchtanzt. Es hat nun schon so warme feste Gliederchen, die ich in mir entlang wandern und tasten fühle – es scheint ihm sehr eng zu sein da drin. Und ich war so übervoll von Lebensgefühl und Zukunftshoffnungen – wenn auch alles fehlschlagen sollte, nie wird diese Zeit verloren gewesen sein, und wenn ich sterben müßte, so würde ich nur einen Schritt zu tun brauchen in das ewige Schaffen hinein. Ich denke nur manchmal mit einem Schatten von Angst daran, daß ich leben bleiben, aber körperlich zerstört sein könnte, so weit, daß eine geistige Ermattung einträte, die dies alles, dies innere Blühen, zuschanden machen könnte.

Eigentlich weiß ich ganz genau, wie es zum Belächeln ist, sich vorzunehmen, in erster Linie ein großes und ein ganz kleines Kind zu pflegen, seinem Mann soviel zu sein, als er braucht, daß diese drei zu ihrem vollen Recht kommen – den Haushalt zu führen, daß er wie geölt läuft – drei, vier, fünf Bücher zu schreiben, und – sich heimlich zum Abiturium vorzubereiten!

Ein Mensch wie ich ist immer der Mißdeutung ausgesetzt, selbst von denen, die einem am nächsten stehen. Von Heinrich sehe ich ab, er ist so gerecht wie ein makelloser Spiegel. Aber: Hüte dich vor deinen Freunden! Bewußte Abgrenzung, tiefste Verschwiegenheit vor sich selbst, Überwachung jeder bekenntnishaften Äußerung. Ich habe mich in den letzten Jahren ein paarmal so restlos preisgegeben und muß die Folgen tragen. Jetzt werde ich es anstreben, mein Innerstes nur als *Wirkung* darzubieten, nicht seine Ursachen aufzudecken suchen. Die Gesetze seiner Seele darf nur man selbst allein kennen.

28. April
Arbeitspläne: Im Zeichen des Steinbocks (Roman). Das Labyrinth (Forsters Leben, Roman). Das Wunschkind (Roman). – Der große Erziehungsroman, der mir erst in Umrissen vorschwebt, in dessen Mittelpunkt die Frau mit den sieben Kindern von verschiedenen Männern steht. – Eine Novelle, »Neid« oder so ähnlich – Neid der viel älteren kinderlosen Schwester auf die jüngere, die ein Kind erwartet. Darstellung des vergifteten Muttergefühls. – Die Tagebuchnovelle von dem Krüppel, der Bibliothekar bei der schönen Prinzessin wird u. sich in deren häßliche Stiefmutter verliebt. Reiz der pointierten Form der einzelnen Kapitel.

Ausarbeitung eines Erziehungs- und Unterrichtsplans a) für mich selbst, b) für meine Kinder. b) ist die Bedingung für a)! Alles, was ich unternehme, hat einzig unter diesem Gesichtspunkt Wert und Zweck. Meine ganze literarische Tätigkeit hat sich dem unterzuordnen, und ich bin von dem brennenden Wunsch erfüllt, meinen Kindern auch äußerlich das Leben so einrichten zu können, wie es meinen Plänen für sie entspricht. Dazu brauchte ich ein Vermögen von 300 000 bis 500 000 Mark – also nicht allzuviel vom Standpunkt eines Krösus' aus.

In der Berliner Klinik, 2. Juni

Zur Beachtung für dich, liebster Heini: Ehe Mama zu Euch zöge, *wenn* sie sich dazu entschließen könnte, müßte sie jedenfalls wenigstens ein halbes Jahr zur gründlichen Erholung in Baden-Baden oder einem anderen Sanatorium und zum Ordnen ihres Umzugs haben. In der Zeit könnte vielleicht Fr. Radecke zu Euch kommen, die Mama noch schön in Eure Gewohnheit einführen würde. Frau Oberpfarrer J. weiß ihre Adresse immer.

Es ist Zeit, daß die Entscheidung fiele!

3. Juni

Ich schrieb wenigstens ein kleines Stück an Steenbock, machte außerdem mein Bett und meinen Waschtisch und wischte Staub – also doch ein Minimum an Tätigkeit. Außerdem beginne ich den Tag regelmäßig mit einem Paulus-Kapitel und einem Stück aus Weinels Paulus-Buch, was mich sehr befriedigt. Mein guter Heini – so gut zu mir, so freundlichen Herzens und mir so innerlichst verwandt wie kein anderer Mensch auf Erden – das gehört nicht hierher, aber es sollte ausgesprochen sein . . .

Agnes und ich – Gegensatz von unbewußt und bewußt – ihr Hellsehen ist das atavistische, dunkler und starker angeborener Trieb, der sich nicht unterdrücken läßt und den ganzen Menschen beherrscht. Ihr Aberglauben, ihre Abhängigkeit von Antipathie und Sympathie, kurz, ihre ganze menschliche Anlage läßt sich darauf zurückführen.

Mein Hellsehen, das ursprüngliche, sehr schwach entwickelte, und allerdings sehr früh und ausgeprägt vorhandenes Durchschauen menschlicher Zusammenhänge und Absichten. Also mehr künstlerisch bestimmt, nichts von jener Urkraft oder jenem Urzustand der Seele, vor dem gewisse Schranken nicht bestehen und der es zuläßt, daß die uns verschlossene Welt der Geister frei hinüberwogt.

7. Juni

Was für Wälle von körperlichem Widerstand muß ich vor dem Entschluß zur geringsten geistigen Anstrengung immer erst niederwerfen! Zu jeder körperlichen Tätigkeit bin ich schneller bereit, auch zu denen, die nicht angenehm sind. Nein, ich bin nicht »durchgeistigt«, ich bin träge, von unbefangener Sinnlichkeit, meinem Körper untertan, das Denken wird mir schwer, und was ich bisher auf geistigem Gebiet geleistet habe, verdanke ich Augenblicken, in denen der Körper schlief wie ein satter Fronvogt, in denen der Geist unbeaufsichtigt jubilierte. Und darum muß ich mich jetzt in Zucht nehmen, ehe es zu spät wird.

8. Juni

Neumond! Nun wird es in jeder Beziehung bei wachsendem Licht geboren werden, denn vor den Sonnenwendtagen wird es doch wohl da sein. Ich hoffe auf morgen, einen Sonntag.

9. Juni

Nein, natürlich nicht! – –

Flandern – was war das früher für ein romantisches schönes Wort – so etwa: »Wolken und Möven wandern, Und haben einander nicht acht – Was weiß ein Herz vom andern? Es liegt eine Stadt in Flandern, Da bin ich jede Nacht . . . « (Schücking)

(Na, ganz abgesehen davon, daß es eigentlich das einzige Reimwort auf andern, wandern wäre!) Jetzt aber – Flandern – das klingt nicht anders, als wenn man mit einem Stock an einem Staketenzaun entlangfährt, und es erweckt keine anderen Vorstellungen als die von Tod, Lehm, Nässe, Blut, Öde. Und »Champagne«: das ist nur noch eine Kalkgruft.

Schon vor acht Tagen ungefähr rief mich die erste blühende Linde leise duftend bei Namen, und heute tat es wieder eine. Das Jahr ist um, und die Zeit ist erfüllt. Denn mit der Lindenblüte kam es vor einem Jahr unwiderstehlich über mich, daß ich ein Kind haben müßte, und da es nun, wo sie wieder blühen, vor seiner Geburt steht, weiß ich deutlicher als je, daß ich gerufen und geführt worden bin. Damals schrieb ich auch nieder, als spräche es mir ein Unsichtbarer vor:

Unsterblich duften die Linden.
Was bangst du nur . . . ?

Ach, ich bange nicht.

14. Juni

Noch immer nicht!

Gespräch. Frau H.: Oh, langsame Entwicklung ist einfach die Bedingung für ausgezeichnete Rasse! – Ich: Ach – woher haben Sie diese Theorie? – Frau H.: Ich? Mir ausgedacht! – Ich: Und wie kamen Sie dazu? – Frau H.: Nun, meine Kinder haben sich doch alle sehr langsam entwickelt.

15. Juni

Manchmal denke ich auch, mein liebster Heini – wenn du dich entschließen könntest, deinen Beruf niederzulegen u. zu Mama nach München zu ziehen, gemeinsam mit ihr zu wohnen, d. h. so, daß du ganz dein eigener Herr wärest u. in keiner Weise zu einem geselligen Leben gezwungen, das dir nicht läge. Ich weiß, es ließe sich einrichten. Du hättest einstweilen außer der kleinen Pension die Zinsen u. die Einnahmen aus Vaters Büchern, bald würden deine Einnahmen aus eigenen Büchern wachsen. Und was fehlte, würde Mama aus meinem mir zukommenden Vermögensanteil ergänzen, indem sie vielleicht Heilwigs Schulgeld u. Kleidung bezahlt.

Ach, mir liegt alles daran, Euch drei vereint zu wissen! Darum verzeiht mir, wenn ich Euch quäle.

16. Juni

Ich »weiß« so erschreckend wenig! Meine sogenannte Bildung besteht aus zusammenhanglosen Bruchstücken. Ich brauche mir nur einmal zu überlegen, was sich an Weltgeschichte in meinem Gedächtnis vorfindet. Nebel überall. Allgemeine Begriffe, Pyramiden, Hieroglyphen, Pharaonen, Athen und Sparta, griechische Nasen, Parthenon, Blutsuppe, der Fuchs unter dem Mantel des spartanischen Knaben. Perikles, ein schöner Mann im weißen Mantel (edler Faltenwurf, schöne Gebärde des Redners), goldenes Zeitalter um ihn rum, nicht wahr, Olivenhain, Hermen, schmale Lorbeerkränze. Na, und so fort, so in allen Zeitaltern, Eindrücke, aber kein Zusammenhang.

Warum kann ich auf einmal nicht so weiterleben mit diesem verschwommenen Gehirn? Es ist nichts Gewolltes oder Erzwungenes hierbei, es ist ein Bedürfnis nach Ordnung, nach geistiger Beherrschung. Ich sehe endlich ein, wie stumpf ich den Dingen gegenüber blieb, die mir nicht schmeichelten oder wohltaten.

11. Juli

Heute vor drei Wochen – am 20. Juni – ist mir nicht ein Sohn, aber meine süße Tochter Ulrike geboren worden.

Gott war uns gnädig!
In fünf Tagen dürfen wir nach Hause zurück, wenn alles gut bleibt wie bisher. Mir ist oft, als träumte ich.
Ich werde über dieses Kind zu Hause anfangen ein genaues Tagebuch zu führen, Notizen über seine ersten Wochen habe ich mir in meinem kleinen Buch gemacht.
Heute ging ich zum ersten Male aus – seltsam, seltsam süß ist neu geschenktes Leben.
Und nichts ist zerstört in mir – ein wenig körperliche Mattigkeit ist noch vorhanden – viel nervöse Ängstlichkeit um das Leben des Kindchens – aber das wird sich bald geben.

24. Juli

Meine süße Ulrike starb am 20. Juli 18.

Gültig zur einmaligen Heimreise
1915 – 1923

> *Wir leben immer in der Zukunft. Es ist seltsam,*
> *wie traumhaft, episodenhaft uns diese unerträglich lange*
> *amerikanische Gegenwart vorkommt.*
>
> *Willy S. 1917 an seine Mutter*

Er ging mit schwerem Schritt in New York an Bord der »Hellig Olaf«. Er ging mit leichtem Schritt an Land in Kopenhagen, vierzehn Tage später. Die Überfahrt war stürmisch, doch er genoß sie, entdeckte sein Entzücken an Menschen wieder und spürte, daß die Leute ihn gern mochten. Er war der einzige deutsche Passagier und ein Mann ohne gültige Papiere. Zwar besaß er eine Art von Paß, ausgestellt von der Schweizer Botschaft in Washington »in Wahrnehmung deutscher Interessen«. Aber dieser ausschweifend bedruckte Bogen mit rotem Siegel (»Valid only for use in travelling to Germany«) hatte seine Laufzeit von sechs Monaten schon gehabt, bis Ende Oktober 1919. Jetzt war November. Trotzdem reichten die amerikanischen und dänischen Behörden den Dr. Willy S. von Station zu Station. Selbst dem Lebensmittelkartenamt München schien das Papier am Ende gut genug, um Anfang Dezember seinem Inhaber Daseinsrecht zu bescheinigen.
Der Mann, den es also eigentlich nicht gab, kam fünf Jahre zu spät nach Hause. Das war nicht seine Schuld. Eine Zeitlang war der Dr. S., »der in das Land des Kaisers zurück will, um sein neues Buch zu veröffentlichen«, ein beliebtes Thema für Notizen in der US-Presse. Aber bereits das noch neutrale Amerika, vertreten durch seinen Generalstaatsanwalt, wollte den Gast nicht gehen lassen: dieser Gast war den Briten auf Samoa entkommen, und die Briten verstimmte man nicht gern. Der Dr. S. brauchte sich ja auch nicht zu beklagen. Er konnte wohnen, wo er wollte im großen Amerika,

und ohne Mittel war er auch nicht. Er wohnte also in New York, später in den Fichtenwäldern von Lakewood, in Cincinnati und am Ende wieder in New York. Und er gründete eine Familie – etwa so, wie jemand etwas tut, der nichts Besseres zu tun hat.

Während des düsteren und einsamen Winters in Brooklyn, Willy wartete auf das rasche Ende des Krieges und skizzierte den Roman über Samoa, schrieb er viele Briefe nach Hause. Einige gingen dann auch nach England, an ein Mädchen, nach dem er sich bei Münchener Freunden erkundigt hatte: »Was macht die rüstige Sylvia?« Das war Sylvia Möller-Garcia della Huerta, ein wildes Geschöpf aus britisch-spanisch-chilenischer Familie. Sie hatte in München Musik studiert und Willy nicht ungern gesehen. Nun war sie nach Sussex zurückgekehrt. Im Laufe der Korrespondenz wurde ein Heiratsantrag ausgesprochen. Sylvia nahm ihn nicht nur an, sie setzte sich kurz nach dem Untergang der »Lusitania« den Gefahren einer Atlantik-Reise aus. Im Frühsommer 1915 heiratete die rüstige Sylvia in New York den unbehausten Willy.

Sie behauste ihn unverzüglich. Sylvia war nicht nur ein interessantes Mädchen, sie war auch sehr begütert. Willy war mit einem Schlag für die Zeit seines Exils, immerhin fast fünf Jahre, und auch für die Zeit danach, aller wirtschaftlichen Sorgen enthoben. Dies war gewiß nicht der Beweggrund für seinen Heiratsantrag gewesen. Daß er aber die Nebenwirkung flüchtig bedacht hat, etwa als eine seinem Talent zustehende Segnung guter Sterne: dies soll nicht ausgeschlossen werden.

Fest steht, daß Willy und Sylvia sich aneinander entzückten. Sie bekamen zwei Kinder in Amerika und lebten ein klein wenig außerhalb ihrer Zeit. Sylvia hatte in den Staaten Freunde und Verwandte, die nun auch Willys Freunde und Verwandte wurden. Der Autor war dabei nicht faul: er schloß zwei Rohmanuskripte ab, das des Samoa-Romans, »Der Buschhahn« – und das der Geschichte von zwei verschiedenartigen Vertretern deutscher Wesensart auf amerikanischem Boden, »Der neue Daniel«.

Gleichwohl, es ist dem unfreiwilligen Exilanten nicht bekommen, daß er an des Tages Notdurft keinen Gedanken verschwenden mußte. Es hätte den Zwang gebraucht, zwischen seinem siebenundzwanzigsten und zweiunddreißigsten Jahr irgendwie mit seiner Umgebung auf Berührungsnähe zu kommen. Der Weltfahrer machte nicht den geringsten Versuch, sich zu akklimatisieren.

Mehr noch: der Abenteurer war auf das gewaltige Land USA überhaupt nicht neugierig. Er mochte es nicht. Er nahm es möglichst wenig zur Kenntnis. Er saß seine Haftzeit ab, das war alles. Gewiß, viele Amerikaner waren damals den Deutschen nicht freundlich gesinnt. Das erschreckte Willy, der so gern geliebt wurde. Aber war er nicht stets süchtig gewesen nach Ferne und fremden Küsten? Hätte es ihn nicht reizen müssen, einmal wenigstens sein Weltbild auch an einem Menschenschlag zu erweitern, der nicht in naturhaftem Dämmerzustand lebte?

Er hat das nicht getan. Später sprach er von der »eisernen Rollwand« des Krieges, die in seinem Leben niedergegangen sei. Jedermann deutete dies so, wie es naheliegend schien: da waren nicht nur die fünf Wartejahre, da waren auch die Kriegsfolgen, die einem Reisenden von Geblüt die Welt für längere Zeit verschlossen. Diese Deutung reicht nicht aus. Die Rollwand: das waren die fünf Jahre in einer Umgebung, mit der Willy wider Erwarten überhaupt nichts anzufangen wußte.

Willy, dieser mächtige und schwere Mann, scharfzüngig, geistreich, zur Heiterkeit geschaffen, mit einer medialen Einfühlungsgabe gesegnet, ein Sprachmeister aus eigenem Recht, Willy, der viele Geheimnisse ahnte, er war das zarteste und am meisten bedrohte Reis, das die sonst doch leidlich widerstandsfähige Familie S. hervorgebracht hat. Er brauchte viel mehr Wärme, Pflege, Freundlichkeit und Betreuung als alle anderen. Wenn er blühen sollte, mußten die Umweltbedingungen sehr günstig sein. Dazu gehörte auch, daß er aus Wurzeln lebte, die an einer ganz bestimmten Stelle im Boden saßen, nämlich in München. Er hatte eine Leidenschaft für große Reisen und dafür, sich in fremde Mentalitäten hineinzufühlen – dies aber nur, wenn diese Mentalitäten im Stadium eines naturhaften Wachstums waren. Die hochachtungsvolle Abneigung gegen die Briten wurde ein Leitmotiv seines Daseins. Freund aber war er den Naturkindern, über die jene Briten – oder auch die Deutschen – sich gesetzt hatten.

Willys Reisen waren erfolgreich und fruchtbar, wenn sie nach einer nicht übermäßig langen Zeit am Ausgangspunkt endeten. Er kam ohne sein Zuhause nicht aus, und er brauchte – so gut wie ohne Vater aufgewachsen – stets auch seine Mutter (und ein wenig seine mütterliche Schwester Ina). Fünf Jahre lang entbehrte er all das, und es ist ihm nicht bekommen.

Der Passagier der »Hellig Olaf« hatte zwei Romane im Gepäck. Sie erschienen erst Jahre nach seiner Ankunft. Das lag nicht allein an der schwierigen Nachkriegszeit: die Arbeit mußte noch einmal zurechtgeschliffen werden, und das konnte Willy nur zu Hause in München. Er ließ sich zunächst bei seiner Mutter nieder. Später bezog er mit Sylvia und seinen Kindern eine Wohnung.

München wetterleuchtete um diese Zeit. Die neue deutsche Republik war nicht populär. Eine Räterepublik freilich war es noch weniger, und ein eigener anerkannter König war leider doch nicht zu haben. Der Sprengstoff, der hier herumlag, hätte ein Vierteljahrhundert später genügt, auch träge Bürger zu alarmieren. Nach dem Ersten Weltkrieg richteten sich diese Bürger grantig und weithin pomadig in den neuen Verhältnissen ein, als sei eigentlich nichts geschehen. Das war in München nicht anders als in Berlin. Bald nach Versailles breitete sich jene Indifferenz aus, die später den Österreicher aus Braunau von seiner Zentrale München in die Metropole schwemmen sollte.

Des Heimkehrers Willy Auge war da nicht schärfer als das seiner Mitbürger und Gefährten von einst. Jetzt galt es, zu leben – mit all der spielerischen Schicksalsherausforderung, der Leichtherzigkeit, dem Lebenshunger der Entkommenen. Schwabing war in jenen Jahren noch mehr ein geistiger Zustand denn eine Amüsier-Oase. Willy hauste sich dort ein als ein halbwegs erfolgreicher Autor, als ein Mannsbild mit Kumpanen. Gewiß, sein Herz machte ihm bisweilen zu schaffen. Doch das ließ sich vergessen – und war es nicht bisweilen so, als sei zwischen 1914 und der neuen Zeit kaum ein Tag vergangen?

Natürlich, immer war es nicht so. An Reisen durfte man nicht denken. Auch gab es Narben, die die Zeit hinterlassen hatte. Doch oft genug fühlte sich Willy von ewiger Jugend beschwingt wie Peter Pan, ein Mann, der seiner kleinen Zauberkräfte noch gewiß schien. Willy machte sich an neue Expeditionen, tastend zunächst – diesmal in das nahe gelegene Reich des Okkultismus und anderer Phänomene zwischen Himmel und Erde, von denen Schulweisheit nichts weiß.

Seine Geschwister hatte der Heimgekehrte nicht ganz so vorgefunden, wie sie ihm im Gedächtnis waren. Dies und jenes Buch von Ina, auch von Heinrich Wolfgang war in seine Hände gelangt. Aber es überraschte ihn doch, daß sich das Verhältnis zwischen ihm und seiner Schwester ganz ohne Absicht, aber spürbar verschoben hatte. Dies war nicht mehr der weibliche Mensch, der zu dem jüngeren Bruder aufblickte, weil jener den Zauberstab besaß, die Magie und den Traum. Ina hatte nun selbst einen Zauberstab – eine Tatsache, von der sie keinen Gebrauch machte, nur, ihre durchaus nüchternen und bürgerlichen Äußerungen über Willy und seine Sorgen entbehrten doch fast des Respekts. Bei der kleinen Schwester Annemarie überraschte Willy das weniger, Annemarie hatte sich immer sehr zur Sache geäußert, allzu sehr – aber auch sie war nun mehr als ausgewachsen, selbstsicher, und bestimmt nicht schlecht auf der Bühne.

Es tat Willy gut, daß er beiden ein wenig helfen konnte. Er war der einzige von ihnen, der über Devisen verfügte. Er schenkte gern und sah gern jedermann glücklich. Es wurde ihm erst spät klar, daß dieser Rückhalt seines Daseins sich aufzulösen begann. Sylvia entwickelte die Neigung, das Abenteuer ihrer jüngeren Jahre zu beenden. Der Willy in Deutschland war nicht mehr der gleiche wie der Willy in Amerika. Die Verzauberung des Ausnahmezustands war gewichen. Zudem, Sylvia war eine deftige Person, die an ihrem Gefährten Abhängigkeit schätzte – wobei finanzielle Abhängigkeit gar nicht einmal die Hauptrolle spielte, denn wozu das Selbstverständliche bedenken? Willy war taub den Signalen gegenüber. Es tauchte dann schließlich ein sehr passender Begleiter auf, der Sylvia »seine muntere Männlichkeit zu Füßen legte« (Willys Formulierung).

Sylvia begehrte die Scheidung. Willy gewährte sie ihr arglos, zerstreut und großzügig, just, als die Inflation ihrem Höhepunkt zukletterte und die kleine Schwester Annemarie auf Weltreise ging. Er verzichtete auch auf alle Rechte an seinen Kindern. Er baute auf eine nicht minder großzügige Haltung bei Sylvia. Hier irrte er. Er ging als freier Mann aus den Verhandlungen hervor – so, als sei er nie verheiratet gewesen, und das in jeder Beziehung.

Doch immerhin, er stand auf vertrautem und eigenem Boden. Er hatte Hoffnungen und Pläne, er hatte das Selbstbewußtsein, das Talent verleiht. Dieses Talent hat dann auch einige Versprechen eingelöst. Es scheint darum berechtigt, wenn sich Willy auch am Ende dieses Daseinsabschnitts nicht als geschlagener Mann fühlte.

Auftritt, bitte
1894 – 1932

> *Mir ist es ja lieber wenn Blut fließt, und sei es mein Eigenes,*
> *als wenn alles trüb erstarrt und auf Wachstum verzichtet.*
>
> *Annemarie S., damals Annemarie von Hoboken,*
> *an ihre Schwester Ina, 1928*

Die Kritiker lobten ihre Auffassung des Ariel im »Sturm«. Dabei war sie doch eigentlich ein Geschöpf des Wassers.

Während einer der letzten Vorstellungen im Sommer 1921 stürzte Ariel, schlug hart auf die Bretter des Preußischen Staatstheaters am Gendarmenmarkt. In der Nacht verlor Annemarie S. das Kind, das sie seit ein paar Monaten trug. Sie war sechsundzwanzig Jahre alt. Seit 1915 hatte sie auf den großen Münchener Bühnen und in Berlin mehr als vierzig Rollen gespielt, die Wendla und die Julia, das Gretchen und das Käthchen, die Pippa von Hauptmann, die Anna von Johst. Das hatte ihrer ungemeinen Weltgefräßigkeit nicht genügt. Sie pumpte sich voll mit der geistigen Unruhe ihrer Zeit, lesend, fragend, sitzend, zuhörend – ein Nachtgeschöpf, doch fleißig am Tag.

Viele ihrer Rollen überforderten ihre delikate Physis, ihre Stimmbänder, ihre Lunge. Das Publikum merkte davon wenig. Daß Annemarie nicht auch noch in Reinhardts nächtlichem Cabaret »Schall und Rauch« auftrat, war nicht ihrer Vernunft zu danken: es erwies sich, daß sie nahezu unfähig war, eine Melodie wiederzugeben. Das hätte sich voraussagen lassen – sie hatte sich den ihr typischen Sprechduktus gegen den Rhythmus nicht zurechtgelegt; er war ihr natürlich. Gleichwohl war sie nach allen Berichten eine recht gute Schauspielerin. Am stärksten aber wirkte sie, auch dafür zeugen die Berichte, durch ihre einigermaßen hintergründige, elbisch verlockende Mädchenhaftigkeit.

Im Sommer 1921 gab sie zögernd ihrer Schwäche nach, begehrte wohl auf, beschied sich dann aber, zog sich für einen Erholungsmonat zurück zu ihrer Mutter Emmy S. in München. Ihr Gefährte begleitete sie, bewachte sie von fern, wurde von Emmy freundlich aufgenommen – so wie auch Ina ihn freundlich und ohne Fragen zuvor in Eberswalde aufgenommen hatte: ein junger Dramatiker, dessen erste Hauptrolle Annemarie am wenigsten Anstrengung beschert hatte.

Sein Stück »Kreuzweg« verschwand nach drei Vorstellungen aus Jessners Spielplan. Er hieß Carl Zuckmayer.

Annie, obwohl sie ihrer Mutter sehr zugetan war, dehnte den Aufenthalt nicht über Gebühr aus. Sie hatte den Traumsprung aller deutschen Schauspieler nicht gemacht, um schon nach anderthalb Jahren aufzugeben. Sie spürte auch, daß München ihr gefährlich werden könnte: dies war ihr ureigenes und geliebtes Terrain, hier waren ihr Gesichter, verborgene Wege, Stimmungen und Temperamente vertraut. Hier war sie zudem, bei Emmy zu Hause, zwar in alle möglichen Verwirrungen geraten, nie aber in Geldknappheit und kleinen Haushaltsärger. Andererseits war Mama gar nicht so einfach, und Annie hatte in München stets auf zwei Arten gelebt: neugierig, wenn auch stets »Tochter aus gutem Hause«, auf dem Spielplatz an der Isar – daheim aber auf Katzenpfoten.

Die große Schwester Ina hatte geheiratet, als Annie zwölf Jahre alt war. Als der große Bruder Willy endgültig auf Reisen ging, war die kleine Schwester achtzehn. Sie wußte, daß sie von etwas anderem Schlage war als ihre Geschwister: früh geprägt von einem kühlen, zupackenden Realismus, der sie rücksichtslos die Dinge so benennen ließ, wie die Dinge waren, oder doch so, wie Annie sie sah. Sie streifte, um Jahre jünger, noch die gesellschaftliche Welt ihrer Geschwister, doch sie suchte sich selbst Freunde und Mentoren. Als junges Mädchen war sie gern gesehen bei begüterten Damen mit Interesse für Antiquitäten. Endlich setzte sie mit schöner Bestimmtheit durch, daß sie Schauspielunterricht bekam.

Sie war von erfrischend respektloser Höflichkeit. Sie fragte, wenn sie etwas wissen wollte, und es war ihr dabei gleichgültig, ob der Befragte Werfel hieß oder Erich Mühsam. Sie las ausschweifend. »Empfiehl mir, was ich jetzt noch kennen muß«, stand in ihren Mädchenbriefen an Ina, oder: »Das mußt du lesen«. Sie hatte wenig Backfischleidenschaften. Als sie für Liebesgeschichten sich alt genug fühlte, fehlte ihr Zeit dafür.

Sie war schon neunzehn, als sie die Bühne betrat. Den Ausbruch des Ersten Weltkrieges um diese Zeit nahm sie nur am Rande zur Kenntnis. 1914 fand sie einen Meister und Magus: Albert Steinrück. Er brachte ihr eine Menge bei, und er verzückte sich in den Pagen, den Mädchenknaben, in das junge Geheimnis, das nach soviel alter Weisheit schmeckte. Annie liebte ihn auf eine Art, die über Verzückung hinausging. Beide waren am Ende kühl genug und weise genug, sich zu trennen – aber niemals ganz und gar.

Als Steinrück 1929 starb, lebte Annie im Ausland. An Ina schrieb sie: »Knurrend mit gesträubtem Haar umwandere ich diesen Tod in kleinem Umkreis. Die Tabulinie habe ich noch nicht überschritten. Ich fürchte mich in einen Stein zu verwandeln. Ich habe ihm doch einmal geschworen ihn nicht zu überleben. An einen anderen späteren Schwur hat er mich kürzlich erinnert. Er zog es aber vor sich kostbar zu machen. Dem langen Siechtum eine lange Zunge, und tausend warnende Vergeltungsfinger schweben erfroren in der Luft. O mein Gott, hast Du den Veilchenkranz bestellt. Ich bin jetzt wahrhaftig froh wenn er unter der Erde liegt oder im Feuer, es ist doch die schlimmste Zeit dazwischen.«

Steinrücks Exempel lehrte den Pagen auch, daß Alkohol ein nützliches Mittel der Entspannung und Beschwingtheit sein kann. Genuß mit Maß war des Magus' Sache nicht, und später auch nicht Annies Sache. Es hat sie dies vor anderen Giften, Nikotin ausgenommen, zeit ihres Lebens bewahrt. Rauschmittel, obwohl sie öfters dem Klima ihrer Gesellschaft und vielleicht auch ihrem Naturell entsprochen hätten, hat sie nie genommen. Daß sie von ihrem sechsundzwanzigsten Jahr an lange Zeit auf Spirituosen verzichtete, ist der Gesellschaft des Weintrinkers und Weinpropheten Zuckmayer zu danken.

»Das Carlchen«, das seine Münchener Tage mit Auftritten im »Simplicissimus« spärlich finanzierte, sah Annie häufig. Ohne es war sie einige Male im gemieteten Haus eines Bekannten, der viele Gäste bewirtete und vorübergehend mit der ansehnlichen Schwabinger Muse Marietta zusammenlebte: er war ein reicher Mann aus Holland, man sprach von Millionen, die ihm der Zuckerhandel einbrachte, Antony van Hoboken. Er war nicht ausschließlich ein reicher Mann, er gestattete sich mit Talent und ohne Hast Studien der Musikforschung. Seine Ortsbestimmung und seine Sammlung von Haydns Werk würden später als wichtiger Beitrag zur Musikgeschichte gelten. Die Münchener Tage schienen freilich mehr vom Lebensgenuß bestimmt.

Annie und Zuckmayer kehrten nach Berlin zurück. Das Carlchen arbeitete an seinem Wiedertäuferdrama, Annie probierte und spielte nacheinander Büchners Lena, Barlachs Sabine, Raimunds »Phantasie« und Hauptmanns Hannele. Man sprach gelegentlich von Heirat, das Jahr 1922 brach an, und Annie ging es von neuem nicht sehr gut. Ihr Husten war wieder ausgebrochen, schlimmer denn je. Im naßkalten Februar bekam Annie hohes Fieber und mußte sich krank melden. Beide hatten kein Geld. »Ich machte verzweifelte Anstrengungen«, schrieb Zuckmayer später, »um Geld aufzutreiben, aber es reichte nicht für einen guten Arzt und richtige Pflege. Ich hätte gestohlen oder eine Bank beraubt, wenn ich gekonnt hätte.«

Das Boheme-Märchen von Carlchen und Annie wäre wohl auf jeden Fall nach Annies Genesung zu Ende gegangen. Flüchtig streifte es die »Kameliendame«, wenn auch nicht unter dem Dach, sondern im Tiefparterre. Zuckmayer berichtet in seinen Erinnerungen, daß er eines Abends bei der Heimkehr Annies Bett leer fand bis auf einen Zettel mit der Bitte, er möge Herrn van Hoboken in einem Berliner Hotel anrufen.

Hoboken hatte Annie im Theater besuchen wollen. Dort sagte man ihm, sie sei krank, und gab ihm die Adresse. Er erschien mit Blumenstrauß bei einer Kranken, deren Zustand ihm mit Recht bedenklich schien. Er ließ einen Spezialisten kommen, der Spezialist rief einen Krankenwagen. Annies heftige Rippenfellentzündung wurde fortan in einer Dahlemer Klinik behandelt. Später schrieb sie an Emmy von drei Wochen, aus denen sie sich »an keinen Tag erinnern« könnte. Ina, von Hoboken gerufen, kam aus Eberswalde zur Pflege. In Annies Lungen war ein feuchter Fleck gefunden worden.

Hoboken war in jenen Tagen nichts weiter als der gütige Mäzen, der die beträchtlichen Kosten übernahm. Über seine freundschaftlichen Gespräche mit Zuckmayer wird leider nirgends berichtet. Das Carlchen war damals noch wesentlich ärmer als Annie, und Annie brauchte eine Kur im Süden. Zuckmayer berichtet, er habe Annie in jenen Krankenhauswochen nur noch einmal besucht. Es sei ein heiterer Abschied gewesen. Aus den Augen verloren haben die beiden sich niemals. 1932 spielte Annie nach neun Jahren Pause noch einmal Theater: das kranke Mädchen in der Berliner Uraufführung des »Hauptmann von Köpenick«.

1922 aber ließ sich die Leidende vom Theater Urlaub geben und reiste für den April nach München, während ihre Mutter in Eberswalde bei Ina sich aufhielt. Es war gelungen, Emmy die Krankheitskatastrophe weitgehend zu verschleiern. Annie hatte Hobokens Einladung angenommen, als sein Gast ihre Lungen in Lugano und am Lido auszukurieren – mit nichts weiter als seiner distanzierten Anwesenheit. Es spricht für Annies Suggestionsgabe, daß sich Emmy und Ina dabei still verhielten – und es spricht für Annies berechtigtes Selbstbewußtsein, daß sie in München ihre Pläne nicht revidierte: dort sah sie, wie Willys Ehe mit der begüterten Sylvia auseinanderbrach.

Während des Mai und Juni kehrten Annies Kräfte verhältnismäßig rasch zurück, im »Grand und Palace« am Luganer See, im »Excelsior« am Lido. Die Katze dehnte sich, atmete durch, nahm zu und bekam ein glänzendes Fell. Ihr Talent für diese Art von Dasein nach sieben harten Jahren war beträchtlich: »Wahrhaftig, die ganze Niedertracht und Armut unserer jetzigen Verhältnisse wird viel stärker beleuchtet, wenn man wieder ein Leben führen darf, welches man früher als sein zukömmliches Recht betrachtete.«

Aber Annie wollte nicht »mit Toon so weiter durch den Sommer leben«. Anfang Juli kehrte sie nach Deutschland zurück und machte neue Arbeitspläne für den Herbst. Sie führte sie auch aus, spielte in Berlin, gastierte in Hamburg und Kiel. Zuvor aber nahm sie Ende Juli Antony van Hobokens Heiratsantrag an. Sie hatte ihn gern. Sie war ihm dankbar. Man konnte mit ihm lachen. Er verwendete seine kaum begrenzten Mittel mit Geschmack und Kultur. Annie gab ein kleines Königreich hin – um ein größeres in Besitz zu nehmen, dessen Möglichkeiten ihr schon als Kind Eindruck gemacht hatten. Jedoch, ihre Zuneigung für schöne kostspielige Dinge hätte sie nie dazu verführt, einen ausschließlich reichen Mann zu heiraten. Sie hatte auch nicht das Gefühl, »ihre Kunst zu verraten« – ein Vorwurf, der ihr später gelegentlich gemacht worden ist. Sie war, wie gesagt, tüchtig in ihrem Beruf, doch das Potential ihrer Person war stets größer als jenes ihrer künstlerischen Möglichkeiten.

Hoboken, den Toon, verlangte es nicht nur nach einem sehr attraktiven Beutestück, das zudem verkörperte, was ihn eigentlich faszinierte: eine Dame. Er liebte Annie. Es wird eine Liebe voller Neugier gewesen sein, Fesselung an das Geheimnis, das diese kleine Person umgab mit ihrer Mixtur von Kindlichkeit, altersloser Weisheit, Lebenshunger, Witz, rücksichtsloser Gescheitheit und wohl auch Grausamkeit – von der Einladung ganz zu schweigen, sie zu behüten und zu beschützen. Er hoffte, Annie würde ihn eines Tages auch lieben, und diese Hoffnung hat nicht ganz getrogen.

Auch diese Hochzeit der Seidels – im Dezember 1922 – wurde im Haus des Bräutigams gefeiert: ein immer wiederkehrender Stilbruch, für den es im vorliegenden Fall keine Begründung gibt, abgesehen von Annies Wunsch, mit Lust der Form nicht zu genügen und außerdem Emmy die Arbeit zu sparen: ein kleiner Kreis von zwölf Personen aus beiden Familien. Die Weinliste verzeichnet Mumm Cordon Rouge von 1911, Feinste Auslese Piesporter Treppchen von 1915, Corton le Charlemagne von 1904, Chateau Lafite von 1899, Schloß Johannisberger Cabinet von 1893 und Kopke's Portwine Vintage 1890. Einen Monat später verließ das Paar die trübe Gegend der langsam wachsenden Inflation und schiffte sich nach dem Fernen Osten ein – auf eine Weltreise, die anderthalb Jahre dauerte.

Diese sehr ausgedehnte und luxuriöse Wanderschaft setzte Zeichen für Annies Dasein während der nächsten neun Jahre. Wie ihre Geschwister war Annie durchaus reisesüchtig. Aber nach vierzehn Monaten asiatischer Abenteuer schrieb sie aus Kyoto: »Ich habe soviel Einfälle und keine Talente, und fange ab und zu gelinde an zu spinnen. Gott weiß ob noch mal was aus dem Theater wird – jedenfalls trübt bei bloßer Erwähnung eine zwar unsichtbare aber blauschwarze Gewitterwolke meinen Ehehimmel. Sonst ist aber alles vortrefflich und wunderschön – nur ist meine Umgebung augenblicklich vielleicht das 200. Hotelzimmer in anderthalb Jahren – was man satt bekommt wie alles Continuierliche auf dieser Welt.«

Die Heimkehr über die Vereinigten Staaten barg Verhängnis. Auf dem Atlantik gebar und verlor Annie das erste Kind ihrer Ehe. Eine Klinik in Rotterdam nahm sie auf. Später im Jahr 1924 begann dann das Reiseleben zwischen den eigenen Häusern und

Wohnungen – dem kleinen Palais in Wien, der Etage an der Seine, dem Haus in München. Annie erfuhr, daß nahezu unbegrenzte Mittel eine Bewährungsprobe darstellen, die häufig unterschätzt wird. Sie bestand sie, wenn auch mit Melancholien und gelegentlichen Ausbrüchen.

Was ihr half, war nicht nur ihr Talent für Freundschaften und ihre stets auf Distanz bedachte Zuneigung zu ihren Geschwistern – sondern vor allem die Disziplin und Konzentrationsübung ihrer Theaterjahre. Sie spielte die Rolle der auf Abstand bedachten, nachdenklichen, schwer berechenbaren großen Dame ausgezeichnet – und doch mit genügend Abweichungen von der Norm, um ihren Mann zu amüsieren.

Ihre Gefühle für Toon lassen sich gerade an dem liebevollen Spott ablesen, mit dem sie seiner gedenkt: »Für Toon ein neuer Wagen, den er mit ins Bett nimmt, wenn er nicht gerade am Volant sitzt.« »Das Tönchen ist sehr nett zu mir. Pflege sein.« »Wir haben große Beratungen über unsere zukünftigen Niederlassungen. Toon hat seine netten Pläne über kleine Landwirtschaft in der Schweiz oder Bodensee, Deutschland (mit *richtigem* Winter) hauptsächlich wegen eines kleinen Ferkels, was er endlich auf Eßbarkeit und Delikatesse richtig mästen will, das wird ihm hier verboten.« »Toon ist augenblicklich in Rotterdam, um in den natürlichen Verlauf oder Zulauf seiner Finanzen störend einzugreifen.«

1927 wurde Annie wieder ein Kind geboren, und es starb. In jenen Jahren entwickelte sie für Inas Kinder Anteilnahme von einer Herzlichkeit, die ihr nicht eigentlich gemäß war. Sie hielt es zumeist lieber mit ihrer eigenen Generation, betrachtete die Lebensäußerungen ihrer Geschwister nachdenklich und in Inas Fall mit Respekt. Die Schwestern korrespondierten viel, mit einiger Kiebigkeit, aber stets mit intensiver Neugierde aufeinander. Willy, »unseren gemeinsamen Dicken«, schätzte und verdammte Annie in einem Atem. 1929, als Emmy bei ihr in Paris zu Besuch war, als Willys zweite Ehe ins Wackeln geriet, schrieb sie an Ina:

»In Deinem Brief war für mich leider keine einzige ›Neuigkeit‹. Daß man Willy bei einer Scheidung hereinlegen würde, sagte ich Dir schon vor vier Wochen. Andererseits ist er auch wieder ein Mensch der nicht heiraten dürfte, höchstens eine ganz selbständige Frau, der es aus irgendwelchen Gründen convenabel erscheint. Aber abgesehen davon sehe ich nicht die geringste Möglichkeit ihn zu beraten. Ich erinnere mich noch an die Vorgeschichte seiner Scheidung von Sylvia, wo er sich im Geiste lebenslänglich versorgt sah, ohne sich in irgendeiner Hinsicht zu versichern, trotz dringender Mahnungen aller Menschen die ihm nahestanden. Er würde sich niemals raten oder zu einem logischen Verhalten bewegen lassen, da er von einem Tag zum anderen seine Überzeugungen wechselt. Schließlich ist das L. auch ein kleines Tier, was das, was gemeinhin den Frauen am liebsten ist eine bestimmte Direktion vom Mann zu bekommen, nie erhalten hat. Du kannst ebensogut das Meer ausschöpfen wollen als W. über eine Situation aufklären. Das Peinliche an ihm ist mir das, daß ich mir kein inneres Bild von ihm machen kann – ja, das ists. Mein Leben lang habe ich die Menschen gescheut, bei denen mir das nicht möglich war.

Mama geht es ganz gut. Sie beschäftigt sich sehr mit den Museen, und merkwürdigerweise besonders mit der Möbelabteilung. Allein wäre sie nicht denkbar, da sie sich doch sehr wenig ausdrücken kann. Am ersten Abend mußte ich sie, um Tränen zu verhindern, gleich ihre Sätze überhören. Es sind ganz raffinierte und vollkommen fürs tägliche Leben ungeeignet. Auch betont sie sehr eigensinnig nach ihrem Sinn für Sprachschönheit und hält den franz. Accent für etwas leicht Unfeines.«

Später in jenem Jahr wollte Annie, süchtig nach Landschaft, sich etwas anderes schaffen als luxuriöse Quartiere an attraktiven Orten. Sie bewog ihren Mann, ein Haus zu bauen am Watt von Sylt in Kampen. Hoboken reagierte auf eine für ihn typische Art: er wollte ein Haus und ein Gästehaus. Schiffe kreuzten das Wasser von holländischen Häfen nach Sylt und entluden original holländische Ziegelsteine. Kampen, damals noch so reizvoll wie in späteren Jahrzehnten des Jahrhunderts nur sein Ruf, hatte angenehmen Gesprächsstoff. Annie als die eigentliche Bauherrin hauste sich ein in der kleinen, aus Eingesessenen, etablierten Künstlern und wenigen Sommergästen gemischten Kommune. Nur selten war sie während der nächsten Jahre noch in Wien oder Paris. Der Toon begann, eigene Wege zu gehen. Ihm war nach Ruhe. Er begegnete einer jungen Dame, die wesentlich schlichter von Gemütsart war als Annie und dazu ganz ansehnlich.

1932 wurde die Scheidung ausgesprochen. Annie war in der Tat tüchtiger als einst Willy, Hoboken aber auch von anderem Schlag als Sylvia. Er überließ Annie nicht nur den Besitz in Kampen, er setzte ihr auch eine lebenslange Rente aus, ohne Bedingungen bei einer zweiten Heirat.

Annie war sechsunddreißig Jahre alt. Sie hatte keine Pläne, nahm aber auch nicht an, daß ihr Leben nun versickern würde im Ruhestand. Jedoch, die zweite Abteilung ihres erwachsenen Lebens hatte sie nicht minder angestrengt als die erste. Im September schrieb sie an Ina:

»Deine Gedichte kamen an, und beglückten mein Herz. Ich gehe, angesichts dieser langhingestreckten totenstillen grauen Tage jetzt, mit Muße und Vorsicht mit ihnen um, um sie nicht zu schnell zu konsumieren. Du weißt ja was Lyrik für mich bedeutet. Mir ist sie, neben der Musik, beinahe die dichteste sublimierteste und äußerste Kunst- und Ausdrucksform. Ich hatte einen schönen Sommer. Er ist diesmal wirklich so unbemerkt und groß wie eine Wolke vergangen. Jetzt ist es sehr ernst und still. Ich will wohl bis Mitte Oktober hier bleiben. Ich denke mir, daß mit Deinem Haus ein neuer und höchst wichtiger Abschnitt Deines Lebens begonnen hat. Ich kann das daran ermessen was ich hier habe, und was die Landschaft für mich ist. Sie ist mir eine Erschwerung des Todes, denn ihretwegen möchte ich hundert Jahre leben.«

George F. und George P.
1919–1922

> *Er empfand kein Müssen im Sinn eines äußeren Zwanges,*
> *er durfte zeichnen, und eine unbewußt dankbare Stim-*
> *mung erfüllte ihn ganz. Denn dies allein war Leben:*
> *daß man liebend schaute und bildend schuf. Als er den*
> *silbernen Leuchter vor sich stehen hatte, gab es nichts*
> *Weiteres in seinen Gedanken mehr . . . Und doch ver-*
> *blaßte er plötzlich vor dem nächsten Gegenstand seines*
> *Eifers, ward vergessen und fast verachtet.*
>
> *Heinrich Wolfgang S. in »George Palmerstone«*

Am 2. Juli 1919, drei Tage nach der Unterzeichnung des Friedens-
vertrags in Versailles, erschien in der Berliner »Vossischen Zeitung« das Gedicht einer Pfarrfrau aus Eberswalde. Es hieß »Frie-
denslitanei« und läßt Europas Völker sprechen von dem einen, den
sie noch einmal, ein allerletztes Mal vor dem ewigen Frieden, ganz
und gar töten wollten.

Doch der Tote geht um,
Und mitten im Fest wird das Tosen stumm.
Ist niemand, der sich bezwingen kann,
Es hebt das Gemurmel der Völker an:
Wir Völker Europas sind ratlos vor Sonne und Mond,
Weil ein modernder Toter mitten unter uns wohnt.
Wir sind mit dem Toten verwachsen in Fleisch und in Bein,
Es sickert sein Gift wie Pest in die Adern uns ein.

Die ohnmächtige Hellsicht dieser und der anderen Verse – die Litanei ist etwa viermal so lang – siegelt einen Schock, der kennzeichnend ist für den Umgang deutscher Bürger mit Politik. Was
der Vertrag bedeuten würde, war hier klar vorausgesagt. Das hieß
aber nicht, daß später die einzelnen Erscheinungen erkannt wer-

den würden, die diese Bedeutung annahm. Ina und Heinrich Wolfgang liebten ihr Land. Den Krieg hatten sie verabscheut, sein Ende mit Aufatmen begrüßt. Für einen ungerechten Krieg konnten sie ihn nicht halten.

Die Revolution – Eberswalde hatte eine eigene – brachte ihre Gedanken in Bewegung. Sie neigten einer liberalen Demokratie zu. Heinrich Wolfgang machte sich unbeliebt, indem er von der Kanzel seine Zuhörer beschwor, nicht an die Rückkehr in alte Zustände zu denken – denn eben aus jenen Zuständen sei der Krieg gewachsen. Es schien dem Pfarrer natürlich und richtig, am gleichen Abend auf einer Versammlung zu sprechen, die den Kaiser Wilhelm nicht einem Gericht der Sieger überantwortet sehen wollte.

Doch Herr Pfarrer und seine Frau, mager, schlecht ernährt, sie hatten viel Arbeit, und dorthin kehrten sie zurück. Der Tod der kleinen Ulrike hatte Ina in einen Zustand versetzt, der im Geist zum mindesten so erbärmlich war wie der Zustand nach ihrer Krankheit. Sie hatte eben noch Kraft sich aufzulehnen, zu dem einzigen Gegenmittel zu greifen, das sie kannte: Arbeit. Sie schob eine Reihe von Vorhaben beiseite. Der Frauenroman »Fides«, in ihren Aufzeichnungen erwähnt, wurde dann nie geschrieben, und die Fortsetzung des »Haus zum Monde« (noch »Pieter Steenbock« genannt) nahm sie erst 1922 wieder auf. Die härteste Probe, die ihr erreichbar schien, war ernst zu machen mit der Ausweitung einer Geschichte von George Forster zu einem weiträumigen Roman.

Ursprünglich hatte sie an eine Novelle gedacht, vom einsamen Sterben des Weltfahrers und Polyhistors George Forster, der dahinsiechte am eigenen Ungenügen. Nun entwarf sie den Roman von Forsters Leben, das Geschick des Knaben mit dem pompösen Vater, der auf Weltentdeckung geht mit Kapitän Cook; das Geschick des erwachsenen rastlosen Wanderers, den nach Geheimnis dürstet, nach Wissen, nach Anerkennung, nach Kontakt. Ein europäisches Panorama mit einer tragischen Zentralfigur – der Mann im Labyrinth, der von fern den Minotaurus schnaufen hört. Der zweiteilige Roman enthält nichts an äußerer Selbstbiographie, wohl aber – dreimal verschlüsselt – wesentlich mehr als zu vermuten von Inas innerer Geschichte in jenen Jahren: Inas Durst nach Geheimnis und Wissen, Inas schmerzlicher Erkenntnis des Ungenügens, Inas Bestreben, all das auf einmal zu bewältigen, was kaum hintereinander zu bewältigen ist.

Den ersten Teil des Romans schloß sie im Oktober 1919 ab. Erst im April 1920 begann sie, langsam weiterzuarbeiten – nach einigen Monaten animalisch glücklicher Existenz. Am letzten Oktobertag hatte sie einen Sohn geboren, das Kind, das am Leben blieb, das Kind, das den Tod löschen sollte der kleinen Tochter. Heinrich Wolfgang und Ina waren sich einig über den Namen des Sohns. Georg tauften sie ihn – aber nicht nach Forster, auch nicht nach George Palmerstone, dem Helden des Romans, an dem Heinrich Wolfgang arbeitete; das Kind trug den Namen seines Ururgroßonkels, des Kammerdirektors in Lich.

Die Monate nach Georgs Geburt waren friedlich und glücklich im Hause S., obwohl der Zustand der Nation wenig Anlaß zur Freude bot. Aber Ina hatte mit ihrem Kind gewissermaßen Urlaub von den inneren Spannungen, denen sie sich in jenen Jahren selbst aussetzte. Sie war fünfunddreißig Jahre alt. Sie hatte sich selbst in Zucht genommen, um mehr zu erfahren, durchzudenken, nachzuholen denn je zuvor. Sie fühlte sich damit allzu allein, litt unter dem Mangel an gleichwertigen Gesprächspartnern. Heinrich Wolfgang wäre gewiß gleichwertig gewesen: »Wäre H. ein Freund von psychologischen Feststellungen, Bekenntnissen und Herzensergießungen, so wüßte ich niemand, dem ich mich selbst völliger erschließen möchte. Indessen liebt er solche Gespräche nicht, und wie sollte ich das nicht achten, ich vermisse hier nichts – und da ich also diese Enthaltsamkeit von völligem Vertrauen in diesem nächsten menschlichen Verhältnis nicht als drückend empfinde, bin ich manchmal im Zweifel, ob ich es wirklich überhaupt entbehre.«

Der Einsiedler und seine bisweilen einsame, unruhige Löwin lebten in einer sehr harmonischen Ehe. Vermutlich war sie nicht zuletzt darum glücklich, weil Löwin und Einsiedler bei ihren geistigen Vorstößen und Verwandlungen nicht miteinander kommunizierten. Aber daß Ina in jenen Jahren und in diesen Dingen ausschließlich mit sich selbst zu tun hatte, mit keinem anderen Ventil als der Produktion, bei der wiederum Gedanken und Formulieren »ins Unreine« nicht zu dulden waren: diese unsichtbare Anstrengung hat ihr Strenge, Zurückhaltung und auch gewisse Eingeschränktheit bei Tagesfragen verliehen, ausgewogen allein durch Willenskraft und ein stark ausgeprägtes persönliches Existenzbewußtsein. Es war nicht immer ganz einfach, mit ihr umzugehen und auszukommen. Es gab fortan eine Umhüllung ihres Daseins, die niemand durchstieß – so vertraut er auch mit ihr sein mochte. Heinrich Wolfgang wußte davon. Es ist ihm nicht schwergefallen, die Grenze zu respektieren. Über der langsamen Wandlung war jene Ina nicht gestorben, die er geheiratet hatte – kindlich, der Heiterkeit zugeneigt, dem Abenteuer und auch dem Spiel. Aber jene war allein ihm zugänglich, Inas Kindern, gelegentlich ihren Geschwistern, und dann und wann einem Freund oder einer Freundin – solange die Grenze respektiert wurde.

Heinrich Wolfgang arbeitete in seinem eigenen Garten. Er hatte 1918, gleichsam als Erholung von der Kriegsgegenwart, einen kleinen, auf angelsächsische Art spannenden Roman veröffentlicht, »Das vergitterte Fenster«. Er handelte von einem Mädchen, das seine Mutter, die angeblich verstorbene, in einem Kinodrama wieder erkennt, sodann sucht und findet, und den fragwürdigen Stiefvater zu Fall bringt: Unterhaltung, gewiß, aber eingebettet in jenes unverkennbare, schmiegsame Sprachgeflecht, das Heinrich Wolfgang mit den Jahren entwickelt hatte. Es prägte dann des Autors Erzählkunst noch stärker in dem umfangreichen Entwicklungsroman »George Palmerstone«, einem großen Biedermeier-Gemälde von hinterhältiger Unschuld: denn was da beschworen wurde, das war eine häufig unheimliche, gewiß anmutige, aber alles andere als heile Welt.

In den Jahren nach Kriegsende begann es Ina und Heinrich Wolfgang aufzufallen, daß ihre Familie offenbar annahm, sie würden für alle Zeit in den Wäldern bleiben. Annie erschien bisweilen wie eine Fürstin der Hauptstadt bei ihrer Schwester; sie brachte ein Carlchen mit, das trotz der unbestimmten Beziehung zu Annie freundlich aufgenommen wurde. Willy fiel ein wie ein Zugvogel. Auch hatte sich Heinrich Wolfgangs Bruder Helmuth, Kriegsteilnehmer und schwer verwundet, für einige Zeit in der Stadt niedergelassen, als Wasserbau-Ingenieur. Ina und Heinrich Wolfgang aber spürten, daß nun Veränderung notwendig sei. Sie wollten beide nicht mehr entbehren, was sie acht Jahre zuvor verlassen hatten, die große Stadt und ihre Reizungen. Ina war es, die dazu trieb, etwas zu unternehmen. Doch ihr Mann war nicht dagegen. Im Pfarramt ist ein Wechsel so einfach nicht. Die Eberswalder Gemeinde schätzte ihren Pastor. Die Behörde meinte, er sei am rechten Platz, würde auch nachrücken, wenn die Amtsbrüder pensioniert seien. Aber dann schrieb eine Gemeinde mitten in Berlin die Stelle des ersten Pfarrers aus: die Neue Kirche auf dem Gendarmenmarkt. Die Verlockung war stark, schon der Adresse wegen: hier waren die geistigen Zentren von einst gewesen, Preußens Romantiker hatten in dieser Gegend gehaust – und von hier war es auch nicht weit zu den neuen Zentren. Heinrich Wolfgang bewarb sich.

Im Frühsommer 1922 wurde ihm mitgeteilt, daß die Stelle doch nicht zur Verfügung stünde. Er schrieb es Ina, die mit Georg auf Reisen gegangen war, Willy am Ammersee besuchte, sich an der Anima des Bruders erfreute und sich über seine wachsenden Sorgen mit Sylvia ärgerte. Heinrich Wolfgang schrieb, es sei ja vielleicht auch in diesen ungewissen Zeiten nicht schlecht, noch ein wenig in Eberswalde zu verweilen. Ina stimmte ihm zu, und beide wußten, daß sie anderer Meinung waren.

Ina, Forsters Geschichte »Das Labyrinth« war abgeschlossen, nutzte die Ferienwochen für eine Niederschrift der Fortsetzung des »Haus zum Monde«. Das Buch hieß nun »Sterne der Heimkehr«. Es hat den lyrischen Jugendzauber und die Romantik seines frühen Entwurfs – und wer nicht weiß, daß es nach dem ausladenden und strengen Forster-Roman geschrieben wurde, würde sein Entstehungsdatum um Jahre zurückverlegen. Aber es steht einiges über Kunst, Künstler und menschlichen Magnetismus darin, das Ina zu formulieren ein Bedürfnis war in jenen Tagen.

Im Herbst kam dann die Nachricht, daß die Gemeinde-Ältesten in Berlin noch einmal nachgedacht hatten. Sie baten Heinrich Wolfgang, sich der Form halber noch einmal zu bewerben. Sie luden ihn auf eine Probepredigt ein. Sie wählten ihn. Es ist nicht sicher, ob sie es wußten: sie hatten sich einen Pfarrer gesucht, von dem soeben ein dicker Roman auf den Markt kam – mit einer Pfarrfrau, von der soeben ein dicker Roman auf den Markt kam.

Träume II
1917–1922

Wir bewundern die Einfälle des Verstandes –
warum übersehen wir die Einfälle des Herzens?
Heinrich Wolfgang S.

Heinrich Wolfgang liebte es, über sein Dasein Notizen zu machen.
Er hat deswegen auch eine größere Anzahl seiner Träume aufgezeichnet. Die hier ausgewählten Exempel schrieb er in Eberswalde
nieder. Die Überschriften stammen von dem Träumer selbst.

Vater
Oft träume ich wieder von Vater, immer dasselbe, daß er da ist
und seine Bücher weiterschreibt, besonders Reinhard Flemming,
und ich weiß, er liest auch heimlich, was ich habe drucken lassen,
und mißbilligt es. Das Schlimmste ist die Biographie – darin habe
ich beschrieben, wie er gestorben ist, und das ist doch nun offen-
sichtlich nicht wahr, und er wird es mir nie vergeben. In der letzten Nacht telephonierte ich mit ihm. Ich rief: »Vater!«, aber ich
konnte nicht verstehen, was er sagte. Zuletzt flüsterte er: »Ich bin
weit, weit von dir . . . «

Die Wasserkinder
Ich bin an der Ostküste Englands, sehr glücklich und erwartungs-
voll. In der Ferne brandet der Ozean, wie eine Riesensäge stehen
die Schaumzacken empor, fast regungslos. Ich wandere über die
Dünen. Hügel an Hügel, versandete Klippen und sprühender
Wasserstaub. Plötzlich bemerke ich, wie zwischen dem Geröll et-
was Weißes davonläuft und nicht lange danach entdecke ich nackte
Kinder mit Schwimmhäuten, die mich blöde anglotzen. Ihre
Köpfe sind mit Tang und Muscheln bedeckt, ihre Augen sind zwei

Schlitze, ihre Nase ist nur ein Fleischklumpen und – oh, wie breit ist ihr Mund!

»Was ist das?« frage ich entsetzt, und ein Mann, der plötzlich aus dem Nichts hervortaucht, antwortet: »Das sind Wasserkinder, die kommen hier öfter, aber die Badegäste dürfen es nicht wissen!«

Pastorales Malheur
Ich befand mich in der Sakristei einer alten Kirche und der Orgelspieler spielte: »Steh ich in finsterer Mitternacht!« Als die Gemeinde bis zu den Worten gelangt war »So denk ich an mein fernes Lieb . . . «, da verstummte sie, während die Orgel tapfer fortfuhr. Was für eine Liednummer habe ich da nur aufgeschrieben, dachte ich entgeistert, und war einigermaßen verlegen, wie ich das nur wieder gut machen sollte.

Versteinert
Ich lag unbekleidet am Strand und bestand aus hellblau und weiß gewürfeltem Granit. Vergebens grübelte ich darüber nach, wer mich so verwandelt habe, und mußte dauernd mit dem Flugsand kämpfen, der meine erlesene Färbung verdecken wollte. Das Gefühl, steinhart zu sein, war sehr merkwürdig.

Mutter
Von Mutter träumte ich, daß sie noch lebte und plötzlich in völliger Umwandlung ihres Charakters beschlossen habe, ihr Leben zu genießen. Sie hatte sich einen prächtigen Palast gebaut, in dessen riesiger Halle sie mich freundlich empfing. In diesem Palast gab es ein vollständiges Aquarium und – für männliche Besucher – einen wohleingerichteten Barbiersalon.

Deutschlands Wiedergeburt
Nachmittags träumte ich, ich sähe den Redakteur Schmidt, dieses Bierhuhn, dem neu gegründeten Verein der »Dienstfreudigen« präsidieren. Ihre Dienstfreudigkeit bestand darin, daß sie soffen wie die Egel, aber ich stand mit einfältigem Glück dabei und sagte: »Endlich ein Anfang zum Besseren!«

Der Freund
Während der Nachmittagsruhe: Ich träumte den Begriff des

»Freundes«, so wie ich mir als Kind einen »gelehrten Freund« vorstellte, in Anlehnung an ein Bild, das »Le Promeneur« hieß. Ich
sah den gelehrten Freund mit Entzücken heimkehren; er hatte
seine Ferien in den Bergen verbracht und glich doch, wie ich wohl-
gefällig bemerkte, auch jetzt nur sich selbst – nichts von Touri-
stenkostüm. Ich begleitete ihn in ein phantastisches Bankhaus, wo
er – leider – einige Stunden Dienst hatte; mein Freund ist arm.

Der Heide
Ich war ein Heide und litt Qualen, weil Ina des Nachts aus einem
christlichen Gottesdienst heimkehrte. Alle Empfindungen eines
frommen Römers aus dem Jahr 150 beunruhigten mich.

Kronenstraße 70, zwei Treppen
1923–1934

Man bittet vor dem Betreten die Füße zu reinigen.

Text über einer festgeschraubten Rundum-Bürste
am Fuß des vorderen Aufgangs

Georg war dreieinhalb Jahre alt, als seine Eltern mit seiner Schwester und ihm nach Berlin zogen. Gleichwohl, er meint sich an den ersten Abend in der Kronenstraße zu erinnern, mit einer Art von geträumtem, bewegten Bild: Kerzen erleuchten festlich ein paar riesige leere Säle, durch die das Kind zwischen zwei Frauen halb schwebend schweift, wieder und wieder, ganz ausgefüllt von einem absonderlich abenteuerlichen Glücksgefühl.

Die eine Frau muß Georgs Mutter gewesen sein, die andere ihre junge Freundin Mariette von Meyenburg, eine Studentin aus der Schweiz. Die vier vorderen Zimmer waren in der Tat größer als alle Räume, die Georg bisher betreten hatte, und vermutlich hatte man die Möbel noch nicht gebracht. Kerzenglanz: es gab in diesem kalten Vorfrühling der Inflation wenig Strom in Berlin, und der Mann von der Elektrizität verspätete sich stets um Wochen. Das Gefühl des Schwebens rührte vermutlich von Georgs Übermüdung her, vielleicht auch von der Stimmung seiner Mutter. Diese Mutter war wieder einigermaßen zu Fuß, doch ihr Tritt war schwer, er hatte eine rhythmische Unregelmäßigkeit. Stets kündigte der Takt ihrer Schritte sie an – besonders in dem langen Gang dieser Wohnung, der sich hinzog hinter den kleineren Zimmern zum Hof, bis er endete vor dem Schlafzimmer seiner Mutter. Während der ersten Berliner Jahre stand auch Georgs Gitterbett in diesem Schlafraum. Die Mutter hatte seine alten Tapeten mit einem lichten Gelb überstreichen lassen. Für das dahinter liegende, das letzte Zimmer der Wohnung, für ihre Arbeitshöhle wählte sie ein dunkles Blau. Dieses Zimmer war nicht sehr groß. Bücher wucherten seine Wände hinauf, es enthielt eine Couch, einen kleinen Tisch, zwei Sessel, eine Vierländer Wiege aus eingelegtem Holz; am Fenster stand der Schreibtisch. Wenn Georg unten im Hofgärtchen spielte oder wenn er in späteren Jahren aus der Schule kam, den Hof überquerte und die Hintertreppe hinaufstieg, dann konnte er sicher sein, daß seine Mutter hinter diesem letzten Fenster am Schreibtisch saß und mit einem dicken Federhalter aus Kork schwarze Wachstuchhefte vollschrieb – oder von 1929 an auch auf einer kleinen alten Remington tippte, die Tante Annie ihr geschenkt hatte.

Papa, Heinrich Wolfgang, hatte in seinem Zimmer zur Straße hinaus eine viel schönere Maschine, auch sie betagt: eine riesige Underwood, so solide, daß Georg daran Schreibversuche machen durfte. Als es einmal gelang, Papa mitzulocken auf einen Ostsee-Urlaub nach Prerow, da ließ er die Underwood hinterherreisen, festgeschraubt in einer großen Kiste. Bei Papa roch es nach Zigarren. Im Zimmer der Mutter roch es nach Iplik-Zigaretten, das Stück drei Pfennig, aus blauweißen Schachteln mit einer goldenen Krone darauf.

Elf Jahre lang lebte die Familie in dieser Wohnung. Georgs Erinnerungen sind natürlich zusammengeflossen, aber es gab doch vielerlei, was sich in diesem Jahrzehnt nicht änderte: die hohen Kachelöfen, weiß und verhältnismäßig schlank in den kleineren Räumen, und Monstren aus grünen gebuckelten Kacheln in den Vorderzimmern; der Schlauch des Badezimmers mit einem Fenster zum Lichthof, der seufzende Turm des Warmwasserofens, zwei Stunden vor dem Bad anzuheizen; der knorrige wilde Wein zwischen Hintertreppenhaus und Inas Schlafzimmer, in dem Spatzenschwärme hausten: das flache Regal im langen Gang, gefüllt mit leeren Einmach- und Hyazinthengläsern – sie standen hinter einem Vorhang und klirrten leise, wenn jemand vorüberkam.

Auch Herr Kalbe und Herr Gutschmidt gehörten zum unveränderlichen Inventar. Herr Kalbe war klein und scheinbar stets grimmig, Kirchendiener und Hausmeister; seine Frau wog doppelt soviel wie er. Herr Gutschmidt, einst Feldwebel, pflegte seine Ähnlichkeit mit dem letzten Kaiser bis in die Bartspitzen. Er war ein besonders ansehnlicher Küster. Beim Abendmahl trug er Frack, ragte hinter dem Altar und reinigte die silberne Weinschale mit einer Serviette. Georg hat ihn den »Oberkellner des lieben Gottes« nennen hören. Gutschmidt und Kalbe waren Mächte, die ihm Respekt einflößten, und mit denen auch sein Vater vorsichtig umging.

Vom Fenster des Eßzimmers konnte man hinübersehen in den Hof des Nebenhauses. Hinter den meisten Fenstern saßen dort tippende Mädchen, aber im dritten Stock war eine Artistenpension, und einmal zeigte sich ein Löwe, angelockt von »Aus der Jugendzeit« aus dem Leierkasten. Im übrigen lieferte das Nebenhaus Geräusche: bis tief in die Nacht den Lärm einer Patzenhofer Kneipe, gegen Morgen von einem Depot der Firma Bolle das Bumsen mächtiger Milchkannen. Am Vormittag wurden in beiden Höfen, diesseits und jenseits der Trennmauer, Teppiche auf der Stange geprügelt.

Die Kirchenglocken, die laut zu hören waren, hingen nicht in dem Turm, zu dem das Pfarrhaus gehörte: die »Neue Kirche« auf dem Gendarmenmarkt war dafür zu weit entfernt. Nahe war »Dreifaltigkeit«, in die sich jeden Sonntag unter einem Zylinder der Reichspräsident begab. Nahe auf der anderen Seite war die kreuzende Friedrichstraße. Es stimmte nicht, daß in der Kronenstraße, ausgenommen im Pfarrhaus, überhaupt niemand wohnte, aber es waren weniger Menschen als in anderen Stadtteilen. Hier wurden Geschäfte getätigt, Pelze gelagert, juristischer Rat erteilt, hier hausten um die Ecke Behörden und die Wilhelmstraße war nicht weit. Georg überquerte sie oft, auf dem Weg zum Buddelplatz im Tiergarten.

Es gab Herrn Haberlands Kellerladen, in dem ein Faß voll Sauerkraut stand. Es gab drei Bäckereien. Es gab ein Geschäft mit Jagdwaffen und eines mit Gummiartikeln. Und es gab den Dschungel der Friedrichstraße, an deren Ecken um fünf Uhr nachmittags mehrere Damen auf Posten zogen. Georg wußte nicht, woher er wußte, daß diese Damen dort standen, weil manche Herren mit ihnen dann essen gingen.

Es gab Draußen und es gab Drin. Drin zählte Draußen nicht allzuviel, und zu Drin gehörte natürlich auch der Gendarmenmarkt mit den beiden Kirchen, dem Schauspielhaus dazwischen, dem Schiller-Denkmal. Nur die eine Kirche jedoch war eine richtige für Georg, die Neue Kirche, in der Herr Kalbe regierte und in der Georgs Vater am Altar erschien und dann plötzlich oben auf der Kanzel. Georg wußte das, weil er manchmal schon am Ende des Hauptgottesdienstes dort war, lange vor seinem Kindergottesdienst. Er tat das weniger aus Bedürfnis nach dem Wort. Er tat es, um zu genießen, was er nur selten bekam: irgendwo hineinzudürfen, wo die meisten anderen Leute nicht hineindurften. In der Kirche war das die Sakristei. Niemand sah ihn dort besonders gern, aber jeder duldete ihn.

Auch in der Kronenstraße war die Kirche natürlich anwesend, aber nur parterre, mit Spitzbogenfenstern zum Hof: im Gemeindesaal und in der Kapelle. In der Wohnung kam sie weniger vor. Die Besucher, die Georg kennenlernte, jene, die in das »Rote Zimmer« zur Straße gelassen wurden und denen Georg dort auf die Nerven gehen konnte, diese Besucher kamen zu seinem Vater oder zu seiner Mutter, weil beide Bücher schrieben. Georg wurde oft gefragt, ob er auch einmal Bücher schreiben würde, und er verneinte das – was die Besucher noch mehr hoffen ließ, daß nun endlich jemand käme, denn mit dieser Verneinung war ihr Gesprächsstoff endgültig zu Ende. Nur Tante Annie war da anders. Sie gab Georg eine Mark und forderte ihn auf, rasch zu gehen und sie irgendwo zu verbrauchen.

Außer den Eltern lebte bisweilen in der Wohnung auch Georgs Schwester, doch sie wurde bald erwachsen und reiste nach Jena, um dort zu lernen, wie man Säuglinge pflegt. Als sie nach zwei Jahren zurückkam, fing sie an zu lernen, wie man Schauspielerin wird, was manchmal sehr laut war. Einmal, als sie das Gretchen übte, kam die Gemeindeschwester Elisabeth aus ihrer kleinen Wohnung im Oberstock herunter und fragte, ob sie helfen sollte. Bald danach reiste Heilwig weg nach Hildesheim, um Schauspielerin zu sein. Da war ihr Zimmer wieder frei, und Onkel Willy wohnte einen Winter lang darin. Manchmal, wenn Georg morgens in die Schule ging, kam Onkel Willy gerade nach Hause und roch nach Rotwein.

Georg war all die Jahre ein recht glückliches Kind – welche Feststellung besorgte Beobachter überrascht hätte, die die Familienverhältnisse nur flüchtig kannten. Gewiß, er lebte in der Mitte zwischen zwei schwer arbeitenden Einsiedlern. Aber diese Einsiedler liebten einander, und sie kümmerten sich auch beide ausgiebig um ihren Sohn, wann immer der Sohn das verlangte. Zudem schrieb die Mutter zwar beharrlich Wachstuchhefte voll und war zu behindert, um selber allzu viele Arbeiten im Haushalt zu verrichten, doch dieser Haushalt glitt ihr nie aus der Hand, ob nun Fräulein Marianne oder Fräulein Else regierte und ob eine Marie oder eine Erna die Öfen anheizte und die Zimmer saubermachte. Auf den rhythmisch unregelmäßigen Schritt waren sie alle stets gefaßt und sie fürchteten ihn ein wenig.

Weil die Mutter am Ende meinte, auch Georg könnte ein Einsiedler werden, war der Sohn der erste, der die Kronenstraße verließ. Er siedelte in das Landerziehungsheim Schondorf über. Das war nicht weit von dem kleinen Haus in Starnberg, das seine Mutter im Jahr zuvor, 1932, hatte bauen lassen. Als Georg im Frühjahr 1934 nach Berlin kam, damit sein Vater ihn einsegnete, da gab es die Kronenstraße nicht mehr für Georg. Die Familie wohnte im Hospiz am Gendarmenmarkt.

Zehn Jahre später gab es die Kronenstraße für niemanden mehr.

Aus dem Gemeindeleben

1923–1930

> *Das wesentliche Leben einer Gemeinde besteht in dem*
> *verborgenen Wirken des Heiligen Geistes, in der Bewährung*
> *der Einzelnen zwischen den vier Wänden, in dem Maße*
> *des wirklich vorhandenen Glaubens und der wirklich*
> *vorhandenen Liebe, das Gott allein kennt.*
> *Taufen: 12. Trauungen: 27. Abendmahlgäste: 376.*
> *Austritte: 19. Übertritte: 3. Wiedereintritte: 2.*
> *Konfirmanden: 32. Beerdigungen: 79.*
>
> *Aus dem Bericht über die kirchlichen und sittlichen*
> *Zustände der Neuen Kirche 1928, erstattet von Pfarrer S.*

Die zentrale Pflicht von Gottesdienst und Predigt war für Heinrich
Wolfgang selten eine Last: als Verkünder des Worts, als sein Diener war er angetreten. Es machte ihm nichts aus, daß er in den ersten Jahren seiner zweiten Berliner Zeit besonders häufig zu predigen hatte – der zweite Pfarrer, den er vorgefunden hatte, war
deutschnationaler Landtagsabgeordneter und häufig auch im Amt
verhindert.

Wenn also sonntags seine Arbeit ihn rief, ging Heinrich Wolfgang
früh aus dem Haus, wanderte die leergefegte Kronenstraße hinunter, querte die um diese Stunde nicht minder einsame Friedrichstraße, bog einen Block weiter in die Charlottenstraße ein, und
dann lag bald zu seiner Rechten der Gendarmenmarkt mit dem
Gebirge seiner Kirche: Zwilling des Französischen Doms, erbaut
für die Hugenotten. Sie war 1708 geweiht worden, doch man hatte
versäumt, sie zureichend zu taufen. Friedrichstädtische Kirche
wurde sie vorübergehend genannt, manche hießen sie des Pen-
dants wegen den »Deutschen Dom«, doch am Ende blieb als permanenter Anachronismus die provisorische Benennung aus der
Zeit, als sie neu gewesen war: Neue Kirche.

Heinrich Wolfgang näherte sich stets langsam dem Seiteneingang zur Sakristei. Hier atmete noch das alte Berlin, zumal am Sonntag. Die Straßen seines Kirchensprengels hatten alte, preußisch ehrwürdige Namen: nach Friedrich und dem Markgrafen hießen sie, nach dem Mohren, den Tauben, nach Charlotte und den Jägern. Es war betrüblich, daß in den Häusern dieser Straßen so wenige Menschen wohnten, zwischen den vielen Banken, Kanzleien, großen und kleinen Läden, zwischen den Hoflieferanten und Friseuren. Hier gab es nur noch eine kleine Wohngemeinde. Sie verminderte sich jetzt nicht mehr durch Wegzug, wohl aber durch Todesfälle.

Die Sakristei erwartete ihren Pfarrer zumeist still und leer. Kalbe war um diese Zeit anderswo beschäftigt. Heinrich Wolfgang liebte diese stille halbe Stunde, während die Glocken zum ersten Mal riefen, man hatte nun endlich ein elektrisches Läutwerk. Er saß still am Tisch. Vorbereitung brauchte er jetzt nicht. Die Lieder waren schon bestimmt, und seine Predigt, am Donnerstag und Freitag geschrieben, lernte Heinrich Wolfgang am Sonnabend stets auswendig. Er hielt nicht viel von den Pastoren, die auf die Kanzel stiegen und redeten, wie der Geist sie trieb: oft blieb der Geist da doch wohl aus.

Diese Vormittagsstunden des Sonntags spannten ihn an wie die Leistung eines vollen Arbeitstages. Das Zeremoniell, das ihm kein Zeremoniell war, das Wechselgespräch von Pfarrer, Orgel und Gemeinde. Gesang. Die Predigt. Abkündigungen, der Segen, wenn er sie hingehen ließ in Frieden, oft aber auch noch das Abendmahl, bisweilen eine Taufe, dann der Kindergottesdienst. Die Suche nach einem Gesicht, das zuhört. Nicht immer war es nur Inas Gesicht.

Es war nun nicht mehr so wie im ersten Jahr, der Inflationszeit, als Heinrich Wolfgang in einem eiskalten Gotteshaus einem Häuflein predigte, das ihn an scheue Urchristen erinnerte. Die Predigtgemeinde, auf die er gezählt hatte, Gläubige also, die schön gelegene Großstadtkirchen besuchen, auch wenn sie anderswo wohnen: es gab sie damals in der Neuen Kirche nicht mehr. Es hatte sie gegeben bei Heinrich Wolfgangs Vorgänger Rittelmeyer, doch der hing der Christengemeinschaft an, gründete nach seinem Fortgang auch eine eigene Sektion; mit ihm zog die Predigtgemeinde davon. Dies hatte die Gemeindeältesten befriedigt, denn ihnen schauderte vor den Sektierern. Heinrich Wolfgang aber begriff nun, warum er in der Stadtsynode gleich zum Einstand den Vorschlag vernommen hatte, man sollte doch die Reste der Neuen Kirche mit der Nachbargemeinde vereinigen, jener der Jerusalemer Kirche am Ende der Kochstraße.

Heinrich Wolfgang wollte das nicht. Er widerstand mit Erfolg. Dabei war kaum Ehrgeiz im Spiel, obwohl auch er nicht der Mann war, der gern mit siebenundvierzig Jahren das Amt des ersten Pfarrers antritt im klassischen Zentrum der Hauptstadt – nur um zu sehen, wie ihm sein Sprengel wegverwaltet wird. Er glaubte an eine Funktion dieser Gemeinde, dieses Gotteshauses an diesem Platz – und er wies sie auch nach: dank der Anziehungskraft des Pfarrers S. fand sich mit den Jahren eine neue Predigtgemeinde zusammen.

Heinrich Wolfgang war nicht ein »gewaltiger Prediger«, wohl aber ein intensiver Prediger. Er wußte nicht nur, was er sagen wollte, er konnte es besser formulieren als andere.

Dieser Teil seines Amts machte ihn froh. Andere Pflichten widerstanden ihm, obwohl er ihnen gewissenhaft nachging und geduldig. Oft fühlte er sich nicht gesund und wußte auch sehr wohl, daß seine Neigung zum Jähzorn, nicht anders als seine Art von Humor, gelegentliche Depressionen und die Irritation durch allzu pompöse Amtsbrüder ihm hinderlich waren im Gemeindeleben. Verwaltungsaufgaben und den ständigen Streit mit der Nachbargemeinde bewältigte er dank einer gewissen Leidenschaft des Abscheus. Amtsbruder H., seit 1925 der zweite Pfarrer, stellte Heinrich Wolfgang gelegentlich Aufgaben in christlicher Duldsamkeit. Amtsbruder H., sehr von dieser Welt und betriebsam, hielt seinen ersten Pfarrer für einen konsequenten Träumer. Dabei wußte Heinrich Wolfgang, der sich gern verschanzte hinter einer Fassade sanfter Zerstreutheit, zumeist mehr von den Tatsachen des Daseins als Amtsbruder H.

Doch solches Wissen machte die Bändigung ungezogener Bälger im Konfirmandenunterricht oder die Betreuung verschiedener Gemeindekreise nicht leichter. Ob Jungmädchenzirkel oder Altmänner-Verein: was vom Pastor erwartet wurde, war die Ablieferung eines Rituals, nicht die Beschäftigung mit Menschen und ihren Sorgen. Das irritierte Heinrich Wolfgang. Er unterzog sich dann lieber der anstrengenden Beschäftigung mit manchen absonderlichen oder einsamen Außenseitern der Großstadt, die sich zumeist sehr zu ihm hingezogen fühlten. Daß er am liebsten für sich allein gewesen wäre, wußte niemand, Ina ausgenommen.

Sie hatten sich in der sehr ausgedehnten Berliner Wohnung zum ersten Mal getrennt: Ina mit dem kleinen Sohn schlief und arbeitete im Hinterhaus, recht weit entfernt von den Räumen, in denen Heinrich Wolfgang arbeitete und schlief. Das minderte ihre Zuneigung nicht und ihren ständigen Umgang. Heinrich Wolfgang hatte es mit den Jahren ohne Schmerz hingenommen, wie Ina mit ihrer Arbeit sich immer mehr abgrenzte, ohne sich dessen bewußt zu sein. Er kannte ihre Masken, auch ihre Ungeduld, wenn sie innerlich sehr beschäftigt war. Machte es ihn auch manchmal hilflos, er stellte sich darauf ein. Es entsprach seinem eigenen Bedürfnis nach gelegentlicher Einsiedelei. Es gab zwischen ihnen den weiten Freiraum einer starken und beständigen Liebe. Hier trafen sie sich stets, und auch in ihren privaten Albernheiten oder Heiterkeiten, und in der Erforschung geistiger Umwelt, in dem gemeinsamen Reagieren, in gemeinsamer Neugierde. Nur manchmal verstanden sie einander nicht: etwa, wenn um Heinrich Wolfgang schwarze Nebel stiegen der Depression und er damit allein sein mußte, wenn Ina immer wieder versuchte, durchzudringen, wo doch nicht durchzudringen war.

Aber das kam so häufig auch nicht vor. An Inas Umgang ergötzte sich Heinrich Wolfgang, mancherlei anderes trennte sie ganz natürlich. Ina reiste gern, Heinrich Wolfgang verabscheute es, sein Arbeitszimmer für längere Zeit zu verlassen. Er zog andere Abenteuer vor, jene des geborenen Beobachters, die stille Erforschung der munteren Metropole abseits ihrer offiziellen Stätten. Er saß in Artistenlokalen nahe dem Bahnhof Friedrichstraße, oder im Café Imperator, wo Herren der Geschäftswelt rastlos Mocca konsumierten. Er verschwand in Antiquariaten oder auch in Kinos. Aufwendig durften solche Streifzüge nicht sein, denn das Gehalt war klein, und Heinrich Wolfgangs wie Inas Nebeneinnahmen blieben gering.

Wer an das Berlin der Zwanzigerjahre denkt, das permanente Faszinosum der Aufführungen, Ausstellungen und Kunstwandlungen in der internationalen Kapitale, dem fallen andere Namen ein als Ina und Heinrich Wolfgang. Sie gehörten nicht zu denen, die die Ernte des Expressionismus einbrachten oder die Leuchtfeuer neuer Richtungen entfachten. Doch sie gingen mit denen um, die das taten: freundschaftlich mit den einen, respektvoll mit anderen. Sie saßen in den Premieren und sie waren dabei, als »das Carlchen« seinen ersten Riesenerfolg nächtens feierte. Das Romanische Café war ihre Sache nicht so sehr, dafür hatten sie auch zu wenig Zeit – doch was geschah, davon wußten sie, nahmen es auf, bisweilen mit Entzücken oder gar Trunkenheit, bisweilen duldsam.

Wenn sie mit großen oder kleinen Protagonisten der Metropole zusammenkamen, amüsierte sich Heinrich Wolfgang oft über die Scheu, die da waltete: er und Ina graulten sich nicht, wohl aber graulten sich die anderen zunächst vor einem Pfarrer, vor einer Pfarrfrau, bis dann klar wurde: die waren ja gar nicht so.

Sie waren in der Tat nicht so. Der Weltstadtatem Berlins in jener Zeit hat Heinrich Wolfgang wie Ina angeregt und auch beeinflußt. Das hat ihre Eigenart nicht verändert, die eine andere Eigenart war als jene, die Nachlebende automatisch gleichsetzen mit dem Berlin dieser Zeit. Doch die Protagonisten der Berliner Kulturszene waren wesentlich toleranter als die Protagonisten der deutschen Kulturszene ein halbes Jahrhundert später. Vielfalt war ihnen selbstverständlich. Sie wären gar nicht darauf gekommen, daß jedermann in die gleiche Kerbe zu hauen habe. Sie respektierten Leistungen. Solches Klima bekam Heinrich Wolfgang, der für seine Arbeiten in aller Stille hier mehr Anerkennung fand, als die Verbreitung seiner Bücher vermuten ließ.

Die Anspannung seines Hauptberufs verhinderte es, daß diese Arbeiten sich spürbar vermehrten. Nach »George Palmerstone« hatte er in fünf Jahren nur einen Band Erzählungen abschließen und veröffentlichen können (»Genia«). Danach publizierte er sieben Jahre lang nichts. Langsam und zielbewußt schrieb er weiter an dem Manuskript eines Gegenwartsromans, das nach seinem Helden »Segewold« hieß, und das viel später unter einem anderen Titel erschien. Ein wenig baute er auch seine persönliche Daseinschronik aus in sorgsam konzipierten Schreibbüchern: Tageslauf und abgeschriebene Briefe. Er hätte so gern mehr Zeit für sich gehabt. Aber Inas Plänen für eine Amtsniederlegung, für ein reines Schriftstellerdasein, stand er weiter skeptisch gegenüber: das Geschick seines Vaters warnte ihn, und anders als sein Vater glaubte er nicht, daß seine Bücher eines Tages materiellen Erfolg haben könnten. Ina, auch sie ohne nennenswerten materiellen Erfolg, mußte ihm recht geben.

Er lebte zwar im Zentrum der Reichspolitik, aber auch innerhalb der Bannmeile, die rund um das Präsidentenpalais politische Betätigung verbot. Auf seinem Stimmzettel kreuzte er wie Ina zumeist Stresemanns Deutsche Volkspartei an. Mit der deutschnational geprägten Umgebung seiner Sprengel-Gemeinde hatte er keine Umgangsschwierigkeiten. Er hielt die Meinung mancher Kirchenräte für nicht richtig, doch ehrenwert – und niemand wäre auf den Gedanken gekommen, mit dem stillen, dabei doch Respekt gebietenden Herrn Pfarrer politische Gespräche zu beginnen. Freilich, bisweilen verwirrte dieser Pfarrer selbst seine Kirchen-Oberen – als er etwa, wenn auch ohne Talar, der jüdischen Autorin Anselma Heine die Totenrede hielt, obwohl sie wahrscheinlich nicht der Kirche angehört hatte und mit Sicherheit freiwillig aus dem Leben geschieden war. Man ließ es bei einem milden Verweis bewenden: Pfarrer S. war nicht ganz berechenbar, aber an seinem Platz doch wertvoll.

Wenn er sich nur nicht stets gegen eine Vereinigung mit »Jerusalem« gestellt hätte. Heinrich Wolfgang wäre vermutlich bereit gewesen, auch die Vernunft in diesem Plan zu sehen. Aber er spürte Machtgelüst bei seinen Amtsbrüdern, und daraus entwickelte sich jene Bockigkeit, mit der gerade sanfte Menschen bisweilen ihre Umgebung überraschen.

Jedoch: »Mir liegt«, schrieb er 1929 an einen Amtsbruder, »seit einiger Zeit die Frage schwer auf der Seele, ob ich allmählich zu alt werde, um die gegenwärtige Kirche zu verstehen, oder ob wirklich unsere Kirche so ist, wie sie mir erscheint: eine von mehreren Amerikanern auf den Weg des Klamauks und der Erfolgsanbetung geführte Hammelherde. Was für unglaubliche Maßstäbe für ›christliches Leben‹ sind plötzlich Gebrauch geworden! Schweißtriefend bringt bei uns der gute H. das Gemeindeleben ›hoch‹, indem er den Totengedenksonntag in eine musikalische Orgie verwandelt mit Ansprache über ästhetische Fragen – helfen tut es gar nichts.«

Heinrich Wolfgang ließ nicht davon ab, die Kirche der Verkündigung zu predigen. Doch er zweifelte öfters daran, ob sie in seinen Tagen zu verwirklichen sei.

Lebensäußerungen
1928

Die folgenden Äußerungen Heinrich Wolfgangs stammen aus Juniwochen des gleichen Jahres. Die erste ist Teil einer Predigt zum Sonntag Trinitatis.

Was ist am Sonntag Trinitatis geschehen? Gar nichts! Und doch hat dieser Tag sein gutes Recht. Er ist der Tag der Besinnung auf den gnadenvollen Weg, den Gott mit uns Menschen gegangen ist. Seine Festtatsache ist, wenn man so will, der ganze göttliche Heilsplan.

Nun heißt es freilich: »Wer hat des Herren Sinn erkannt, oder wer ist sein Ratgeber gewesen?« Ohne die Bibel können wir hier überhaupt nicht das Wort ergreifen. Und – das sei offen gesagt – auch mit der Bibel bleibt uns vieles dunkel. Die Spur Gottes in der Menschheitsgeschichte gleicht einer Goldader, die nur hier und da einmal aufleuchtet. Aber sie leuchtet doch, und ihr Glanz ist das reinste und edelste Licht, das wir überhaupt kennen. Wir können nicht darüber schweigen. Diese Dinge sind zu wichtig, sie sind wichtiger als die gesamte europäische Politik und alle Wirtschaftskonferenzen der Erde. Denn hier handelt es sich nicht um die besonderen Interessen eines Volkes, hier handelt es sich um die eigentliche Menschheitsfrage: um die Frage nach dem Heil und der Seligkeit aller, die auf Erden leben.

Jeder Weg muß ein Ziel haben, also auch der Heilsweg Gottes. Ich glaube, daß sein Ziel bereits auf den ersten Seiten der Bibel offen ausgesprochen ist, wenn auch in mythologischer Form. Es wird da die Ratsversammlung Gottes geschildert: Gott berät sich mit seinen himmlischen Paladinen über sein größtes Werk. »Laßt uns Menschen machen, ein Bild, das UNS gleich sei!« Und dann wird der Mensch geschaffen. Aber ist dieses Geschöpf, das alsbald den

Schöpfer betrügt und dessen Sohn bereits zum Mörder wird – ist der »Das Bild, das Gott gleicht«? Der Mensch ist wohl geschaffen, aber als ein Wesen, das seiner Vollendung erst entgegenreift: als das, was er ist, bedeutet er wenig, aber er bedeutet alles im Sinn seiner Bestimmung.

Das Große am Menschen ist seine Entwicklungsfähigkeit, ist das, was er werden soll. Gott ruft ihn empor zu sich selbst, Gott ruft ihn durch tausend Liebesbeweise in die Fülle seines eigenen Seins und Wesens; aber er hört nicht seines Vaters liebenden Ruf. Da tut Gott seine zweite große Tat: er sendet seinen Sohn, in dem vor aller Augen »der vollkommene Mensch, der Mensch Gottes« aufleuchtet. Wer ihn sieht mit aufgetanem Auge, dessen Herz sehnt sich nach dem Ziel, der will werden, was er noch nicht ist. Gott tut seine dritte Tat: er schickt den Geist, daß er die Verklärung des Menschen in das göttliche Ebenbild verwirkliche, daß er uns wahrhaft wandele, bis wir Gottes Kinder sind.

Das ist Gottes Heilsweg. Ihn zu preisen und ihn dann entschlossen zu gehen ist Inhalt und Mahnung des heutigen Festes. Wer Ohren hat zu hören, der höre.

Der andere Text ist eine Doppelnotiz, die Heinrich Wolfgang auf der Bank in der Eingangsdiele zurückließ, gerichtet an Ina, seine Tochter und wohl auch an Nelly de Saxe, die weißrussische Hausgenossin. (Gertrud E. ist die Schauspielerin Gertrud Eysoldt.)

> I.
> Nachdem ich unverrückt getippt
> Und nie an einem Glas genippt,
> Erschien ein Bild und gab mir Flügel:
> Ich sah Euch saugen wie die Igel
> An einem vollen Becherglas.
> Auch Gertrud E. nicht trocken saß!
> Da kam es machtvoll über mich
> UND ICH ENTWICH!
> Wohin? – Das weiß ich selbst noch nicht –
> Irgendwohin, wo Bier und Licht
> Auch wohl Musik das Herz ergötzt:
> Dort habe ich mich hingesetzt.
> Ganz zweifellos, ich bin von hinnen,

Bin irgendwo und nicht mehr da!
Gönnt mir den Trunk, o Wanderinnen,
Schlaft gut und träumt von dem *Papa*.
WENDEN!

II.
Als ich bei des Mondes Schimmer
Heimkam in mein wertes Haus,
Stand mein Brief noch immer immer
Auf der Bank – o welch ein Graus!
Also, diese Frauenzimmer
sind auch jetzt noch – aus!!!
Aber ich habe ja garnichts dagegen!
Gute Nacht! Der umige.

Das blaue Zimmer
1923–1930

Roter Wein macht Blut.
Trauben stärken das Herz.
In fettem Boden gedeiht das reine Korn
Und gibt weißes Brot
Mais und Weizen,
Goldene Berge in offenen Scheuern –
Es hat Dir gefallen, mich in ein Land zu setzen,
Das schwarzes Brot gibt und vom Wein nichts weiß.

Ina S.

Der Himmel war weit weg, und die Leierkästen nahe. Brandmauer und Fassade versperrten allenthalben den Blick. Die Arbeitskabine, die Ina sich in der opulent weitläufigen Wohnung gewählt hatte, lag im hintersten Winkel des Wohngeländes Kronenstraße, und grenzte an hinterste Winkel des Wohngeländes Mohrenstraße. Von irgendwoher war stets irgendwelches Hämmern zu vernehmen. Inas Gedichte vom Eingesperrtsein in der Stadt waren aber alle schon älter als ein Jahrzehnt; es kamen in diesem Sinn auch keine neuen hinzu: wo Sehnsucht war, setzte sie sich nun um in geschwungene Schriftzüge, Wachstuchheft für Wachstuchheft. Zwar liebte Ina ihre neue Umgebung nicht gerade, doch sie träumte sich bisweilen an die Stelle der ragenden Mauern aus der Gründerzeit jene Häuschen hin, die ehedem hier gestanden hatten, zweistöckig allenfalls und in großen Gärten. Hier waren leidlich begüterte Bürger angesiedelt gewesen, unter ihnen die Berliner Romantiker.
Sie hatte die eisigen Einzugsmonate überstanden, auch den kalten Frühling, auch die Zeit ohne geeignete Hilfe. Es standen ihr sieben fette Jahre bevor im Geiste, aber davon wußte sie noch nicht viel, zögerte, machte sich auch nur langsam daran, die Hauptstadt neu

zu entdecken. Sie hatte das Gefühl der Pause, einer verdienten Pause zudem, denn im Jahr zuvor war das »Labyrinth« erschienen, und im Herbst würde »Sterne der Heimkehr« auf den Markt kommen. Sie saß im blauen Zimmer, ordnete Einfälle, Vorhaben, Pläne: es waren zu viele. Sie konnte sich leicht Ablenkungen hingeben – Haushalt, Kinder, Heinrichs Sorgen mit seiner neuen Gemeinde, oder auch dem Stillen ihres Hungers nach Musik.

Sie besuchte in drei Monaten mehr Konzerte als zuvor in zwanzig Jahren. Sie hatte eine Gefährtin, die mehr davon verstand als sie, die junge Studentin und Tänzerin Mariette von Meyenburg aus der Schweiz. Mariette war die erste jener Freundinnen, für deren Gesellschaft Ina besonders dankbar war, weil sie anregte, ohne zu überfrachten: stets unabhängige junge Frauen mit einem Hauch von Welt, beweglich im Geist, doch ohne überhöhten Anspruch, leichtfüßig und praktisch; das waren Eigenschaften, die Ina schätzte und die ihr selbst abgingen. Ein klein wenig waren sie, obwohl sehr verschieden, doch alle so, wie Ina sich ihre Schwester Annie wünschte und wie Annie nicht war.

Inas ersten Verlag Egon Fleischel & Co. hatte nun die Deutsche Verlags-Anstalt in Stuttgart gekauft, das Unternehmen, das einst Georg Ebers mit hatte gründen helfen. Dort regierte ein weiser Mann vom alten fürstlichen Verlegerschlag, Gustav Kilpper. Ihm schien die Autorin I.S. recht vielversprechend. Zwar störte es ihn, daß »Das Labyrinth« anderswo erschienen war (bei Diederichs – die Verlags-Anstalt übernahm den Roman später), doch eben darum tat er einiges, um Ina an sein Haus zu binden. Noch vor dem Erscheinen von »Sterne der Heimkehr« schlug er vor, der immer noch jungen Autorin das zu finanzieren, was sie sich sehr wünschte: eine Reise nach Italien – in bescheidenem Ausmaß natürlich und mit Bindungen, die Ina zunächst nicht ganz übersah.

Ina war entzückt, aber es dauerte Monate, bis sie sich das Abenteuer erlauben konnte und eine zuverlässige Person gefunden war für Haushalt und Kinder. Mariette konnte sie begleiten. Im September, Ina wurde in diesem Monat achtunddreißig, überschritt sie zum ersten Mal die Grenze ihres Landes. Sie war sieben Wochen lang unterwegs in Oberitalien, wohnte sehr bescheiden, erduldete die Härten der italienischen Holzklasse, hatte vielerlei Schmerzen – und durchlebte eine Zeit ungemeiner Seligkeit, welt- und lebensgefräßig. Sie war eine Reisende von Geblüt, und »die bisher nie erlebte Distanz von der heimischen Umwelt« gab ihr »eine Auflockerung der Kräfte, die mich reichlich für die Mühsal dieser und auch späterer Reisen entschädigen konnte«.

Später erinnerte sie sich: »An einem Herbstabend in der Certosa bei Florenz, vor dem Abendhimmel über dem Zug der verdämmernden Berglinie am Horizont, glaubte ich plötzlich die Gestalten des ›Wunschkind‹ greifbar vorüberziehen zu sehen, und zugleich stand ich selbst inmitten der Schauplätze der Erzählung und Darstellung. Seitdem schrieb das Buch sich von selbst, wenn es auch noch sieben Jahre dauerte, bis es erschien.«

Dies war ein wenig übertrieben. Auch die dem »Wunschkind« gewidmete Zeit war voller Mühe und Arbeit, und eben darum in der Rückschau köstlich. Was aber im blauen Zimmer während dieser Jahre geschrieben wurde oder ediert, war wesentlich mehr, und es nimmt sich für ordnungsliebende Betrachter etwas verwirrend aus. 1925 erschien »Das wunderbare Geißleinbuch«, das waren »Geschichten für Kinder, die die alten Märchen gut kennen« – Ausflüge aus den alten Märchen, zunächst erzählt dem kleinen Sohn. 1926 kam eine Erzählung heraus, »Die Fürstin reitet«, die Geschichte vom jünglingshaften Dienst der Fürstin Daschkow an ihrer Zarin Katharina. 1927: ein Band »Neue Gedichte«. 1928: der Roman »Brömseshof« und die Erzählung »Renée und Rainer«, zwei Arbeiten, wie sie verschiedenartiger kaum hätten sein können. 1929: wieder eine längere Erzählung, »Der vergrabene Schatz« – und 1930 endlich das weiträumige, das »ausgeruhte Buch« (Ernst Lissauer), der »Wunschkind«-Roman.

Das war, auch abgesehen vom Nebenerzeugnis der Märchen, als Arbeitsleistung beträchtlich. In einer Notiz Jahrzehnte später hat Ina zwei dieser Bücher nur sehr bedingt ihrem eigentlichen Werk zugerechnet. Beide wurden aus äußerem Zwang geschrieben: »Die Fürstin«, weil Ina kein Geld hatte, nochmals nach Italien wollte und ihr ein größeres einmaliges Honorar geboten worden war; »Brömseshof«, weil Ina vorübergehend gefesselt war von Leben und hierarchischer Ordnung in den abgelegenen Gutshöfen Pommerns (sie hatte dort entfernte Verwandte), und weil es ihr wie ihrem Verleger gut schien, keine zu lange Schweigepause eintreten zu lassen. Ein spät heimkehrender Soldat scheitert an dem strengen Matriarchat, das seine Schwestern mittlerweile aufgerichtet haben: Ina hatte hier einiges aufzuarbeiten, was ihr bei der

Weiterarbeit am »Wunschkind« im Wege lag – nicht anders als bei der früher konzipierten, aber jetzt erst gedruckten Erzählung »Renée und Rainer«, dieser suggestiven Traumphantasie einer kastalischen Welt, im Mittelpunkt eine starke Mutter und ein schwacher Sohn.

Es finden sich in all diesen Büchern Spuren von Inas jahrzehntelanger Beschäftigung mit allen Problemen »der Frau«.Sie hatte sich früh für sich allein damit beschäftigt, hatte auch programmatische Romane skizziert für eine Darstellung aller Daseinsmöglichkeiten des Weiblichen – Romane, die sie dann nicht schrieb. In den Zwanzigerjahren hatte sie vielerlei Kontakte mit der Frauenbewegung: der militante Pazifismus entsprach ihren Ansichten, der konsequente Dogmatismus auf anderen Gebieten schreckte sie eher ab oder reizte ihren Humor. Sie kam wesentlich besser mit arbeitenden als mit theoretisierenden Frauen aus. Was dann in ihre Arbeiten einfloß, war zumeist von praktischer Erfahrung geprägt – und zuweilen von jenem Idealbild, das sie sich als junge Frau für ein erwünschtes Dasein gemacht hatte: Freiheit von wirtschaftlichen Zwängen – aber nicht für ein angenehmes, lässiges Dasein, sondern für ungestörte, intensive Arbeit an einer Welt der Vernunft und der geistigen Erfüllung, eine moderne Variation klassischer und romantischer Utopien.

Die Ina der Eberswalder Zeit hatte oft älter gewirkt als sie war. Nun, um ihren vierzigsten Geburtstag herum, schien sie gelegentlich jünger als ihre Jahre. Es war dies eine Jugendlichkeit der Anspannung und des Getriebenseins, bisweilen schon geprägt von Souveränität und Schroffheit. Ihre Bereitschaft zum allgemeinen Kontakt verminderte sich zunehmend – es sei denn, der Gesprächspartner erweckte ihr besonderes Interesse. Sie wurde sparsamer mit sich selbst, weil sie mehr von sich selbst für ihre Arbeit brauchte. Dabei existierte abseits dieser Konzentration eine Ina S., die höchst unernst war und spielerisch abenteuerlustig.

Sie hatte viele Bekannte, wenige Freunde. Zu ihrem ausgeprägten Leben im blauen Zimmer, an dem Heinrich Wolfgang mit Vergnügen teilnahm, gehörten ihre schweifenden Geschwister, gehörte auch eine Erscheinung wie die russische Emigrantin Nelly de Saxe, gehörte ein Grammophon, das neben Beethoven und Ravel »Barbara, the moon is shining« spielte oder die Songs der Dreigroschenoper. Nelly, mit dem schönen zweiten Namen Baronin

Rausch von Traubenberg, ließ sich öfters ein paar Monate lang
nieder als Hausdame, Sekretärin, Bibliothekarin, brachte dem
Kind Georg russisch akzentuiertes Französisch bei und führte im
Haus den Wodka ein – um dann zu anderen Emigranten nach Paris
zu entschwinden, und wiederzukehren, weil Babelsberg sie in der
Statisterie benötigte.

Nelly repräsentierte jene Art des Daseins, die Ina sich versagte, die
sie aber stets verlockend fand und gern hatte: Internationalität,
Ungebundenheit, moderne Bohème. Ina konnte und wollte so
nicht leben, es widersprach auch ihrer Art zu arbeiten. Doch zu
Gast in solchem Dasein zu sein, war ihr unentbehrlich. Sie löste
die Aufgaben der Frau Pfarrer S. zufriedenstellend, aber noch
mehr als ihr Mann bewegte sie sich hier wie ein verschlagenes
Einhorn.

Sie wußte sich dabei sicher aufgehoben in Heinrich Wolfgangs
Duldsamkeit – so wie er in der ihren. Oft ließ sich Inas Abwesenheit von Pfarrfraupflichten auch recht gut und betrüblich begrün-
den: sie wurde in diesen Jahren nicht nur von den gewohnten
Schmerzen geplagt, sondern auch immer wieder von besonders
bösartigen Halsentzündungen.

Am Morgen des Pfingstsonntags 1930 sagte Ina ihrem kleinen
Sohn, »das dicke Buch« sei nun fertig – sie hatte die letzten Sätze
in der Nacht geschrieben – , er möge das aber noch für sich behalten. Niemand las das Manuskript, bevor es abgeschrieben war.
Gustav Kilpper konnte seinen Schreck über den Umfang nicht
ganz verbergen. Er entschloß sich zu einer Präsentation in zwei
Bänden. Erst nach dem Erfolg der ersten Auflage wurde der seither
bekannte umfangreiche eine Band hergestellt. Ina machte sich erleichtert mit ihren Kindern zu einer kleinen Sommerreise auf – in
das Hinterland von Starnberg, wo sie für drei Wochen auf der sogenannten Ludwigshöhe eine kleine möblierte Wohnung gemietet
hatte.

Es war ein schöner heißer Sommer. Mächtig wogten die hohen
Wiesen, und am See sah Ina zu, wie Georg das Schwimmen beigebracht wurde. Der Abschluß der selbstgestellten großen Aufgabe,
eine glückselige Müdigkeit, der heitere Umgang mit alten und
neuen Freunden, die Nähe des Kindheits-Zauberlandes Tutzing:
all das vereinigte sich zu einer Verlockung, der Ina am Ende nicht
widerstand. Die alte Sehnsucht nach eigenem Grund und Boden

war übermächtig. Da gab es ein Wiesengrundstück mit einer viel-stämmigen Weide. Ina schrieb an Heinrichs Bruder Helmuth, der eben zurückgekehrt war aus Südamerika, wo er den Magdalenen-strom gezähmt hatte – und davon ein wenig Geld mit nach Hause gebracht. Sie bat Helmuth um ein Darlehen und bekam es. Sie kaufte das Wiesengrundstück mit der Weide darauf.

Dann kehrte sie zurück in ihr blaues Zimmer. Der Gedanke an das Stück Land auf der Ludwigshöhe erfreute sie, machte sie aber auch unruhig und manchmal bange. Dies war nun der erste wirkliche Schritt heraus aus einem alten und beständigen Wunschtraum. Er hatte Schulden eingebracht. Der zweite Schritt würde eine Menge Geld kosten. Ina hatte im Herbst 1930 kein Geld, glaubte eigent-lich nicht, daß sie in absehbarer Zeit welches haben würde, hoffte es aber hinwiederum doch. Zudem, zwei Schritte genügten nicht: was nützte ein Haus neben der Weide, wenn man nicht ernsthaft und dauernd darin wohnen könnte? Würde Heinrich Wolfgang zu überreden sein, ehe er das Pensionsalter erreichte?

Es begann in diesem Winter für Ina eine Zeit geheimer Sorgen, die niemand mit ihr teilte. Sie währte mehrere Jahre lang. Ina wußte, daß sie nur ihre Pläne aufzugeben brauchte, um sich zu befreien. Sie erwog das nie.

Sie begann an einem Roman zu arbeiten, von dem sie wußte, daß sein Entwurf eigentlich noch nicht zu Ende gedacht war.

Wachstuchheft-Konzepte
1928–1929

> *Die schwere Aufgabe ist jeden Morgen neu –*
> *Wenn du dich nicht erneust, bist du ihr ungetreu.*
>
> *Ina S., Notiz 1928*

Oktober 1928

Anläßlich einer Rundfrage der Lit. Welt »Zur Physiologie dichterischen Schaffens«.

Viele lehnen die Frage, ob sie sich Notizen machen, beinahe mit Entrüstung ab, als würde ihnen Literatentum im schlechten Sinn zugetraut. Ich weiß nicht, wie ich ohne ein Notizbuch auskäme. Die Jahre haben in mir einen Zustand ununterbrochener, brauender und chaotischer Phantasietätigkeit gezeitigt, aus dem sich immer wieder Entwürfe und Pläne heben, die mir bei meiner langsamen Art zu arbeiten zweifellos verloren gehen würden, wenn ich sie nicht zum Teil festhielte. Was ich aber vor allem aufschreiben muß, sind die sonderbaren, blitzähnlichen Einfälle, die zuweilen ein Gedicht, zuweilen eine Erkenntnis bedeuten. Ich weiß, daß ich eine Verfassung erreichen müßte, aus der sich solche Einfälle natürlich ergäben als die Stufen immer höher führender innerer Gespräche – sog. Monologe, die aber Dialoge sind.
Es ist ein inspirierter, kein somnambuler Zustand, den ich meine. Ich habe eine lyrisch-epische Zwitterbegabung, die sehr schwer auf irgendeinem Gebiet zur Vollendung zu bringen ist.
Die scharfe realistisch-psychologische Charakteristik wird mir immer gleichgültiger. Ich will erzählen: Es war einmal ein Mensch, der hat dieses, der machte jenes, dem begegnete das Leben so und so, und es soll dabei viel mehr auf das Geschehen, auf die Verhältnisse, auf das merkwürdige Erleben ankommen, als auf das richtige Funktionieren der seelischen Automaten.

Mit solchen Betrachtungen suche ich über die Neigung zum seelischen Sezieren hinwegzukommen, an der ich und meine ganze Generation kranken. Die Überschätzung der Pubertätszustände und ihre Übertragung auch auf reife Menschen (in der Darstellung) gehört auch hierher.

Ein sauberes Seelenpräparat ist noch kein Kunstwerk. Aber wie der Maler sollte auch der Romandichter auf seinem Gebiet Anatomie treiben, Akt zeichnen!

Februar 1929

Ich habe mit tiefem Entzücken ein Buch von Colette, »Vor Tagesanbruch«, gelesen. Es ist das Vollkommenste, was ich seit langer Zeit fand.

Ich weiß kaum, was mich mehr bezaubert: die ganz reife, selbstverständliche, kaum noch als Kunst empfundene Kunst – oder die stofflichen Elemente dieses Buchs: die Landschaft – südliche Küste – reine kahle Linien – Eukalyptus, Weingärten – die zartfarbigen kubischen Häuser, Rebenlauben – Hafen – die Mole. Diese Form des Lebens bei Wein und Brot und Oliven, Melonen, Feigen und Pfirsichen, Tomaten, Ziegenkäse, Fischen – in den Häusern, aus denen man ohne Stufen in den Garten hinaustritt, in denen man zwischen licht getünchten Wänden lebt, mit so wenig Gerät so glücklich, so wirklich lebt.

Seit meiner ersten italienischen Reise ist dies für mich die Formel des Südens, daß er diese Art zu leben ermöglicht, daß sie ihm die natürliche ist.

In dem Buch von Colette merkt man nichts mehr von den Hemmungen, die bekämpft werden mußten, um zur Kunst zu gelangen. Solche Merkmale spüre ich sonst in fast allen Büchern – sie erweisen sich in der Ironie, in der Reflektion, in der Anrede des Lesers, in unzähligen Manieren, die uns den Autor nicht vergessen lassen.

Ironie – ja, fast alles, was als »Humor« empfunden werden soll, ist versetztes menschliches Ressentiment.

Eine Welt schaffen ohne Verzerrung, ohne Verrückung des Gleichgewichts, eine Welt, deren geringster Teil mit dem Blick stiller und zusammenschließender Liebe gesehen und dargestellt ist. Und auch in der skurrilsten Gestalt das rein Menschliche erkennen – oder aber, *wenn* eine Gestalt erst durch die Übertragung ins Groteske überhaupt Gestalt werden kann – durch die einseitige Betonung bestimmter Züge – gut, dann sie so *erleben*, jedoch das Erlebnis so steigern, daß innerhalb der Gestalt alles sich organisch ins Verhältnis zu dem vorherrschenden Zug setzt. So bilden sich die großen tragischen *oder* die großen komischen Figuren (Shakespeare).

Zinkeisens Schatten
1924–1933

> *Wenn ich mir auch bewußt bin, »spannend, amüsant,*
> *zeitgemäß« zu schreiben, so kommt das letzte furchtbarste*
> *Schlagwort von den Futterkrippen der Redaktionen,*
> *welches heißt: »Allgemeinverständlichkeit des Niveaus«.*
> *Und dagegen bin ich machtlos, denn das Niveau ist eben da*
> *und die letzte Stütze des »ringenden Dichters«.*
> *Also das Metier wechseln; aber wo ist ein anderes?*
>
> *Münchener Dichterpreisträger Willy S. an den Mitpreis-*
> *richter Th. M., 1930*

Herr Zinkeisen, so erzählt Willy, war vor dem Ersten Weltkrieg
ein erfolgreicher Vertreter deutscher Firmen im Fernen Osten,
»Eddy« für jedermann. Nach dem Krieg ging es ihm schlecht, er
kellnerte in billigen Nachtclubs. Endlich brach er aus, ließ sich als
Steward anheuern auf einem Dampfer nach Singapore: alte Zeiten, alte Verbindungen würden ihm eine neue Zukunft gebären.
Ein Nachmittag und eine Nacht in Singapore genügten, um Zinkeisen rüde eines Besseren zu belehren. Er erfuhr, daß es für die
Eddys dieser Welt eine Rückkehr nicht gibt. Gebrochen und arm-
selig kehrte er nach Deutschland zurück. Er fing sich mühsam, ak-
kerte sich fortan durch eine bescheidene Existenz hindurch – und
vom Weltraum blieben Zinkeisen nur die bunten Bilder seiner
inneren Laterna magica.
Willy schrieb diese Geschichte mit vierzig Jahren, 1928. Er hatte
nach seiner Scheidung von Sylvia München nicht verlassen, hatte
sich zunächst bei seiner Mutter, später in einer eigenen Wohnung
angesiedelt und 1924 wieder geheiratet, ein junges, anpassungs-
fähiges Geschöpf namens Luise Kleen, einen guten und geduldigen Kameraden. Auch hatte er Abenteuer entdeckt, die es ihm er-
möglichten, zu reisen, ohne abzufahren: Erforschung des Über-

sinnlichen, Expeditionen in die Welt der Geisterbeschwörung. Seine unsentimentale Neigung zum Experiment, dazu der beste Teil seiner Person, seine liebenswerte »Anima«, ließen ihn dafür ebenso geschaffen erscheinen wie sein Stil, der stets hinter Beschreibungen einiges mehr ahnen läßt. Zwei kleine Romane aus diesem Bereich erschienen 1925, »Der Käfig« und »Der Gott im Treibhaus«.

Nach wie vor hing er an der Art von Arbeit, nach deren Gesetzen er allzu jung hatte antreten dürfen: ausgesandt zu werden in die Ferne und zwar zu Naturvölkern, deren Charakter sich mit dem Instinkt erfassen läßt, sodann heimzukehren und die Erfahrung in einem Roman umzusetzen, dessen Handlung typische Elemente des besuchten Landes spiegelt: eine nicht ungefährliche Methode, weil dabei alles davon abhängt, daß das poetische Medium zureichend reagiert und produziert. Journalisten können gelegentlich bei Stimmungsberichten so verfahren – nachdem sie den Sack ihrer gesammelten Fakten sortiert haben. Kein anderer weltfahrender Erzähler aber arbeitete auf diese Art. Kipling schrieb aus Bereichen, in denen er viele Jahre lang gelebt und gearbeitet hatte. Maugham kam zu Besuch, erfaßte Ereignis und Schicksal, zumeist nicht von Anwohnern, sondern von Europäern in der Fremde. Dauthendey, der einzige zum Vergleich geeignete deutsche Reisende, tuschte lyrische Miniaturen. Willy hatte seine Art der Einsammlung und Umsetzung von Wirklichkeit mit Romanexemplaren gerechtfertigt: dem »Sang der Sakije« aus Ägypten, dem »Buschhahn« aus Samoa. In beiden Büchern kommunizieren Impressionen und tragende Fakten nicht auf eine Art, die einen großen Leserkreis gefesselt hätte. Es gab weit mehr Lob als Absatz. In der Nachkriegszeit fehlte es am Buchverlags-Mäzen, der solche Welterfassung zu finanzieren riskierte. Überreden ließ sich aber 1925 Ullstein, größtes deutsches Zeitungshaus, das auch einen Buchverlag besaß. Noch einmal konnte Willy aufbrechen: diesmal nach Niederländisch-Indien. Er genoß mit seiner jungen Frau diese Reise vom Genueser Hafen an (»Lieschen staunt«), aber noch auf dem Schiff erlegten ihn Krankheiten: Zahngeschwüre, Ischias, ein vereiterter Gehörgang. Dann wurden ihm größere Teile seiner Reisekasse gestohlen – und das Inselparadies der holländischen Kolonisten erwies sich als ein Land, in dem der weiße Mann und erst recht der weiße deutsche Mann nur mit stattlichen

Mitteln auf freundlichen Empfang zählen konnte. Willy durchlitt Zinkeisens Geschick langwierig und nachdrücklich. Er kehrte sehr müde heim. Es erwies sich, daß Ullstein Artikel von der Reise zwar druckte, aber ausgesprochen schäbig honorierte. Willys Java-Roman »Schattenpuppen«, farbig, unterhaltsam und ungemütlich, wurde als nicht geeignet für den Ort befunden, an dem er eigentlich hätte abgedruckt werden sollen, in der »Berliner Illustrierten«.

Diese Entscheidung war insofern richtig, als der Roman dem dort verabreichten Lesefutter wenig ähnlich sah. Sie war aber auch unfair, denn die Herren der Kochstraße hätten wissen müssen, was ungefähr von einem Autor dieser Prägung zu erwarten sei – und dann besser keinen exotischen Roman bei ihm bestellt. Mißverständnisse zwischen Auftraggebern und Autor haben sich bei Willy freilich immer wieder ergeben. Die Auftraggeber erlagen leicht seiner bestrickenden und selbstsicheren Persönlichkeit – ohne sich klarzumachen, daß diese Selbstsicherheit von der Überzeugung herrührte, daß er seine Kunst beherrschte, nicht aber daher, daß er eben den Kuchen backen würde, der geeignet schien. Willy buk stets seinen ureigenen Kuchen – und war seinerseits überzeugt davon, der müsse jedermann munden. Willys Verhängnis war, daß seine Arbeitsmethoden entfernt an die eines Journalisten erinnerten. Aber weder er selbst noch jemand anderer gelangte zu der einfachen Erkenntnis, daß seiner Art von Talent spezielle journalistische Fähigkeiten versagt waren.

Er sprach immer wieder davon, sich als Auslandskorrespondent zu ernähren. Dazu kam es nie, und soweit daran Schicksal beteiligt war, handelte es sich um gnädiges Schicksal. Der Umgang mit Tageswirklichkeit, der Zwang zum Rapport hätte ihm seine eigentlichen Fähigkeiten rasch ruiniert – wenn auch diese Fähigkeiten ihn nicht ausreichend ernährten. Er war für den Traum bestimmt, für das Gespräch, und gelegentlich für den Griff nach mehr oder minder speziellen Sternen. Er trieb vor dem milden Schwabinger Winde, mit sich selbst nicht im reinen und stets von der wachsenden, noch verborgenen Krankheit leise geplagt. Er war alles andere als träge dabei. Er »bediente seine private magische Laterne vor einem kleinen, aber erlesenen Publikum«, das ihm mit Recht zugetan war. Eine so treffliche, abersonderliche Erzählung wie etwa »Larven« (1929, von Kubin illustriert), ist kein Zufallsprodukt.

Im Erscheinungsjahr dieser Arbeit wurde ihm der Münchener Dichterpreis zugesprochen, was ihn fröhlich machte und von neuem seiner selbst gewiß. Im Gefolge solcher Preise werden im allgemeinen die Bücher des gewürdigten Autors besser verkauft. Das war bei Willy nicht der Fall, und mit einer Art von ergreifender Ratlosigkeit beobachtete er den sehr begrenzten Erfolg seines heiteren Schwabing-Romans »Jossa und die Junggesellen«, der halb verschlüsselt von dem Kreis um seinen Freund Carl Georg von Maassen handelte, den üppigen Bohemien und trefflichen E.T.A. Hoffmann-Forscher. Hier hatte Willy mit viel Mühe des konsumierenden Lesers gedacht, und trotzdem wurde der Konsum im größeren Maßstab verweigert.

Willy wurde sehr geliebt, auch von seinen Schwestern, aber niemand hatte das Mittel, ihm nachdrücklich zu helfen. Ratschläge nahm er selten an und zog sich hartnäckig auf die Grundlagen seiner Existenz zurück, zu denen ein ständiger starker Austausch mit Menschen gehörte und ein sinnlich bestimmtes geistiges Behagen. Niemand wußte auch, daß Krankheit ihn viel stärker bedrohte und schwächte, als er selber wahrhaben wollte. Um das Jahr 1930 begann seine zweite Frau, sich von ihm zu trennen – wenn auch die Scheidung erst 1932 ausgesprochen wurde. Eine Zeitlang hatte er keine eigene Wohnung, bis er sich endlich ein kleines Quartier unter dem Dach von einem der selten werdenden alten Schwabinger Häuser einrichtete: ein Einzelgänger nun wieder und doch bereitwilliger Freund aller Welt. Das geistige Klima des Spielplatz-Stadtteils im Münchener Norden war einer Natur wie der seinen notwendig, aber nicht günstig. Andererseits war er inmitten dieser attraktiven Schlampigkeit, dem Gewimmel so vieler Gernegroße und weniger gestandener Männer (die er zu seinen Freunden zählte) eine imponierende Erscheinung, unverwechselbar und mit einer Gabe belehnt, die er brauchte: hier war er geliebt, geachtet, bewundert, verwöhnt.

In diesen letzten Jahren, nun allein dem Schreibtisch verpflichtet und im Streit mit seinem immer bedrohlicher pochenden Herzen, hat er über zwei Arbeiten gesessen, die zu seinen besten gehören. Ein Stückweit konnte er den Roman um den Beau Brummell vorantreiben, Gesellschaftsporträt der Londoner Szene um das Jahr 1800, eine hintergründige und nur scheinbar heitere Auseinandersetzung mit jenem Volkscharakter, der ihn sein Leben lang fasziniert hat und bedrückt, dem englischen. Abgeschlossen wurde eine Erzählung, deren Gegenstand man bei ihm nicht ohne weiteres vermuten würde: »Der Tod des Achilleus« ging auf einen Entwurf zurück, den der zweiundzwanzigjährige Willy niedergeschrieben hatte, einen Dialog zwischen dem schon verklärten Patroklos und dem eben in die Unterwelt hinabgestiegenen Achilleus. Nun wurde aus dieser kleinen Jugendmelodie ein reich fugierter Orchestersatz, ein strenges Prosastück. Der Achill des Jünglings hatte aufbegehrt vor dem Lethetrank des Vergessens. Der zerschlagene Held in der Erzählung des Fünfundvierzigjährigen neigt sich über den Brunnen, der ihm Kühlung verspricht und Heilung der Wunde.

Willy war dann lange im Krankenhaus und wurde mit dehnbaren Vorschriften entlassen. Bisweilen schreckte er aus dem Schlaf, litt unter Atemnot, hatte Schmerzen im linken Arm: Signale der Krankheit Angina pectoris. Er wehrte sich dagegen, sie zur Kenntnis zu nehmen. Er hatte auch gute Tage, bisweilen gute Wochen. Er förderte kleinere Arbeiten und sprach auch von der Möglichkeit, »noch einmal ein schönes dickes Buch zu schreiben«. Er sagte manchmal auch: »Die zehn, fünfzehn Jahre, die ich noch zu leben habe . . .« Er war ja erst Mitte vierzig.

Schwabinger Schattenpuppen
1928

Auszüge aus einem Brief, den Willy im Oktober 1928 an seine
Schwester Ina schrieb:

Nicht nur des kleinen Albert wegen sind Dir die Erzählungen ge-
widmet, sondern weil doch jemand mal den Anfang machen muß,
dem anderen was zu widmen. Der kleine Albert ist ja schließlich
nur auf eine sehr übersetzte Art und relative Weise ich selbst, in
Bezug gesetzt zu einigen Braunschweiger Äußerlichkeiten, mit
denen ich mächtig frei umsprang. Man ist immer geneigt, Auto-
biographisches zu vermuten, wo gewisse heimliche Einzelheiten
stimmen. Im Grunde ist es ein mir nicht sehr sympathisches Gespenst, was ich aus mir herausgewickelt habe und dem ich mit
demselben Mißmut zusehe wie mir selbst. Sowohl den kleinen Albert wie auch jenen verkorxten Jüngling, den ich Gerhart nenne,
möchte ich mit Vergnügen totschlagen und werde es auch in einer
ev. zweiten Auflage des Buches tun. Ich ertappe mich aber eben
selbst in der Falle, gerade durch diesen Mißmut, den mir die Figuren bereiten. Du hast also trotzdem recht mit dem Autobiographischen!

Bei Maassen war Dr. Ehlers, 270 Pfund schwer, der mir wie ein
Stier ins Gewissen schrie. Ich sei viel zu zurückhaltend. Ich hätte
viel zu viel Angst vor dem Leben. Er wolle mich *boxen* lehren, ich
solle Athlet werden und meine Honorare mit schmetternder
Stimme, mit dem *Bizeps* eintreiben, und ich könne *zehnmal* soviel
leisten, wie ich leiste. Eine Affenschande sei das Wenige, was ich
geleistet, bei meinem Talent, wo ich's doch könne. *Zu Boden
schlagen* könne ich mein Publikum, auf die Knie zwingen.
Natürlich hat er recht auf seiner Ebene. Wenn er auch die eigentli-

chen Bedingungen solcher Existenz wie der meinen nicht kennt, so hat ein solcher Anschnauzer doch was sehr Erfrischendes. Wenn man noch so viele Depressionen hat, mit recht geringer Meinung (menschlich) von sich selbst, so sagt man sich dann: »Aber immerhin hast du wenigstens dann und wann was Anständiges geschrieben, bist ein Künstler etc.«, und das reißt einen moralisch wieder heraus und hilft einem über solchen Inferioritätsbeschiß hinweg. Es gibt ja gottseidank immer einige Leute, die einen anerkennen. Und solange ich (und auch Du) irgendwo Echo spüren, *leben* wir, bis (und bei unserem kritischen Alter sollte sich das endlich einstellen) der bewußte große Rummel kommt. Denn der *muß* einmal für uns kommen. Es gibt so viele Parallelen dafür, und prophezeit wird es mir ja immer. Ein einziges Mal ein größerer Hümpel Geld, und man wird sich selbst wieder so sehr viel sympathischer.

Hier sitze ich über endlosem englischen Material für den »Brummel«, er schält sich allmählich – nach Deinem Rezept – heraus. Es wird »Ein Lebensbild in zwanzig Phasen«. Der Prinz of Wales, ein herrliches Schwein, führt den Reigen, mit Sheridan und Fox, und Boney (Napoleon) steckt bisweilen seinen Pferdefuß hinein. Es kann eine sehr bunte Sache werden, eine Grammophonplatte voll verschollener Gelächter.

Gulbransson hatte zunächst kleine Hemmungen, nahm uns aber mit hinauf. Es war halb vier. Wir schlichen einen endlosen Gang hinab auf den Zehenspitzen, ein Eiertanz. Endlich befanden wir uns in einem kleinen Gemach; er schloß die Tür. Wir durften wieder »laut reden«. Dann holte er, schwitzend vor Vorsicht, den einzigen vorhandenen Alkohol, eine Flasche Sekt, und bat uns ins Nebenzimmer. Es war ein geräumiger Saal, ganz steif und unpersönlich und voll kalter Pracht, mit steifen Rokokomöbeln, an den Wänden aufgereiht, und einem mächtigen Aubusson-Teppich. Der Kontrast zwischen den harzduftenden athletischen Wälderbauern und diesen Möbeln war erschütternd. Und Olaf ließ sich gehen mit breiter nordischer Fröhlichkeit und hatte seine fette »neutrale« Lache und schimpfte auf den Muff Mitteleuropas, und hatte seinen Luxus und seine Fanfaren, und seine saphirblauen Bärenäugelchen und seine ziegelrote, knallgesunde, blondbehaarte, muskelwuchernde, animalische Aufgekratztheit und Selbstsicherheit, bis . . .

. . . bis nämlich die große weißgoldene Flügeltür sich lautlos öffnete und die einundzwanzigjährige Dagny, Enkelin Björnsons plus Ibsens, in *großer Gesellschaftstoilette* (es war halb fünf Uhr nachts!) zum Vorschein kam, sich wie eine automatische Porzellanpuppe auf uns (wir saßen starr) zubewegte und aus leblosem Mündchen die Frage tat, die schneidende, halb geflüsterte Frage:
»Du hast Besuch von Herren, Olaf?!?«
Hierauf erging es Olaf nicht gut. Er begann auf norwegisch zu stottern; seine Rede verwirrte sich; er schrumpfte und wurde zum Teppichmuster. Er war ausgelöscht. Sie setzte sich hierauf, da wir, solange es noch Stoff gab, nicht im Traum gewillt waren, zu gehen, auf die Stuhlkante, mit niedergeklappten Wimpern, und machte »Konversation«. Sie sagte zum Beispiel: »Sie müssen entschuldigen, daß ich gekommen bin. Wir haben *eigentlich* nie nachts Besuch. – Nein danke, ich trinke *nicht*. – Ob wir auf der »Wiese« gewesen seien? – Nein, sie schätze die Wiese *nicht*. Sie schätze überhaupt derlei ordinäre Belustigungen *nicht*. – O nein, wir seien *durchaus nicht* zu laut gewesen. – Die Wohnung sei ja auch so groß. Man höre kaum etwas. – Aber Olafs Gäste seien auch *ihre* Gäste; deshalb sei sie aufgestanden. – Olaf habe merkwürdige Einfälle.«
Olaf war erledigt. Er schluckte und schwitzte vor Verlegenheit uns gegenüber, vor Demut und Winzigkeit ihr gegenüber. Watte und Öl, aus Luft geformt, entstanden in seinen hilflos gespreizten Händen. Er litt schwer. Stumpfe Hörigkeit sprach aus seinem Gehaben. Und wenn Du Maassen besser kenntest, könntest Du Dir vorstellen, wie wir uns innerlich vor Lachen krümmten. Es war dies alles so ungeheuer peinlich, so traurig. Es war Qual und Alpdruck und brüllendste Komik in einem. Ich blickte auf die Uhr und stand auf.
»Olaf«, sagten hierauf die heruntergeklappten Wimpern, »du gehst ins Bett. – Ich bringe die Herren an die Tür.« Wir verließen unseren stammelnden, geknickten Gastgeber. Sie schwebte uns voran, mechanische Porzellanpuppe, den endlosen Gang hinunter, drückte auf den Drücker, hauchte einen eisigen Abschied, und dann waren wir im Treppenhaus.

Der Älteste
1929

Laßt ihn gehn, er ist ein alter Mann.
Seine Brüder gingen
Längst voran.

Alle seine Brüder warten schon
In dem stillen Garten.
Auch sein Sohn.

(Nur die fernen Väter,
Voll des ew'gen Scheins –
Früher oder später –
Denen ist es eins . . .)

Ina S.

Bis zum Ende des Zweiten Weltkrieges gab es für die Seidels in Berlin einen Fixpunkt aus dem neunzehnten Jahrhundert: Pauls Wohnung am Monbijou-Park, gefüllt mit Möbeln aus einer Epoche des soliden Materials, erfüllt vom seigneuralen Geschmack des Hausherrn – auch nach seinem Tod. Diese Wohnung verbrannte 1945 unter dem Bombenregen mit allem, was darin war. Als an jenem Morgen Pauls Witwe Elsbeth ans Licht getragen wurde aus dem Luftschutzkeller, starb sie beim Anblick der qualmenden Ruinen. Ihre Tochter Clara begrub sie mit eigenen Händen in der verwüsteten Erde des Parks von Monbijou.
Der Hausherr, Heinrich Alexanders jüngster Sohn, war schon anderthalb Jahrzehnte früher gestorben. Bis in seine letzten Tage hinein hatte er gearbeitet an Schriften über die bildende Kunst des achtzehnten Jahrhunderts. Der Schlaganfall traf ihn am Schreibtisch. Er wurde nicht in ein Krankenhaus gebracht, sondern in sein eigenes Bett. Sein Neffe Heinrich Wolfgang notierte am 5. Dezember 1929:

Als wir uns am Abend dieses Tages zu Tisch setzen wollten, rief uns Clara Seidel an und teilte uns mit, daß der Arzt Onkel Pauls jede Hoffnung aufgegeben habe. Es sei ein zweiter Schlaganfall eingetreten und dazu eine Lungenentzündung mit hohem Fieber. Wir mußten uns zu Tisch setzen, da wir Gäste hatten: Annie, die aus Wien hergereist war, um die Einrichtung ihrer Berliner Wohnung zu überwachen, und Frau von Saxe, deren Geburtstag nachträglich gefeiert werden sollte. Aber kaum waren wir aufgestanden, als uns eine große Unruhe überkam, besonders Ina, so daß wir die Gäste sich selbst überließen und – Ina, Heilwig und ich – mit einem Auto in die Oranienburger Straße 79 fuhren.

Dort wartete vor der Tür das Dienstmädchen, so daß ich einen Augenblick dachte, wir kämen schon zu spät, aber natürlich stand es nur da, weil wir sonst in das Haus nicht hineingekommen wären. Wir fanden die ganze Familie im Schlafzimmer, hinter dessen Fenstern in all diesen Tagen die Bäume des Monbijouparks in das menschliche Elend hineingeblickt hatten, sie, die noch nicht sterben, wenn sie hundert Jahre sind, tröstend mit dem Erinnerungswehen ihrer Wipfel und dem Anschein der Unvergänglichkeit.

Im Zimmer waren die Kinder: Clara, Grete und Hermann; der Schwiegersohn Oppenheim war noch in Spanien auf einer Reise zurückgehalten. Zu Onkel Pauls rechter Seite saß Tante Elsbeth und hielt seine Hand und legte zuweilen ihr Gesicht an das seine mit ganz ihre Umgebung vergessender Zärtlichkeit – ich sah sie in diesem Augenblick vor mir, wie ich sie einst als Braut sah am Ende der Achtzigerjahre. Er aber lag auf seinem erhöhten Kissen schwer atmend mit halb geöffnetem Munde, seine Augen sahen nicht mehr, sein Bart war ganz weiß geworden. Zuweilen tat ihm eine Krankenschwester, die zu seiner Linken saß, die geringsten Dienste, die unsere Bemühung den Sterbenden erweisen kann.

Schweigend verharrten wir eine Stunde, immer horchend auf die armen Atemzüge. Mir war zuweilen, als sei es mein eigener Atem, und ich fühlte, wie ein Zwang über mich kam und wie ich atmete im gleichen Takt. Man denkt zuletzt: Ach käme doch endlich das Verstummen, damit er den Frieden hat, um den der müde Körper kämpft, und erschrickt dann, weil es so aussieht, als wünsche man aus Ungeduld den Tod herbei. Er kam sanft und unmerklich, und als eine klingende Uhr zehnmal schlug, war alles vorbei. Ich dachte: Nie wieder – aber dann war die Majestät des Todes so heilig, daß ich nicht traurig sein konnte. Und doch: nie wieder werde ich auf Erden das freundliche Aufleuchten seiner Augen sehen und sein Lächeln, nie wieder jene unausgesprochene Gemeinschaft erleben, die Männer haben, die zwei Generationen vertreten und von denen der Jüngere weiß, daß er in demselben Augenblick, wo er an die Stelle des anderen tritt, als der Älteste der Familie, mit dem Tode gesegnet wird.

Ich war etwas später noch einmal allein an Onkel Pauls Sterbelager. Ich schlug das Kreuz über ihn und hielt einen Augenblick seine Hand, wie ich vor 23 Jahren die Hand Vaters hielt. Sie war abgemagert und so schön, wie die Hände geistiger Menschen im Tode werden.

Onkel Paul ist 71 Jahre und 7 Monate, 3 Wochen alt geworden und hat damit das Alter seines Vaters, Großvaters, Urgroßvaters und aller seiner Geschwister übertroffen.

Eine gewisse Unordnung
1931–1934

*Als ich den letzten Satz zu Papier gebracht hatte, hatte
ich das eigentümliche Gefühl, nicht nur ein Buch, sondern
auch einen persönlichen Lebensabschnitt abgeschlossen
zu haben – ein Gefühl, das sich in der Folge bestätigte.*

Inu S. über den Abschluß des »Wunschkind«

Als im Sommer 1931 die deutschen Banken vorübergehend ihre
Auszahlungsschalter schlossen, war Ina mit ihren Kindern in
Starnberg. Die gemieteten Zimmer waren vorausbezahlt. Sie be-
rechnete, wie lange ihr Bargeld für das Mittagessen im »Unter-
bräu« und für Lebensmittel reichen würde, und kaufte noch eine
Schachtel etwas besserer Zigaretten. Sie war nicht ernsthaft beunruhigt.
Nicht viele deutsche Bürger waren in jenen Tagen ernsthaft beunruhigt, obwohl der Reichstag wieder aufgelöst war und die Anzahl
der Arbeitslosen sich der fünften Million näherte. Man lebte bescheiden und stets so eben am Abgrund vorüber. Inas eigene Verhältnisse zudem gaben Anlaß zur Hoffnung: der Verkauf des
»Wunschkind« war besser, als sie gedacht hatte, und es störte sie
vorübergehend auch nicht, daß sie mit einer neuen Arbeit kaum
weiterkam. Da wartete das Grundstück mit der Weide, und Ina
hatte das Gefühl, nun müsse sie etwas wagen, wenn sie jemals gewinnen wollte.
Münchener Freunde, die Ina und ihre erwachsene Tochter diesen
Sommer in Starnberg trafen, brachten einen Mann namens Ernst
Schulte Strathaus mit, einen ungemein gesprächigen und bisweilen ganz amüsanten Herrn, etwas älter als Ina, der als Fachmann
für Erstdrucke in einer Antiquitätenfirma arbeitete. Er war ein
Sohn westfälischer Bauern, zum Schwabinger geronnen, ein Au-

todidakt, der Beiträge zur Goetheforschung schrieb und sich heftig mit Astrologie beschäftigte: ein gern gesehener Kumpan in den Kreisen der geistigen Schickeria, samt Lederhose, gefurchtem Gesicht, Rucksack und Sandalen.

Für Ina war dieser Typ neu. Sie hatte ein paar Jahrzehnte Schwabing übersprungen. Manchmal fand sie seine Vitalität etwas anstrengend. Doch Schulte Strathaus sprach mit Achtung von Willy, und das erfreute sie. Er erzählte auch von Abenden in der »Osteria Bavaria«, wenn Hitler dort speiste, vegetarisch, und sehr anregend war. Hitler hatte offenbar in München jetzt einen ganz guten Ruf. Ina, die sich nie viel mit ihm beschäftigt hatte, schien er eine Art von Medium zu sein. Schulte Strathaus machte auf Heilwig viel Eindruck, wie ja manchmal ältere Herren auf noch junge Mädchen.

Aber Heilwig fuhr nach Hildesheim in ihr erstes Engagement, und Ina begab sich mit Georg nach Berlin. Die Banken zahlten wieder aus. Heinrich Wolfgang war von einer seiner seltenen Reisen zurückgekehrt, weit ins Ostpreußische hinein, und hatte den Entwurf einer Erzählung mitgebracht, der ihn, was selten vorkam, tief zufriedenstellte: »Elk« hieß diese Arbeit am Ende, ein unheimliches Kabinettstück über einen kleinen Badeort, dessen Einwohner sich nach dem Abzug der Fremden in die ihnen gemäße animalische Natur zurückverwandeln.

Im Herbst und Winter wurde Ina mit ihrem Verleger über bescheidene Wagnisse einig. Gustav Kilpper streckte seiner nun leidlich erfolgreichen Autorin genügend Geld vor, um ein kleines Haus zu bauen. Im Frühjahr 1932 errichtete Inas Jugendfreund, der Regierungsbaumeister John Rosenthal, neben der Weide einen einstöckigen, holzverschalten Wohnwürfel. Mit diesen Aufregungen machte sich eine gewisse Unordnung in Inas sonst übersichtlichem Dasein breit. Gewiß, Heinrich Wolfgang hielt den Bau für ein Wochenendhaus. Das war er nicht. Er war ein richtiges Haus, und Ina wünschte dort bald mit ihrer Familie zu wohnen, dort und nirgends sonst. Dafür gab es aber nicht die geringste Aussicht. Heinrich Wolfgang wurde siebenundfünfzig, und er hielt es für ausgeschlossen, vor seiner Pensionierung in acht Jahren abzutreten. Jedoch, das Haus war da. Ina schwieg nach Möglichkeit darüber.

Im Frühjahr 1932 wählte die Preußische Akademie der Künste sie zum Mitglied. Einen Monat später verlieh der Reichspräsident ihr eine der ersten Goethe-Medaillen. Kilpper druckte wieder eine neue Auflage des »Wunschkind«. Obwohl dies alles recht erfreulich schien (und man auch nicht so schwernehmen sollte, daß Georg sitzen geblieben war), litt Ina weiter am Gefühl der Unordnung. Willy und Annie ließen sich in dieser Zeit von ihren Lebensgefährten scheiden und kamen häufig in die Kronenstraße. Es würde über Mama zu befinden sein, deren viel zu große Wohnung nicht zu halten war, wenn Annies Zuschüsse aufhörten. Heinrich Wolfgangs Befinden machte Sorgen – aber wie würde er zu bewegen sein, das anzuerkennen?

Ina bestellte für den Sommer ihren Berliner Haushalt und fuhr nach Starnberg. Im neuen Haus standen provisorisch ein paar Möbelstücke. Aber die Realität ihrer ersten eigenen Wände flößte ihr Zuversicht ein, und sie war nun entschlossen, in den nächsten Jahren eine endgültige Lösung zu erzwingen. Im Manuskript ihres Romans bewegte sie sich immer noch wie in einem ausweglosen Wald. Sie ließ es den Sommer über liegen. Die Geschichte von der Verkettung zweier Geschwister durch unheilvolle Kindheitserinnerungen, von der allmählichen Selbstbefreiung durch Bloßlegen böser Vergangenheit: dies war nur mit Geduld zu bewältigen. Ina war sich im klaren, daß sie hier nach dem »Wunschkind« wieder einem jener Stoffe verfallen war, die sie viel früher bewegt hatten, doch sie konnte sich nicht ganz davon lösen. Zudem, der Verlag erkundigte sich nach dem neuen Roman.

Das neue Haus sah mancherlei Gäste im Sommer 1932, aber noch nicht den Hausherrn: Heinrich Wolfgang fand nicht die Zeit, sich vom Gemeindeleben zu lösen. Nicht nur das Amt forderte ihn, sondern auch die Verhandlungen, die er stets hatte verhindern wollen: eine Verschmelzung der beiden Gemeinden war nun nicht mehr aufzuhalten. Auch er spürte eine gewisse Unordnung, und er tat sein Bestes, ihr zu steuern, und dabei auch seine nächsten Jahre abzumessen – in einem Gemeindeverband, dessen Struktur er für ungesund hielt.

Unter den Starnberger Gästen war wieder Schulte Strathaus gewesen. Einmal schickte er einen Obstkorb. Heilwig bemühte sich in diesem Sommer um ein Engagement bei den Münchener Kammerspielen, und man versprach es ihr für das nächste Jahr. Ina hatte am Ende des Sommers wieder mit der Arbeit begonnen. Es war ihr nun klar, daß der Roman (er würde »Der Weg ohne Wahl« heißen) in einer falschen Zeit angesiedelt gewesen war. Er mußte während der ersten Monate des Weltkriegs spielen und am Ende den Geiger Manno in ein ungewisses Schicksal entlassen.

Mit diesem Plan kehrte sie für einen Arbeitswinter nach Berlin zurück. Auch Heinrich Wolfgang entwich seinen Gemeindeproblemen nach Möglichkeit an den Schreibtisch und arbeitete an einer Kindheitsgeschichte, einem hellen Gegenstück zum düsteren »Elk«, das »Nestwurz« heißen würde. Während dieser Arbeitszeit – sie währte bis in den späten Frühling hinein – fand einen Kilometer weit von der Kronenstraße der Fackelzug für den neuen Reichskanzler statt.

Man kann nicht sagen, Heinrich Wolfgang und Ina hätten den Anbruch dieses Zeitalters vor lauter Arbeit nicht zur Kenntnis genommen. Sie sahen ihm so verwirrt zu wie Millionen anderer apolitischer deutscher Bürger, und sie hatten die Hoffnung, dies würde zum Guten führen, zur Selbstbesinnung der Nation, zur Beseitigung der großen Not im Lande. Auch sie waren anfällig für die Wirkung von theatralischen Effekten wie etwa dem Aufmarsch zum ersten Mai, oder zuvor dem Schauspiel von Potsdam. Ina hielt Hitler nun für einen ernsthaften Mann, der den Frieden wollte. Sie war wie Heinrich Wolfgang gewiß, daß mancherlei Widerwärtiges nur eine Begleiterscheinung sei, Nachspiel der Auseinandersetzungen von gestern, vorübergehend. Und in der Tat, sie wandten sich wieder ihrer Arbeit zu.

Während Ina nach wie vor entschlossen war, Heinrich Wolfgang aus dem Amt und zu seiner eigentlichen Arbeit zu holen, nach Starnberg – währenddessen sah sich Heinrich Wolfgang im Amt in eine Auseinandersetzung verwickelt, in der er entschieden Partei nahm. Denn zu den »Begleiterscheinungen« gehörte der Vormarsch der sogenannten »Deutschen Christen« innerhalb der Kirche. Diese germanisch bewegten Pastoren wollten das Alte Testament nach Möglichkeit löschen, und sie wollten die Macht. Heinrich Wolfgang war überzeugt, daß es Judenchristen gebe und Heidenchristen, doch so etwas wie »deutsche Christen« ganz gewiß nicht. Er predigte diese Überzeugung. Er griff das Buch auf der Kanzel mit beiden Händen, hielt es seiner Gemeinde hin, das ganze Buch, die Einheit, das untrennbare Zeugnis des Alten wie des Neuen Bundes.

Dieser Kampf, der weniger im Gottesdienst stattfand als in Sitzungen und Auseinandersetzungen, setzte seiner Gesundheit sehr zu. Er stritt mit Leidenschaft und mit Ekel, denn Streit war wider seine Natur. Er träumte davon, »unter anderem, daß zwei Einbrecher in unser Berliner Haus einschlichen, widerliche Kerle mit amerikanisch breiten Schultern und einer gewissen militärisch-rohen Manier. Ich folgte ihnen in unser Eßzimmer hinein und sah nun, wie sie dort mit meinem Amtsbruder H. an unserem Tisch frühstückten. Alle drei sahen mich höhnisch an, und H. rief in kreischendem Ton: er wolle doch erst einmal sehen, ob er und diese Herren nicht ein gutes Recht hätten, sich hier aufzuhalten! Der Traum war überaus bedrückend, und seine Erklärung lag nahe genug.« Ina war um diese Zeit nach Starnberg gefahren. Sie sah in München den ersten Versuchen ihrer Tochter auf Falckenbergs Bühne zu. Auch sonst sah sie einiges, was sie nicht unbedingt erfreute, und schrieb im August vorbereitend an Heinrich Wolfgang: »Ich wollte, diese etwas stachelige Kastanie platzte endlich. Ich bin überzeugt, daß Heilwig den Schulte Strathaus heiraten will und er sie – daß sie aber beide Menschen sind, die das am liebsten mit Ausschluß aller Öffentlichkeit tun würden, die engere Familie hier in die Öffentlichkeit einbezogen.«

Diese Voraussage traf wenige Tage später ein. Die Tochter heiratete den einmal verwitweten, einmal geschiedenen Schulte Strathaus. Sie erwartete ein Kind von ihm. Heinrich Wolfgang war sehr betroffen und vorübergehend verzweifelt. Zudem war der betagte Schwiegersohn katholisch und Heinrich Wolfgang ertrug den Gedanken schwer, daß »ein römischer Priester seinen Zauber über meinen Enkeln« würde machen dürfen. Gewiß, Ina schrieb dann, Kinder würden evangelisch getauft werden und erzogen, doch es dauerte Wochen, ehe Heinrich Wolfgang sich bewegen ließ, seine Tochter zu sehen.

Er reiste nach Starnberg. Er sah zum ersten Mal das Haus, sein Arbeitszimmer, sein Schlafzimmer. Was er sah, gefiel ihm – und es schien ihm auch, als habe er die Ruhe, einen Garten und die weite Landschaft seit langem entbehrt. Er feierte mit Ina und Georg seinen Geburtstag, und in den Nachmittagsstunden begegnete er seiner Tochter:

»Ein Augenblick, vor dem man sich einen Monat lang gefürchtet hat, wird vermutlich immer ein anderes Gesicht haben, als man es sich in Stunden der Sorge und des völligen Verblassens der Wirklichkeit vorgestellt hat. Heilwig trat zu mir ins Zimmer, wir küßten uns, und in diesem Augenblick war sie wieder mein Kind, und alles, was mein Herz gebunden hatte, sank von mir ab. Aber konnte es anders sein und bin ich so anzuklagen, daß sie mir ungreifbar wurde und ich sie zuletzt nicht mehr sehen konnte? Sie ist viele Jahre lang ihre eigenen Wege gegangen durch eine Welt, die ich nicht liebe. Sie war immer sehr verschlossen, und so oft ich ihr schrieb, so selten richtete sie das Wort an mich.«

Heinrich Wolfgang kehrte nach Berlin zurück. Ina folgte ihm im Oktober. Sie waren einander einig darüber geworden, daß der Augenblick nun nahe sei, in dem Heinrich Wolfgang Abschied nehmen sollte vom Amt. Nach einem letzten Weihnachten in der Neuen Kirche und in der Kronenstraße bat Heinrich Wolfgang um seine Pensionierung aus Gesundheitsgründen. Es waren gute Gründe, wenn auch die Erkenntnis hinzukam, daß diese Gesundheit vor allem dem wachsenden Kirchenkampf nicht mehr standhalten würde. Der Abschied wurde gewährt.

Am Palmsonntag konfirmierte Heinrich Wolfgang zusammen mit anderen Kindern auch seinen Sohn. Ina und Georg fuhren nach Starnberg, um rechtzeitig die Möbel dort zu empfangen. Der scheidende Pfarrer hielt am zweiten Ostertag seiner Gemeinde die Abschiedspredigt: »Nachdenkend über die elf Jahre, die ich dieser Gemeinde diente, ja alle Jahrzehnte abwägend, die ich gewürdigt war, auf der Kanzel Gottes Wort zu sagen, ward mir bewußt, daß ich immer dies und nichts anderes zu verkünden begehrte: ›Einer ist euer Meister, Christus!‹«

Er hat das auch weiter verkündet.

Nach seiner Predigt, die auch den Abschied enthielt von der als selbständige Einheit aufgelösten Neuen Kirche, gab er vielen Menschen die Hand, zuletzt dem Kirchendiener Kalbe und dem Küster Gutschmidt. Einsam umkreiste er in der Mittagsstunde noch einmal den Kirchenbau. Dann ging er hinüber in das Hospiz, aß ein Stück Osterlamm. Zwei Nachmittagsstunden verschlief er. Endlich packte er seinen Koffer, blickte dazwischen manchmal zur Kirche hinüber, zog noch einmal den Mantel an, ging in der Kronenstraße und der Friedrichstraße spazieren. Gegen Abend verlangte er eine Droschke zum Anhalter Bahnhof und bekam eine Taxe. Im Wartesaal aß er Eisbein, trank ein Glas Schultheiß und begab sich zum Nachtzug nach München. Dort würde morgens Ina ihn erwarten.

Er hat nach diesem Tag, von Friedhofskapellen abgesehen, nie wieder eine Kirche betreten.

In der Schlafnische notiert
1934

In ihrem eigenen Haus schlief Ina jahrelang auf dem eingebauten Nischenbett ihres Arbeitszimmers. Auf dem Bücherbrett in Griffnähe lag auch ein kleiner Schreibblock. Bisweilen, wenn sie aus dem Schlaf tauchte, nachts oder am sehr frühen Morgen, kritzelte sie Worte wie jene, die hier folgen.

An Benn zu schreiben
Daß Lyrik in ihrer Vollendung ein Jenseitsgelandetsein sei –
Und fraglich, ob der Weg hin zu dieser Landung einzubeziehen sei in den Ausdruck –
Ob er sich nicht ausschließlich als Vorstadium, als Bedingung, als Voraussetzung der Kunst im Gebiet des Lebens zu vollziehen habe . . .
In jedem Ihrer Gedichte, Benn, ist der Weg *und* die Landung
Nein, das stimmt nicht ganz: es gibt drei Kategorien Ihrer Gedichte: die erste fürchte *und* liebe ich. Die zweite ist mir – interessant. Die dritte ist mir erhaben über Liebe und Furcht und kaum noch mit kunstmäßigem Ursprung in Verbindung zu bringen: diese Verse sind vom Jenseits her gesungen.

Der einfache Mensch langweilt sich nicht. (Was nicht etwa heißen soll, Langeweile könnte sich nicht selbst langweilen!)

> Gebet in der Nacht
> Dämpfe die Gedanken!
> Laß mich schlafen!
> Gib mir ein paar Atemzüge Traum. –

Europäer sind Kinder einer Mutter –
aber sie haben verschiedene Väter.

Dieses Baiernland
Ist nicht mein Vaterland,
Denn mein Vater war vom Ostseestrand,
Dieses Baiernland
Ist nicht mein Mutterland,
Meine Mutter war von Livland her.
Dieses Baiernland
Ist mein Heimatland,
Weil ich keine andere Heimat hab.
Denn am Baltenmeer
Gibts kein Livland mehr
Und mein Vater wohnt in einem Grab.

Schlaftrunken: Ich liege auf meinem Antlitz vor Gott und bin es
gewöhnt, daß die Engel auf mich treten. Sie achten meiner nicht
mehr, weil ich immer da bin –

Sonntag, 7. Oktober 1934
Ein unsagbar kristallener Herbst, der zu höchster geistiger Klarheit verpflichtet. Ganz langsam wachse ich wieder in meine Arbeit
hinein. *Wachbleiben* ist alles.
Denkübungen; nicht im Steinerschen Sinne, sondern als Versuch,
einen Überblick über die Möglichkeiten und Formen geistiger
Vorgänge zu gewinnen. Verstehen, warum man sich selbst immer
wieder davonfließt. Es müssen wohl auch diese Jahre des körperlichen Übergangs sein, die eine verhängnisvolle Neigung zur
Dumpfheit begünstigen. Dumpfheit zeugt bei mir immer Angst;
entschlossene innere Sammlung gibt Klarheit und Ruhe. Es wird
sehr gut sein, wenn ich wieder regelmäßig »Buch führe«.
Ich begann, wieder am »Lennacker« zu schreiben, dem Buch des
protestantischen Pfarrergeschlechts, in dessen Geschichte sich die
ganze Geschichte der ev. Kirche spiegeln soll. Es ist ein inspiriertes
Buch, wofür ich unsäglich dankbar bin. Das Wunschkind war auch
eins. Ich bemerke diesen Charakter an gewissen Zügen, die gewiß
nicht »von mir« sind, im Sinne als hätten sie erdacht werden können.

Daß es in einem Stift für protestantische Pfarrerstöchter beginnen mußte, erweist sich als gleichnishaft für eine Seite der heutigen ev. Kirche, die nur als verdorrte Jungfrauenschaft angesprochen werden kann. Der Engel der Verkündigung blieb aus, und der Heilige Geist erst recht. (Was die Überschattung einzelner nicht ausschließt, auch nicht in dem Stift der Domina Lennacker!) Zu diesen alten Jungfrauen also kommt der Soldat Lennacker, feiert Weihnachten mit ihnen, bricht dann krank zusammen. Auf einmal sind sie alle Mütter geworden.

Ottostraße 16, Starnberg
1932–1939

Zur Frau Seidel wollen S'? Das ist recht weit.

Auskunft Starnberger Taxifahrer

Es regnete häufig im Sommer 1932.
Jeder Mensch hat einige Erinnerungen, deren er sich schämt. Georg wurde eine von ihnen in jenem Sommer zuteil: er brachte seine Mutter, die selten ihre Gefühle zeigte, zum Weinen.
Regen fiel vor den Fenstern des Hauses in der Starnberger Ottostraße: neue Fenster, neues Haus, nur ein paar Möbel als Notbehelf. Ina war mit Tochter und Sohn eingezogen. Das Kind langweilte sich, wußte nichts mit sich anzufangen. Es sagte, während man darüber sprach, was denn wohl anzufangen sei, es wäre lieber wieder zu Hause in Berlin: »Hier is ja nischt los.« Ina brach für einen Augenblick in Tränen aus. Georg erschrak und versuchte, sie zu trösten. Sie ließ sich trösten. Die Kleinigkeit, könnte man sagen, war bald vergessen, doch in Georgs Erinnerung blieb sie aufbewahrt. Er begriff sehr viel später, warum das so war.
Das eben fertige Haus war für ihn gebaut worden, und für Heilwig und für Papa, und natürlich auch für seine Mutter. Es war mehr als ein Haus, es war ein fast unerreichbares Ziel, lange vor Georgs Geburt gesetzt, und eigentlich konnte es nicht Wirklichkeit sein. Aber da stand es, und nun wollte Georg es nicht haben.
Georgs Ablehnung wäre so etwas gewesen wie ein Omen für Heinrich Wolfgangs Meinung, der ja das Haus noch gar nicht kannte. Inas Anspannung in dieser Zeit muß sehr groß gewesen sein. Sie hatte in dieses Wagnis alles gesteckt, was sie hatte (oder: vielleicht bekommen würde). Als Gegengabe brauchte sie nichts als Zustimmung, und die war so leicht nicht zu erhalten. Es ging um das ganze künftige Dasein.

Das Haus wurde am Ende Heimat für alle, die in ihm lebten. Dabei hatte es viele von den Fehlern, die jemand machen kann, der mit Häusern keine Erfahrung hat. Es lag im Hinterland auf einem kleinen Höhenzug, es war nur über eine steile Fahrstraße zu erreichen oder über einen noch steileren Fußweg: nicht ganz die rechte Gegend für einen Menschen, der schwer am Stock geht. Es stand auf dem Grundstück an der falschen Stelle, zu nahe der Straße. Es hatte kaum Südfenster.

Auch war es allzu originell: die Plattform auf dem Dach wurde selten benutzt, und das Flachdach erwies sich als anfällig bei bayerischem Regen.

Das Haus blieb bis in die Siebzigerjahre hinein so, wie es in den Dreißigern gebaut worden war. Rundherum hatte es eine kleine Gartenanlage. Das abfallende Stück Grund blieb Wiese. Zu nahe am Haus gepflanzte Kastanien und Immergrün wucherten mächtig. Ein Spalierpfirsich strengte sich so üppig an, daß er nach fünf Jahren nicht mehr blühte. Er wurde nicht ersetzt.

Drinnen gab es, eine Konsequenz aus lange geübten Lebensgewohnheiten, zwar ein Eßzimmer, aber kein sogenanntes Wohnzimmer. Familienleben fand in den beiden Arbeitsräumen statt. Angemeldete Besucher wurden sogleich dorthin geführt. Nicht angemeldete, davon kamen mehr, als den Bewohnern lieb war, fanden sich zu ihrer Verwirrung zunächst auf Eßzimmerstühle verwiesen.

Die nähere Umgebung war leidlich, die weitere schön: Wiesen und Wälder, das Söckinger Tal. Wer die Gegend kannte, konnte vorzügliche Spaziergänge machen. Wer sie nicht kannte, wunderte sich ein wenig, warum das Haus gerade hier stand.

1935 wurde im Garten noch eine Garage gebaut, die im Stil dem Haus ähnlich sah. In ihr stand einmal vier und einmal zwölf Jahre lang ein Auto. Im Haus gab es ein Zimmerchen für junge Damen, die dieses Auto fuhren, junge Damen, die häufig wechselten, weil sie entweder nicht gut genug Auto fuhren oder nicht gut genug Maschine schrieben, oder auch, weil sie Ina auf die Nerven gingen.

Neben dem Zimmer der jungen Damen war das Zimmer für Heilwig. Sie bewohnte es nie, denn sie heiratete, als das Haus fertig war. Emmy bewohnte es gelegentlich, und dann während des Krieges ständig, bis zu ihrem Tod. Dann kam das Bad und dann kam Frieda, die mit dem Hause alterte, eine sehr bayerische Köchin.

In Georgs Erinnerung hat es nach 1932 während der Starnberger Jahre vor dem Krieg wenig geregnet. Schwerer Weihnachtsschnee deckte das Haus zu, Sommersonne schien auf den Würfel mit zwei tickenden Schreibmaschinen darin, zumeist gelegen außerhalb seiner Zeit. Georg nahm an diesem stillen Leben nur während seiner Ferien teil. Aber später war ihm, als habe er jeden Tag dort verbracht – in einer Welt, in der seine Eltern endlich erreicht hatten, was ihnen gemäß war.

In dieser Erinnerung blüht stets Phlox rund um die Veranda, und auf dem Balkon vor Inas großem Fenster picken Vögel. Ab und zu treffen von Verlagen Pakete mit Korrekturen ein, und dann im Herbst Pakete mit Freiexemplaren. Es ist natürlich nicht ewig Sommer oder schöner Winter. Auch findet sich nicht jeden Tag in Papas Arbeitszimmer Ernst Wiechert an.

Da ist beispielsweise der zweitletzte Dezembermorgen, 1934. Um sechs klingelt das Telefon, um halb sieben fährt Georg mit seiner Mutter in einer Taxe durch den bayerischen Winter, durch Münchener Straßen sodann, vorüber an blitzenden Weihnachtsbäumen bis zum Münchener Siegestor. Auf der Treppe zu Onkel Willys Pension ist mit Kreide eine Leiter gemalt und daneben steht: Samstag früh! – eine Ankündigung des Schornsteinfegers.

Da sind die Tage, in denen Georg erfaßt, ein Verleger wollte das Buch seines Vaters eigentlich lieber nicht veröffentlichen, ein sehr bedrückender und absolut lächerlicher Bescheid. Er wird dann auch geändert – natürlich.

Nach dem Abendessen setzte sich Heinrich Wolfgang gewöhnlich in seinen alten Ohrensessel, legte die Füße hoch auf einen Stuhl, und eine Decke darüber. Ina saß auf dem Sofa, eine Stunde oder auch zwei. In ihren Gesprächen kamen Tagesereignisse nicht allzu häufig vor. Es gab in diesem Haus bis zum August 1939 kein Radio. Erst dann wurde ein Bakelit-Monstrum aufgestellt, aus dem sich Nachrichten entnehmen ließen. Zuvor gab es Information nur durch die »Münchener Neuesten Nachrichten« und den »Land- und Seeboten«.

Gleichwohl, Georg hat beim Sortieren seiner Erinnerungen an diese ersten Starnberger Jahre nicht das Gefühl, als dächte er an einen Elfenbeinturm. Das Haus in der Ottostraße war ein Arbeitsplatz. Für Georg war das Haus seiner Eltern ein guter Ort, bedeutete Heimat und Sicherheit. Daß es manchmal nicht so hell war, nicht ganz so einfach sein konnte wie in den Erinnerungen eines Heranwachsenden, das steht auf anderen Blättern dieses Buchs.

Am letzten Tag des Jahres
1934

> *Ein Becken tat sich auf mit dunklem Spiegel, und da*
> *lagen sie im Kreis über der Brüstung, Kopf an Kopf, und*
> *schlürften. Ständig wechselten sie; einer schien dem*
> *anderen den Platz zu neiden . . .*
> *Noch einmal wandte Patroklos sich um und sprach: »Wir*
> *müssen ihn löschen . . .« – und er faßte an seine Stirn*
> *und deutete dann, mit rührendem Lächeln, an die des*
> *Freundes; denn da drinnen lohte es ja noch, das goldene*
> *Funkeln, die brennende Sehnsucht nach Phoibos; der*
> *ungeheure Groll, von ihm verworfen zu sein – dann*
> *beugten sie sich, ohne einander weiteres zu sagen,*
> *gemeinsam nieder zum Wasser des Vergessens.*
>
> *Willy S., die letzten Zeilen von »Der Tod des Achilleus«*

Sein Leben war bisweilen glänzend gewesen, mitunter düster, oft verwirrt und auch verwirrend. Es hatte Stationen des Zaubers und der Herausforderung, qualvolle Durststrecken und Labyrinthe ohne Ausweg, selbst gebaute. Das Gesetz von Ursache und Wirkung blieb ihm stets ein Rätsel. Dabei kannte er viele Geheimnisse. Auch die, die ihn liebten, verzweifelten bisweilen an seiner Weigerung, folgerichtig zu denken.

Sein Tod aber, ein früher Tod, war karg, eindeutig, nicht ohne Größe und von symbolischer Bildkraft.

»Als sie ihn fanden, Fremde in fremdem Haus, doch barmherzig gesinnt, da saß er an seinem Arbeitstisch, die Arme ausgestreckt und auf den Armen ruhend das mächtige Haupt, noch im Raum der Zeit und doch schon in der Überzeit, die Gestalt eines müde gewordenen Mannes, den der ewige Schlummer überfiel. Um ihn aber ward alles sichtbar, was ein Gästehaus kennzeichnet – als ein Reisender ist er hinübergegangen, und ein Reisender war er ja

immer gewesen. Unrast bewegte ihn, die Fülle der Welt rief ihn.«
In diesen Sätzen aus Heinrich Wolfgangs Totenrede am Silvester-
tag 1934 ist nichts geschönt, die Beschreibung ist getreu. So war
Willy gestorben, in den ersten Morgenstunden des 29. Dezember.
Er wohnte in der Pension Döring am Münchener Siegestor, weil er
nach einem Krankenhausaufenthalt Bedienung brauchte und einen warmen Raum. Seine kleine Schwabinger Wohnung stand
leer. Gegen Mitternacht war er die Treppe zur Pension hinaufge-
stiegen, den weichen Hut in die Stirn gedrückt, die Manteltaschen
überquellend von Zeitungen – von einer der Wanderungen, die er
in jenen Monaten durch die Stadt tat, da und dort einhaltend, um
mit Freunden zu reden und zu trinken.
Der Bewohner des Nebenzimmers hörte ihn stöhnen. Er rief einen
Arzt. Der Arzt aber fand schon den Toten, gestorben an dem Leiden, das Willy viele Jahre begleitet hatte. Ina, aus Starnberg her-
beigerufen, wollte dem Totenschein neben der verhüllten Gestalt
nicht glauben. Sie bat einen befreundeten Arzt um eine zweite
Untersuchung.
Willy, auf solche Art heimgegangen, so unverhofft, obwohl das
Ende zu ahnen gewesen wäre (doch auch der kranke Mann strahlte
soviel Leben und Magie, daß niemand an ein Ende dachte), Willy
prägte mit seinem Tod sein Bild eindeutig, ja mächtig – und weitaus klarer, als er es mit seinem Leben vermochte. Plötzlich wurde
sichtbar, was da an Leistung hinterlassen war und geformtem
Traum, nicht eine große Menge vielleicht, doch einiges, was ein-
malig schien, unverwechselbar, gewichtig. Die Verwirrungen seines Daseins verschwammen von einem Tag auf den anderen.
Am letzten Tag des Jahres zogen viele Schwabinger zum Nord-
friedhof, den guten Gefährten zu begraben. Die Worte des Geistlichen bewegte Willys Freunde, verblüfften sie auch: dergleichen
Geformtes hatten sie nicht erwartet, bekamen sie auch selten zu
hören. Nur wenige wußten, daß dieser Geistliche ein Autor von
Rang war. Willy hätte seinen Spaß gehabt an diesem Effekt, der
doch gar kein Effekt war.
Denn Heinrich Wolfgangs: »Lebe wohl, freundlicher und phanta-
stischer Meister deiner Kunst, dem Wortgewalt gegeben ward wie
wenigen unter uns; lebe wohl, der du Mann und Kind warst in einem und den wir liebten in seinen schöpferischen Stunden und in
jenen ganz anderen, da du Zuspruch begehrtest und geduldige,

tragende Liebe« – dies und anderes sagte er nicht allein um des Amtes willen, sondern um seine Nächsten zu halten, zu trösten, ihnen einen Schock zu lindern, der bei Ina stärker war als nur einer beim plötzlichen Tod eines Bruders. Für sie, die Willy und ihre dreiundsiebzigjährige Mutter auch nicht hätte stützen müssen, wenn sie sie hätte stützen können, war ein Ring zerbrochen, auf den sie fast vier Jahrzehnte lang getraut hatte. Dieser plötzliche Tod, dieser Morgen des Alarms vor zwei Tagen, war ihr die verstärkte Wiederholung eines Lebensmotivs aus ihrer Kindheit. – Die Beziehungen der Seidels zueinander waren seit Heinrich Alexanders Tagen nicht eben einfacher geworden.
Der Tag war milde. Weich war die gelbe Erde, die zwischen Blüten auf den Sarg fiel. Der Gedenkstein über diesem Grab würde künden: »Hier ruht der Dichter und Weltfahrer W. S.«.

Totenbeschwörung
1935

Willy – sein Leben und Wesen – ins Wort zu bannen,
erscheint mir als eine der schwierigsten Aufgaben, deren
ich mich je unterfing, da ich doch von früh an gewohnt
war, ihn als den Meister des Wortes zu bewundern und
anzuerkennen.

Ina S.

Ina hat 1936 unter dem Titel »Der Tod des Achilleus« einen Nachlaßband herausgegeben, der eine Auswahl von Willys Briefen,
Gedichten und Erzählungen enthält, dazu auch das Fragment des
»Brummell«-Romans.
Der Auswahl voraus stellte sie eine Werk- und Lebensgeschichte
von 68 Druckseiten. Für diese Arbeit hat sie vielerlei Notizen gemacht, die in der Endfassung nicht verwendet wurden. Einige von
ihnen folgen hier.

Versuch über die Kindheit
Ein kleiner Junge in einer Matrosenbluse mit kurzen Hosen, einer
Gartenschürze, die runden Knie reichlich mit Kratzern und aufge-
schlagenen Stellen geziert; ein kleiner Junge mit weichem, asch-
blondem Haar, das sich über der rechten Schläfe ein wenig lockt,
mit ein paar Sommersprossen auf dem Sattel des stumpfen Näs-
chens und mit merkwürdig weit auseinanderstehenden hellen, gelassen schauenden Augen –
So ein kleiner Junge, der stundenlang im Garten auf dem Bauch
liegen konnte, um die Lebensäußerung eines Tieres, das in seine
Gewalt geraten war, zu betrachten – eines Käfers, einer Ameise,
einer Raupe –
Ein kleiner Junge, der auch im Zimmer am liebsten auf dem Bauch

lag und entweder Brehms »Tierleben« besah oder einen Bogen Papier mit Zeichnungen von Vögeln und Schmetterlingen bedeckte –
Ein kleiner Junge, der mit ausgestreckten Armen unverkennbar flügelschlagend umherrannte, oder der geduckt in langen Sätzen fauchend aus einem Gebüsch kam – der sich am Boden wand und zischte, also eine Schwalbe, einen Tiger, eine Schlange vorstellte, und vollkommen von seiner Identität mit dem Tier, das jeweilig seine Phantasie beherrschte, überzeugt war –
Ein kleiner Junge, der in seinen Hosentaschen meistens etwas Lebendiges beherbergte, sei es einen Frosch, eine Blindschleiche, einen Käfer, einen Grashüpfer, eine Maulwurfsgrille, um solche Gefangene gelegentlich peinlich überraschten Tanten mit den zufriedenen Worten: »Hübsches Tierchen, findste nich?« unter die Augen zu halten –
Solch ein kleiner Junge ist Willy Seidel gewesen, bis er sechs Jahre alt war, ganz ausschließlich, und für die übrige Zeit seiner Kindheit blieben dies doch seine Grundzüge.

Typische Situationen des vaterlosen, der Mutterfamilie ausgelieferten Jungen. Zuviele Tanten. Reaktion dagegen. Die Schwabinger Atmosphäre. Kunst vor Leben – Leben mißverstanden als Stoff oder Hintergrund von Kunst.
Die *ursprüngliche* Richtung Willys galt nie irgendwelchen Problemen, sondern einmal der Spiegelung des Zuständlichen, dann aber dem *Ausdruck* unterbewußten seelischer Strömungen. Von den Tieren gelangte er ganz folgerichtig zur Darstellung primitiver Menschen – und er wollte damit wohl (unbewußt) Abstand zu sich selbst gewinnen und dahinter kommen, was sich denn nun eigentlich hinter der Triebnatur, auch der eigenen, verbarg. In Gestalten wie dem jungen Ägypter Daûd u. a. beschleicht er dauernd sich selbst.
Willy hatte auch viel von einem Schauspieler (dies ganz ohne irgendwelche Wertbeimischung gesagt): er dachte sich zuweilen so stark in eine Rolle hinein, daß er mit ihr zu verschmelzen glaubte.
So spielte er als sechzehn- bis zwanzigjähriger Junge den »Herrn«, den Gesellschaftsmenschen, mußte durchaus Attribute der Rolle haben, verwechselte dann wieder Attribute und Inhalt. Kam er auf die Bühne, so ergab sich, daß er der Stichworte nicht mächtig war, und durch sein Improvisieren verstieß er gegen alle Spielregeln

der Wohlpräparierten. Dennoch blieb diese Bühne der »Gesellschaft« zeitlebens seine unglückliche Liebe.

Sein unbeschreiblich freundliches Gesicht bei der Begrüßung
draußen im Garten wie immer: »Tag, Inachen!« Immer küßten
wir uns in den letzten Jahren bei der Begrüßung oder beim Abschied, auch auf der Straße. Seine Freude über Kleinigkeiten, die
er noch bekam, besonders über die Kalodermaseife, die »er sich gerade noch gewünscht hatte«!
Ich erschrak über sein Aussehen – eingegrabene Ringe um die Augen, er sah beängstigend aus – es besserte sich dann. Es schmeckte
ihm gut, nur zu gut, aber niemand hatte den Mut, ihm vom starken Essen abzuraten, oder vom Rauchen oder vom Kaffee. Denn
ein Willy, der sich kasteite, war nicht mehr Willy – und hier liegt
ein Grund der vielen bitteren Konflikte in der Stellung von uns,
die wir ihn so lieben, zu ihm. Dann wollte er gerne Platten hören
und wir saßen in meinem Zimmer, er in dem Cordsessel, und ich
ließ die Platten laufen, die wir beide lieben, auch den »Bolero«,
und zuletzt wollte er die »Unvollendete« hören, und wir hörten
zusammen als letztes die »Unvollendete« – die Platte lag noch auf
dem Teller, als ich gestern aus München kam, und sie liegt noch
dort. (Aber das Triebwerk des Grammophons war auf unerklärli-
che Weise inzwischen zerbrochen.)

Das Folgende beruht auf langem Nachdenken über Willys seeli-
sche Konstitution, und steht im Zusammenhang mit jahrelangem
Beobachten und Abwägen der wesenhaften *Unterschiede* der Seelen. Ich bin der Überzeugung, daß es alte erfahrene, zauberkun-
dige Seelen gibt, so gut wie junge, die aus dem Zustand des Ele-
mentarwesens zum erstenmal eine menschliche Inkarnation betreten (während die »alten« Seelen aus Gründen, die ich noch
nicht begriffen habe, *wiederkehren* ins Menschentum).
Willy war eine erstmalig sich verkörpernde Seele, und hier liegen
alle Erklärungen für den merkwürdigen Mangel an Auffassungsvermögen den »Spielregeln« gegenüber, den er zeitlebens auf-
wies.
Nach welchen Gesetzen die Seele den Ort ihrer Inkarnation wählt,
scheint unergründlich. Die Spannungsverhältnisse zwischen der
Seele und dem ihr zugewiesenen Körper, seiner »Erbmasse«, und

ihr Ausgleich oder ihr Kampf stellen das einzige wahrhaft *göttliche* Schauspiel dar, das auf Erden zu finden ist.

Erlebnis, daß der Tod unter allen Umständen *ausschließlich* physisch – auf das Körperliche beschränkt! – ist, und Leben – motorisch und dynamisch, als Anstoß, Ausdehnung, Fortwirkung – immer *rein geistig*, also *unzerstörbar*!
Das hintergründige Traumerinnern untertags – kein Bild tritt deutlich ins Bewußtsein, aber eine nächtlich geschaute bunt verdämmerte Welt, schwer von bedeutungsvollen Bildern, läßt ihr Kaleidoskop ununterbrochen unter der Oberfläche kreisen, lautlos und lockend.

> Nun bist Du mitten in den Symphonien
> Und weißt, daß *alle* unvollendet sind.

Älterer Herr von der Ludwigshöhe
1934–1939

> *Wenn ich auf das letzte Menschenalter zurückblicke,*
> *finde ich, daß ich eigentlich nur dann froh gewesen bin,*
> *wenn ich Ina froh wußte. Dies ist nicht die Behauptung*
> *eines edlen Charakters, sondern die unserer Verbundenheit.*
> *Ausnehmen kann ich höchstens einige Stunden*
> *einsamen Nachdenkens – Hieronymus im Gehäus hatte*
> *seine eigene unbeschreibliche Seligkeit.*
>
> *Heinrich Wolfgang S., 1938*

»Grüß Gott, Herr Professor«, sagten die Starnberger zu ihm. Er
gewöhnte sich daran. Es hätte wenig Sinn gehabt, zu widerspre-
chen – er sah so aus, weit mehr als viele Professoren: leicht gebeugt, mit Hut und Stock, etwas bequemer gekleidet als ehedem,
aber stets mit Weste und Krawatte: Spaziergänger nun nicht mehr
auf Asphalt, sondern auf dem Voralpengeröll. Für den steilen Weg
die Ludwigshöhe hinauf entwickelte er seine eigene Technik: jeden Fuß mit ganzer Sohle aufgesetzt, lange Schritte, raumgrei-
fend. Näher bekannt wurde er bald mit dem Briefträger, dem
Buchbinder und Papierhändler, einem Zigarrenmann, einem Taxifahrer und mit dem Fräulein, das nahe dem Durchgang zur See-
promenade Pralinen verkaufte.
Er lebte, so schien es, sich rasch ein. Er genoß Natur und den
sichtbaren Wandel der Jahreszeiten: das hatte er, nun wußte er es
wieder, die langen Stadtjahre über sehr entbehrt. Die gewohnte Stadt und ihren Umtrieb vermißte er zunächst nicht. Erst
nach drei oder vier Jahren wurde ihm klar, daß ihm hier etwas
fehlte, und war dann dankbar, daß es für den Winter in München
ein Quartier geben sollte. Berlin, zu seiner Überraschung, ging
ihm nicht ab. Er überlegte, was denn eigentlich Heimat sei, und

kam für sich zu dem Ergebnis: seine Nächsten, seine Bücher, seine Möbel – und die letzten bestanden für ihn vor allem aus Schreibtisch, aus Büchergestellen, aus dem vertrauten Ohrensessel samt einem Stuhl, auf den er die Füße legen konnte.

So glitt Heinrich Wolfgang aus dem Amt und aus dem Doppelleben in das eine Leben, das ihm in der Tat so gemäß war wie kein anderes. Nun bestimmte er allein seinen Tag, seine Lektüre, seine Arbeit. Sein Arbeitsprogramm wurde dabei eher länger als kürzer, aber es war eben sein eigener, und nichts mehr vorgeschrieben, was ihm widerstand. Ina im ersten Stock beschäftigt, er im Erdgeschoß: Ina hatte recht gehabt – so war es gut, und hätte schon lange so sein sollen. Er war der Herr im Haus, und was es zu verwalten gab, blieb seine Sache. Er wurde nicht zum Einsiedler, nahm teil auch an Inas Gästen, schweigsam zumeist, wie er immer gewesen war, geduldig auch. Er hatte sein eigenes Gewicht. Der Unterschied zwischen seiner Stille und Inas Widerhall schien ihm weiter natürlich und keiner Erwägungen wert.

Er baute seine eigenen Häuser. 1934 erschien unter dem Titel »Abend und Morgen« die Zusammenfassung der Erzählung mit der Kindheitsnovelle »Elk« und »Nestwurz«. Heinrich Wolfgang schrieb an den Verleger Grote, er wünsche sich und ihm die Erfüllung des Worts 1. Mose 1,5: »Da ward aus Abend und Morgen der erste Tag« – und trug diesen Brief wiederum in eines jener Brief- und Tagebücher ein, deren Reihe, sein privates Lebens-Werk, nun in der Starnberger Ruhe besser gedieh als während der Berliner Jahre.

Diese anschwellende Daseinschronik, erfüllt von Nachrichten, Gedanken, seelsorgerischen Briefen und Erzählbriefen, befriedigte ihn auf eine absonderliche Art. Er wußte wohl, daß sie ein perfekter und perfektionierter Anachronismus war, eine Art von Daseinsbuchführung, wie sie seit Varnhagen von Ense (den er gerne las, aber auch ein klein wenig verachtete) in diesem Umfang kaum noch erstellt worden war. Oft schrieb er hier mit der Hand ab, was er zuvor mit der Maschine jemandem geschrieben hatte. Es ist sicher, daß er sich selbst selten überschätzte, und es gibt von ihm auch Anmerkungen, die eine so intensive schriftliche Betreuung des eigenen Daseins ablehnen. Gleichwohl, die Chronik wuchs Band für Band. Sie wird eines Tages eine wertvolle Quelle sein, aber auch eine merkwürdige: Dasein des zwanzigsten Jahrhunderts, eingesiegelt in den gelassenen, gefilterten Stil des neunzehnten, voll von überraschend treffenden und gelegentlich außerordentlich abwegigen Meinungsäußerungen.

Warum Heinrich Wolfgang sie mit solcher Konsequenz führte (und, was Arbeitszeit angeht, zu Lasten seiner epischen Produktion), das steht nirgends geschrieben. Diese Arbeit schuf ihm vermutlich eine Art von Gleichgewicht: Während seiner Amtsjahre war sie oft die einzige nichtamtliche Bemühung, für die er Tag für Tag Kraft aufbringen konnte und schriftstellerisch tätig sein; zum mindesten während des letzten Jahrzehnts gab ihm angesichts des wachsenden und imponierenden Werks seiner Frau die Chronik tröstliche Gewißheit, er werde eine andersartige, doch gewichtige und seltene Leistung hinterlassen.

Die Hoffnung aus dem ersten Buch Mose blieb gefährdet. Anfang 1935 wurde endlich der Roman fertig, dessen Manuskript so lange unter dem Namen »Segewold« auf dem Schreibtisch gelegen hatte. Es wurde umgetauft in »Krüsemann«: unmerklich hatte das Gewicht der Erzählung sich verschoben vom Geschick eines jungen Balten, der studierend und arm ins Nachkriegsberlin verschlagen war, auf die diskrete Tragödie seines Wohltäters – eben des alten Herrn Krüsemann, der in Geschäften nicht erfolglos war, wohl aber arm an menschlichen Beziehungen, und der den Segewold so gern ganz und gar adoptiert hätte. Der Roman war zum weit gespannten Kammerspiel gewachsen, zur Kammermusik mit vielen Variationen. In die letzten Abschnitte wob Heinrich Wolfgang in Starnberg noch manche absonderliche Berliner Erfahrung ein und das Geplapper der Zwanzigerjahre.

Der Verleger war weit weniger erfreut als spätere Generationen von Lesern. Dies war nicht ein Roman mit dem Ruch der Volksnähe, der nun vielleicht Erfolg versprach. Das Buch hatte sträflich dekadente Züge. Es war so ausgeprägt privat und eigenwillig. Nur sehr zögernd entschloß er sich zur Veröffentlichung – und zu mehr als bescheidenen Bedingungen. Heinrich Wolfgang fügte sich am Ende, doch er fühlte sich gedemütigt. Um ein Haar hätte er in einem seiner seltenen, doch außerordentlichen Zornanfälle den Vertrag zerrissen. Es erwies sich dann, daß der Verleger mit Maßen Unrecht behielt.

Die Stille, die Heinrich Wolfgangs Arbeitsjahre umgab, war seine eigene Stille. Er lebte nicht so weltfern, wie es den Anschein hatte.

Er schrieb und empfing täglich Briefe. Er hielt Vorlesungen, wenn der Ort nicht allzu weit entfernt war. Er liebte es nicht sehr, sich in dem kleinen Wagen transportieren zu lassen, den Ina 1935 anschaffte; war es nicht zu vermeiden, saß er darin wie sein eigenes Denkmal, beide Hände auf den Stock gestützt. Aber er fuhr bisweilen mit der Bahn nach München, besuchte Bibliotheken und Buchhandlungen, ging gelegentlich auch zu seiner Tochter. Er hatte sich mit dieser Eheschließung ausgesöhnt, als Heilwigs erstes Kind geboren war. Im Lauf der Zeit waren es vier Kinder, und er taufte sie alle. Schulte Strathaus war selten anwesend bei Heinrich Wolfgangs oder Inas Besuchen. Er hatte den Beruf gewechselt, war der Einladung eines alten Freundes gefolgt. Dieser Freund hieß Rudolf Heß: Schulte Strathaus war »Reichsamtsleiter im Stab des Stellvertreters des Führers« geworden, verantwortlich für kulturelle Angelegenheiten. Heinrich Wolfgang hat sich nie viel aus Schulte Strathaus gemacht. Aber er war der Vater seiner Enkelkinder. Heinrich Wolfgangs wie Inas Familiensinn war wie bei nahezu allen Seidels auch darin stark entwickelt, daß sie annahmen, Familienmitglieder handelten stets irgendwie richtig. Zudem hieß es von Schulte Strathaus, er tue Gutes, verhindere Schlimmes.

Daß Schlimmes sich mehrte, war Heinrich Wolfgang nicht entgangen, jedenfalls nicht auf seinen Gebieten. Den Vorgängen innerhalb der Kirche folgte die Beobachtung von Vorgängen im Verlagswesen, im geistigen Leben, im Kulturbetrieb. Heinrich Wolfgang schrieb mancherlei Ekel nieder und Zorn. Doch er schloß wie Ina und Millionen Deutscher nicht auf Symptome, sondern auf Auswüchse. Er konnte sich bis zum Kriegsbeginn nicht vorstellen, daß gewählte Politiker der deutschen Regierung planmäßig unrecht tun. Er war ein national gesinnter unpolitischer Bürger. Was er an Einigung seines Volkes zu sehen bekam, erfreute ihn. Daß man jüdische Bürger des Landes verwies (mehr wußte er nicht), quälte ihn. Doch er war überzeugt davon, daß nach einer gemäßigt revolutionären Phase auch diese wie andere ihm nicht genehme Erscheinungen des öffentlichen Daseins verschwinden würden. Schließlich, war man nicht in Deutschland?

Nun, man war auf der Ludwigshöhe. Heinrich Wolfgang arbeitete, sah diesen oder jenen Freund, registrierte den Eingang von Ehrenkarten zum »Tag der deutschen Kunst«, machte aber keinen

Gebrauch von ihnen. Mit Gästen wie Albrecht Goes oder Ernst Wiechert sprach er über Theologie und über Literatur. Er sorgte sich um Wiecherts Schicksal, als die Gestapo ihn verhaftete, erkundigte sich, schrieb Briefe darüber an andere Schriftsteller (Binding zum Beispiel), um dem Eingesperrten zu helfen, war dann erstaunt über den geringen Widerhall – und setzte sich neben Ina mit Wiechert öffentlich auf dem Schriftstellerkongreß in Weimar zusammen, kaum daß der Verfemte aus Buchenwald entlassen war. Dergleichen verstand sich von selbst. Mancherlei Ähnliches verstand sich auch von selbst, und die Auswüchse wurden nicht weniger. Daß aber hier geplant Verhängnis heranwuchs: diesen Zirkelschluß, scheinbar so naheliegend, zog auch Heinrich Wolfgang nicht.

Es war schon spät in seinem Leben, vielleicht spürte er, wie spät: er arbeitete. 1937 erschien eine Novelle, »Das Seefräulein«, eine magische Undinengeschichte, eindeutig nicht von der gegenwärtigen Welt und nicht aus dem Elfenbeinturm. Es erschien auch ein Band weltlich-religiöser Betrachtungen, »Das Unvergängliche«, angeregt von Reinhard Piper, einem alten Freund. Und da war, wie immer und immer noch, die Erinnerung an den Vater, die Betreuung von Heinrichs Büchern, die Buchführung über Honorare, die säuberliche Drittelung und Überweisung an die beiden Brüder. Heinrich Wolfgang war eingesponnen in seine geistige Existenz und auch in die absonderliche, aber ihm sympathische Arbeitswelt des Hauses. Daß der Anblick dieser beiden Produktionszentren mit ihren Produzenten für Außenstehende nicht ganz ohne humoristischen Reiz war, entging ihm nicht – weniger als etwa dem Sohn Georg, der bei seinen Besuchen in den Ferien und nach dem Abitur (er studierte in München) diese Doppeleinsiedelei mit bayerischer Köchin und norddeutscher Sekretärin ganz natürlich fand.

Es war ihm mancherlei Behagen und Zufriedenheit beschieden in den Jahren zwischen dem Abschied vom Amt und dem Kriegsausbruch, dem »Herrn Professor«. Selten war er ganz glücklich. Ein paarmal ließ er sich seiner Schmerzen in der Brust wegen untersuchen. Die Ärzte fanden nichts Böses, nur ein wenig Arterienverkalkung. Aber auch jetzt, und damit hatte er nicht gerechnet, mußte er sich produktive Arbeit bisweilen abzwingen: »Im übrigen bedrückt mich immer noch sehr das Erlahmen der produktiven

Kräfte – und nur das Gefühl eines leisen geistigen Aufschwungs, einer zuweilen wieder eintretenden Unmittelbarkeit der Bilder und Gedanken, vor allem des Empfindens, gibt mir ein wenig Hoffnung, daß diese Periode der Dumpfheit, die nun schon fast ein Jahr währt, aufzuhören beginnt.« (1938)

Er hatte recht mit dieser Hoffnung. Aber in dem Jahr vor Kriegsbeginn wurden die Perioden inspirierter und angespannter Arbeit immer kürzer. War der Abschied vom Amt zu spät gekommen? Fehlte ihm gar, wofür es nirgends ein Eingeständnis gibt, jener Teil des Amts, der ihm lag? Heinrich Wolfgang hat in jenen Jahren außer Willy noch ein paar anderen Toten das letzte Wort gesagt und das Grab eingesegnet. Bei jeder dieser Amtshandlungen hat er seine Zuhörer so bewegt, daß sie den Tag nicht vergaßen.

Aber offen war ihm die Welt, in der er sich noch mehr zu Hause fühlte, die weiten Gärten der älteren deutschen Literatur, die älteren und modernen Parkanlagen der Angelsachsen. Bisweilen trat er eine Art von Flucht an: aus seinen Notizen läßt sich mancherlei Verzweiflung an der Gegenwart ablesen, doch zumeist in Chiffren und Figuren, nicht in der unmittelbaren Auseinandersetzung: für sie war er nie geschaffen.

Eine gemessene Freundschaft verband ihn mit Toddy, dem schwarzen Pudel des Hauses. Er ging nicht mit ihm spazieren, doch er sah ihm gern zu. Toddy war alles andere als ein fahrender Scholast oder gar mehr. Er war freundlich, töricht und eifrig.

Aus Heinrich Wolfgangs Aufzeichnungen
1938

Tat als Wesensausdruck
und Tat als Ausdruck vorübergehender Situation –
das ist zweierlei.

Heinrich Wolfgang S.

Bei der weiteren Durcharbeitung alter Predigten mache ich die eigentümliche Beobachtung, daß ich mir selbst in diesen Niederschriften so objektiv geworden bin, daß ich alles lese wie eines anderen Botschaft und daß ich tröstliche und aufwärtsführende Kräfte spüre, die ich seinerzeit in dieser Art nicht spürte: es war damals ein Wort für die anderen und ist nun erstaunlicherweise ein Wort für mich selbst geworden.

Gern wüßte ich, ob meinem Vater in seinem zweiundsechzigsten Jahr – also 1904 – die Gegenwart ebenso fremd und verwandelt erschien wie mir. Aus den Briefen geht wenig hervor, immerhin, daß die Zeit der äußeren Sorge, der Vorschüsse, der eiligen und doch immer wieder gehemmten Arbeit an Reinhard Flemming beginnt. Aber wie dachte er über den Tag, über die Gesinnungen der Jungen, über seine immer größere Einsamkeit, sein wachsendes Verstummen, das Dahinsterben der Freunde? Wie dachte er über seine Söhne und ihre Welt? Alles im Dunkel.

Der Plan einer zweiten Wohnung in München nimmt immer mehr Gestalt an. Wenn es mit dieser Winterbehausung etwas wird, kann mancherlei in Gang geraten, was hier – wenigstens bei mir – ins Stocken geriet, denn ich glaube tatsächlich, daß das Entbehren großstädtischer Menschenmassen für mich immer verderblicher wird. Bei dem menschenfernen Leben versickert die Anschauung und man gewöhnt sich immer mehr, rein aus der Phantasie zu schöpfen. Aber *deren* Verdorren war für mich nie eine Gefahr.

Das traurige Ereignis dieses Tages war, daß Ina aufs neue die alten Halsschmerzen spürte. Sie wandte die gebräuchlichen Mittel an, und da sie sich nach ihrer Weise sehr zusammennahm, konnte ich nicht wissen, wie schnell sich ihr Zustand ins Unerträgliche steigerte. Ich nahm an, sie arbeite in ihrem Zimmer und suchte sie daher nachmittags nicht auf, um sie nicht zu stören – als sie plötzlich gegen sechs heftig klingelte. Sie hatte den Arzt angerufen, dieser aber sein Kommen erst für morgen verheißen.

Ich weiß nicht, warum ich dies schreibe – vielleicht, um davon loszukommen, wie man von einer unbestimmten Qual loszukommen sucht, die immer da ist und von der es keine Befreiung gibt. Nenne die dunklen Geister bei Namen und sie verschwinden – glaubt man. Diese endlosen Stunden bis Mitternacht. Man kann nichts tun – gar nichts. Ich weiß, daß oben Ina in ihrem Zimmer liegt und Fieber und Schmerzen hat, aber ich kann nicht zu ihr gehen, weil sie vielleicht eben etwas eingeschlafen ist. Und weil sie wohl auch nicht verstünde, warum ich käme.

Ich saß in meinem Stuhl und las Dr. Arrowsmith und dachte doch immer nur an sie. Fernher kam Trommelwirbel, es wurde marschiert – es wird jetzt immer marschiert in diesem Lande –, ein Hund heulte. Unser eigener Hund war es nicht, der schlief und war wie betäubt, als ich mich nach ihm umsah – ich horchte auf der Treppe und es war so entsetzlich still – ich dachte: wenn es doch erst morgen wäre. Aber die Uhr schlich vorwärts. Ich dachte an Briefe, die ich heute ohne Freudigkeit geschrieben hatte wie ein Mechanismus, an mein Buch, mit dem ich nicht vorwärtskomme, an Vaters Einsamkeit vor 34 Jahren und an die Einsamkeit, in der jeder Mensch dem letzten Geheimnis zugleitet. Ach, wäre es erst morgen.

Brief von Dr. Martin Kissig gab Anlaß, über die Verwendung von Träumen in der Kunst zu spekulieren. Er will ein Buch über dichterische Traumschilderung herausgeben. Mancherlei Bedenken. Das anmutige mit Blumen und Beeren gesprenkelte Unterholz des Traumreichs – nie beglückender sichtbar geworden als in Gottfried Kellers Tagebüchern – gleicht seit der Verbreitung der Psychoanalyse einem zerstörten Waldplatz, an dem Schweine nach Trüffeln gruben und nichts weiter zurückließen als ihre eigenen Exkremente.

In der Nacht träumte mir, ich befinde mich wieder in unserem alten Garten Am Karlsbade 11. Dieser Garten hatte ein weißes Maschengitter aus Draht, die einzelnen Maschen waren so groß wie eine Kinderhand und hatten die Gestalt von Wappenschildern. Das Ungebräuchliche aber war, daß sich jetzt ein solches Gitter nicht nur gegen das Gropiussche Grundstück stellte, sondern auch gegen den anderen Garten, wo sonst ein Bretterzaun, ja, eine Wand war. Und sodann: dieser Nachbargarten war jetzt ein Friedhof. Ich sah ihn durch das Drahtgitter, sah das Wiegen langer Grashalme, den gekräuselten Efeu der Hügel, die Gräber, die gelben Steige, ich hörte die Stille und wunderte mich eigentlich gar nicht über diese Veränderungen – »Alles wird ja schließlich zum Friedhof«, dachte ich.
Dann aber bemerkte ich etwas Eigentümliches. In ein Grab, das ganz dicht am Gitter lag, hatte jemand einen glänzend schwarz bemalten Eisenstab hineingesteckt, der sich oben mit geschmiedetem Rankenwerk fortsetzte wie eine Fahne. Zwischen einzelnen größeren Öffnungen war eine hölzerne Füllung, und diese Füllung war weiß und rot beschriftet. Ich bückte mich und entzifferte den Namen: ERNST WIECHERT. Und dann noch gegen Ende der Fahne: SIE HABEN IHN GEFANGEN GENOMMEN UND DA HAT ER . . . Trotz aller Mühe konnte ich den Schluß des Satzes nicht erkennen. Ich wußte aber, daß dies eine Veranstaltung der Freunde Wiecherts war, mir Nachricht zu geben, und ich bewunderte im Traum ihre List und Geschicklichkeit.

Zwölfe und einer
1935–1940

Die Kehrseite einer Überempfänglichkeit für die Fülle
*der Lebenserscheinungen, die mich in diesen Jahren
beherrscht, ist die Unfähigkeit zur Lyrik und zur
Novellistik. Die Gefahr der Dezentration, immer meine
größte Gefahr, ist akuter denn je. Sich jeden Abend das
Pensum für den nächsten Tag vorschreiben.*

Ina S., notiert November 1935

Als sie dreißig wurde, war sie erfahren in Schmerzen, tödlicher
Krankheit und der qualvollen Kunst der Überwindung und Rückkehr ins Leben. Sie hatte eben ihre Sprache gefunden; noch fiel es
ihr schwer, Traum, Vision und Einfall zu bändigen. Die äußere
Form ihres Daseins entsprach ihren Wünschen nicht. Als sie vierzig wurde, konnte sie auf Leistungen zurückblicken, war aber unzufrieden mit sich und nach wie vor erfüllt von heftiger Neugierde
auf den Kosmos. Die äußere Form ihres Daseins entsprach ihren
Wünschen nicht.
Nun wurde sie fünfzig. Sie hatte von der Lust des Gelingens gekostet, hatte einen großen Plan erfüllt und Beträchtliches eingebracht, mit dem sie nicht ganz unzufrieden war. Gewiß, sie lebte
nach wie vor mit Schmerzen, aber daran war sie gewöhnt. Und die
äußere Form ihres Lebens – was stets hieß: Heinrich Wolfgangs
und ihres Lebens – entsprach nun ungefähr ihren Wünschen. Sie
wurde fünfzig an einem goldenen Septembertag – nicht in ihrem
eigenen Haus, sondern in dem kleinen Kurhotel von Bad Kohl-
grub. Dorthin war sie entwichen mit Mann, Mutter und Sohn:
um Ansprachen zu entgehen, die sie nicht liebte, um Moorbäder
zu nehmen, die sie brauchte.
Der Festtag holte sie ein. Nachgeschickte Post wurde sackweise

angeliefert, einige tausend Briefe, Telegramme, Päckchen. Die
Woge der Zustimmung, Zuneigung, ja, Verehrung verstörte sie
eher, als daß sie sie froh machte. Zwar verachtete sie nicht Antwort
auf das, was sie geschrieben hatte, schützte auch keine Gleichgül-
tigkeit vor. Aber allzu heftige Äußerungen machten sie verlegen,
sie tat sie ab wie einen unerbetenen Kranz. (Aus ihren Notizen:
»Sie sind der Dichter YZ? Wirklich, wirklich, Sie sind der Dichter
YZ?« – »Nun ja doch, meine Gnädigste. Einer muß es ja sein . . .«)
Zum Geburtstag war der Erinnerungsband »Meine Kindheit und
Jugend« erschienen. Seine wesentlichen Teile hat sie drei Jahr-
zehnte später in das Buch ihres Lebensberichts hineingearbeitet.
Das Buch enthielt vielerlei Tatsachen und Zeitbilder, aber kaum
persönliche Bekenntnisse. Sie neigte nie zu intimen Mitteilungen.
Eindeutig freilich und bewußt widmete sie sich dem Dank an den
Patriarchen ihrer Kindheit, den Beschützer nach dem Tod ihres
Vaters, den jüdischen Autor und Gelehrten Georg Ebers.
Der Geburtstag wurde mit einer Autofahrt gefeiert und mit einem
nicht allzu festlichen Essen in der Nähe von Oberammergau. Ina
liebte diese Vorgebirgslandschaft. Sie verband sie mit vielerlei
Kindheitserinnerungen, mit Radtouren und einer körperlichen
Freiheit, die sie nun schon fast drei Jahrzehnte nicht mehr genoß.
Als sie abends das Hotel betrat, stand der Portier neben einem
neuen Postsack und sprach: »Ja mei, gnä Frau, man durchschaut
die Gäste erst allmählich.«
Wenige Tage später kehrte die Familie wieder an die Orte ihres
Alltags zurück. In jener Zeit schien fast alles an seinem richtigen
Platz zu sein. Heinrich Wolfgang und Ina lebten nun so, wie es ih-
nen gemäß war. Beide hatten Arbeiten vor sich, die sie befriedigten. Die Kinder machten nicht allzu viele Sorgen. Mama lebte zufrieden in ihrer neuen Wohnung, und selbst von Annie aus Berlin
kamen gute Nachrichten: Suhrkamp schien der rechte Mann für
sie zu sein. Heinrich Wolfgang hatte gute Nachrichten von seinen
Brüdern, wenn er auch Helmuth bedauerte, der lieber wieder im
Ausland gewesen wäre als auf deutschen Baustellen.
Doch waren diese Jahre keine Zeit für Erntedankfest oder zufriedenen Rückblick. Ina hatte den Tod des Bruders nicht verarbeitet
und überwunden. Das Gegenmittel der Arbeit half nicht immer –
und ihr sehr kompliziertes Vorhaben schuf ohnehin Spannungen
genug. Sie vertrug störende Unterbrechungen nicht mehr so ge-

lassen wie in der Berliner Zeit, und reagierte bisweilen ungeduldig auf Anforderungen der Ihren. Sie kam ihnen dann nach, gewiß, aber um den Preis einer Konzentration, die ihr notwendig war, mit sich selbst ins reine zu kommen und mit dem Vorhaben, an dem sie seit 1933 arbeitete. Die Arbeit am »Lennacker«, dieser verdichteten Geschichte des deutschen Protestantismus, ist immer wieder unterbrochen worden. Dem Buch ist das, gewiß auch dank seiner Aufteilung in novellistische Einzelstücke, nicht anzumerken. Daß die erwähnte »Unfähigkeit zur Novellistik« nur vorübergehend gewesen sein kann, und jedenfalls überwunden wurde auf eine großartige und für Inas Stil neue Art, das ist bekannt.

Jedoch, Unterbrechungen und Störungen kamen nicht nur von außen und aus dem häuslichen Alltag. Auch rührten sie nur bedingt davon her, daß 1935 eine nicht geplante Publikation sich einschob: Willys Nachlaßband. Aber der Schock von Willys Tod hatte Ina in einen Zustand versetzt, den sie niemanden merken ließ. Sie war nicht nur betroffen und sie trauerte. Hier war entscheidend jene Traum-Sicherheit verletzt worden, aus dem ihr stets Lebenskraft zugeflossen war – in einem Bereich des Unterbewußtseins, den sie selten hatte beschreiben können, und allenfalls mit den Chiffren eines Gedichts. Sie hatte gedacht, vertraut zu sein mit den Zeichen und Figuren des Todes, mit seinem Mythos, seinen Möglichkeiten. Nun hob in ihrem Unterbewußtsein ein Selbstgespräch an, das wesentlich weiter ging – ein Dialog freilich, der seine Grundlagen dort hatte, wo Ina ihre Grundlagen stets gesucht hatte: nicht in Dogmen, wohl aber in den Evangelien.

Das führte zu der »Überempfänglichkeit«, die sie quälte und die sie doch nicht missen wollte. Die Vierzigjährige hätte wahrscheinlich andere Pläne ruhen lassen und sich sogleich darangemacht, ihrer inneren Unruhe im Rahmen einer Geschichte Ausdruck zu geben. Die Fünfzigjährige duldete nicht, daß die gesetzte Aufgabe dieser Jahre beiseite geschoben wurde. Ina arbeitete weiter am »Lennacker«, bis er 1938 abgeschlossen war. Mancherlei von ihren Gedanken abseits dieser Arbeit ging dabei in den Geschichtenroman ein. »Lennacker« erschien 1938 im Herbst: ein Buch, das in seiner Thematik und seinen Einzelheiten eindeutig dem offiziell und lautstark geförderten Zeitgeist widersprach. Es war aber auch nicht und es wurde nicht ein Roman mit dem Segen von Kirchenbehörden. Sein Widerhall war so stark, daß es mit zu den ersten jener nicht ausdrücklich verbotenen Büchern gehörte, deren Verbreitung im Krieg die Machthaber mit dem Mittel der Papierzuteilung unterbanden.

Ina, die sich vorübergehend frei von Arbeitssorgen fühlte, machte sich in diesem Winter daran, in München eine Wohnung zu suchen, die nicht nur Emmy aufnehmen konnte, sondern auch ihr, Heinrich Wolfgang und dem Studenten Georg als städtisches Quartier dienen sollte. Die Wohnung fand sich im Frühjahr. Es war, rückblickend ist das leicht zu erkennen, nicht der geeignete Zeitpunkt, sich in einer Großstadt anzusiedeln. Dieser Gedanke kam Ina nicht. Sie war seit den Tagen der Münchener Konferenz überzeugt davon, daß in einer neuen politischen Phase all das langsam verschwinden würde, was sie und Heinrich Wolfgang seit 1933 beunruhigte oder empörte – und daß eine Zeit der friedlichen Entwicklung bevorstünde. Mit dieser Meinung stand sie nicht allein.

Zum ersten Mal – und zum letzten Mal – in ihrem Leben machte sie sich das Vergnügen, einige schöne Stücke für eine Behausung selbst auszusuchen und aufzustellen. Sie nahm sich dazu weit mehr Zeit, als ihr schicklich schien, ein paar Wochen lang, und sie genoß diese Tage sehr. Dann freilich kehrte sie mit einer Art von schlechtem Gewissen an ihren Schreibtisch in Starnberg zurück. Im Sommer war sie noch einmal abwesend – auf einer Reise, die wie in Vorahnung unternommen wurde: sie ließ sich nach Perlin fahren und nach Schwerin, ging auf den Spuren der Seidels über Friedhöfe und in Archive – und reiste dann weiter, auf noch älteren Seidel-Spuren, nach Sachsen hinein, in die Gegend von Waldheim.

Eine andere Spur hatte sie verfolgen wollen, als sie danach im Mansfeldischen den Ort Wiederstedt besuchte. Sie hatte sich dort im Herrenhaus angekündigt. Von einem bejahrten Mitglied der Familie Hardenberg wurde sie unfreundlich und herablassend abgefertigt: man begriff nicht recht, warum diese Schriftstellerin gekommen war – tatsächlich nur, um die Geburtsstätte eines längst verstorbenen Hardenberg zu sehen, der nur neunundzwanzig Jahre alt geworden war und einige dünne Bücher unter dem Namen Novalis veröffentlicht hatte? Ina tat ihr Bestes, sich verständlich zu machen. Es gelang ihr nicht. Sie fuhr weiter nach

Weißenfels, besuchte das Haus, in dem Novalis als Bergassessor gelebt hatte, und ging auch zu seinem Grab. Spuren ihres Besuchs bei den Hardenberg-Nachkommen finden sich in der Erzählung, an der Ina um diese Zeit arbeitete und die 1940 erschien – um alsbald ebenfalls für die Dauer von Hitlers Herrschaft mit dem Mittel der Papierzuteilung den Lesern entzogen zu werden: »Unser Freund Peregrin«.

Vitus Peregrinus, lang verstorbener Poet und Geisterfreund der Kinder von Herbsthausen, ist nicht Novalis. Der fiktive Erzähler Jürgen Brook ist nicht Ina, die elbischen Geschwister Gregor und Tanja sind nicht Willy und Annemarie. Doch die greifbaren Visionen des »Peregrin« sind in der Nähe einer Wirklichkeit angesiedelt, die Ina wieder auf andere Art zur Vision, zum oft begangenen Traumland geworden war. Peregrinus, der »den ewigen Aufbruch bedeutet«, siegelt mit seinem Namen eine Geschichte, in der verschlüsselt viel von jenem Dialog zu lesen steht, den Ina mit sich selbst seit Jahren führte. Der Text ist immer wieder neu ausgedeutet worden. Er kam für Inas Leser überraschend, nicht nur, weil er auf ganz andere Art »unzeitgemäß« war als der große Bilderteppich des »Lennacker«. Mit dieser magischen Geschichte, eingebettet in den Rahmen von Gregors »Aufbruch« und Jürgens Suche nach ihm und seinen Spuren, lag eine Äußerung vor, die weit mehr enthüllte und verbarg als Inas andere Schriften.

Es war Inas letzte erzählende oder lyrische Veröffentlichung für ein Jahrzehnt. Wäre ihre Konzeption nicht schon seit Jahren im Unterbewußtsein fortgeschritten, hätte die Handlung im Umriß nicht schon festgestanden, als der »Lennacker« abgeschlossen wurde – sie wäre damals nicht und wahrscheinlich niemals zu Ende gebracht worden. Inas Leben und der Erfüllung ihrer Pflichten war auch nach dem Sommer 1939 kein Ende gesetzt. Aber in jenen Monaten schwand ihre innere Sicherheit, erschlaffte auch die Spannung von sechs bewegten Arbeitsjahren. Sie erkannte, was im Lande geschah – und anders als in den Jahren des Ersten Weltkriegs lähmte sie endgültig der Ausbruch der Feindseligkeiten: auf weit mehr Jahre, als diese Feindseligkeiten dauerten.

Lange Zeit betrachtete sie den »Peregrin« als ihre letzte Arbeit.

Arbeitsnotizen
1935–1940

Gefunden in einem der schwarzen Wachstuchhefte, die Ina nicht nur für die Niederschrift ihrer Prosa benutzte:

Mai 1935

Was ich im Lennacker versuchen möchte darzustellen, ist sowohl die Sendung der evangelischen Kirche, als auch ihr Versagen an ihrer Sendung bis in unsere Zeit. Dies Versagen ist zweifellos begründet in dem nicht durchgeführten Verzicht auf die überlieferte Kirchen*form*.

In den zwölf Pfarrergestalten von 1520–1900 muß die ursprüngliche Sendung immer wieder aufleuchten – immer wieder in Frage gestellt werden.

Die Aufgabe ist sehr groß. Ich möchte mich lieber in die Sonne setzen und meiner Enkelin zusehen. Wenigstens einmal ein paar Monate lang. Aber ich habe Stunden, in denen ich glaube, ich könnte es vielleicht *doch* schaffen, in denen ich eine (völlig unbegründete) Hoffnung habe, es könnte sich noch einmal eine Kraftquelle auftun, die es mir ermöglichte. Die große Gefahr – *meine* große Gefahr! – ist wie von Anfang an die Versuchung, die Erschließung solcher Kraftquellen *erzwingen* zu wollen.

Ich schreibe das auf, um mir selbst vor Augen zu halten, daß die Gefahr besteht – mich zu warnen: tu *nichts* dazu! Überlaß es dem führenden Engel! Und sei bereit, die Stärkung dort zu finden und anzunehmen, wo Er sie erschließt.

Zu schreiben wären (um mich wieder einmal zu erinnern!): Der Maskenverleiher. – Eine alte Frau handelt mit Seelentand. – Das Geheimnis des Novalis. Eine magische Biographie.

Dezember 1936

Es scheint mir, daß die in ihrer Anwendung so widerspruchsvollen theologischen Begriffe wie Prädestination, Rechtfertigung, Gnade doch zunächst als von den ursprünglichen Bedürfnissen der Seele her bedingt erklärt werden müssen. Sie sind unmittelbare Entsprechungen seelischer Zustände. Nur durch die Psychologie, die sog. Tiefenpsychologie, ist das Labyrinth der christlichen Theologie zu erschließen. (Womit keine Überschätzung dieses Werkzeugs der sog. Tiefenpsychologie ausgesprochen sein soll! Es ist dem zu ergründenden Stoff gegenüber so zweitrangig wie das Lot gegenüber dem Meer.)

März 1940

Mein Verhältnis zu Novalis ist immer mehr das wie zu einem Schutzheiligen geworden. Die Stätten seines Lebens sind mir geweihter Boden, ganz ohne Sentimentalität. In Jena ging ich von jeher auf seinen Spuren. Nun kenne ich seit dem vorigen Sommer auch sein Geburtshaus in Wiederstedt und das Haus in Weißenfels, wo er lebte und vollendete; endlich sein Grab. (Die unfreundliche Aufnahme, die ich in Wiederstedt fand, wird eine der größten wirklichen Enttäuschungen meines Lebens bleiben. Hätte man mich nur ein wenig allein im Park umhergehen lassen! Aber ich glaube, selbst wenn Novalis selbst wiederkäme, würden ihn die jetzt dort hausenden Nachfahren nur mit Argwohn und Unbehagen empfangen. Was ich indessen nicht vergessen will, ist das weiße Pferd, das angetrabt kam, als ich aufbrach und aus dem Hause trat: das machte vieles gut. Ebenso wie der Anblick der beiden Knaben, die ihm folgten, beide *Hardenbergs* – was ja die Großmama, die meinen Besuch »abfing«, keineswegs war.)

Das Leben des Novalis war ein Entwurf, der seine Vollendung in einem Einzeldasein gar nicht erreichen konnte. Dieser Entwurf weist auf zukünftige Phasen der europäischen Menschheit hin. Er setzt einen neuen Universalisums, eine neu gewonnene Harmonie des Weltbildes voraus, vor allem aber eine neue Religiosität, die von einem Einzelnen in ihren Elementen nur ahnungsweise vorgelebt werden können.

Novalis folgen wollen heißt, sich auf seine Richtung einschwören – auf seine Richtung und auf seine geistige *Haltung*. Es gibt eine Fülle von Anzeichen für das Aufsteigen einer Zeit, die in ihm ihren inspirierten Vorläufer sehen wird.

Wo Goethe als Vollender der nachchristlichen Epoche abgeschlossen ruht, steigt Novalis auf als Wegweiser in die Zukunft. Seither sehen wir deutlicher als je zuvor das zum Absterben Bestimmte (Epigonentum) und das »von Morgenluft Umwitterte« nebeneinander bestehen und sich bekämpfen: das ganze neunzehnte Jahrhundert bis in den Weltkrieg hinein, ja, bis in unsere Tage ist Schauplatz dieses Kampfes.

Ein Fall I.S.
1933–1974

> *Die Gedichte, der Forster, der liebe Peregrin, das sind*
> *mir wohl die liebsten von Ihren Büchern. Diese Liebe*
> *wird durch nichts gekränkt, und was das Politische*
> *betrifft, so überlasse ich jedem, das Maß an Mitschuld*
> *und das Maß an Entschuldigung zu bestimmen, das ihm*
> *richtig scheint, und weiß nur allzu gut, wie es Lagen*
> *und Zeiten gibt, welche Handeln und Bekennen von uns*
> *fordern, und mit denen doch alles, was wir tun möchten,*
> *falsch ist und lediglich faute de mieux geschieht.*
>
> *Hermann Hesse an Ina S., 1947*

Der Schriftstellerin Ina S. ist vorgeworfen worden, sie habe sich in
den Jahren des Dritten Reiches mit den Nationalsozialisten eingelassen und sich zustimmend über Hitler geäußert. Der erste Teil
dieses Vorwurfs ist falsch. Der zweite ist richtig: sie unterschrieb
im Herbst 1933 zusammen mit siebenundachtzig anderen Autoren (unter ihnen Binding, Flake, Loerke, Bruno E. Werner) eine
Treuekundgebung für den Reichskanzler. Außerdem kam sie der
Aufforderung nach, aus Anlaß von Hitlers fünfzigstem Geburtstag im Frühjahr 1939 ein Gedicht und einen Prosatext für die
Presse zu verfassen.
Natürlich läßt sich dahin argumentieren, daß schriftliche Arbeiten
dieser Art bedeuten, der Autor habe sich mit den Nationalsozialisten
eingelassen. Dem soll nicht widersprochen werden, zumal Ina S. von
sich selbst sagt, sie sei »für einige Zeit der Suggestion der nationalsozialistischen Parolen erlegen«. Aber Tatsache ist, daß sie sich ausschließlich mit jenem Bild von Hitler eingelassen hat, das sie sich
machte bis zum Ausbruch des Zweiten Weltkriegs. Das Schuldbe-
wußtsein, mit dem sie fortan vierunddreißig Jahre lang bis zu ihrem
Tod lebte, ist durch diese Einschränkung nicht geringer gewesen.

Das Gedicht, die nationalsozialistische Propaganda hat es der Öffentlichkeit kaum zugänglich gemacht, hieß »Lichtdom«. Es bezog sich auf die im Kreis aufgestellten, zum Himmel gerichteten Scheinwerfer, die in vielen Filmberichten von Hitlers Nürnberger Parteitagen zu sehen waren.

Der Lichtdom baut sich bläulich zu den Sternen
und seine Pfeiler stehn rings um das Reich.
In ihren Grenzen gibt es keine Fernen,
die Kuppel überwölbt uns alle gleich.
Ihr sagt, es seien Vögel, die dort oben
taumelnd durchkreisen das erhabene Rund?
Mich aber dünkts, als täten sich von droben
geheimnisvolle Zeugen schwebend kund.

Hier stehn wir alle einig um den Einen,
und dieser Eine ist des Volkes Herz.
Das Herz, das wie die Quelle unter Steinen
standhielt dem tödlich starren Winterschmerz.
Das aus der Erde schwerem Ackerschweigen
sich unermüdlich pochend aufgekämpft,
und das kein Spuk und kein Dämonenreigen
in Glühn und Glauben für den Sieg gedämpft.

Stärker als alle Gletscher, alle Gluten
dies Herz – dein Herz, du Volk! – in Treue blieb,
bis es die eignen lautren Lebensfluten
dir heiß bis in die fernsten Adern trieb,
bis durch dich, Volk, der Strom von neuem kreiste,
durch den du zu dir selbst berufen warst,
und du in einer Sprache, einem Geiste
dich selbst aus diesem Herzen neu gebarst.

In Gold und Scharlach, feierlich mit Schweigen,
ziehn die Standarten vor dem Führer auf.
Wer will das Haupt nicht überwältigt neigen?
Wer hebt den Blick nicht voll Vertrauen auf?
Ist dieser Dom, erbaut aus klarem Feuer,
nicht mehr als eine Burg aus Stahl und Stein,
und muß er nicht ein Heiligtum, uns teuer,
ewigen Deutschtums neues Sinnbild sein?

In hoher Kuppelrundung wallt die Wolke
bewegt von rätselhaftem Flügelschlag.
Wer ists, der vom vorausgegangnen Volke
sich zugesellt dem großen deutschen Tag?
Ach, zahllos sind sie mit uns angetreten,
und zu den Sternen staffelt sich der Chor,
zu grüßen: Heil ihm – Und: Hilf ihm! zu beten –
die Unsichtbaren tragen es empor.

Ein schlechtes Gedicht über einen Hitler, den es nicht gab. Die
Formulierung des Prosatextes für die Presse war nicht besser:
»Wir Mit-Geborenen der Generation, die im letzten Drittel des
vergangenen Jahrhunderts aus deutschem Blute gezeugt ward,
waren längst Eltern der gegenwärtigen Jugend Deutschlands geworden, ehe wir ahnen durften, daß unter uns Tausenden der Eine
war, über dessen Haupte die kosmischen Ströme des deutschen
Schicksals sich sammelten, um sich geheimnisvoll zu stauen und
den Kreislauf in unaufhaltsamer mächtiger Ordnung neu zu beginnen. Erst als wir uns nach so gewaltigen Erschütterungen und
Umwälzungen als auferstehendes Volk so wie niemals zuvor in
deutscher Geschichte auf den lebendigen Pol in unserer Mitte bezogen fanden, ein jeder dort, wo er dem Ganzen nach seinen Gaben am besten zu dienen vermochte, als wir erlebten, wie in unserem verjüngten Volkskörper das Wunder der Wiedergeburt spürbar wurde an unseren Kindern – da begriffen wir ehrfürchtig, was
uns geschehen war. Dort, wo wir als Deutsche stehen, als Väter
und Mütter der Jugend und der Zukunft des Reiches, da fühlten
wir heute unser Streben und unsere Arbeit dankbar und demütig
aufgehen im Werk des einen Auserwählten der Generation – im
Werk Adolf Hitlers.«
Dieser Text wurde in der Presse 1939 offenbar überhaupt nicht
veröffentlicht. Daß er zu dieser Zeit geschrieben war, läßt sich
gleichwohl nachweisen: er wird ausgerechnet in einer »Geschichte
der Stadt Eberswalde« angeführt, erschienen 1939. Aber selbst der
gründliche Forscher Joseph Wulf zitiert ihn in »Literatur und
Dichtung im Dritten Reich« nach einer Veröffentlichung in »Der
deutsche Schriftsteller« vom April 1942. Diese Veröffentlichung
geschah ohne Wissen und Genehmigung der Verfasserin. Zu diesem Zeitpunkt hätte sie dergleichen um keinen Preis geschrieben

oder publiziert. Beide Texte weisen auf eine Art Wandervogel- oder Wunderglauben hin, der apolitisch von Natur ist und an die Stelle der Wirklichkeit das Erwünschte setzt. Sie stehen außerhalb des Kontexts aller anderen Arbeiten von Ina S. und haben doch Verbindung mit ihm: sie übertragen frühe, unausgereifte Vorstellungen von einer ersehnten Erscheinung auf eine Person, die die Eigenschaften dieser Erscheinung nicht hat, aber haben sollte. Wulf und auch ein Mann wie der ehrenwerte, leidenschaftliche Hermann Kesten erlauben nur eine Erklärung für eines deutschen Schriftstellers Äußerungen von solcher Art: charakterlosen Opportunismus. Sie ist für den vorliegenden Fall nicht brauchbar. Ina S. gehörte nicht zu den Autoren, denen der Nationalsozialismus von 1933 behilflich sein konnte bei ihren Geschäften. Sie war bereits bekannt. Sie hatte starken Erfolg. Sie saß bereits in der Akademie.

Die Jahre bis 1938 verwendete sie dann auf Niederschrift und Publikation eines Werks, das den nationalsozialistischen Bemühungen um deutsche Bewußtseinsbildung zuwiderlief, ihnen im Wege stand. Es läßt sich auch nicht behaupten, sie hätte es nötig gehabt, die Publikation des »Lennacker« und anderer Bücher abzuschirmen: Verbote für diese Art von europäisch-bürgerlicher Literatur riskierten die Gewalthaber nicht. Erst als Papier knapp wurde, fingen sie an, unauffällig zu selektieren.

Nicht Opportunismus also. Vielmehr, partielle Blindheit des Intellekts, politische Dummheit, eine sehr verbreitete und längst zur latenten Tradition gewordene Abstinenz des deutschen Bildungsbürgertums in allen Dingen der Polis: das waren die Ursprünge des Fehlurteils, zu dem Ina S. gelangte. Es liegt in der Natur dieser Ursprünge, daß dieses Fehlurteil sich weder auf ihr Denken über Grundfragen anderer Art auswirkte, noch auf ihre Arbeit, noch auf ihren Denk- oder Lebensstil überhaupt.

Als Paul Wiegler sie 1945 zur Mitarbeit am »Aufbau« in Berlin aufforderte, schrieb sie ihm: »Ich bin von 1932 an für einige Zeit der Suggestion der nationalsozialistischen Parolen erlegen, wie sie mir von einigen Idealisten, an deren reiner Gesinnung ich nicht zweifeln durfte, nahegebracht wurden. (Einer von ihnen war Karl Wolfskehl, der das alles im Licht vom ›Stern des Bundes‹, im Geiste Georges sah, und der dann so bitter desillusioniert wurde.) Ich gehöre zu den Deutschen, von denen Th. Mann in seinem ›Unpo-

308

litischen‹ einmal sagt, daß sie ›immer national, niemals aber politisch‹ seien, und ich glaubte hier eine deutsche Form des Sozialismus heraufkommen zu sehen. Ich habe niemals auch nur den Versuch gemacht, der Partei oder einer ihrer Organisationen beizutreten, aber ich habe aus meiner damaligen Einstellung kein Hehl gemacht und ihr ein paarmal auch öffentlich Ausdruck gegeben. Wie mir allmählich die Augen aufgingen und wie sich das auf mich auswirkte, das gehört nicht hierher.«

Der andere und hier nicht erwähnte Anwalt Hitlers, dem Ina S. begegnete, war Ernst Schulte Strathaus. Er heiratete 1933 ihre Tochter, was heißt, er trat dem Familienverband bei. Nach der Geburt der ersten Enkelin von Ina S. vertauschte er seinen Schreibtisch in einem jüdischen Antiquariat mit einem im Braunen Haus. Er ging häufig mit Hitler um. Seiner Schwiegermutter stellte er »den Führer« immer wieder und von allen Seiten als einen inspirierten Staatsmann des Friedens dar, dazu als einen Mann der Bestimmung, der am Ende alle unguten Begleiterscheinungen beseitigen würde, unvermeidlich nun einmal bei einem so großen Wandel. Ina S. hatte Schulte Strathaus lange Zeit geglaubt: er bestätigte ihr, daß ihr eigenes Wunschdenken richtig sei.

Dieses Wunschdenken stammte aus Tagen, in denen eine junge Poetin mit leidenschaftlichem Interesse für Weltmythen autodidaktisch sich bildete und dabei den Schock des Ersten Weltkriegs zu verarbeiten suchte. In einem Gedicht formulierte sie die Sehnsucht nach einem kommenden Friedenshelden. Knapp zwei Jahrzehnte später betrat Hitler die Weltbühne auch von Ina S. Sie fand den Mann wenig sympathisch, und vieles an seinen Anhängern schreckte sie ab. Jedoch, eine Schulung im politischen Denken und politischen Urteil hatte es in ihrer Familie nie gegeben, auch in der nahe verwandten Familie ihres Mannes nicht. Man war untertan der Obrigkeit, tat recht und scheute niemand. Hitler war kein Usurpator. Er wendete die große Not im Lande. Und: er verschwor sich dem Frieden, wieder und immer wieder. Ina S. glaubte ihm. Sie hielt Hitler für eine Art von medialem Träger und Verwirklicher der drängendsten Wünsche ihrer Generation. An der Spitze dieser Wünsche stand die Vermeidung des Krieges.

Sie war sich dieses naiven Urteils sicher. Sie begegnete niemandem, der sie mit zureichender Autorität und Sachlichkeit aufklärte. Sie arbeitete seit 1933 angespannt und monoton, lebte auf dem Land und brachte zu wenig Interesse für Nachrichten und Informationen des Tages auf. Dabei hatte sie keine besondere oder gar schwärmerische Zuneigung für Hitler. Nur von Schulte Strathaus wurde dieser Mann in ihrem Haus »der Führer« genannt.

Dies ist der Versuch einer Erklärung, nicht einer Entschuldigung. Die beiden Texte zu Hitlers Geburtstag wurden im Winter von 1938 auf 1939 geschrieben, also sehr wahrscheinlich nach der »Kristallnacht«. Was mit den deutschen Juden geschah, seit Hitler regierte, das hielt Ina S. für ein großes Unrecht, an dem sie sich nicht beteiligen wollte und nicht beteiligte. Sie hat nie und nirgendwo gezögert, sich zu jüdischen Freunden zu bekennen und sich ohne Heimlichkeit mit ihnen zu treffen. Das galt selbstverständlich auch für ihre Verwandten namens Ebers. Wieviel sie in Starnberg von den Vorgängen des Pogroms im November 1938 erfahren hat, ist nicht bekannt – wahrscheinlich nur das, was in den »Münchener Neuesten Nachrichten« stand. Wer der Meinung ist, das hätte genügen müssen, dem kann nicht widersprochen werden.

Bekannt ist nur, daß Ina S. ein anderes Ereignis des Herbstes stark beeindruckte und ihr eine zentrale Angst nahm: die Münchener Konferenz, die mit einer scheinbar friedlichen Einigung über die Frage des Sudetenlandes endete – ja, mit der Überzeugung von internationalen Politikern, daß Hitler ein Mann sei, der den Frieden erhalten wollte. Diesem Mann galten die Äußerungen von Ina S., diesen Bestrebungen das »Hilf ihm«.

Nur Monate nach der Niederschrift wurde ihr klar, daß sie sich geirrt hatte. Im Lauf des Jahres 1939 wuchs mit ihrer Angst auch ihre Fähigkeit zu politischer Erkenntnis – und damit eine tiefe Verzweiflung über ihre Blindheit.

Sie wußte nun, woran sie war. Sie wußte, daß dieses Wissen zu spät kam. Gewiß, sie teilte diesen Zustand mit Millionen von Mitbürgern, aber das hat das Bewußtsein ihrer eigenen Schuld nie gemindert. Sie akzeptierte auch, daß die Äußerungen eines Autors von Rang schwerer wiegen als ein politischer Irrtum von Professoren, Kaufleuten, Konstrukteuren, Ärzten oder wem immer. Sie akzeptierte das Maß und das Gewicht ihrer Schuld.

Als ungerecht hat sie es allenfalls empfunden, wenn nach dem Krieg bei öffentlichen Abrechnungen nur von den in diesem Abschnitt angeführten beiden Texten die Rede war, überhaupt nicht aber von Gehalt und Inhalt der umfangreichen Bücher, die sie in der Zeit Hitlers geschrieben und veröffentlicht hat. Jedoch, sie schwieg darüber und schwieg auch zu der Frage, welche Kritiker sie akzeptierte – das waren viele – und bei welchen die Motive der Kritik ihr fragwürdig erschienen.

Zur Sache
1949–1950

Ende Juli 1950 schrieb Ina in einem Brief an Hans Carossa, der vorwiegend andere Angelegenheiten behandelte, auch diesen Absatz: »Auf Ihren Brief vom 17. Juni zurückkommend möchte ich Ihnen gern noch sagen, daß Ihre dem Anschein nach völlige Ahnungslosigkeit hinsichtlich der von mir erwähnten ›Trübung‹ mir insofern beruhigend war, als sie mir meine Auffassung bestätigte, daß es sich bei ihrem Anlaß um ein bösartiges Geschwätz handeln müsse. Ich will Ihnen diesen Anlaß nun brieflich mitteilen, da wohl keine Aussicht auf eine mündliche Unterhaltung in absehbarer Zeit besteht. Der Schriftsteller Hermann Stahl erzählte mir bei einer Begegnung auf einer Tagung der Evangelischen Akademie in Tutzing, Herr Dr. Hupka vom Bayerischen Rundfunk habe ihm im Verlauf einer Unterhaltung mitgeteilt, Sie hätten ihm gelegentlich gesagt: Jedesmal, wenn Albrecht Goes während der Jahre des Dritten Reiches von Ina Seidel zu Ihnen gekommen wäre, hätten Sie ihn erst ›politisch zurechtbiegen müssen‹.«

Hans Carossa antwortete am 3. August 1950: »Sehr verehrte Frau Ina Seidel, *nie* habe ich mich so geäußert. Herr Dr. Hupka sprach mich einmal vor drei Jahren in der Galerie Günther Franke an. Ich hatte vorher nicht einmal seinen Namen gekannt, und unser Gespräch, das ganz allgemein und oberflächlicher Art war, dauerte kaum zwei Minuten. Seither habe ich ihn nie mehr gesehen, und ich weiß bestimmt, daß damals weder Ihr Name noch der von Albrecht Goes genannt wurde.«

Für Ina war dieser Brief – Carossa fügte noch einiges über seinen Eindruck von dem Rundfunkredakteur hinzu – eine Erleichterung und eine Freude. Sie war Carossa stets zugetan gewesen und hatte ein Jahr lang gezögert, ihn mit dieser Nachrede zu behelligen, eben, weil sie ihr naheging.

Herbert Hupka, im November 1978 über den Vorgang befragt, schrieb an Georg Seidel, er könne sich »leider an keine Äußerung in dem von Ihnen zitierten Sinne erinnern«. Er schrieb nicht, er halte eine solche Äußerung aus seinem Mund für ausgeschlossen. Mit Albrecht Goes hatte Ina korrespondiert, sobald man ihr die Nachrede zur Kenntnis brachte. Goes antwortete am 5. Juli 1949 mit einer Erklärung, die er zum beliebigen Gebrauch freigab – eine Erlaubnis, die er 1978 wiederholte. Der Wortlaut:

»Zu der absurden Behauptung, man habe in den Jahren der Hitlerei ›Albrecht Goes jedesmal, wenn er von Ina Seidel gekommen wäre, politisch zurechtbiegen müssen‹, habe ich Folgendes zu erklären:

1. Ich habe in diesen Jahren Ina Seidel zweimal gesprochen, jedesmal im Beisein ihres Mannes, meines Freundes Heinrich Wolfgang Seidel. Unser Gespräch ging durch den ganzen Kreis menschlicher und geistiger Gegenstände, das politische Moment wurde wohl berührt, war aber keineswegs bestimmend.

2. Ein einziger Passus in einem Gespräch ist mir deutlich in Erinnerung, in dem der Gegensatz unseres Verhältnisses zu Hitler offen zu Tage trat. Wir hatten an dieser Stelle nichts anderes zu tun als den Gegensatz stehen zu lassen und uns auf der anderen Seite vielfältiger Übereinstimmung in anderen Bereichen zu freuen.

3. Es ist keine Rede davon, daß mich irgend jemand in diesen Jahren politisch zurechtbiegen mußte. Meine tiefe innere Widersacherschaft gegen die Hitlerei war allen meinen Freunden bekannt, auch geben alle meine Arbeiten über meine Stellung hinlänglich Auskunft. Ich habe nach 1945 kein Wort zurückzunehmen gehabt.

4. Scharf zurückweisen aber muß ich die Unterstellung, die ebenso Frau Ina Seidel wie meinen verstorbenen Freund Heinrich Wolfgang Seidel treffen würde, als habe in jener Zeit im Hause Seidel eine, wenn auch nur gesprächsweise vertretene hitlerische Aktivität geherrscht. *Davon war keine Rede.* Ich hätte für keinen NS-Autor einen Finger geregt. Aber ich habe mit großer Freude für Ina Seidels ›Lennacker‹ an zwei Stellen eine Anzeige geschrieben, eine in der ›Frankfurter Zeitung‹, und ich bin heute noch ganz damit einverstanden, daß ich es getan habe.

Wer auch nur eine Stunde in der Sphäre dieses Hauses gelebt hat, in dem die ganze Welt unserer abendländischen Tradition so ge-

genwärtig war wie nur je etwa im Hause Fontane, die humanisti-
sche ebenso wie die – besonders geliebte – englische und deutsche,
der würde nie zu einer solchen Vermutung kommen wie der, es
könne dort ein politisches Enragement regiert haben, das angeblich Ungefestigten zur Gefahr habe werden können.

(gez.) Albrecht Goes«

Frau Suhrkamp
1935–1959

> *Manche werden zu Erde –*
> *Ich, ein Wassergeist,*
> *muß unaufhörlich weinen*
> *aus dem unerschöpflichen Himmel*
> *auf die den Gräbern Verhafteten.*
>
> *Annemarie S., 1938*

»Wohin ich jetzt gehe ist noch nicht sicher. Vielleicht wieder aufs Land nach dem ich lechze, und andererseits auch dort meine etwas angeknabberten Speckrinden so zu ordnen, daß sie wieder etwas übersichtlicher werden – d. h. mit wenigem zu hausen um Schulden zu bezahlen und so on. Hat man keine Verantwortung, so liebt man es sich eine zu schaffen. Ich bin nur für eines unbeschreiblich dankbar – nicht mehr *reich* zu sein, keinen Lincoln mehr, *nicht* erster Klasse, kein Mayfair, kein Luxus-Hotel, keinen Chauffeur. Keinen Diener keinen Koch und nichts gleichen. Das Leben ist gnädig gegen mich und behandelt mich nicht wie einen unverzeihlichen Fall.«

Dies schrieb (mit der Komma-Phobie, die ihr als Kleinkind eigen war, und so fortan) Annemarie van Hoboken-Seidel Ende 1934 aus London an ihre Schwester. Die Trennung von van Hoboken hatte ihre Lust am Reisen nicht gedämpft. Mit der Sehnsucht nach Kampen lebte sie während der nächsten zwei Jahrzehnte – und tat stets alles dafür, daß sie nicht erfüllt wurde. Das Bedürfnis, bei sich selbst nur zu Gast zu sein, hat sie sich nie eingestanden.

Ihr nächster Aufenthaltsort in diesem Dezember war dann nicht Kampen, sondern München: Willy starb, ehe der Monat um war, und Annie kam für einige Wochen, seine und ihre Mutter zu hüten. Daß sie es nun bald zwei Jahre genoß, frei von unbegrenzten

Mitteln zu sein, darf ihr geglaubt werden. Auch ihre begrenzten Mittel ließen sie nicht eben Not leiden.

Die vierzigjährige Annie, diese weltläufige Außenseiterin einer bürgerlichen Familie (Willy war zum mindesten von Geblüt ein Bürger, ein Mann mit der Sehnsucht, schweifend Bürger zu sein), hatte wenig von dem Zauber ihrer jüngeren Jahre eingebüßt. Ihr zweiter Mann hat diesen Reiz zehn Jahre später mehr als liebevoll definiert. Es kennzeichnet Annie wie den Schreiber, daß dies in einem Augenblick geschah, als Annie ihm Sorgen machte im von Bomben zerschlagenen Berlin: »Wie schwer unsereiner es oft mit Mirl haben kann, das weiß ich wohl am besten. Sie ist doch, wie ihre Mutter, ein rührendes, ahnungsloses und unschuldiges Kind. Mit allen Zügen, die nun einmal zur echten Kindlichkeit gehören: Ungeduld, Eigensinn, Zerstreutheit, Leben in der Phantasie, Verspieltheit. Das alles hat, so schlecht es in diese Zeit paßt, wegen des Kindlichen, keine negativen Vorzeichen, sondern es bedeutet Reinheit und Unschuld. Das ist ihr Charme. . . . Ich leide manchmal auch. Aber am Ende lache ich dann immer über mich selbst. Oder ich bin unzufrieden mit mir. Denn ich sage mir, diese absolute kindhafte Reinheit und Unschuld sind in dieser Zeit ein Phänomen, ein Wunder. Dahinter steht Gott. Und das gerade müssen wir doch schützen, wenn es vielleicht auch praktisch unmöglich ist.«

Der Schreiber dieses Briefs – an Ina – war Peter Suhrkamp, bei aller Güte auch kein ganz einfacher Mensch, selbst mit Eigensinn gesegnet. Annie war ihm öfters in Berlin begegnet. Er war vier Jahre älter als sie, einst Lehrer in einem Landschulheim, dann ein elitärer Publizist mit hohen Ansprüchen, der auch irdische Aufgaben nicht scheute, etwa Jahre der Mitarbeit in der Chefredaktion des »UHU«. Er war still, höflich und auf Distanz bedacht – den einen ein Meister, den anderen ein Schulmeister. Er wuchs mit seinen Aufgaben. Er edierte die »Neue Rundschau« im Fischer Verlag, und als die Fischers das Land verlassen mußten, übernahm er die Geschäfte des Hauses. Er bewahrte fast bis zum Ende den Verlag vor dem Zugriff der Nationalsozialisten, ein Statthalter der Eigentümer. Annie hatte nach ihrer Scheidung den Peter öfter gesehen. 1935 heiratete sie ihn. Trauzeugen waren das Ehepaar Loerke, und die Hochzeit fand, wo sonst, im Haus des Bräutigams statt.

Diese Ehe bot Annie eine Daseinslösung an, wie sie scheinbar kaum glücklicher zu denken wäre. Frau Suhrkamp zu sein, das paßte zu Annies Wünschen, zu ihrem Freundeskreis, zu ihren geistigen Ansprüchen. Peter hatte Sinn für ihre besondere Prägung und viel Geduld. Zudem bot sich hier (Peter gab ihr entsprechende Arbeiten) die Möglichkeit, Annies Bedürfnis nach einer Tätigkeit zu entsprechen, die kreative Züge hatte, ohne doch Bewährung in einer bestimmten Kunstsparte zu verlangen.

Annie wurde für mehrere Jahre eine ausgezeichnete Frau Suhrkamp. Peter war auch weise genug, sie nicht zu überfrachten, sie aus diesem Dasein vorübergehend zu entlassen, wenn es ihr keine Freude machte. Die Erhaltung des Hauses Fischer machte selbst Peter öfters keine Freude. Mehrmals tauchte der Plan auf, alledem zu entweichen und sich zusammen an den Saum des Landes zurückzuziehen, ans Meer. »Wenn man so die scheußlichen Anstrengungen dieses Berufes miterlebt«, schrieb Annie im Herbst 1937, »der, an sich schön, doch wie die Dinge liegen von Jahr zu Jahr schwerer werden wird, so fragt man sich was eigentlich dafür spricht diese unerhörte Schufterei mitzumachen, anstatt mit ganz wenig Mitteln annähernd frei zu sein. Das hieße für uns freilich die völlige Beschränkung auf die Insel, was ein schwerer Schritt wäre, dem man aber entgegenreift.«

Der Schritt wurde nie getan. Suhrkamp blieb in Berlin, Annie blieb. Das hatte, zum mindesten bei Annie, einen Zug von Herausforderung. Die Außenseiterin der Seidels war die einzige in der Familie, die von allem braunen Anfang an politischen Verstand entwickelte und öfters mit ihren Voraussagen den Ereignissen um Jahre voraus war. Aber was sie prophezeite, traf ein: sie prophezeite stets die Katastrophe. Das mochte mit ihrer Neigung zur Eindeutigkeit, zur Entschiedenheit zusammenhängen, auch zur Provokation. Am Ende behielt sie stets recht. Es gab für die Ereignisse in Deutschland bis 1945 keine unüberschreitbare Grenze des Pessimismus.

Annies Art, die Dinge zu sehen, hat zwischen den Schwestern Auseinandersetzungen geführt. Da Ina bis 1939 bei allen Einwänden in der Meinung lebte, daß Hitler ein Mann des Friedens sei, da sie zudem seit mehr als drei Jahrzehnten mit Annies Liebe zur Herausforderung und zur Überformulierung vertraut war, hat sie ihr öfters nicht zugestimmt. Diese Verschiedenheiten der Meinung (und die grundsätzliche Verschiedenheit der Schwestern überhaupt) haben bei ihnen Achtung und gegenseitigen Austausch in jenen Jahren nicht vermindert. Trotz aller Distanz, auf die Annie hielt, trotz aller Kritik, die sie auch abseits von politischen Gesprächen für ihre Verwandten bereit hatte: auch Annie teilte zum mindesten bis zum Tod ihrer Mutter die Meinung, Mitglieder der Familie hätten vor anderen Menschen so etwas wie einen Bonus voraus.

1936 gab Ina den mit einer Biographie angereicherten Nachlaßband von Willys Schriften heraus. Annie schrieb ihr darüber: »Noch ganz unter dem Eindruck des Buches von und über Willy möchte ich Dir dafür danken. Es macht sehr traurig. Gerade wenn man sein Leben betrachtet, seine Not, seine Hilflosigkeiten – es scheint beispielhaft dafür zu sein, daß die Rettung, der Sinn, das Menschentum nur im Menschen selbst entstehen kann; daß er dies nicht erkannt hat, daß der Kristall sich nicht früh bildete, daß die Vielfalt der Lebenserscheinungen ihn immer durchdrang, statt daß sie sich um einen Kern schwingen konnte, das hat ihn, ein Geschöpf von so reichen Gaben, zugrunde gerichtet.«

Die Frage nach dem Kristall der eigenen Persönlichkeit, nach Selbstverwirklichung hat Annie stets beschäftigt. Eine zufriedenstellende Antwort für sich fand sie nicht. Es quälte sie, daß ihre Gabe des Aufnehmens und Erforschens nicht balanciert war mit der Energie zu irgendeiner eigenen Produktion. Wahrscheinlich war dies mit ein Grund, daß sie nicht geneigt war, trotz Peters dringender Bitten, das Zentrum der wachsenden Gefahr zu verlassen. Sie blieb bei ihm in Berlin, auch als die Wohnung in Trümmer fiel und als Bomben sie aus Notunterkünften verjagten. Noch am Vorabend des Krieges war sie entschlossen gewesen, sich zurückzuziehen, nach Möglichkeit mit Peter: auf Sylt geht die attraktive Sage um, während des Einmarschs in Polen seien von einem norwegischen Frachter massenhaft Güter an Land gebracht worden für Frau Suhrkamp, und sie habe die Keller des Hauses »An der Irre« prall gefüllt mit Speckseiten und Kisten voll Aquavit. Zuverlässige Zeugen dafür gibt es nicht.

Aus den angegebenen Mengen läßt sich höchstens schließen, wie stark Annies Erscheinung die Insel-Mythenbildung anregte. Sicher ist, daß Annie während des Krieges wenig Zeit in ihrem Haus verbracht hat. 1945 wurde der Besitz von Einbrechern geplündert, doch bei dieser Gelegenheit war nur von Wertgegenständen aus Edelmetall die Rede.

Die Serien der Bombennächte, Heimatlosigkeit, Krankheit, Kälte – Endzeit: Annie durchlebte sie im versinkenden Berlin. 1944 wurde Peter von einem Salonspitzel der Gestapo (er taucht in Inas Roman »Michaela« als »Dr. Maßlieb« auf) denunziert. Man hielt den Statthalter der Fischers zunächst auf Monate in Berliner Gefängnissen fest. Später, da eine brauchbare Anklage sich doch nicht formulieren ließ, schaffte die Gestapo ihn in das Konzentrationslager Ravensbrück. Annie focht vergebens, ihren Mann freizubekommen. »Ich durfte heute in Moabit einen Besuch machen. Er ist ganz weiß, schlohweiß geworden, auch das Gesicht ist wie mit Mehl bestreut, sehr sehr eingefallen, aber schön. Es beunruhigt mich sehr daß er kranke Augen hat. Es ist eben richtiges schweres Gefängnis, Untersuchungshaft im früheren Sinn gibt es nicht mehr und man kann ihm nichts zukommen lassen. Als ich wieder herauskam wankten die noch vorhandenen Ruinen der Gegend etwas um mich.«

Aus Ravensbrück erreichte Annie zu ihrem fünfzigsten Geburtstag von Peter ein langes Gedicht, in dem es hieß:

Nach Jahren – erinnerst du dich? –: du kamst zu mir,
Am Dach auf der Stange über der Stadt saßen wir,
Beschwingtes Taubenpaar, und gurrten das Lied
Unterm Zelt über der sommernden Welt, und kein Glocken-
Uns Tage und Nacht. Osiris und Aldebaran,   [schlag schied
Die Wega, der Schütze, Orion und Tamerlan.

Und einige Strophen später:

Dann flogst du – ich sah dich – hinauf ins Laub
Des Todesbaumes. Ich maß die Kluft. Doch taub,
Von Blindheit bedeckt: mein Herz erkannte dich nicht.
Mein inneres Fühlen war hin – und ich ging in die Pflicht.
O Grenzen, o Hindernis – o qualvoller Widerriß
Im Leibe des Todes! – Erinnere dich nicht – nein – vergiß!

O meiner Haft schauervolle Nacht!
Nicht Mensch noch Schatten gesellt mir im Schacht
Der Zisterne. Meine Namen verloren im Nichts.

Kein Spiegel hält eine Linie meines Gesichts.
Nicht Lied, nicht Musik, nicht Ruf, nicht Schrei aus der Welt
Hier durch die steinernen Wälle ins Horchen fällt.

Peter wurde kurz vor Kriegsende freigegeben, als ein schwerkranker Mann. Für die ersten Monate der Nachkriegszeit kam er mit Annie bei den Freunden Stichnote unter, in Potsdam am Neuen Markt. »Peter ist dem Leben nicht gewachsen«, notierte Annie im September. »Es ist jammervoll wie er sich schleppt, reduziert und unausgeheilt. Überall schreckliche Not, Korruption, Ellbogenrecht; Willkür und Zertrampelung, Wegelagerer und was Du willst. Dennoch träumt man viel. Jetzt wo der Frost naht – durch scheibenlose Fenster – und die Gespräche der wütenden Frauen am Neuen Markt durch einen akustischen Scherz Wort für Wort ums Bett stehen, entzücken einen zauberhaft hellsichtige Bilder – aus einer Vergangenheit, die noch voll Schwung und Glut war. Durch irgendeinen Prozeß der Selbsterhaltung wird das Reale ins Absurde und Unglaubwürdige gerückt, obwohl man es ja ohne Zweifel bestehen muß.«
Das Leben wurde zunächst nicht wesentlich leichter, als Peter im Oktober als erster Verleger von Briten die Lizenz erhielt. Im November hatte Annie die Nachricht vom Tod ihrer Mutter zu bestehen: »Das Bewußtsein weigert sich.« Annies Bindung an Emmy war stark, obwohl sie es, von finanziellen Zuwendungen abgesehen, zumeist Ina überlassen hatte, sich um Emmy zu kümmern. Doch zwischen Emmy und Annie gab es Ähnlichkeiten von sonderbarer Art: in der Tochter waren viele Grundeigenschaften freigesetzt, die bei der Mutter durch ihre Erziehung und ihr Geschick gebunden geblieben waren. Emmys Kindlichkeit hatte vor allem den Charme des Unbewußten. Annies von Peter beschriebene Unschuld hatte auch die Züge kindlicher, gründlicher und nur für nicht Betroffene attraktiver Bosheit.
Auch für Annie war, sie wußte es nur nicht, mit Emmys Tod eigentlich »das Leben zu Ende«. Es gab dafür während der nächsten Jahre kein äußeres Zeichen, aber langsam ging Annie heim. Peter, der seiner Krankheiten wenig achtete, entwickelte als ein zielbewußter Asket aufs neue seinen Verlag. 1950, bald nachdem er die Zentrale nach Frankfurt verlegt hatte, mußte er ihn hergeben, weil er sich mit den zurückgekehrten Eigentümern nicht über den

Modus der Gewaltenteilung einigen konnte. Das führte für Peter zu noch größeren Anstrengungen. Mit niederdeutscher Hartnäkkigkeit, er war fast sechzig, gründete er sogleich einen eigenen Verlag. Er wollte seine Wertvorstellungen durchsetzen, und dies ist ihm gelungen. Seine noble Fixierung kostete ihn die Kraft, die er gewöhnlich Annie zuzuwenden pflegte.

Annie bezog in Frankfurt eine eigene Wohnung. Sie gab nicht zu, daß die schleichende Trennung von Peter sie quälte. Immer noch konnte sie behexen, immer noch fand sie Freunde, die ihr dienten: die Autorin Margarethe Frank, von Annie »der Schimmel« genannt, eine Freundin von Ina, die als Flüchtling im Berliner Verlag Zuflucht gefunden hatte; auch der Literat Friedrich Podszus, einer von Peters Lektoren; der beflissene Mann war Annie treu ergeben, und wäre es gewiß auch ohne sein intensives Interesse an ihren finanziellen Angelegenheiten gewesen.

In jener Zeit begann Annie dem Andrang der Träume, Gesichte und Traurigkeiten wieder mit dem Mittel zu begegnen, das ihr Meister Steinrück sie zu früh gebrauchen lehrte. Sie trank ausreichend, wenn auch nicht ganz ohne Maß. Das Haus am Watt verkaufte sie dem Verleger Axel Springer – weit unter Wert, wie alte Kampener murrten. Sie kappte Verbindungen zur Vergangenheit. Sie beschnitt auch Verbindungen zu ihrer Familie. Als sie nach München umzog, den Knappen Podszus im Gefolge, übermittelte sie ihrer Schwester eine Art Dekret: sie wünsche nur aus eigenem Verlangen mit ihren Verwandten umzugehen. Ina konnte sich nicht entscheiden, ob sie schockiert oder amüsiert sein sollte. Sie kannte ihre kleine Schwester schon sehr lange. Manchmal äußerte Annie dann Wünsche. Die beiden Schwestern saßen zusammen, zwei sehr verschiedene Ausprägungen des matriarchalischen Prinzips.

Dann und wann brach auch die alte Vertrautheit durch und sie sprachen ihre private Sprache miteinander, mißtrauisch überhört von dem herbeigeeilten kleinen P., der das nicht mochte. Doch wer anders als er hätte so treu für den Cognac gesorgt und alles Lästige erledigt?

Vermutlich hat Ina Annie gekränkt, als sie ohne Gegenäußerung die Eröffnung überhörte, Annie denke nun über ihr Testament nach. Es war die Zeit gekommen, in der die skeptische Puppenspielerin Annie auch für Kleinigkeiten dankbar gewesen wäre. 1958 begehrte Peter von Annie die Scheidung, weil er noch einmal eine Ehe eingehen wollte, die er für weniger anstrengend hielt. Annie war tief verletzt. Die Formalitäten zogen sich hin bis in das nächste Jahr. Suhrkamp starb wenige Wochen, nachdem die Scheidung ausgesprochen war.

»Beschwerlich alles, auch die Liebe«, hat Annie in einem ihrer letzten Briefe an Ina geschrieben. Sie war am Ende ihres Lebens in einer Situation, die sie nicht zu akzeptieren gedachte. Sie hatte stets viel verlangt und nur unter Druck auch gegeben. Nun fand sie sich in einem Kreis, der ihren Ansprüchen nicht genügte. Sie war entschlossen, das zu ändern.

Im Juni 1959 fiel sie hin und brach sich ein Bein. Die Abwehrkräfte ihres Körpers waren gering. Sie lebte, betreut von ihrer Schwester und den beiden letzten Freunden, die sie nun hatte, in einem Münchener Krankenhaus noch vier Monate lang. Die Nachrufe, die ihr nicht nur die Münchener Zeitungen widmeten, hätten ihr wohl getan.

Sie hinterließ die Legende ihrer selbst, dazu einige Texte und ein beträchtliches Vermögen. Bis auf einige Andenken vermachte sie ihren Besitz Friedrich Podszus und Margarethe Frank.

Ina war traurig, daß dieser Besitz auch die geretteten Möbel von Emmy einschloß und Hermanns ägyptische Funde. Ina hing an diesen Möbeln. Im Fall von Schwestern macht eine Anfechtung des Testaments keine Schwierigkeiten. Ina entschied sich dagegen. Sie traute ihrer kleinen Schwester genügend Verstand zu, um zu begreifen, daß Annie zum mindesten gegenüber dem Erben Podszus mit dem Geldsegen eine imponierende Geste der Verachtung gemacht hatte. Sie ahnte auch, daß Annie enttäuscht sein würde, wenn sie nicht aufmuckte. Aber diesen Gefallen konnte sie ihr nicht tun.

Katzengeschenke
1949

Daß Annemarie S. aus dem Geschlecht der Katzen stammte, war jedermann offenbar, der mit ihr in Berührung kam – und ihr selbst auch. Verschiedene Meinungen konnte es allenfalls bei der Bestimmung der Katzengröße geben. Einer von Annies besten Prosatexten handelt von einer Katze, die eigentlich ein Mensch ist, der eine Katze ist. Das Motiv ist weit verbreitet, vor allem in der angelsächsischen Literatur. Es fand aber selten eine bessere Entsprechung in der Wirklichkeit.
Annemaries, Mirls Verse von den Katzengeschenken sagen mehr als nur Kennzeichnendes über ihre Gemeinschaft mit Suhrkamp. Sie hatten vorab einen Besetzungsvermerk. Da stand zu lesen:

> Die Melancholie . . . Peter
> Eine Katze . . . . Mirl

Aufzustören dich aus deinem gramvollen Sinnen
legt ich Geschenke dir vor die Füße und lief.
Fortlief ich nach neuen Geschenken, legte im Kreis sie
um dich herum und schaute wartend dich an.

Eine Muschel fand ich rosa und silbern,
eine schwarze, die wie ein Löffel geformt war,
fand einen schwarzen näßlichen Zweig von Seetang,
und etwas Bernstein war darinnen verfangen.

Fand einen Mondstein fast ohne Wolken und Brüche,
fand ein Stückchen Granit, das sprühte wie Frost,
fand einen Flaschenscherben, den all die vielen
Steine zu einem Edelsteine geschliffen.

Fand eine Sternenblume, winzig und süß,
fand ein im Salznaß tapfer verfaulendes Holz.
Fand den gehorsamen Halm, der im rinnenden Sand
Uhrenkreise malt nach der Winde Ermessen.

Fand eine Qualle, noch blühte ihr wallendes Innre,
fing dir Flocken aus dem Gestöber der Gischt.
Wehend an Zäunen fand ich die Wolle von Schafen,
fand ein Lerchenei in der Heidefurche.

Eine entseelte Möve trug ich dir zu
noch gefiedert die Schwingen. Fand einen Tümmler
kupferschimmernd sein straff gespannter Rücken:
schleppte schwer an ihm, denn sein Bauch war geborsten.

Legte den Tümmler hin, schaute lobesgewärtig.
Und du schautest auf aus deinen Gedanken,
fielest wieder in dich, schienest zu schlafen,
seufztest gramvoll, sprachest: Katze! Bringe mir *mehr*.

Schattenjahre
1940–1944

Das Ungesagte wächst und steigt,
Uns bis zur Kehle, bis zum Kinn,
Und wie im Meer, das dröhnend schweigt
Ertrinkt der Mensch, dein Kind, darin.

Ina S., 1944

Das Zimmer zur Elisabethstraße bewohnte Ina. Im Zimmer hinter dem Eckbalkon arbeitete Heinrich Wolfgang. Dann folgten drei Räume mit Fenstern zur Nebenstraße für Emmy (schließlich, es sollte ja ihre Wohnung sein), und den Beschluß machte ein Raum, der Georg zugedacht war. Die zur Unzeit im Frühjahr 1939 gemietete Stadtwohnung war immerhin vier Kriegswinter lang ein brauchbares Quartier. Im Spätsommer 1943 ließ Ina sämtliche Möbel in ein Lagerhaus schaffen – für Emmy ein sehr schmerzlicher Tag – und übergab die Wohnung einem Mann, dessen Behausung von Bomben zertrümmert war. Die Seidels zogen sich endgültig in das Starnberger Haus zurück.

Während der ersten fünfzehn Kriegsmonate, dieser Heimatidylle mit Sondermeldungen, schien Inas und Heinrich Wolfgangs Leben fast normal zu verlaufen, oder zum mindesten so normal wie während des Ersten Weltkriegs – ja, sie waren nun offenbar beweglicher, hatten Kontakt zur Stadt, arbeiteten viel in der Staatsbibliothek. Aber dieser Schein trog nicht nur darum, weil sie nun ein Vierteljahrhundert älter waren und ein eigener Sohn bei den Soldaten war, um den sie sich sorgen mußten. Dieser Krieg, die wachsende Erkenntnis ihrer Illusionen und eines apolitischen Wunschdenkens, das verzweifelte Bewußtsein ihrer Ohnmacht: all das verschlug ihnen jene Sprache, die ihnen für eigene Schöpfung gegeben war. Ina brachte die weit fortgeschrittene Erzählung

»Unser Freund Peregrin« noch zu Ende. Danach entstanden Jahre später nur noch einige Gedichte, Signale persönlicher und allgemeiner Not. Heinrich Wolfgang ließ seine Arbeit, die Erzählung »Schloß Gottesruhe«, am Ende liegen.

Sie waren dabei nicht untätig. Arbeit erschien ihnen nach wie vor als das einzige Arkanum. Heinrich Wolfgang stellte nach der Niederschrift einer Fontane-Biographie die Gedichte des Meisters für eine neue Ausgabe zusammen; seine Korrespondenz, die Briefe eines Seelsorgers, schwoll an – und er wandte sich auch wieder der Historie seines Vaters zu, der 1942 hundert Jahre alt wurde. Ina schrieb die Biographien von drei romantischen Autoren, die zu ihren vertrauten Bekannten gehörten: Bettina Brentano, Clemens Brentano und Achim von Arnim. Und beide beschäftigten sich mit den Archiven der Familie, ordneten Manuskripte, schrieben auch Korrespondenzen ab, machten Notizen. Sie wußten, viele dieser Arbeiten waren Fluchtversuche – und wußten auch, der Zeit entgingen sie deswegen nicht.

»Das sehnsüchtige Bedürfnis, wieder zu einem bewußten Leben und Erleben zurückzufinden«, so Ina im Oktober 1943, »glimmt in etwas wie ohnmächtigem Beharrungsvermögen in mir weiter, ohne daß ich seit langem die Kraft fand, ihm Genüge zu tun. Seit dem Herbst 1938 – also seit vollen fünf Jahren – lasse ich alles über mich hinweg oder an mir vorübergehen, ohne etwas festzuhalten oder in eigenes Leben verwandeln zu können.«

Heinrich Wolfgangs Selbstbetrachtung war noch mehr entschieden: »Die Aktivität wird doch schwerfälliger«, schrieb er 1941, »die Selbstkritik hemmender, das ›Was soll der Unsinn?‹ sitzt wie eine Kröte am Wege, und man schreibt lieber Bücher in der Phantasie, denn der Traum wird eine der Gewalten des Lebens. Dann gibt es plötzlich ein sonderbares Versinken in die Vergangenheit, ähnlich wie beim Verhalten eines Mannes, der auf einmal den Reiz seines von einer unübersteigbaren Mauer umgebenen Gartens entdeckt, zu dem er allein den Schlüssel hat, in dem ihm niemand begegnet und der ihn aufnimmt wie eine Welt ohne Wechsel und Erschütterung – was hier blüht, dünkt ihn unwandelbar, und seinem Vater und Großvater ertönten dieselben Gesänge der Vögel, und die weißen und zinnoberfarbenen Lilien hauchten ihnen den gleichen himmlischen Duft zu.«

Er war damals, obwohl das niemand wußte, auch er selbst nicht, schon ein sehr kranker Mann. Die Brustschmerzen, mit denen er lebte und die zu überwinden er sich mühte, rührten von einer Strahlenpilzvergiftung her, einem erst spät erkannten und zu spät behandelten Leiden, das von 1943 an heftige, qualvolle Entzündungen hervorrief und Drüsenvereiterungen. Er schob seine wachsende Schwäche lange auf die schlechtere Ernährung, und seine Ärzte in München und Starnberg bestärkten ihn darin.

»Der riesenhaften, steingrauen Monotonie der Kriegsjahre« (Ina) wurden für Ina und Heinrich Wolfgang Schmerz und Sorge nicht anders beigemischt als für die den meisten älteren Deutschen mit der Angst um ihre erwachsenen Kinder. Georg war seit 1940 zur Infanterie eingezogen, ein sehr ungeschickter und apathischer Soldat. Seinetwegen brach Ina zweimal mit ihrem Vorsatz, von diesem Staat nichts zu erbitten: sie setzte es durch, ihn an seinem Ausbildungsort Brünn zu besuchen, und im Herbst 1941 – Georgs Einheit sollte nach Rußland geschickt werden – fuhr sie zu einer Lesung vor deutschen Truppen nach Paris; ihre Bedingung war, daß der Schütze S. aus seiner Garnison Nevers zu einem Besuch dorthin geschickt würde. Dieser Handel war notwendig und nützlich – andere Gunstbeweise haben weder Ina noch Inas Sohn empfangen –, denn Georg trieb sein Ungeschick so weit, daß er bis 1942 keinen Heimaturlaub bekam. Nach einem Winter an der Wolchow-Front lag er mit Erfrierungen in einem Berliner Lazarett (Ina fuhr dorthin), und verbrachte die nächsten Jahre in weniger gefährlichen Gegenden.

Im Zusammenleben von Heilwig mit ihrem Mann gab es schon längere Zeit Spannungen, die den Eltern nicht entgingen. Ein viertes Kind wurde im April 1941 geboren. Zwei Wochen später entwich Rudolf Hess nach England. Seinen Mitarbeiter, Freund und Astrologen Schulte Strathaus nahm die Geheime Staatspolizei in Gewahrsam, und hielt ihn nach einer Verhörzeit fast zwei Jahre lang in Konzentrationslagern fest: als sogenannten »Ehrenhäftling« zwar, aber das minderte weder eine gewisse Sorge noch den natürlichen Zwang, in solcher Situation auch zu einem Mann und Schwiegersohn zu halten, den man nicht schätzte. Ina versuchte ohne Erfolg, etwas für Schulte Strathaus zu tun. Die Erfahrungen, die sie dabei sammelte, hinterließen anderthalb Jahrzehnte später ihre Spur in jenen Aufzeichnungen Jürgen Brooks, die den Roman »Michaela« bilden.

Schulte Strathaus bekam nach seiner Entlassung einen kleinen Posten bei der Staatsbibliothek. Er hatte während seiner Lagerzeit kaum neue Erkenntnisse gewonnen. Er lebte in München, machte sich aber bisweilen in Starnberg nützlich: Heilwig war dort mit ihren Kindern untergekommen, als ihr Münchener Quartier von Bomben zerstört wurde. Vom November 1943 an lebten in dem kleinen Haus ständig acht, bisweilen neun Personen. In dieser Zeit war das Starnberger Gebiet bereits in den Luftkrieg einbezogen. Hier luden die alliierten Verbände ihre erste oder letzte Last ab, und in mancher Nacht flammten auf der Ludwigshöhe Phosphorbomben. Das Haus selbst blieb verschont.

Doch auch so war zum mindesten für Ina und Heinrich Wolfgang das Sterben der deutschen Städte eine Qual, der sie sich nicht entziehen konnten. Sie spürten, wie der Ring sich langsam schloß – und ergaben sich in den Gedanken, daß sie das Kriegsende nicht erleben würden. Vor dem Sohn, der im Januar 1944 noch einmal auf einen kurzen Urlaub kam, suchten sie diese Gewißheit zu verbergen. Georg ging viel mit seinem Vater spazieren. Ina hielt einige Unterrichtsstunden mit ihm ab, um seinem Gedächtnis Adressen einzuprägen von Freunden in Amerika und England. Heinrich Wolfgang brachte den Sohn zur Bahn – eine schmale, schüttere, gebeugte Gestalt, die Hand halb zögernd zum Winken erhoben.

Das Leben in dem kleinen Haus wäre fortan nur von der Stille des Wartens erfüllt gewesen auf ein gewisses und unausbleibliches Ende, hätten nicht vier Kinder darin gelebt. In der zweiten Hälfte des Jahres 1944 wurde Heinrich Wolfgang mit großen Schmerzen in ein Münchener Krankenhaus geschafft. Er blieb dort für Monate. Ina konnte ihren Mann nur selten besuchen.

Georg befand sich bei Vlissingen auf der holländischen Insel Walcheren. Als die britische Luftwaffe die Dämme gegen das Meer zerstörte und weite Gebiete unter Wasser gerieten, war davon auch in der Münchener Presse Ausführliches und Katastrophales zu lesen. Die Feldpost versickerte, Inas und Heinrich Wolfgangs Briefe kamen mit irreführenden Stempeln zurück. Ende Oktober landeten dann kanadische Einheiten auf den Resten von Walcheren: auch die Münchener Presse feierte reichlich übertrieben den »heroischen Kampf« der deutschen Besatzung. Andere Informationen hatten Georgs Eltern nicht. Der Sohn blieb für ein halbes Jahr verschollen.

»1945: Gott sei uns gnädig« war Inas Eintragung in der Silvesternacht.

Späte Notizen
1944

Entnommen Heinrich Wolfgangs letztem Merkbuch:

> Du suchtest Liebe, und auf dieser Erden
> War deiner Tage Ziel, geliebt zu werden,
> Beglückt empfandest du den eignen Wert.
> Nun kam der Tag, da keiner dich begehrt.
> Und angstvoll fragst du: Was ist mir geblieben?
> Das Beste, Freund: Nun darfst du selber lieben.

Mache aus Gott einen Silbergreis mit langem Bart, und du glaubst nicht mehr an ihn. Mache aus dem Teufel einen zigeunerhaften Herrn mit Hörnern, Schwanz und Pferdefuß, und du zweifelst an seiner Existenz. Beides bekommt übel.

Je mehr wir zum Skelett werden, desto größer ist die Gefahr, daß der Haß unser Herr wird.

Ich kann den alten Mann nicht achten, der sich nicht liebend in die Vergangenheit (in *seine* Zeit) versenkt, denn niemand verachte seine Jugend; aber er soll die Vergangenheit suchen in ihrem Raum und sie nicht zurückwünschen. Jede Epoche hat ihr eigenes Gesicht, und Reaktion ist Dienst an Totengebeinen und steht im Widerspruch mit dem gegenwärtigen Gott.

Wer sich nicht danken lassen will, läßt seine Brüder unerlöst.

Es gibt einen armseligen Egoismus des raffenden Alters, vor dem man sich hüten soll. Es gibt aber auch ein »Auf-sich-selbst-Ge-wendetsein« der höheren Jahre, das man entschuldigen mag wie die verwandte Haltung des Jünglings, der sich zuerst die Welt erschließt: da wird einfach täglich soviel »Neues« erlebt (neue Zustände des Herzens, Einsichten), daß zu Zeiten alles übrige entschwindet. Ein Mensch, der in einen Strom geworfen wird, *kann* nicht die Gänseblümchen und Kartoffeln, die am Ufer gedeihen, eingehend betrachten!

Das Ich

Alle meine Wege schreitet
Einer mit mir, und voll Grauen
Muß ich seitlings ihn erschauen,
Diesen ewig Unbekannten,
Diesen mir so sehr Verwandten,
Der mich durch die Nacht geleitet.

Werd ich jemals dich erkennen,
Jemals deiner inne werden,
Einmal noch auf dieser Erden
Dich begreifen, dich erfassen?
Muß dich lieben, muß dich hassen,
Und kein Schwert kann uns zertrennen.

Weggewendet, hingewendet
Messen wir des Staubes Pfade,
Teilen Schicksal, Unheil, Gnade,
Schlürfen aus demselben Becher,
Heitere und trübe Zecher.
Aber einmal ists geendet!

Einmal schmelzen wir zusammen
In den allerletzten Gluten,
Werden beide uns verbluten,
Um gewandelt zu erstehen,
Wenn die Schöpfungswinde wehen,
Gottes Odem über Flammen!

Dann war alles zu Ende
1945

Wir nahmen, Erde, dich zum Aufenthalt.
Du bliebst dir gleich – wir wurden grau und alt.
Zu lang hat dieser Aufenthalt gewährt,
Wir lassen dir, was dir an uns behagt,
Und nehmen mit, wonach du nie gefragt:
Die Schwere dein – das Schweben unser Teil!
Wir suchen nun im Aufbruch unser Heil.

Ina S., 1943

Für die ersten Monate des Jahres und für die letzten Maiwochen konnte Heinrich Wolfgang aus der Münchener Klinik heimkehren in sein Haus. Er war siech und schwach, ein Träumender. Ein weißer Bart war ihm gewachsen. Er erinnerte nun an verblaßte Fotografien seines Vaters. Er sprach wenig, um seine Schmerzen für sich zu behalten. Kein Arzt fand sich, der Ina die Wahrheit sagte. Sie besuchte ihn täglich im Krankenhaus und richtete sich auf kommende Jahre ein, in denen Heinrich Wolfgang ständig ihre Pflege brauchen würde.

Im März kam eine vorgedruckte Karte, die erste Nachricht, daß der Sohn am Leben und in britischer Gefangenschaft sei. Alle anderen Nachrichten enthielten, was damals alle Nachrichten aus Deutschland und seiner Umgebung enthielten. Im folgenden sind Ausschnitte aus Inas Aufzeichnungen zitiert.

9. April

Es heißt, daß eine französische Armee bereits bei Ulm stünde, und das Gerede geht, wir würden unter französische Besatzung kommen. Hierfür fehlt jede amtliche Bestätigung. Die Amerikaner sollen im Vorrücken auf Nürnberg und Bamberg sein. Die Menschen sind hier sehr ruhig – wie betäubt.

Unsere Nachbarn Podewils haben ihren lieben, begabten und schönen Sohn im Osten verloren. Von den Brüdern Buchsbaum ist nun auch der zweite gefallen. Diese drei waren Schondorfer Kameraden von Georg.

Daß man unter diesen Vorzeichen innerlich mit dem Leben abschließt und sich für einen plötzlichen und gewaltsamen Abruf bereit hält, ist nicht anders möglich. »Es ist die *Form* des Todes, die wir fürchten, nicht der Tod . . .« Und schließlich fürchtet man auch die Form nicht mehr, wenn man von 60 Jahren 10 in den beiden grausamsten Kriegen der Weltgeschichte zugebracht hat. *Was einen quält, ist der Gedanke an die Nächsten, die man nicht retten können würde.* Mamachen – Heinrich, siech und elend, kaum imstande, sich auf den Füßen zu halten, von Schmerzen gequält – Heilwig und die Kinder – die Kinder – die Kinder –

Anfang Mai

Ist heute der 4., 5. oder 6. – ich weiß es nicht. Ich schreibe in dies Heft, das ich immer im Luftschutzgepäck bei mir führte, weil es noch leere Blätter hat. Vorgestern gegen 19 Uhr wurden wir von den Amerikanern aus unserem Haus geworfen, mußten es binnen der nächsten zwanzig Minuten räumen, um Platz für Einquartierung zu machen: 8 – 10 Mann, die antraten, noch ehe wir mit unseren überstürzten Vorbereitungen fertig waren. Das Luftschutzgepäck und Bettzeug, Decken waren das einzige, was wir mitnehmen konnten, notdürftigste Lebensmittel.

Von meinem Fenster aus sehe ich hinüber auf unser geliebtes kleines Haus und den Garten, in dem die Fremden ihr Wesen haben. (Ina und ihre Familie – Heinrich Wolfgang war im Starnberger Krankenhaus – hatten Glück und bekamen nur einen schwachen Hauch vom großen Vertreibungselend Europas zu spüren. Die Besetzung des Hauses dauerte vier Tage.)

12. Mai

Der Krieg ist aus. Zuweilen versuche ich, mir diese Tatsache bewußt zu machen, aber es gelingt mir schlecht. Der Krieg ist aus – es gibt keinen Fliegeralarm mehr – es prasseln nirgends mehr Bomben auf unglückliche Städte nieder. Der Krieg ist aus – nirgends in Europa wird noch gekämpft, es sterben keine jungen Soldaten mehr. Der Krieg ist aus – der Wahnsinn der Verzweiflung, mit dem Deutschland sich gegen das Unabwendbare wehrte, ist in Blut und Flammen und unter Trümmern erstickt worden. Berlin wird nie wieder aufgebaut werden können. Berlin! Aber dies ist nur ein Symbol für das Ganze. Es gibt keine Worte, das Ausmaß unserer Niederlage auszudrücken. Selbst 1648 hatte Deutschland noch mehr Hoffnung auf einen Wiederaufstieg als heute.

27. Mai

Ein Sommermorgen mit der inbrünstigen Hoffnung auf eine Zukunft des Friedens und der Arbeit. Aus aller finsteren Verzweiflung und Bitterkeit kämpft sich zuweilen doch ein tröstliches Licht durch und das Gefühl, daß sich eiserne Reifen lösen, die uns zwölf Jahre lang immer tödlicher und enger umschlossen hielten, auch, wenn wir uns einbildeten, unser eigenstes und persönliches geistiges Leben unbeeinträchtigt aufrecht erhalten zu können.

29. Juni

Sich immer stärker dessen bewußt werden, daß nur eine Form des Besitzes unantastbar ist: die Erinnerung und das innere Leben. Für diese Einsicht gibt es mehr als eine Formel, aber sie will *erlebt* sein, und das ist nur möglich angesichts eines solchen Zusammenbruchs. Oh ja, uns geht es noch immer unvergleichlich viel besser als großen Teilen unseres unglücklichen Volkes – aber es gibt Stunden, da man sich am liebsten allen Besitzes bis auf das unbedingt Notwendige entäußerte, um unbeschwert zu sein, um »dem Tod seinen Stachel zu nehmen«. (Und endlich in Ruhe nachdenken zu können!)

30. August

Vorgestern feierten wir Heinrichs 69. Geburtstag an seinem Krankenbett – es war recht traurig, denn er leidet seit einigen Wochen wieder sehr. Alles ist so unbegreiflich, daß ich nicht darüber nachdenken darf – warum gerade er, der so wenig vom Leben verlangte, um zufrieden und glücklich zu sein, nun seit einem Jahr so leiden muß. Solche Fragen soll man nicht stellen, ich weiß es, denn sie rühren an das Geheimnis der Führung des Einzelnen – aber wenn man einen Menschen, den man so tief kennt und dem man so tief verbunden ist, in dieser schrecklich unzugänglichen Abgeschiedenheit schweren körperlichen Leidens sieht, dann drängen sie sich auf.

25. September

Wie war es möglich, daß ich mit sehenden Augen so blind war und *dies* nicht begriff, wie es unaufhaltsam und unerbittlich näher und näher kam? Ich habe es auch jetzt noch nicht begriffen und weiß manchmal nicht, ob ich wahnsinnig träume oder wie durch eine eisige gläserne Wand vom Erfassen der furchtbaren Wirklichkeit getrennt bin.
Am 24. September, vierzig Jahre nach unserer Begegnung in Potsdam, die über unsere gemeinsame Zukunft entschied, an einem Herbsttag, der ebenso golden und strahlend war wie der ferne Sonntag am Heiligen See – haben wir dich, mein geliebter, guter Heini, zur Ruhe bringen müssen.

3. Oktober

Meine große Sorge war, wie ich im Winter bei Glatteis die täglichen Besuche im Krankenhaus durchführen sollte. Wie falsch, wie falsch war das alles! Hätte Brenner nur *einmal* offen mit mir gesprochen. Oder hätte ich meinen Beobachtungen mehr geglaubt, als seinen zynischen Suggestionen, es sei in der Hauptsache alles psychisch begründet bei Heinrich. Er könnte sich »nicht aufraffen«! Das sagte mir der Arzt, der wissen mußte, wie die Krankheit den armen Körper unaufhaltsam von innen aushöhlte. Und veranlaßte mich dadurch, in unverantwortlicher Gedankenlosigkeit oft streng und zuweilen – ach, noch in den letzten Tagen, ehe mir der neue Arzt die Augen öffnete! – ungeduldig mit Dir zu sein, mein Geliebter.
(Dieses Wort sage ich zu Dir in einem anderen, aber so viel schwereren Sinn, als Jugend es sagt. Ja, wohl im Sinn der ersten Liebe, denn ich habe es nun erfahren, daß die erste Liebe aufersteht, wenn das Grab sich schließt. Aber daß wir uns unaufhörlich durch alle Eiszeiten hindurch immer geliebt haben – über den Tod hinaus lieben und uns nicht lassen werden. Die große *Wirklichkeit*, die Du für mich bedeutest, liegt darin.)

5. Oktober

(Aus dem Bericht an den Sohn) Ich fragte ihn wie immer beim Abschied, ob er etwas von zu Hause mitgebracht haben wollte, und er antwortete ohne nachzudenken mit großer Bestimmtheit: »Den ersten Band der Pickwickier!«

Lieber Georg, in dieser Nacht, am 22. September um 3.15 Uhr ist er dann aus dem zeitlichen in den ewigen Schlaf übergegangen. Gott sei Dank ganz ohne Kampf. Als ich am frühen Morgen kam, hatten sie ihn schon in die Totenkammer gebettet und er lag dort in der gleichen Haltung wie am Abend vorher, als ich ihn verlassen hatte – den Kopf auf die rechte Schulter geneigt. Der Ausdruck des Leidens war noch nicht gewichen, die langen Monate hatten ihn zu tief eingeprägt, aber dennoch lag etwas wie Erlösung über seinem Gesicht.

Ob er wußte, daß er nicht wieder gesund werden würde, kann ich nicht sagen, denn er berührte diese Frage nie, oder höchstens in der Hoffnung auf Heimkehr und Genesung. Nur in der vorletzten Nacht, als ich einmal aus dem Zimmer gegangen war, hat Heilwig ihn in seinen Phantasien sagen hören: »Ach, nun ist alles, alles zu Ende . . .«

12. November

Mama konnte nun nicht mehr sprechen, wenn sie auch noch Worte mit den Lippen bildete, gute süße Worte, die ich Gott sei Dank noch verstehen konnte. Ich werde sie als kostbarste Erinnerung tief in meinem Herzen behalten, und sie werden mir bis an mein eigenes Ende Trost und Gewißheit ihrer Liebe und ihrer Verzeihung für all meine schreckliche Schroffheit und Ungeduld geben, die ich mich immer immer wieder zu beherrschen mühte, die aber mit teuflischer Unberechenbarkeit immer wieder durchbrachen. (Warum das so war, wirst Du jetzt klar sehen, meine süße Mutter – Du weißt jetzt wie in den letzten Jahren und eigentlich Jahrzehnten manches einfach über meine Kräfte ging.)

Unter anderem fragte ich sie, ob sie Schmerzen hätte, und sie deutete an, ja, auf der Brust, und mühsam, mühsam brachte sie hervor: »Daran hat Heinrich ja auch so gelitten.« Aus einem Wort, das sie mir zuhauchte, muß ich schließen, daß es ein besonderes Abschiedswort war – daß sie also erkannt hatte, daß es zu Ende ging. Auch ihr Blick, getrübt, aber fest und fragend auf mich gerichtet – bis sie die Augen schloß in Erschöpfung und nur noch diese heftigen stoßenden Atemzüge hervorbrachte. Es war, als würde die Luft, das Element des physischen Lebens, gewaltsam zurückgewiesen, zurückgeworfen, bis sie endlich nicht mehr in die widerstrebende Brust zurückkehrte. Ja, dieser letzte Atemzug, im wahren Sinn ein *Stoß*-Seufzer, war wie Sieg und Triumph – dann trat unsagbare Stille – *atemloser* Friede ein. Unter dem rechten Auge zuckte noch rasch und heimlich ein kleiner Nerv, ich werde diese tanzende kleine Bewegung, die mich wie ein eigentümlich persönliches letztes Mühen um Ausdruck anmutete, nie vergessen.

Es war die letzte Regung.

Mama –

11. Juni 1946

Als ich heute anläßlich der Urnenbeisetzung von Ulrich Wilcken in Tutzing war, kam es endlich dazu, daß ich jenes »kleine Grundstück« dort erwarb, in dem ich im Spätherbst Heinrich und Mama endgültig zur letzten Ruhe betten, und wo ich dann einmal selbst ruhen werde. Ein schöner Platz, heute noch ein Rasenfleck – in der Mitte, dort, wo die Erde sich einmal für mich auftun wird, blühte Thymian.

Juli 1947

Immer bin ich euch auf der Spur,
heimlich – will euch nicht stören.
Wo bleibet ihr nur?
Zu welchem Stern
mögt ihr drüben gehören?
Wüßt' es so gern –

Wißt ihr es noch: Wir drei . . .
Seid ihr jetzt jedes allein,
so wie ich hier?
Wann werd' ich bei euch sein?
Wann heißt es wieder: Wir . . .
Könnt ihr – verzeihn –

Ziehn wir einst frei,
still und leicht auf beglänzter Bahn –

alles verging wie Wahn,
Leid und Geschrei,
Hunger, Angst, Mord, Trümmer, Rauch,
die grauen Straßen auch,
die große Müdigkeit –
ist das denn weit?

Daß ich doch immer nicht
über die Schwelle kann –
Manchmal im Abendlicht
rührt es mich an,
hör' ich verlornes Wort
sinkt mir die Erde fort
unter dem schweren Fuß,
ahn' ich die Freiheit dort –
Wann endlich – wann?

(Ina hat diese Verse in die Gesamtausgabe ihrer Gedichte von 1955 aufgenommen. Sie sind hier nach der Schreibweise der ersten Aufzeichnung zitiert.)

Das Haus stand noch
1945–1951

Alles geschieht in sonderbarer Ablösung von mir selbst.
Mit der Zeit werde ich vielleicht sogar wieder so gut
arbeiten können wie je – eben durch diese Ablösung.
Und dies wird noch eine Weile so weitergehen – aber
das Leben ist vorbei: nichts ist mir klarer als das.

Ina S., 1946

Im Jahr 1945 kam noch keine Post aus Deutschland in die Kriegs-
gefangenenlager auf britischem Boden. Gelegentlich wurde ein
Einzelexemplar der neuen deutschen Presse geliefert. Das Camp
83 erhielt am 2. November die Ausgabe der »Stuttgarter Zeitung«
vom 30. September. Sie enthielt einen Nachruf von Albrecht Goes
auf Heinrich Wolfgang Seidel. Auf diese Art erfuhr Georg, daß er
seinen Vater nicht wiedersehen würde. Er schrieb seiner Mutter.
Da Kriegsgefangenen damals noch nicht erlaubt war, Briefe abzu-
senden, suchte und fand er einen anderen Weg. Eine Bäuerin in
der Nähe von York tat, was damals wenige Briten riskiert hätten:
sie schickte Georgs Brief an einen ihrer Söhne, der in Münster sta-
tioniert war. Der junge Soldat, weil Mutter ihn so anwies, handelte seinen Befehlen zuwider, kaufte eine deutsche Marke und
warf den Brief ein. Er ist angekommen.
Georg kehrte im April 1947 heim. Das Haus stand noch, der Garten war verwildert. Im Zimmer des Vaters sah Georg seine Mutter
den geleerten Schreibtisch polieren. Es schien ihm, daß sie kleiner
geworden sei, und natürlich war sie blaß und mager. Er trat in das
Haus ein und wohnte dort die nächsten vier Jahre. Es war nicht ein
Haus der dauernden Totenwache, doch es war ein ganz anderes
Haus, als er es gekannt hatte.
Es lebten darin mit Ina vier heranwachsende Kinder und ihre Mut-

ter Heilwig, dazu die alte Gehilfin Frieda, dazu bis zu Georgs Ankunft auch Schulte Strathaus. Georg bat Schulte Strathaus, in die Münchener Behausung zu übersiedeln, die ihm zur Verfügung stand. Georg tat das nicht nur, weil er das letzte im Haus noch freie Bett benötigte. Die Schwester und der Schwager hatten sich schon auseinandergelebt, ehe Schulte Strathaus 1941 verhaftet worden war. Damals kam es eben dieser Verhaftung wegen nicht zur Scheidung: man konnte den Häftling doch nicht im Stich lassen. Nun aber, wo eine Trennung gewiß einfach gewesen wäre: nun schien es irgendwie nicht ganz anständig, den hohen Funktionär von gestern zu verabschieden. Das hatte zwar mit dem Problem selbst nichts zu tun, wurde aber zum Unwohl aller Beteiligten beachtet. Es blieb fortan bei einer halbherzigen Trennung – auch »der Kinder wegen«.

Niemandem ist dieser Zustand während des nächsten Jahrzehnts besonders gut bekommen. Schulte Strathaus erschien regelmäßig als ein steinerner und selbstsicherer Gast – und die Kinder, weithin von ihrer Großmutter erhalten, warfen dieser Großmutter vor, sie habe den Vater nur dann geschätzt, als er in Amt und Würden war. Weiter von den Tatsachen hätten sie sich schwerlich entfernen können.

Es waren dies nicht besonders günstige Verhältnisse für eine Entwicklung von Familienleben. Die Ina vergangener Tage hätte wahrscheinlich zugegriffen und das geändert. Der Ina der Nachkriegszeit aber waren »meine Jahre nach 1945 die Jahre, die in Abschiedsstimmung, in Aufbruchbereitschaft verbracht wurden« – und damit kennzeichnete sie nicht nur ihre Grundstimmung. Sie sprach von einem Faktum, das ihr so selbstverständlich geworden war wie der Wechsel der Jahreszeiten. Heinrich Wolfgang und Emmy waren während ihres letzten Jahrzehnts in gewissen Äußerlichkeiten von Ina abhängig gewesen. Beobachter des Schriftstellerpaars ergötzten sich gern an der Annahme, der stille Mann stehe »im Schatten seiner Frau«. Sie irrten. Inas Verbundenheit mit ihrem Mann und ihre Abhängigkeit von ihm hatte sich in vierzig Jahren nicht wesentlich verändert – so wenig wie Inas Bindung an ihre Mutter.

Bis zu ihrem sechzigsten Jahr war Ina nicht allein, war gesichert gewesen, durch die Rechte nicht anders als durch die Pflichten, die von ihren beiden Nächsten herrührten. Nun war sie allein, und es

schien ihr zunächst, daß sie bald abgerufen würde. Dem war dann
nicht so. Sie blieb am Leben, auch nachdem der Sohn zurückgekehrt war, auf den sie gewartet hatte. Vorübergehend stützte sie
sich auf diesen Sohn, vorübergehend gab sie auch der Tochter die
Hilfe, die sie brauchte – aber währenddessen wuchs sie in eine
Selbständigkeit hinein, deren Starre und Entschiedenheit nicht
nur vom wachsenden Alter bestimmt war. Sie kapselte sich ab innerhalb eines Hauses, dessen Herrin sie war, mit dessen Bewohnern sie aber nur bedingt umzugehen wünschte: »Die Kinder erwarten gar nicht, daß ich mich ihnen anpasse. Sie fühlen sich eher
freier, wenn ich so kräftig wie möglich mein eigenes Leben, meinen eigenen Arbeitsrhythmus durchführe.«
Was sie schmerzte, behielt sie für sich, Klagen waren von ihr nicht
zu vernehmen. Sie setzte sich mit dem Bewußtsein ihrer Schuld
auseinander – aber allein im Selbstgespräch. Sie hatte nicht mehr,
wie Jahrzehnte zuvor, »Masken zu tragen«, um eine allzu starke
Verletzlichkeit zu schützen. Sie war ihr würdiges, distanziertes
Selbst, zog sich auf ein Zentrum zurück. Diese Selbstverein-
samung verwandelte sie unmerklich, nahm ihr die liebevolle Neugierde auf andere Menschen, viel von ihrer Güte und von dem
Vermögen, andere als die eigenen Regungen zu verstehen. Was
ihr Interesse nicht unmittelbar erregte, überhörte sie und ihre
Duldsamkeit gegenüber selbständigen Äußerungen ließ erheblich
nach.
Dies sind zum Teil Vorgänge, die bei vielen Menschen mit dem
Alter einsetzen. Ina wurde bald fünfundsechzig, aber sie war nicht
alt. Ihre geistige Beweglichkeit, ihr Auffassungsvermögen, zu einem guten Teil auch ihre Arbeitskraft hatten nicht nachgelassen.
Die Erzählungen, die sie in dem Halbjahrzehnt nach 1945 schrieb,
sind nicht Alterswerke. Sie war noch da, wider eigenes Erwarten,
und sie hatte sich entschlossen, die ihr gegebene Zeit ganz und gar
auf sich selbst, das heißt: vorwiegend auf selbst gestellte Aufgaben
zu verwenden. Im Umgang mit ihr nicht vertrauten Personen
nahm sie nun mehr als sie gab – was wenigen klar wurde. Die meisten Menschen ließ sie ohnehin nicht allzu nahe kommen. Wo
aber die Grenze überschritten wurde, auch in arglosem und selbst-
verständlichem Vertrauen, da war es Ina gleichgültig, welchen
Eindruck ihre Zurückweisung machte.
Das heißt, nicht eigentlich gleichgültig. Sie war sich ihrer Schroff-

heit nicht bewußt und auch nicht der verbotenen Zonen, die auf ihrer Landkarte eingezeichnet waren, etwa dort, wo Familienangelegenheiten ins Spiel kamen. Der Ring um diese Angelegenheiten war aber von ihr ein für allemal gelegt.

Eine Konzentration auf selbst gestellte Aufgaben schloß geistige Neugier ein. Ina entdeckte, erforschte in den Nachkriegsjahren die neuen Möglichkeiten der internationalen Kommunikation, nutzte die neue Freiheit, wie sie einst die alte in Berlin genutzt hatte. Es gab kaum Publikationen, die sie damals nicht las, und der Sohn sah seine Mutter am ersten Frühstücksmorgen beschäftigt mit der neuesten Nummer des »Ruf«. Solche Teilnahme machte es verhältnismäßig leicht, trotz ihrer Abgeschlossenheit sich von 1948 an dem Netzwerk von Verbindungen und Aktivitäten wieder zuzuwenden, mit dem sie geglaubt hatte, nie wieder zu tun zu haben. Da sie nicht abgerufen war und arbeitete, schloß sie sich hier nicht ab.

Das Urteil über ihre positiven Kommentare zu Hitler war nicht einhellig. Viele wogen das Werk gegen diese Äußerungen. Die Bayerische Akademie der Schönen Künste berief Ina als Gründungsmitglied. Sie hielt der Deutschen Verlags-Anstalt die Festrede zum hundertsten Geburtstag, und sie las dann in Stuttgart aus ihren Arbeiten. Der starke Andrang zu dieser Lesung überraschte sie. Sie stand am Pult, eine scheinbar fragile Frau nun, doch alles andere als hilflos, und begann diese Lesung wie alle, die sie noch hielt – mit Versen aus dem Jahr 1944: »Des Wortes Gewalt«, dessen Endzeilen heißen

> Mensch! Gib du acht, eh du es sprichst,
> Daß du am Worte nicht zerbrichst!

– und mit der Huldigung zu Ricarda Huchs achtzigstem Geburtstag: »Den königlichen Seelen zugewandt«.

Im August 1949 nahm Ina in Braunschweig den Raabe-Preis der Stadt entgegen. In ihren Dankesworten sprach sie mit deutlich autobiographischem Bezug von der Schuld der letzten Jahrzehnte.

Sie war in ein Dasein zurückgeglitten, das dem Arbeitsleben längst vergangener Jahrzehnte ähnlich sah. Sie sorgte sich um ihre Finanzen, da sie mit sich selbst sechs Menschen zu erhalten hatte, übernahm vor der Währungsreform auch Übersetzungen (etwa Thomas Wolfes »Briefe an die Mutter«), bereitete Briefbände ihres Mannes vor und sorgte sich um das Erscheinen von Heinrich Wolfgangs und Willys Büchern. Langsam brachten auch ihre eigenen Neuauflagen Tantiemen.

Doch die Ähnlichkeit mit einem versunkenen Dasein hatte ihre Grenzen. Sie machte die Erfahrung, daß sie notwendige Erholungsaufenthalte kaum noch ertrug, und daß die meisten Menschen sie langweilten, denen sie begegnete. Das war nur anders bei alten Bekannten, Gästen aus Amerika etwa und England, Freunde auch aus den Berliner Jahren und der ersten Starnberger Zeit. Diese Besuche regten sie an, das war so etwas wie ein Ausflug, wie Ferien. Aber sie war dann ganz gern wieder für sich. »Ein ganz anderes Interesse am Menschen ist allmählich an die Stelle der einstigen Ekstasen getreten. Ich sehe den Menschen viel ruhiger zu – vor allem auch meinen Kindern. Mein kleiner Georg geht nun demnächst von mir fort, in die Jahre, in denen man sich entweder findet – oder verliert. Ich denke an meinen Vater, ich denke an Willy – sie kamen beide nicht dazu, sich zu finden. Aber ich denke an Heinrich und weiß, daß Georg sein Sohn ist. (Und meiner auch – aber mögen ihm meine Umwege erspart bleiben!)«

So gelassen und realistisch Verstorbener zu gedenken, deren Geschick für Ina mit entscheidend war: das war ihr nicht gewohnt. Der kleine Georg, zweiunddreißig Jahre alt, hatte seine Frau gefunden und heiratete im Frühjahr 1951. Die Hochzeit – nun, die Hochzeit fand wiederum im Haus des Bräutigams statt, denn die Braut und ihre Familie waren Flüchtlinge, die alles verloren hatten. Das Paar siedelte sich zunächst in München an. Ina gewöhnte sich nur zögernd an die Veränderung in ihrer Umgebung und daran, daß der Sohn in freien Stunden nicht immer zur Verfügung stehen sollte. Daß sie nun eine Matriarchin war, die letzte der Familie: erschrocken und verletzt hätte sie diese Behauptung abgestritten.

Die lange Rückkehr ins Leben endete sie schließlich mit Feststellung und Vorsatz: »Was mich betrifft, so fühle ich seit kurzem – jetzt, im sechsten Jahr meiner Einsamkeit – etwas wie den Willen, die Zeit, die mir noch bleibt, nicht abzuleben, wie man in einem Wartezimmer die Stunden absitzt. Vielmehr bin ich jetzt, glaube ich, so weit, zu wissen, daß ich zum ersten Mal in meinem nun bald sechsundsechzigjährigen Leben mein eigener Herr bin.«

Ortsbestimmung
1946–1951

Auszüge aus Inas Aufzeichnungen in schwarzen Wachstuchheften:

Carfreitag 1946
Meine Einstellung zum Besitz war zwiespältig von dem Augenblick an, als ich begriff, daß er Verantwortung auferlegt, die zur Last wird, wenn man noch andere, höhere Verantwortung trägt als für Sachen. Dunkel fühlte ich das zuerst, als ich meine von Mama so entzückend vollkommen eingerichtete erste Wohnung übernahm. Die »fünf Zimmer mit Zubehör« erfüllten mich zwar mit Glück, aber zugleich mit einer unbestimmten Angst. Diese Einstellung verstärkte sich infolge meiner körperlichen Behinderung in dem Maße, als ich mich meiner Arbeit mehr und mehr hingab.

6. August 1946
. . . und X ist unverändert *lähmend* in seinem volltönenden Dichterbewußtsein. Kann er etwas dafür? Weiß er es überhaupt? Menschen ohne einen Funken Humor sollten alles andere zu ihrem Lebensberuf machen als den schriftlichen Ausdruck ihres Innenlebens. Wer sich selbst ununterbrochen ernst nimmt, lebt nicht, er stoffwechselt nur.

1. September 1946
Endlos nachgedacht über mein Leben – das, was ewig nur mir selbst bekannt und bewußt in seinen innersten Zusammenhängen sein wird. Und wieder erscheint mir alles nur als Vorbereitung – als sei mir in diesen 61 Jahren erst das Material angewiesen worden, aus dem ich später einmal etwas Ganzes zu gestalten hätte.

14. Juli 1947

Der Brief von Wegener, der vorgestern kam, und der Besuch von Ernst Kreuder heute – ich notiere das, um mich einmal erinnern zu können, daß es auch in dieser Zeit *gute* Erlebnisse gab.

November 1948

Diese immer wieder einlaufenden Anliegen von Leuten, die Examensarbeiten über »mein Werk« machen und mich als »erste Instanz« (wie neulich eine Studentin sich ausdrückte) befragen, ob sie »mich richtig verstanden« hätten, oder: was »ich hier wohl gemeint habe«. Das ist schon ein Fluch! Ich entwinde mich dem, so gut es geht, manchmal ist es nicht ohne Schroffheit möglich. Niemand kann es mehr hassen als ich, in dieser Weise zum Gegenstand doch meist sehr unreifer Analysen gemacht zu werden. Wenn mich einmal der *richtige* Mensch in *richtiger* Weise – d. h. vorsichtig einfühlend und unter der Voraussetzung wesentlicher Gesichtspunkte – befragte, was mir noch *niemals* begegnet ist, so hätte ich wohl manches zu sagen. Ich weiß recht gut Bescheid mit »meinem Werk«. Jedes meiner Prosabücher enthält eine »Summe« meines derzeitigen Lebensabschnitts, sie sind konzentrisch angeordnet wie Jahresringe, und es ist wohl so, daß auf einen oder mehrere schmälere Ringe dann jeweils ein breiter folgt, der gewissermaßen die schmäleren, überhaupt alle von ihm umschlossenen, in ihrer Essenz aufgesogen hat. Labyrinth, Wunschkind und Lennacker sind solche breiten gesättigten Ringe. – Haus zum Monde, Sterne der Heimkehr, Renée und Rainer, Weg ohne Wahl sind im autobiographischen Sinne schmälere (ärmere!) – und zwischen ihnen laufen die eng gestaffelten der Gedichte. Peregrin ist ein sehr wichtiger und in beunruhigender Weise die Kräfte des Weiterwachsens anscheinend erschöpfender Ring.

Ganz abgelöst vom eigenen Leben empfinde ich nur die Hochwasser-Geschichten, die zumeist ja bloße Etüden sind, ferner die Fürstin und Brömseshof, obgleich in allen diesen Sachen noch Elemente enthalten sind, die auf die innere oder äußere Biographie zurückdeuten und ohne sie nicht möglich wären.

22. Dezember 1949

Ich möchte es doch festhalten: soeben durften sich über den Münchner Sender sechs Dichter unserer Zeit vor dem Mikrophon zanken. Es waren: Elisabeth Langgässer, Herr Schneider-Schelde, Herr Kesten, Herr Weisenborn, Clemens Münster, Fritz Usinger. Die Sendung nannte sich »Moderne Literatur. Ein Streitgespräch«.

Es war das Konfuseste und Komischste, was man sich nur wünschen konnte, leider hatte ich den Anfang verpaßt und kam erst dazu, als sie sich darüber klar zu werden suchten, was »konstruktive« und was »destruktive« Dichtung, und ob letztere »erlaubt« sei. Sie warfen mit allen einschlägigen Begriffen um sich und waren alle sehr aufgeregt, bis auf die Langgässer, die man meist nur im Hintergrund kichern hörte, was man ihr nicht verdenken konnte.

Besonders hoch gingen die Wogen, als die Frage aufgeworfen ward, ob man fürs »Volk« schreiben sollte oder für »den Menschen«, und als sie sich da uneins waren, was es mit dem Volk auf sich habe – Volk gesehen im Bilde eines »braven Trambahnschaffners« . . .

Hier nahm Hr. Weisenborn die Gelegenheit wahr, festzustellen, daß »Trambahnschaffner« ein zu vages Symbol sei, denn es gebe sone und solche, z. B. ein sehr bekannter und sogar weltberühmter Dichter, den er aber *verachte*, nämlich Knut Hamsun, sei während seiner amerikanischen Wanderjahre in seiner Jugend u. a. auch Trambahnschaffner gewesen!

Wie er diesen Anlaß benutzte, um seinen Anwurf auszuspucken wie einen sorgfältig präparierten Räusperbatzen, das war bemerkenswert! Er bekam zwar von dem Diskussionschef was auf den Kopf, aber das Niveau, das von vornherein schief lag, war nun unrettbar verrutscht.

Und dann, als die Sendezeit abgelaufen war und es plötzlich ohne eigentlichen Abschluß ganz still wurde, als sei ihnen mit einmal die Luft weggeblieben, da kam die Stimme des Ansagers und bat »die verehrten Hörer« um Entschuldigung, daß der *Groß*sender München die letzte halbe Stunde »wegen technischer Störungen« habe abschalten müssen.

Es war also ein Zank im engsten Kreise gewesen.

30. Juli 1950
Eine Erfahrung mache ich in den letzten Jahren: daß man sich an Leib und Leben manches geschehen läßt, als geschähe es einem

anderen. Selbst wenn es schmerzt, selbst wenn die Nerven vorübergehend heftig reagieren – es bleibt doch alles außerhalb des
Bereichs, in dem man *lebt*, und dies ist ein Bereich, den man auch
dem Tode gegenüber unantastbar weiß.

11. März 1951
(Zu einem Artikel von Ernst Polgar über Künstler, die »das Ha-
kenkreuz auf sich genommen haben«) Sage mir niemand, ich
brauchte mich hiervon nicht mitbetroffen zu fühlen! Daß ich mit
gemeint bin, das sagt mir die Haltung der heute die literarische
Repräsentation darstellenden Kreise: Schriftsteller-Schutzver-
band, PEN-Club, Darmstädter und Mainzer Akademie mir gegenüber. Sie haben recht und handeln nur konsequent insofern,
als ich 1939 meine Bewunderung für Hitler öffentlich ausgesprochen und mein ursprüngliches Vertrauen in seine Politik durch
Unterschrift unter die Kundgebung von 1933 bereits zu Beginn
seines Regimes bekundet habe. Ich habe diese schweren Irrtümer
von 1940 an überwunden gehabt, da sie aber aus meiner Liebe zu
Deutschland entstanden waren und ihre Erkenntnis eben diese
Liebe auf die Probe stellte, geriet ich in ein Dilemma, so daß ich
gleichsam weder vor- noch rückwärts konnte.

Ärgernisse
1952–1960

Ich möcht ein Hab-nichts, Will-nichts, Kann-nichts sein,
Dein Werkzeug nur, dein Werkzeug, Herr, allein.
(Jan. 53, nachts, halb im Schlaf)
Ina S.

Heinrich Alexander starb mit fünfzig. Heinrich war dreiundsechzig, als er seine letzten größeren Arbeiten schrieb, Willy wurde siebenundvierzig, Heinrich Wolfgang neunundsechzig. Ina begann das letzte Jahrzehnt ihrer epischen Arbeit um die Zeit ihres siebenundsechzigsten Geburtstags.

Finanzielle Sorgen hatte sie um diese Zeit nicht mehr, wenn auch die Einkünfte aus Neuauflagen nicht übermäßig hoch waren. Ina neigte hier stets zur Vorsicht, Skepsis und Besorgnis. Sie war dankbar für die kleine Pension, die Heinrich Wolfgangs Witwe gezahlt wurde – und es hat sie zeit ihres Lebens erstaunt, daß bei halbwegs erfolgreichen Autoren Geld in Mengen vermutet wird. Oft sprach sie davon, daß sie so gern eines Tages nur noch »con amore« schreiben wollte. Zwar war es ihr auf jeden Fall wichtig, einiges noch nicht Gesagte zu Papier zu bringen. Die Schreibtischdisziplin, die sie sich im wachsenden Alter weiter aufzwang, begründete sie auch damit, »daß ich zu verdienen habe«. Es war dies kein Vorwand: Geldsorgen hatten sie immer begleitet, und nun im Alter hatte sie sich noch mehr daran gewöhnt, solche auf kommende Jahre hinaus zu hegen. Jedoch, der Hinweis war ihr auch besonders genehm, um lästiges Zureden brüsk abzuschneiden von Freunden oder Verwandten, sie möge sich doch nun ein bißchen schonen. Sie wollte sich nicht schonen, auch wenn ihr das Sitzen am Schreibtisch weh tat. Es gab nur zwei Zustände, in denen sie sich ganz am Leben fühlte: wenn sie reiste oder wenn sie arbeitete.

Reisen waren nur selten möglich. Arbeit, ihre Arbeit, mochte zwar eine Last sein, war ihr aber auch eine Droge, ein Arkanum, die einzige Art wahrer Trunkenheit.

Es gab eine Reihe von Plänen, mit denen sie seit Jahrzehnten lebte, etwa das gleichzeitig mit dem »Lennacker« skizzierte Seitenstück zur großen Geschichte der Protestanten, ein Roman vom Gewebe der Kirchen. Dann war da der Entwurf einer neuen pädagogischen Provinz, knapp angedeutet in »Renée und Rainer«. Seit mehr als einem Jahrzehnt gab es auch Notizen zu einem Roman aus dem Berlin der Gegenwart – über einen Adepten, der vorübergehend den Schein einer Existenz vergibt, »Der Maskenverleiher«.

Jedoch, ein anderes Thema der Zeit lag Ina nun wesentlich näher, gewonnen aus dem langen und schmerzhaften Nachdenken über ihr eigenes Versagen und über das Versagen einer breiten Bürgerschicht im Angesicht der Diktatur. Dies war der Gegenstand, mit dem sie sich auseinanderzusetzen hatte und auseinandersetzen wollte. Alle ihre epischen Bücher hatten mehr oder minder von Bürgern solcher Art gehandelt. Sie hatte ihnen Ehre angetan, wo Ehre gebührte. Nun war darzustellen, warum und wie am Ende Unehre geworden war aus der Ehre, und es schien ihr, als fügten sich alte Entwürfe in diesen umfangreichen Plan.

Acht Jahre arbeitete sie daran, ihn auszuführen, wenn auch mit großen Unterbrechungen. Sie war öfters krank, Nervenentzündungen hinderten sie am Schreiben, eine späte Blinddarmoperation nahm ihr Zeit. Auch lagen wieder andere Stoffe »im Wege«, störten, mußten erst weggearbeitet werden: »Die Fahrt in den Abend«, der alte Arzt, der am Ende seines Daseins neu nach dem Sinn seiner Existenz zu suchen hat – und der Roman von den drei Kirchen, verkörpert in drei Generationen von Müttern, dieses Seitenstück zum »Lennacker« – höchst ärgerlich für viele Dogmenhüter der Kirche, dank seiner Beschäftigung mit der Mischehe: »Das unverwesliche Erbe« wurde ein »protestantischer Roman« im ursprünglichen Sinn des Worts. Es war auch kein Zufall, daß hier über das Kind der verschollenen Delphine aus dem »Wunschkind« eine Verbindung geschaffen wurde zu den Themen des »Lennacker«.

Ina lebte während dieser Arbeitsjahre nicht ausschließlich im Gehäus. Noch konnte sie sich manchmal allein bewegen. Gelegentlich ließ sie sich in eine Münchner Pension fahren, verbrachte dort einige Tage, wanderte durch die Straßen ihrer Jugend, besuchte Buchhandlungen, ein Kino, aß in den kleinen Wirtshäusern des Viertels und sah den Menschen zu. Auch nahm sie an Sitzungen der Bayerischen Akademie teil – mehr der Abwechslung und der allgemeinen Anregung wegen als aus akademischer Pflicht. Bei aller Abgeschlossenheit im eigenen Haus, bei aller besorgten Zuneigung zu ihrer Tochter entkam sie doch gern diesem Haus. Nicht immer gefiel ihr dann, was sie von den Mitakademikern vernahm: »*Bitte* nichts Dekoratives! Nichts, was *nur* dekorativ wäre! Worüber aber berät unsere Akademie? Doch fast allein über das Dekorum, in jedem Sinne. Ich habe noch nicht *ein* Gespräch über Wesentliches in unserem Kreise gehört. Dabei sitzen wir da miteinander wie lauter auf Fläschen gezogene Essenzen: drei Tropfen auf ein Glas Wasser genügen, um jeden Kopfschmerz zu vertreiben. Aber niemand hat einen Korkenzieher.«

Sie saß und beobachtete, hielt nach den Sitzungen noch ein paar Minuten absichtslos Hof, und ließ sich dann gern in den »Jägerhof« zum Essen fahren, der alten Neigung wegen: »Menschen sehen.« Sie war sehr verlockt, 1955 nach Berlin zu fahren, als die alte Preußische Akademie, nun Berliner Akademie, sich wieder konstituierte. 1945 hatte sie ihre Mitgliedschaft zurückgegeben, »als eines der Mitglieder, die 1933 weder ausgeschlossen wurden, noch freiwillig ausschieden«. Nun war sie neu gewählt, aber sie tat die Reise dann doch nicht. Dabei sehnte sie sich nach der Stadt wie nach keinem anderen Ort. Sie fürchtete, ihre Stadt, Heinrich Wolfgangs Stadt nicht wiederzufinden. Es mag auch sein, daß sie in jenen Jahren sich das Bild Berlins im Krieg nicht stören lassen wollte, das sie gewann, als ihr Sohn dort im Lazarett lag und das sie nun für ihren Roman brauchte.

Dieser Roman hatte Gestalt angenommen als »Aufzeichnungen des Jürgen Brook«, des Peregrin-Chronisten. Er reichte zurück bis in arkadische Zwanzigerjahre und endete im Chaos der zerfallenden Metropole. Sein zweiter Hauptschauplatz lag im deutschen Südwesten, diesseits der Grenze – und jenseits, in einer Art von geistiger Fluchtburg, bewohnt von gelehrten Frauen. Seine Hauptgestalten und der Berichterstatter selbst gehören zu jener Mehrheit der deutschen gebildeten Bürger, die traditionsgemäß apolitisch waren, an den Entwicklungen ihrer Zeit vorüberlebten und in der Diktatur versagten. »Helden waren wir nicht« hatte Ina als Titel gewählt. Das wurde ihr von dem damals amtierenden Verleger leider ausgeredet. Das Buch erschien als »Michaela«.

Als des Romans »innerste Schwierigkeit« hat Werner Wien das vorwiegend passive Verhalten dieser Hauptpersonen bezeichnet. Das Buch will »das Verhalten der letzten Träger des deutschen Kulturbewußtseins zeigen, von Individualitäten, die alle introvertiert sind, Innenmenschen auf fast verlorenem Posten inmitten einer Welt, die alle Macht nach außen übt und das Leben vernichtet«. Daß diese Personen so agieren, wie sie waren, ohne daß der Autor, ihnen da zugehörig, sich von ihnen erkennbar distanziert: dies war einer der Gründe dafür, daß die deutsche Kritik den Roman nicht allgemein, aber vielstimmig ablehnte – auf eine Art, die Ina in ihrem Arbeitsleben noch nicht begegnet war.

Solche Ablehnung ist auch dann begreiflich, wenn man feststellt, daß »diese Totenklage aus wildestem Schmerz«, dieser »Nachruf auf die deutsche Bildung« (Wien) ausgezeichnete Partien enthält, und daß der Roman als Verhaltensdokument einer hundert Jahre mitbestimmenden Schicht wichtig ist. Nichts wird gerechtfertigt, doch ein Urteil mit Abstand fehlt in der Darstellung: das wurde bei diesem brisanten Gegenwartsstoff als entscheidender Mangel empfunden. Zudem enthält die Handlung Elemente, die als Metapher für spirituelle Zustände und Vorgänge in einem historischen Roman glücklich gewählt wären, die aber für die Mitlebenden von Diktatur, Lager und Verfolgung schwer erträglich sind: etwa den unterirdischen Gang aus alter Zeit, der vom versiegelten Deutschland in die Fluchtburg auf Schweizer Boden führt. Derlei ist um so merkwürdiger, als in den Berliner Abschnitten die Hölle der Denunzianten, Verfolger und Schreibtischtäter höchst realistisch geschildert ist.

Ina hat von dem Manuskript vor der Veröffentlichung nicht viel preisgegeben, und hätte sich auch durch Hinweise nicht beirren lassen. Sie glaubte, daß die Darstellung allein ausreichend Verdammung enthielte, und sie hat nicht verstehen können, daß ihre Meinung oft nicht geteilt wurde. Sie hatte, als der Roman erschien, ihren vierundsiebzigsten Geburtstag hinter sich. Sie hielt ihr Buch nicht für mißglückt. Es gab viele Leserbriefe, die sie in dieser Meinung bestärkten.

In diesem Herbst 1959 starb Inas kleine Schwester Annie – langsam und in hochmütiger Abgeschlossenheit. Ina saß manchen Tag

an ihrem Bett im Krankenhaus und wußte nicht, ob sie dort erwünscht sei – sah aber auch, daß niemand anderer sehr erwünscht
war, Annies Diener nicht und niemand sonst. Sie hoffte, ihre
Schwester würde ihr ein Zeichen der Vertrautheit lang vergangener Tage geben, aber das Zeichen kam nicht.
Im Winter suchte sich Ina Arbeit zusammen. Im Sommer 1960
stürzte sie schwer. Sie brach den Schenkelhals ihres gelähmten
Beins. Monate lag sie in dem alten Starnberger Krankenhaus, in
dem Heinrich Wolfgang gestorben war – auch über die Zeit ihres
fünfundsiebzigsten Geburtstags, in der sie gehofft hatte, Florenz
noch einmal zu sehen. Sie verließ die Klinik an Krücken. In der
Handtasche hatte sie zwei Hefte voller Notizen über ein altes
Schloß, das in der Nähe von Braunschweig liegt, Salzdahlum mit
Namen.

Auskünfte des Autors
1952–1960

Aus den Aufzeichnungen in Inas schwarzen Wachstuchheften:

10.11.1952

Neben dem großen Buch beschäftigte mich sehr stark die Erzählung »Die Fahrt in den Abend«, die Ende August fertig wurde, was man so »fertig« nennt. Sie schmolz zusammen aus der Auto Geschichte, die so lange keine rechte Form annehmen wollte – sonderbare Berauschung eines alten Menschen durch das *Fahren*, das ziellose Schweifen durch Landschaft und Städte, ein Vorwegnehmen des entkörperlichten Schweifens nach dem Tode – und des Stoffes »Der Arzt und der Tod«, an dem ich seit etwa 1927 herumdachte – zuerst schoß er mir bei der Beobachtung eines Menschen auf meiner Reise nach Wien (Febr. 27) zusammen. (»Ein alter Arzt ward mit den Jahren selber krank . . .«)

Es ist dies eine Geschichte nicht nur von einem alten Menschen, sondern auch wie man sie nur im Alter schreiben kann, und weil ich mir dabei der nahen letzten Grenze ständig bewußt bleiben mußte, hat sie viel Kraft erfordert. Mit der Gestaltung dessen, was ich zum Ausdruck bringen wollte, bin ich nicht ganz zufrieden, vor allem nicht mit dem Mittelstück (die Erzählung zerfällt in drei Teile). Aber es ist eine von den Geschichten, an denen man in Ewigkeit fortarbeiten müßte, und die in jeder Form eine Vorform darstellen.

24.8.1954

Das Buch, das am 27. Juni abends abgeschlossen wurde, erhielt schließlich den Titel »Das unverwesliche Erbe« (1. Kor. 15, 50). Ich begann es niederzuschreiben Anfang Juli 53, habe also zehn Monate daran gearbeitet, denn (mindestens) acht Wochen des Jahres fielen für die Arbeit aus: durch meinen Aufenthalt in Wiessee, durch die Zeit vor und nach Weihnachten, durch die Erkrankung Februar-März. Da ich von Mitte März an durch die Nervenentzündung im linken Arm schwer behindert war und im allgemeinen sehr erschöpft, ist es ein Wunder, daß ich doch fertig wurde, gerade noch rechtzeitig für das Erscheinen des Buches in diesem Herbst.

Wie immer, so fehlt es mir auch diesmal unmittelbar nach Abschluß der Arbeit an jedem Abstand, wie er zur objektiven Beurteilung nötig wäre. Nur eines weiß ich, daß der hier unternommene Versuch einer Gegenüberstellung eng konfessionellen und frei persönlichen Christentums wahrscheinlich in allzu kompensierter Form unternommen worden ist. Aber das Buch ist als eine Ergänzung zu Lennacker gedacht, gleichsam als linker Flügel des Hauptgebäudes, und es ist somit über dem Grundriß aufgeführt, der im ersten Teil der Rahmenerzählung hinsichtlich der Kindheit und Jugend Hans Jakob Lennackers skizziert ist. Mich innerhalb dieses Rahmens tiefer in die kirchlich-konfessionellen Situationen des neunzehnten Jahrhunderts zu begeben, wäre nur unter einer Ausweitung dieses Rahmens möglich gewesen, in der sich die drei Frauengestalten, auf die es mir in der Hauptsache ankam, verloren hätten. Im übrigen begann im neunzehnten Jahrhundert meinem Eindruck nach das eigentliche vitale Element der Kirchen beider Konfessionen, also das ur-religiöse Bedürfnis, sich in die Verborgenheit zurückzuziehen, und zu Tage liegen nur die Vorgänge der zunehmenden Politisierung, Rationalisierung, Mechanisierung kirchlich-konfessionellen öffentlichen Lebens. Ich habe versucht, den ins Verborgene versickernden Quellen nachzugehen.

18.12.1954

Das Buch ist 1932 zugleich mit »Lennacker« konzipiert. Ich habe den Stoff, die Menschen, die die Handlung trugen, das ganze Gewebe dieser Handlung 21 Jahre in mir genährt und es sich entfalten lassen. Als ich 1953 den »Maskenverleiher« liegen ließ, um erst diese Geschichte von den drei Müttern, die dem anderen Buch gleichsam den Weg versperrte, zu schreiben, tat ich es weiß Gott nicht, weil das Mischehen-Problem inzwischen aktuell geworden war. Die interkonfessionelle Ehe, die von Anfang an ein integrierender Bestandteil des Planes war (siehe die Rahmenerzählung von Lennacker!) war mir Ausgangs- und zugleich Mittelpunkt für bestimmte innere Entwicklungen, verkörpert in den Gestalten, die an dem um Elisabeth gelagerten Teil des Buches eng beteiligt sind. Was in diesen Entwicklungen zum Ausdruck kommt, vor allem in den Gesprächen, ist für mich nicht Theorie oder – wie Hanns Braun so schön gesagt hat, »spirituelles Flechtwerk« –, es ist wie der ganze »Lennacker« ein Teil meines eigenen Lebens, schwer erarbeitetes Ergebnis einer jahrzehntelangen inneren Auseinandersetzung mit den Problemen, vor die mich dieses Leben im Bannkreis der Kirche gestellt hat.

21. April 1960
Ich habe immer mehr den Eindruck, daß keiner von denen, die darüber geschrieben haben, das Buch (»Michaela«) wirklich *gelesen* hat. Und das wäre ja auch, wie Helmuth mich tröstlich belehrte, und er meinte das ernst, von einem Kritiker angesichts eines so dicken Buchs zuviel verlangt.
Natürlich gibt es auch positive Stimmen, und ich käme über alles hinweg, wenn ich nur schon wieder eine mich ganz ausfüllende andere Arbeit hätte, was nicht der Fall ist. Das Jahr, das ich erschöpft begann, hat mich schrecklich müde und entschlußlos werden lassen. Ich bin darum den Angriffen auf das Buch nicht so gewachsen und nehme sie schwerer, als sie es verdienen.
Was es mir erschwert, selber den nötigen kritischen Abstand zu dem Buch zu finden, ist eben die Tatsache, daß ich zuviel Allerpersönlichstes hineinverbaut habe. Das geht so weit, daß ich eine ausgesprochene Abneigung, geradezu einen Widerwillen habe, mich irgendwie analysierend damit zu beschäftigen. Es liegt hinter mir – ich kann nicht darüber nachdenken, weil in dem Buch schon alles, worauf es mir ankam, *zu Ende gedacht* ist, soweit *meine eigenen* Absichten und Motive in Frage stehen.

5. Mai 1960
Letzteres trifft nun doch wohl nur bedingt zu! Aber eines ist mir sicher, daß ich nämlich die Haltung der Menschen in dem Buch, die sich – wie Einmann, Doris und in gewissem Sinn auch Brook – durch unreifes oder relativierendes politisches Denken schuldig machen oder mitschuldig fühlen, nach eigenster Erfahrung und *ehrlich* dargestellt habe, auch in der (in den Gesprächen hervortre-

tenden) Motivierung dieser Haltung. Daß diese Motivierung zu einem sehr negativen Ergebnis hinsichtlich der historischen deutschen Bildungsschicht führt, der meine »Einzelgänger« entstammen, war mir immer bewußt, und wenn Geno Hartlaub in einer ihrer Meditationen über das Buch triumphierend feststellt, das sei ja doch eine »Bankerotterklärung« des Bildungsbürgertums, so ist das keineswegs eine geistvolle Entdeckung, sondern *das* Faktum, das ich herausstellen *wollte*.

Wenn aber ein Leser, wie die zwar nicht einfältige, aber enge und strenge Md. Schw. pharisäerhaft feststellt, ihr ekele vor diesen Menschen, dann glaube ich darin eine andere, auch keineswegs erfreuliche Facette der Mentalität dieser Bildungsschicht sehen zu dürfen.

»Hier auch Seidel«
1888–1977

Gefährlich leben, einst das Vorrecht Auserwählter,
ist heute die Zwangsphilosophie des kleinen Mannes.
Wenn es schief geht, hat der Magistrat schuld.

Helmuth S. aus dem Nachkriegs-Berlin
an seine Schwägerin und Cousine Ina S.

Der letzte Abend des März 1977 war milde, aber Helmuth war doch dankbar, daß die Heizung noch lief, sehr zufriedenstellend lief: auf saubere technische Arbeit hatte er geachtet wie immer. Er hatte in seinem Häuschen öfter gefroren, als sich zusammenrechnen ließ, wenn auch nicht mehr in den letzten Jahren.

Als der Neffe gegangen war, saß der Onkel noch eine Stunde in seinem alten Sessel neben dem Schreibtisch, eine langsame Zigarre lang. Er hörte sich wieder sagen, was er jetzt öfters sagte und auch zu Georg geäußert hatte: »Ich hätte ja nie gedacht, daß ich so furchtbar alt werde.« Und das stimmte, er hatte es nie gedacht, und er *war* nun furchtbar alt: älter, als je ein Mann in der Familie geworden war; seit drei Monaten auch älter als die älteste Frau der letzten Generationen, Ina. Achtundachtzig war er nun. Er wollte verbrannt werden. Das war das Neue, das er Georg hatte sagen können: man braucht jetzt kein besonderes Dokument mehr zu unterschreiben, wenn man verbrannt werden will.

Er hatte auch sonst alles noch einmal durchgesprochen, und Georg gezeigt, wo die Dokumente lagen, wo er die Schlüssel finden würde, wo die Liste dessen, was zu tun sei. Er hatte ihm auch ein Büchlein gegeben über die Rechte und Pflichten des Testamentsvollstreckers.

»Hier auch Seidel« hatte Georg am Telefon gesagt. Aber das stammte ursprünglich von ihm, von Helmuth, das sagte er seit dreißig Jahren, wenn er jemanden von der Familie anrief. Jetzt war kaum noch jemand anzurufen, ausgenommen Clara in Dahlem, die letzte von Pauls Kindern. Mit Clara kam er gut aus, die hatte die alte berlinische Sachlichkeit und manchmal auch den Witz. Sie hatte sehr lange arbeiten müssen, hatte als Justizbibliothekarin vier Herren gedient wie er selber auch – nein, das war nicht richtig: er hatte nur drei Herren gedient oder allenfalls dreieinhalb. In den Zwanzigerjahren war er nicht Beamter gewesen, sondern ein freier Mann an den Flüssen der Welt, denen er ein vernünftiges Bett baute. Der größte war der Magdalenas gewesen in Columbien. Er erinnerte sich an diese Jahre gar nicht wie an Abenteuerjahre. Aber es waren welche.

Vielleicht wurde man besonders alt, wenn man eigentlich jung vor Verdun beinahe gestorben war: Leutnant, aus dem Schützengraben stürmend – blutüberströmt, mehrmals am Kopf getroffen. Mutter hatte ihn gesund gepflegt, in den Monaten, ehe sie selber sterben mußte. Dann war er wieder Ingenieur geworden beim Wasserbau, wie in den letzten Tagen vor dem Krieg – und dann hatte er nicht geheiratet, und endgültig nicht geheiratet. Der Junggeselle, der Kritikus, der Einzelgänger.

Aber er war ein ziemlich freundlicher Einzelgänger gewesen. Das mußte jeder zugeben. Er war gern für sich geblieben, und er hatte ja auch gedacht, er würde bis in sein sechzigstes Jahr selten zu Hause sein. Daraus war dann nur zum Teil etwas geworden. Werner – Bruder Werners erste Frau, die so rasch so krank geworden war. Werners großer Kummer. Aber später hatte Werner Hildegard geheiratet, Helmuth erinnerte sich gut an die Trauung in der kleinen Kapelle der Kronenstraße: Werner noch im Knien so riesig. Er war mit Hildegard sehr glücklich gewesen und mit seiner lieben Tochter – bis zu seinem Tod. Ein guter Baumeister, Werner. Solide. In Göttingen erinnerten große Universitätsbauten an ihn. Sie hatten ihn ja auch zum Ehrenbürger gemacht, alle 209 Zentimeter.

Daß Heinrich Wolfgang Berlin verließ, das war doch arg gewesen. Helmuth hatte ihn noch mehr vermißt, als er vermutet hatte. Hatte Heinrich Wolfgang ihn auch vermißt, ihre Treffen in der Stadt, ihre Ausflüge in ein Theater? Und 1930 hatte er Heinrich Wolfgang nach London verschleppt, dort wollte der Bruder immer hin, aber möglichst ohne zu reisen. Helmuth war damit noch heute sehr zufrieden. Er mochte auch Ina ganz gern, gewiß, aber es hatte ihm immer Spaß gemacht, sie ein klein wenig zu ärgern: Seidel gegen Seidel, das gehörte sich so. Die Berliner gegen die Münchner.

Nun war er der letzte Sohn seines Vaters, und beinahe auch der letzte Berliner. Das hatte so abgenommen – schon 1961, hundert Jahre nach Heinrich Alexanders Tod: wie viele Nachkommen lebten da noch? In Helmuths Generation nur Ina, Clara, er selbst. In der nächsten Generation ein paar mehr, vor allem die Kinder seiner Brüder. Aber keiner hatte männliche Nachkommen, auch nicht Willys Sohn oder der Sohn von Pauls Sohn. Heinrich Alexanders Zweig der Seidels würde in ein paar Jahrzehnten ausgestorben sein. Helmuth fand das richtig so. Das hatte geblüht, das hatte Früchte getragen, das hatte seine Wunden empfangen, war knorrig gewachsen, quer gewachsen, abgebrochen. Nun gut. Sehr schöne Blüten, ein paar außerordentliche Früchte. Die Zeit war wohl um.

Ach ja, er war furchtbar alt, und seit vierzig Jahren hier ansässig. Dieses kleine Haus, das er sich selbst zurechtgebaut hatte nicht weit vom Wannsee: Heim eines einzelnen Herrn samt Haushälterin. Keine Hypotheken, alles bar bezahlt von den columbianischen Ersparnissen. Er mochte dieses Haus, und er liebte seinen Garten. Er wäre gern noch einmal mit Georgs Frau Ursula hin und her gegangen durch die Pflanzungen – sie hatte beim letzten Mal sich so amüsiert, daß nun vor lauter Blumen und Blumen das Stückchen Rasen gänzlich verschwunden war. Diese Frau verstand etwas von Gärten, ganz anders als ihr Mann. Er hatte Georg gesagt, daß es ihm nun zu beschwerlich sei, die Dahlien wieder zu setzen, deren Knollen wie immer im Keller überwinterten. Georg hätte ruhig antworten können, er würde ein paar mitnehmen. Nun ja, nach England war es weit, aber trotzdem. Vielleicht würde er im Frühling doch ein paar setzen – drei oder vier? Oder fünf.

Dabei hatte er dieses Haus zuerst nur als ein Quartier betrachtet zwischen langen Abwesenheiten. 1932 hatte er schon Chinesisch gelernt: der Jangtse wartete auf ihn. Aber dann kam Hitler, und mit all diesen Plänen war es vorbei. Er war schließlich keine internationale Kapazität. Er mußte sich bescheiden. Er tat es, wurde Beamter, was das Übelste nicht war, und baute Flugplätze. Und dann nach dem Krieg die Berliner Stadtbewässerung. Hatte er Georg gesagt, daß dort ein Kranzgeld abzuholen sein würde? Ja, er hatte es gesagt.

Er war nun auch schon furchtbar lange pensioniert – aber er hatte sich eigentlich nie gelangweilt. Der Garten brauchte seine Zeit. Und er las viel, auch moderne Romane – die waren oft gar nicht so schlecht. Er hatte an Berlin festgehalten und war froh darüber, sagte »wir«, wenn die Rede von Westberlin war, und »Ihr«, wenn er mit Leuten sprach aus dem anderen freien Teil Deutschlands. Dabei fand er die Stadtpolitik ja immer wieder zum Jammern.

Draußen lärmte die neue Haushälterin. Helmuth stellte sein Hörgerät ab. Es gab jetzt Brillen, in denen man es verbergen konnte, aber das fand er albern, und außerdem würde es die Kasse vielleicht nicht tragen. Und so etwas kaufte man sich nicht selbst, wenn Anrechte vorlagen aus vielen Arbeitsjahren. Er hatte immer ganz gern schlecht gehört – seit der Verwundung vor bald sechzig Jahren –, es ersparte einem so manches, aber in der letzten Zeit wurde es doch auch schwierig. Die neue Haushälterin war auch schon ein paar Jahre bei ihm, und Fräulein Schumann schon so lange tot.

Sein Blick fiel auf eine Stelle im Zimmer, die ihm leer vorkam: dort hatte bis vor drei Jahren Vaters gewaltige Büste gestanden, zu groß für diesen Raum; es war ganz gut, daß das Museum sie jetzt hatte. Er war erst achtzehn gewesen, als Vater starb. Er fand es ganz gut, daß er immer Herr Seidel gewesen war, nicht der Sohn des Dichters.

Er stand auf, nahm die Flasche Sherry, die Georg mitgebracht hatte, und trug sie in den Keller. Wenn er allein war, trank er selten etwas. Ein bißchen Asbach stand im Schrank und eine Kiste Zigarren. Den Sherry konnte er anbieten, wenn Hartungs kamen, gute Freunde und Verwandte, wenn sie auch nicht Seidel hießen. Sie stammten von Vaters Schwester Frieda ab, die den Kehrhahn geheiratet hatte.

Der Keller war gut aufgeräumt, so übersichtlich wie der Schuppen mit den Gartengeräten. Er bückte sich und nahm eine der trockenen Dahlienknollen in die Hand. Er legte sie liebevoll wieder hin, und räumte den Keller noch ein bißchen mehr auf.

Als er die Treppe hinaufstieg, warf es ihn hin. Er konnte nicht wieder aufstehen. Die Haushälterin holte den Arzt aus der Nachbarschaft, und sie rief die Hartungs an. Helmuth hatte den Zettel mit der Nummer auf seinem Schreibtisch befestigt. Am nächsten Morgen lag der alte Herr in einer Klinik. Die Ärzte gaben nach dem Schlaganfall nicht viel Hoffnung. Georg war nach Berlin zurückgekehrt, aber Helmuth erkannte ihn nicht mehr.

Er ging in den letzten Schlaf am nächsten Frühlingsnachmittag. Und danach hatte alles so seine Ordnung, wie er es gewollt hatte und seit vielen Jahren vorbereitet.

Abend
1961–1970

Die Erde hat sich von mir abgewandt.
Im Spiegel der Erinnerung jedoch
Seh meinen Erdenweg ich deutlich noch –
So hab ich mich dem Spiegel zugewandt.

Ina S., 1969

Nach Inas fünfundsiebzigstem Geburtstag wurde es still in ihrem Haus: Heilwigs Kinder waren nun erwachsen, heirateten, zogen fort. Zwei oder drei Frauen lebten nun hier allein – wenn es drei waren, dann war gute Zeit: es wurde immer schwieriger, eine Gehilfin zu finden, die wenigstens einige Arbeit tat, noch so eben zu bezahlen war, und mit der Ina und ihre Tochter auskamen. Manchmal fand sich auch jemand, der das nun betagte Auto fuhr. Das war nicht nur für Inas Ausflüge wichtig. Es gab in der Nähe des Hauses auch keinen Laden mehr, und nur selten schickte ein Kaufmann seine Waren.

In Schreibtischen, Sekretären und Schränken schliefen die Manuskripte, Aufzeichnungen und Korrespondenzen von vier deutschen Autoren. Familienbriefe füllten alte Truhen. Das Haus war nicht gerade leer, aber es war auch nicht erfüllt von Gespenstern der Vergangenheit. Im ersten Stock tickte wie eh und je die Schreibmaschine, und oft war der schwere Schritt zu hören, mit dem Ina sich zwischen Aktenschrank und Arbeitstisch bewegte. Sie hatte wieder gehen gelernt nach ihrem Unfall. Die Krücken standen im Kleiderschrank, der alte schwarze Stock mit Gummizwinge hing an ihrem Sessel.

Langsam, beharrlich hinkte sie zu auf ihr achtzigstes Jahr, passierte es mit einem dankbaren Rundblick auf die bunte Welt (der Sohn war mit ihr auf vierzehn Tage nach Salzburg gefahren, man

machte Ausflüge und feierte unauffällig im »Hirschen«), und setzte mit Geduld den beschwerlichen Weg fort, Beschwerden war sie gewöhnt. Sie empfand sich nicht als Legende ihrer selbst, sie lebte nicht allzu vorsichtig, war bisweilen von Schwindelanfällen heimgesucht, durchlebte Zeiten der Müdigkeit, auch der Depression – aber wischte dabei auch brüsk ärztliche Verordnungen beiseite, wenn ihr alte gewohnte Mittel vernünftiger schienen. Immerhin, zwischen ihrem fünfundsiebzigsten und achtzigsten Geburtstag veröffentlichte sie fünf Bücher – zwei Erzählungsbände, ein Stück Berliner Erinnerungen, eine noch einmal aufgegriffene Variation der Geschichte dreier Kinder (»Vor Tau und Tag«), und einen Band Betrachtungen, Reden, Aufsätze, »Frau und Wort«. Dort war auch die Rede abgedruckt, die sie zum hundertsten Geburtstag Ricarda Huchs 1964 vor der Akademie in München hielt. Sie sprach darin auch von der »Haltung der Siebzigjährigen, als ihr Volk, mit dessen Geschichte sie sich wie mit dem eigenen Leben vertraut fühlte, dem Irrwahn einer vermeintlichen nationalen Wiedergeburt verfiel, über dessen verhängnisvolle Richtung sie sich nicht täuschen ließ, mochte hier auch dem trügerischen Anschein nach für manche Ideale geworben werden, die sie selbst in ihrer ursprünglichen Reinheit und Eindeutigkeit immer wieder vertreten hatte«. Ina, der Ricarda Huch bis zu ihrem Tod ihre Zuneigung bewahrt hatte, huldigte Ricardas »wahrhaft königlicher Verachtung« des Nationalsozialismus: »Manch politisch Verirrter mag seinen verfehlten Kurs dankbar nach dem stillen und steten Licht, das von ihr ausging, berichtigt haben.«
Im gleichen Jahr gab Ina den dritten Briefband Heinrich Wolfgangs heraus. Sie füllte Notizbücher mit Anmerkungen und Erinnerungen, in klarer Schrift und mit klaren Gedanken. Sie entschloß sich, einen Anfang damit zu machen, ihr Haus zu bestellen und das erste Konvolut der Vergangenheit, Heinrich Alexanders und Heinrichs Papiere, dem Deutschen Literaturarchiv in Marbach anzuvertrauen. Dort wollte sie später auch Willys Papiere aufgehoben wissen, Heinrich Wolfgangs umfangreichen Nachlaß, und ihre eigenen Manuskripte und Aufzeichnungen.
Aber sie trennte sich schwer von jedem Papier. Sie las und sortierte. Sie behielt auch ein paar Stücke fürs erste zurück. Noch war sie umdrängt von eigenen Gestalten und Visionen, aber sie wanderte immer öfter über die verwehten Straßen zurück, die Wege zu fin-

den der Seidels, der Loesevitz', der Römers. Sie suchte die Mütter auf in Pastorenhäusern, Gutshöfen, Kaufmannshäusern im Norden und im Osten – las in vergilbten Briefen, stöberte in zerbrechlichen Tagebüchern, spürte den Melancholien nach, den Träumen vor hundert und zweihundert Jahren. Sie fand manchen Abenteurer, doch wie erwartet nicht einen Rebellen: »Wir waren schon eine sehr bürgerliche Familie.«

Die Salzburger Wochen hatte sie genossen, aber keine Erholung verspürt: »Ich kam zu dem Entschluß, überhaupt nicht mehr zu reisen – nur noch in der Phantasie!« Solche Phantasie war stark genug, ihr mancherlei gute Tage zu bescheren. Doch es kamen auch trübe Zeiten und bisweilen quälende Spannungen im Haus, wie sie nicht ausbleiben können zwischen zwei Frauen, die einander zu gut und doch zu wenig kennen: die ältere von Inas Temperament und Bestimmtheit, ja Schroffheit, die andere nun auch sechzig und von nicht einfachem Naturell. Es gab so viele verlorene Gegenstände, die doch an einem ganz bestimmten Ort sein mußten, es gab die Trauer des Nicht-so-gemeint-Habens, und die Hartnäckigkeit, mit der man recht hatte und behielt.

Aber dann kam Frühling oder kam Weihnachten, oder auch Nachrichten, die Ina amüsierten, Bücher, die sie interessierten. Daß die Autorin I.S. nicht mehr im Zenith der Aufmerksamkeit stand, daß einige ihrer Bücher vorübergehend in den Schatten gerieten einer etwas verspätet eingetroffenen modernen und lebhaften Literatur: dies war ein Vorgang, den Ina als selbstverständlich hinnahm. Ein wenig trog hier der Schein: um die Mitte der Sechzigerjahre reichte zwar kein anderes von Inas Büchern an die Millionenauflage des »Wunschkind« heran, doch auch jüngere Neuerscheinungen wurden gelesen und gekauft; bei »Michaela« hatten sich die Leser den Kritikern nicht angeschlossen: der Roman erschien damals im 165. Tausend.

Gleichwohl, es wuchsen Schatten. Einen Überblick über das Jahrzehnt begann Ina mit den Worten: »Inzwischen hat sich doch eine Zugeherin gemeldet! War schon zweimal da – und ich hoffe, daß sie bleibt. Das ist ein recht nervöser Anfang, sich schriftlich auszusprechen, und ich werde nicht in diesem Ton fortfahren. Aber es gehört nun eben zur Gegenwart, in die Heilwig und ich im letzten Jahrzehnt geraten sind.« Das Haus war nun alt und ein klein wenig schäbig. Daß es gleichwohl zu blinken habe, schien so selbstverständlich und war so schwierig. Hier war sich Ina mit ihrer Tochter einig.

Ina versuchte sich klarzuwerden, »warum ich mich immer so müde fühle – einfach *alt*, jedenfalls physisch«. Sie war sehr alt am Ende des Jahrzehnts. Doch sie reagierte mit vierundachtzig darauf, indem sie den gewohnten Weg beschritt und sich an eine größere Arbeit machte. Sie begann einen Bericht über ihr Leben und ihre Zeit. Gut ein Jahr schrieb sie daran, langsam, doch stetig, überarbeitete die vorliegenden Jugenderinnerungen und fügte für den ersten Band einen gleich großen Teil hinzu: die Jahre im Lazaruskrankenhaus und in Eberswalde. Auch diese stark erweiterte Selbstbiographie enthält viel Bericht, wenig Selbstbetrachtung. Ina begründete das damit, daß sie es lieber dem Leser überlasse, Schlüsse zu ziehen. Sie ist dann wie ihr Onkel und Schwiegervater Heinrich nicht über Materialsammlung und Entwürfe für eine Darstellung ihres späteren Lebens hinausgekommen.

Die Leistung der Niederschrift befriedigte sie. Es wurde ja immer schwieriger, was sie doch seit so vielen Jahren sich abverlangte: den Körper zu hindern, Einfluß zu nehmen auf das, was sie unbedingt tun wollte. Nun wartete sie unwillkürlich auf das andere, was sie an ihrer Arbeit oft gehindert hatte: Störungen von außen. Es gab nur noch sehr wenige. Manchmal versuchte sie, sich selber welche zu verschaffen.

Am Abend ihres fünfundachtzigsten Geburtstags trug sie in einen Kalender ein, was sie so freundlich sonst nie nach mehr oder minder großen Tagen aufgeschrieben hatte: »Enorme Post, das Haus voll Blumen. Vollmond! Das war wohl einer der schönsten Geburtstage seit 1895.«

Zwei Tage später hieß es dort: »Georg fuhr mich nach Tutzing, strahlender Herbsttag, das Grab von Blühendem überdeckt, der ganze Friedhof Ruhe und Frieden ausstrahlend.«

Starnberger Selbstgespräche
1966

Diese Verse wurden in ein altes Büchlein mit hartem Deckel ge-
kritzelt, auf dessen Etikett in Heinrich Wolfgangs Handschrift
»Beerdigungen« stand. Ina schnitt die ersten sieben Seiten heraus
und überklebte das Etikett mit einem kleineren, auf das sie »Bilanz
der Tage« schrieb – eine Inschrift, die sie später wieder durch-
strich.

Da du dir einbildest, keine Gedichte mehr machen zu können,
Solltest du wenigstens gelegentlich etwas notieren –
Zum Beispiel, daß an diesem Dezembermorgen
Der Sonnenaufgang pathetisch und schmerzlich war,
Und daß Föhn im Dezember
Eine Prüfung darstellt, etwa wie der unzeitgemäße Rückfall
In eine Jugendliebe im hohen Alter.

In der Morgenfrühe kamen drei Fehlanrufe –
Drei Fehlanrufe innerhalb einer Viertelstunde –
Es war jedesmal ein Schock für die ganze Familie,
Jeder dachte: Jetzt ist es so weit!
Je nachdem, ob er Glück oder Unglück erwartete . . .
Es war immer wieder derselbe Mann,
Der verzweifelt verbunden zu werden verlangte,
Und zwar mit den Elektrizitätswerken,
Die eine ganz andere Nummer haben.
Schließlich baten wir ihn, da es doch störend war
– Es war kurz nach sechs und noch ganz dunkel –,
Besser die Störungsstelle anzurufen,

Als immer wieder unsere Nummer zu wählen . . .
Wir blieben höflich, er aber war schrecklich enttäuscht,
Wofür wir wirklich nichts konnten.
Dann wurde es still, unheimlich still,
Bis es nach einer weiteren Viertelstunde
Von neuem läutete. Es war die Störungsstelle.
Das Fräulein sagte nur »Danke«, als wir uns meldeten,
Und hing wieder ab. So begann der Tag.

In dem Katalog der Herrlichkeiten der Erde,
Den die heutige Lyrik herzustellen bemüht ist,
Findest du, junger Dichter, alles und jedes an Ingredienzien,
Rausch- und Zaubertränke zu brauen,
Und es wird dir niemand verwehren,
Deinerseits noch hinzuzufügen, was sich an nicht entdeckten
Namen von Vögeln und Tiefseefischen,   [Gewürzen,
Ausgefallenen Musikinstrumenten,
Architektonischen Impressionen,
Wetterbeobachtungen und sonst noch
Assoziativ dir ergibt aus Natur und Kosmos.
Denn durch euch, ihr trunkenen Stammler, sprengt die alte
Eingefrorene Sprache sich den Raum,
Um wieder atmen zu können.

Heute wünschte ich mir den Besuch von Freunden,
Die ich zwar niemals sah mit diesen Augen,
Deren ich mich aber sofort entsann, als ich erstmals
Auf ihre Namen stieß.

Aufbruch
1974

*Ich kann nichts mehr sagen –
ich möchte nur noch soviel zu Ende denken
und begreifen.*

*Aus dem letzten »Kritzelbuch« von Ina S.,
1973*

Sie war nicht mit dem Tod befreundet. Aber sie hatte seinen Schatten über sich gesehen in ihrem dreiundzwanzigsten Jahr, und ihn fortan nicht mehr gefürchtet. Länger als ein Vierteljahrhundert hatte sie ihn erwartet, in Bereitschaft und gelassen. Sie sprach nie von »Heimgang« oder »Abschied«. Sie sprach von Fortgehen, vom Aufbruch in einen anderen Zustand. Sie war der Gegenwart der Aufgebrochenen gewiß in diesem anderen Zustand. Ihre Kinder ließen auf ihren Grabstein Matthäus 10, 22 eingraben: »Wer aber beharret bis ans Ende, der wird selig.« Später fand sich eine Aufzeichnung Inas, die den Wunsch nach einem anderen Wort aussprach, gewählt in Gewißheit und in Demut, Hebräer 13,8: »Jesus Christus, gestern und heute, und derselbe in Ewigkeit.« Hier widerhallten Strophen, die 1938 geschrieben wurden, und die im »Lennacker« stehen:

> Wenn die Sichel trifft,
> Wenn der Leib zerfällt,
> Ist es nur die Schrift,
> Die zusammenhält.
>
> Was ich von dir weiß,
> Herr Jesu Christ,
> Der Seele Speis
> Und Trank dann ist.

Dein heilig Wort
Ist dann der Leib,
Drin ich hinfort
Unsterblich bleib.

Bis zum Frühjahr 1974 lebte Ina, wie sie es gewohnt war, in ihrem
Haus: eine greise, leise Löwin in ihrer Höhle, dankbar für Besuche
ihres Sohnes aus England und Gespräche mit alten Freunden: bisweilen ein wenig langsam bei Reaktionen, doch ohne Anzeichen
dafür, daß ihre geistige Kraft erlahmte. Die Hartnäckigkeit des
hohen Alters hatte die ihr natürliche Bestimmtheit noch verstärkt.
Es war bisweilen nicht leicht, für sie zu sorgen, und der Kummer
über verlorene Schlüssel oder andere verlegte Gegenstände
konnte sich über Tage hinziehen.
Doch sie war dem Leben und allen seinen Erscheinungen zugetan
und geöffnet. Als ihr 1971 die Bayerische Staatskanzlei schrieb,
Träger des bayerischen Verdienstordens hätten gewisse Vergün-
stigungen, klagte sie: »Jetzt könnte ich umsonst auf allen Schiffen
über den See fahren – das hab ich mir schon als Kind gewünscht.
Warum soll ich es jetzt nicht tun?« Sie tat es nicht mehr. Sie verabschiedete sich auch von ihrem Auto, »dieser letzten Krücke«.
Erst 1970 hatte sie zugestimmt, daß ein Fernsehgerät in ihr Haus
käme. Sie hatte ein gewisses Vergnügen daran, vor allem an politischen Sendungen und Tierfilmen, wurde aber nicht süchtig. Die
Fortsetzung ihres Lebensberichts beschäftigte sie weiter. Sie hätte
gern noch anderes unternommen, doch kam sie nicht über Noti-
zen hinaus, vor allem bei einer Abwandlung des Doppelgänger-
Phänomens, über die sie seit Jahren nachdachte. Sie sollte den
Kern einer Erzählung bilden, angesiedelt im achtzehnten Jahrhundert und in einem Schloß wie Salzdahlum bei Braunschweig.
Es gab aus den Sechzigerjahren schon die Niederschrift eines
Fragments. Gern hätte sie ihre Lebensarbeit mit einer Geschichte
abgeschlossen, die im Land ihrer Kindheit spielte, ohne mit dieser
Kindheit zu tun zu haben.
Sie las viel. Sie notierte ihre Meinung über Willy Brandt und Rainer Barzel, und auch wesentlich andere Gedanken: »Es wird immer vergessen, daß die Schöpfung nicht mit dem Sündenfall abgeschlossen ward, sondern mit der Verstoßung aus Eden einfach in
ein anderes Stadium trat. Die Schöpfung ist seither immer weiter-

gegangen, sie wurde mit dem Ereignis der Selbständigkeit des Menschen Teilhaber der Vollendung irdischer Entwicklung, Mitarbeiter des Schöpfers, und von ihm selber als ein noch unvollkommenes Werkzeug ständig bearbeitet. Dieser Zustand erfordert vom Menschen, einzusehen, alles, was Gott zuläßt und was »Schicksal« genannt wird, als Bearbeitung seiner selbst zum Guten hinzunehmen.«

Sie dachte weiter über den Dichter nach, der sie ihr Leben lang beschäftigt hatte: Novalis.

Ende 1973 notierte sie: »Früher, etwa zwischen 1830 bis 1900, war ›Unglück‹ persönlicher in seinem Erfahren und Ertragen. Seit den Weltkriegen und ihren Folgen wird es als Unausweichbares betrachtet und mit Achselzucken hingenommen. Der heilsam ›tiefe Schmerz‹ wird stoisch abgetan und als Unabweisbares der Natur, auch des Menschen, betrachtet.«

Sie war trotz aller Vorsicht in diesem Monat wieder hingefallen. Ihre Tochter mußte Hilfe herbeirufen, sie aufzuheben und ins Bett zu bringen. Sie hatte sich sehr weh getan, aber gebrochen war nichts – und sie wollte nicht, daß davon die Rede sei, als der Sohn sie im März 1974 besuchte. Sie war zwei Tage lang sehr heiter, ließ sich erzählen und erzählte selbst. Ihre Welt schien ganz in der Gegenwart beheimatet.

Wenige Tage nach der Abreise des Sohns stürzte sie wieder. Sie schien nicht ganz bei sich. Innere Verletzungen und ein neuer Schenkelhalsbruch wurden befürchtet. Dieser Verdacht ließ sich im Starnberger Krankenhaus zerstreuen, aber Ina kam nur bisweilen zu sich. Nun brauchte sie ständige Pflege. Sie nahm die Hand des Sohns und sagte etwas, was sie achtundachtzig Jahre nicht gesagt hatte: »Laßt mich nicht im Stich.«

Der Chefarzt des neuen, großen und modernen Krankenhauses von Starnberg war der Meinung, es gebe in seinem Bereich für die Ehrenbürgerin der Stadt keinen Ort, an dem sie diese Pflege bekommen könnte. Es fand sich dann eine Stätte, die Ina wohl vertraut war, denn ihre Mutter und ihre Schwester hatten sich bisweilen dort aufgehalten: das Sanatorium in Ebenhausen über der Isar, nun ein Pflegeheim der evangelischen Kirche für alte Menschen. Es war ein sehr gut geführtes Haus mit ausgebildeten und freundlichen Pflegerinnen.

Ina hatte ihr eigenes Haus nach zweiundvierzig Jahren endgültig verlassen. Sie sprach nicht darüber, doch sie wußte es wohl. Ihr Geist begann zu wandern. Sie hatte noch Stunden der Klarheit, der Bestimmtheit, der Zwiesprache. Sie hatte auch Tage des Gesprächs mit Partnern, die niemand sehen konnte. An ihrem Bett saßen regelmäßig ihre Tochter, und öfters ihr Sohn. Der Tod, mit dem sie nicht befreundet war, aber auch nicht verfeindet, erinnerte sie böse daran, wie sie ihm entgangen war vor sechsundsechzig Jahren: die Narbe im Rücken brach wieder auf, alle Heilmittel der Zeit halfen dagegen nicht, und die Wunde machte ihr sehr quälende Schmerzen. Sie rief nach ihrer Mutter, wenn es besonders schlimm war.

In den Tagen ihres Geburtstags, als der Sohn an ihrem Bett saß, öffnete sie einmal die Augen und sagte: »Du mußt dir immer Mühe geben, alles richtig zu tun, versprichst du mir das?« Der Sohn versprach es. Sie sagte: »Es ist nicht leicht. Manchmal geht es einfach nicht. Aber versuchen . . .«

Sie atmete aus, während die Sonne unterging an dem goldenen Herbsttag des 2. Oktober 1974. Sie wurde zur Ruhe gelegt, wo und wie sie es sich gewünscht hatte: zwischen ihrer Mutter und ihrem Mann, unter einem steinernen Kreuz auf dem Tutzinger Friedhof – zu Häupten den See und die Schattenlinie der Berge. Ein junger Pfarrer, Gerhard Bauer aus Starnberg, hielt ihr im Glauben und in Vernunft eine Totenrede ohne Pathos. Ina wäre mit seinen Worten einverstanden gewesen und auch mit dem Wort, unter dem sie standen: »Alles ist euer, ihr aber seid Christi« (1. Korinther 3, 22-23).

Das kleine Haus in Starnberg mußte aufgegeben werden. Sein Käufer wollte es abbrechen lassen. Es gibt eine Straße in Starnberg und einige an anderen Orten, die nach Ina Seidel heißen. Es gibt auch Schulen, die ihren Namen tragen. Ihre Niederschriften hütet wie die Niederschriften aller Seidels das Archiv in Marbach: Heinrich Alexander, Heinrich, Willy, Heinrich Wolfgang, Ina.

Zeittafel
1811–1977

Diese Datenübersicht weist auf wichtige Personen, Ereignisse und Veröffentlichungen in der Geschichte der Seidels hin. Sie ist ein Hilfsmittel für Leser des Buchs, nicht eine vollständige Familienchronik und nicht eine Bibliographie.

1811   * Heinrich Alexander in Goldberg. Im gleichen Jahr sterben sein Vater Heinrich August, der Arzt, und sein Großvater Heinrich Gotthelf, Pfarrer in Parchim.

1823   * Johanne Römer, Tochter des Gutspächters auf Pogreß

1828   * Wilhelm David Loesevitz, in Riga, Kaufmann

1837   * Georg Ebers, in Berlin, Ägyptologe und Schriftsteller

1838   * Antonie Beck, in Riga

1839   Heinrich Alexander wird in die Pfarre zu Perlin eingeführt. *Kreuz und Harfe*, Geistliche Gedichte (Heinrich Alexander)

1841   Heinrich Alexander heiratet in Pogreß Johanne Römer.

1842   * Heinrich, in Perlin, Ingenieur und Schriftsteller

1845   * Werner, in Perlin, Kapitän der Handelsschiffahrt

1846   * Frieda, in Perlin, † 1898 in Stralsund, Frau des Landwirts Karl Kehrhahn

Balthasar Scharfenberg, Ein mecklenburgisches Dorf vor 200 Jahren (Heinrich Alexander)

1848   * Clara, in Perlin, † 1879 in Straßburg, Frau des Rechtsgelehrten Friedrich Sohm

1850   Heinrich Alexander wird als Pastor Primarius an die Nikolai-Kirche in Schwerin berufen und übersiedelt mit seiner Familie dorthin.

1855   * Hermann, in Schwerin, Arzt

1856   * Agnes Becker, in Hamburg
Wilhelm David Loesevitz heiratet in Riga Antonie Beck.

1858   * Paul, in Schwerin, Kunsthistoriker

1859   Heinrich wird nach seiner Einsegnung Lehrling in der Lokomotivenreparaturwerkstatt von Schwerin.

1860   Heinrich besucht für zwei Jahre das Polytechnikum in Hannover.

1861   † Heinrich Alexander, in Schwerin, * Emma Auguste Loesevitz (Emmy), in Riga, † Wilhelm David Loesevitz, in Riga, Werner geht als Schiffsjunge zur See.

1862   Heinrich arbeitet für vier Jahre in Maschinenfabriken in Güstrow.

1865   Antonie Loesevitz heiratet in Leipzig Georg Ebers.

1866   Heinrich geht nach Berlin, besucht zwei Jahre lang die Gewerbe-Akademie und arbeitet dann als Ingenieur bei verschiedenen Firmen für Eisenbahnbau. Er veröffentlicht in Zeitschriften Gedichte und Erzählungen.

1869   * Elsbeth Pfaff, in Wolfenbüttel

1870 *Der Rosenkönig,* Erzählung, Heinrichs erste Buchveröffentlichung

1871 Werner kommandiert als Marinesoldat ein gekapertes Frachtschiff und wird von Stürmen nach Norwegen verschlagen.

1873 Hermann beginnt seine medizinischen Studien.
Werner erwirbt das Kapitänspatent.

1875 Heinrich heiratet in Schwerin Agnes Becker.

1876 * Heinrich Wolfgang, in Berlin, Pfarrer und Schriftsteller

1879 Heinrich vollendet sein Dach des Anhalter Bahnhofs in Berlin, die bisher größte Gebäude-Überspannung auf dem Kontinent.

1880 Heinrich gibt seinen Ingenieur-Beruf auf und läßt sich als freier Schriftsteller nieder.
Leberecht Hühnchen, erster Teil (Heinrich)

1882 Hermann heiratet in Leipzig Emmy Loesevitz-Ebers und beginnt seine Arbeit als Assistenzarzt in Halle.
Wintermärchen (Heinrich)

1883 † Werner, in Funchal auf Madeira, * Werner, in Berlin, Universitäts-Baumeister

1884 Paul schließt sein Jura-Studium ab und beginnt, Kunstgeschichte zu studieren.

1885 * Ina, in Halle, Hausfrau und Schriftstellerin

1886 Hermann verläßt Halle und macht sich in Braunschweig als Chirurg selbständig.

1887 * Willy, in Braunschweig, Schriftsteller

1888   * Helmuth, in Berlin, Wasserbau-Ingenieur
        Leberecht Hühnchen, zweiter Teil (Heinrich)

1889   Paul heiratet in Wolfenbüttel Elsbeth Pfaff.

1891   Paul, Dirigent der kaiserlichen Kunstsammlungen, wird Direktor des Hohenzollern-Museums.

1892   *Leberecht Hühnchen*, dritter Teil und Gesamtausgabe (Heinrich)

1894   Heinrich erwirbt ein eigenes Haus in Groß-Lichterfelde. Hermann wird Professor und Chef des Herzoglichen Krankenhauses in Braunschweig.
        * Annemarie, in Braunschweig, Schauspielerin

1895   Hermann wird nach Anschuldigungen seiner Assistenten vom Amt suspendiert. Er nimmt sich das Leben. Hermanns Brüder zwingen mit öffentlichen Angriffen die Braunschweigische Regierung zur Beleidigungsklage. Emmy übersiedelt mit ihren Kindern nach Marburg.

1896   Emmy übersiedelt mit ihren Kindern nach München.

1898   Der »Prozeß Seidel« in Braunschweig endet mit einem Freispruch von Heinrich und Paul – und mit einer vollständigen Rehabilitierung des verstorbenen Hermann.
        † Georg Ebers, in Tutzing

1904   *Reinhard Flemmings Abenteuer zu Wasser und zu Lande*, Roman erstes Buch (Heinrich)

1905   Ina und Heinrich Wolfgang verloben sich brieflich.
        Reinhard Flemmings Abenteuer, zweites Buch (Heinrich)

1906   † Heinrich, in Berlin
        Reinhard Flemmings Abenteuer, drittes Buch (Heinrich)

1907   Heinrich Wolfgang heiratet Ina in Berlin und tritt sein Amt als Geistlicher des Lazarus-Kranken- und Diakonissen-Hauses an.

1908   * Heilwig, in Berlin
Ina erkrankt lebensgefährlich im Kindbett und bleibt auf Lebenszeit schwer gehbehindert.

1910   *Der schöne Tag*, Prosaversuche und Gedichte (Willy)

1911   *Absalom*, Roman (Willy)

1912   *Der Garten des Schuchan*, Erzählungen (Willy)
Erinnerungen an Heinrich Seidel (Heinrich Wolfgang)

1913   † Antonie Ebers, in München
Willy reist nach Ägypten.
Annemarie nimmt Schauspielunterricht.
Der Vogel Tolidan, Erzählungen (Heinrich Wolfgang)

1914   Heinrich Wolfgang übersiedelt mit seiner Familie nach Eberswalde und tritt das Amt des Dritten Pfarrers von Maria Magdalenen an.
Willy reist nach Samoa und entkommt von dort der britischen Besatzung nach den USA.
Erste Beschäftigung Inas mit dem Themenkreis des *Wunschkind*.
Gedichte (Ina)
Der Sang der Sakije, Roman (Willy)

1915   Willy heiratet in New York Sylvia Möller della Gracia.
Annemarie tritt in das Ensemble der Münchener Kammerspiele ein.
Neben der Trommel her, Gedichte (Ina)
Ameisenberg, Erzählungen (Heinrich Wolfgang)

1917   † Agnes, in Berlin

1918   * Ulrike, Inas und Heinrich Wolfgangs Kind, das nach ei-
nem Monat stirbt.
Das Haus zum Monde, Roman (Ina)
Die Varnholzer, Roman (Heinrich Wolfgang)

1919   Willy kehrt nach Deutschland zurück und läßt sich mit sei-
ner Familie in München nieder.
* Georg, in Eberswalde
Das vergitterte Fenster, Roman (Heinrich Wolfgang)
Weltinnigkeit, Gedichte (Ina)

1920   Annemarie tritt in das Ensemble des Staatlichen Schau-
spielhauses in Berlin ein.
Hochwasser, Erzählungen (Ina)

1921   *Der Buschhahn*, Roman (Willy)
Der neue Daniel, Roman (Willy)

1922   Annemarie gibt ihren Beruf auf und heiratet Anthony van
Hoboken.
Das Labyrinth, Roman (Ina)
George Palmerstone, Roman (Heinrich Wolfgang)

1923   Heinrich Wolfgang wird Erster Pfarrer der Neuen Kirche
auf dem Gendarmenmarkt in Berlin. Die Familie übersiedelt in die Kronenstraße, Berlin W 8.
Willy läßt sich von Sylvia scheiden.
Sterne der Heimkehr, Roman (Ina)

1924   Willy heiratet in Hamburg Luise Kleen.
Der Mann im Alang, Erzählungen (Heinrich Wolfgang)

1925   Willy besucht Java.
Das wunderbare Geißleinbuch, Märchen (Ina)
Der Gott im Treibhaus, Erzählung (Willy)

1926   *Die Fürstin reitet*, Erzählung (Ina)

1927   *Genia*, Erzählungen (Heinrich Wolfgang)
      Neue Gedichte (Ina)
      Alarm im Jenseits, Erzählung (Willy)
      Schattenpuppen, Roman (Willy)

1928   *Brömseshof*, Roman (Ina)
      Renée und Rainer, Erzählung (Ina)

1929   † Paul, in Berlin
      Der vergrabene Schatz, Erzählung (Ina)
      Larven, Erzählung (Willy)

1930   *Das Wunschkind*, Roman (Ina)
      Die magische Laterne des Herrn Zinkeisen, Erzählungen
      (Willy)

1932   Ina wird Mitglied der Preußischen Akademie der Künste
      und erhält eine der ersten Goethe-Medaillen. In Starnberg
      läßt sie ein kleines Haus bauen.
      Annemarie und Willy lösen ihre Ehen auf.

1933   *Der Weg ohne Wahl*, Roman(Ina)

1934   Heinrich Wolfgang erhält die erbetene Pensionierung und
      übersiedelt mit Ina nach Starnberg.
      † Willy, in München
      Die tröstliche Begegnung, Gedichte (Ina)
      Dichter, Volkstum und Sprache, Essays (Ina)
      Abend und Morgen, Erzählungen (Heinrich Wolfgang)

1935   Annemarie heiratet in Berlin den Verleger Peter Suhr-
      kamp.
      Krüsemann, Roman (Heinrich Wolfgang)
      Meine Kindheit und Jugend, Erinnerungen (Ina)

1936   *Der Tod des Achilleus* (Willys Nachlaßband, herausgege-
      ben von Ina)

1954   *Das unverwesliche Erbe*, Roman (Ina)

1955   Die als »Berliner Akademie der Künste« wiederbelebte
        Preußische Akademie wählt Ina neu zum Mitglied.
        Die Fahrt in den Abend, Erzählung (Ina)
        Gedichte, Festausgabe (Ina)

1957   Annemarie siedelt aus Frankfurt nach München über.

1959   Peter Suhrkamp läßt sich von Annemarie scheiden.
        † Werner, in Göttingen
        † Peter Suhrkamp, in Frankfurt
        † Annemarie, in München
        Michaela, Aufzeichnungen des Jürgen Brook (Ina)

1962   *Vor Tau und Tag*, Geschichte einer Kindheit (Ina)
        Berlin, ich vergesse dich nicht, Erinnerungen (Ina)

1963   *Quartett*, Erzählungen (Ina)

1964   *Die alte Dame und der Schmetterling*, Kleine Geschichten
        (Ina)
        Briefe 1934–1944 (Heinrich Wolfgang)

1965   *Frau und Wort*, Ausgewählte Betrachtungen und Aufsätze
        (Ina)

1970   *Lebensbericht* (Ina)

1974   † Ina, in Ebenhausen

1977   † Helmuth, in Berlin

Nachbemerkung

Einige Abschnitte dieses Buchs sind in einer erzählenden Form geschrieben, die möglicherweise den Leser freie Erfindung vermuten
läßt. Es ist aber jede verwendete Einzelheit durch Briefe, Aufzeichnungen oder Mund-zu-Mund-Überlieferung innerhalb der
Familie belegt.
Einige Zitate sind in Büchern der Seidels wiederzufinden. Die meisten sind Erstdrucke aus bisher unveröffentlichten Papieren.
Ein Buch wie dieses kann ohne Hilfe nicht geschrieben werden. Ich
danke meinen Eltern Heinrich Wolfgang und Ina Seidel für ihr Interesse an den Vätern und Müttern, für ihre Ordnungsliebe – und
nicht zuletzt für ihre Übertragungen alter Briefe in Maschinen-
schrift. Ich danke Professor Bernhard Zeller und seinen Mitarbeitern im Literarischen Archiv zu Marbach für Hilfe und Beratung.
Ich danke meiner Frau Ursula für ihre Mitarbeit und ihre Geduld,
und ich danke unserer Freundin Grace Richardson für alle Hilfe,
die das Haus während der Niederschrift vor dem Chaos bewahrte.

Longcross Farm,
Headley Bordon, Hants.   C. F.

WERKE VON INA SEIDEL:

Das Labyrinth
Roman
480 Seiten
Auflage: 100 000

Das Wunschkind
Roman
936 Seiten
Auflage: 1 Million 105 000

Lennacker
Das Buch einer Heimkehr
512 Seiten
Auflage: 386 000

Die Fahrt in den Abend
Erzählung
92 Seiten
Auflage: 54 000

Die Fürstin reitet
Erzählung
95 Seiten
Auflage: 94 000

Vor Tau und Tag
Geschichte einer Kindheit
172 Seiten
Auflage: 13 000

Lebensbericht 1885–1923
350 Seiten

DEUTSCHE VERLAGS-ANSTALT